成功大师

龚志华 著

作家出版社

图书在版编目（CIP）数据

成功大师 / 龚志华著 .-- 北京：作家出版社，2022.6
ISBN 978-7-5212-1836-7

Ⅰ.①成… Ⅱ.①龚… Ⅲ.①长篇小说—中国—当代 Ⅳ.① I247.5

中国版本图书馆 CIP 数据核字（2022）第 044743 号

成功大师

作　　者：龚志华
责任编辑：杨新月
装帧设计：孙惟静
出版发行：作家出版社有限公司
社　　址：北京农展馆南里 10 号　　邮　　编：100125
电话传真：86-10-65067186（发行中心及邮购部）
　　　　　86-10-65004079（总编室）
E-mail:zuojia @ zuojia.net.cn
http://www.zuojiachubanshe.com
印　　刷：北京盛通印刷股份有限公司
成品尺寸：152×230
字　　数：320 千
印　　张：22.5
版　　次：2022 年 6 月第 1 版
印　　次：2022 年 6 月第 1 次印刷
ISBN 978-7-5212-1836-7
定　　价：52.00 元

作家版图书，版权所有，侵权必究。
作家版图书，印装错误可随时退换。

这不是关于"成功学"的理论探讨
而是关注社会现实的黑色幽默小说

感谢所有为本书的顺利出版提供帮助的人
特别要感谢我的家人和叔叔

目 录

第一章　电影《成功大师》/ 001

第二章　酒吧之辱 / 017

第三章　难熬的一天 / 030

第四章　成功到处开花 / 048

第五章　大师初见 / 063

第六章　心花甫放 / 080

第七章　风云乍起 / 095

第八章　餐厅事件 / 108

第九章　开窍 / 122

第十章　倒计时 / 137

第十一章　大师的秘籍 / 160

第十二章　心灵飞跃 / 172

第十三章　大师对大师 / 186

第十四章　明星炼成 / 201

第十五章　追回梦影 / 212

第十六章　此一时彼一时 / 221

第十七章　碧春的诱惑 / 233

第十八章　家乡的老戏台 / 246

第十九章　新年新气象 / 261

第二十章　艰难的抉择 / 275

第二十一章　大师的眼泪 / 287

第二十二章　修成正果 / 298

第二十三章　棋子 / 308

第二十四章　多么痛的领悟 / 315

第二十五章　电影里的大师 / 333

第二十六章　终归一场梦 / 342

第一章　电影《成功大师》

这是一个十分"高级"的电影拍摄现场，至少，陈功是这么认为的。

已经化好妆的陈功看上去精神抖擞，头发油光水滑，浓密的眉毛衬托着炯炯有神的大眼睛，饱满的嘴唇突显出俊朗有型的高鼻梁，显得英气逼人，再搭配上挺括的西装和锃亮的皮鞋，活脱脱一个青年才俊的形象。

他坐在演员准备区，手里拿着剧本，看着周围忙碌的工作人员，眼神中流露出些许紧张。

拍摄现场人头攒动，灯光布景已经到位。作为主演，拥有自己的化妆和休息区域，这是陈功从影十年以来，第一次享受这种明星级的待遇。他甚至不敢相信这是真的，低头又一次捏了捏手里的剧本。

剧本已经被陈功翻得皱巴巴的，为了拍好这部戏，他花了将近一个月的时间进行各项准备，对每一句台词都烂熟于心，平日里，时不时嘴里就会冒出一串台词。同行的朋友都说他魔怔了，但他每次都会回怼一句："如果你一年没戏拍，肯定比我还魔怔。"

"准备好了吗？"副导演蔡光走过来，递给他一瓶水。

"准备好了。"陈功接过水，朝蔡光用力点点头。

蔡光向远处的导演比了一个OK的手势。导演收到，大声喊道："各部门准备……ACTION！"

霎时间,位于拍摄现场中心位置的舞台上打出了绚丽的灯光,舞台音响里传出一个高亢的声音:"现在,让我们用最热烈的掌声,欢迎……陈功大师!"

话音未了,舞台下,群演们同声呼喊:"陈功,陈功,陈功……"

蔡光重重地拍了拍陈功的肩膀。

陈功眼神里充满必胜的信心,深吸一口气,又用力吐了出去,然后迈着稳健的步伐,向舞台上走去。

在灯光的追逐之下,陈功表情严肃,缓步走到舞台中央,稳稳地站定,威严地向台下摆摆手,台下立刻安静了。

摄像师操纵着摄像机,牢牢地跟住陈功。所有工作人员都屏住呼吸,聚精会神地盯着陈功。

陈功的眼神和语气都无比坚定。他看着台下,中气十足地缓缓说道:"今天,我们相聚在这里,为了同一个目标,那就是……"

"成功!"台下群演异口同声地叫道。

陈功逐渐提高嗓门:"从今往后,直到地老天荒,我们的目标只有一个,那就是……"

"成功!"台下齐声大喊。

陈功露出圣人般的微笑,继续说:"成功,从来就不是一件容易的事情,成功的路上,你需要干掉所有的对手。对不对?"

"对!"台下大声应答。

陈功突然加快语速:"成功的路上,你需要掌握成功的秘诀;成功的路上,你更需要有贵人的帮助。对不对?"

台下群演的情绪被拉得越来越高,齐声回答:"对!"

陈功继续加快语速,提高音量:"接下来,由我带领大家走上成功之路,大家有没有信心?"

"有!"台下声如雷鸣。

陈功的声音变得沉稳,把胸腔共鸣用到了极致:"有没有信心?"

"有!"台下的人齐声喊道,几乎已接近癫狂。

陈功近乎低吼:"有没有信心?"

"有——"台下的人彻底疯狂，嗓子都喊破了。

陈功接过助手递过来的一桶水，拿起放在桶里的柳条，蘸饱水，用力洒向台下。

台下的人们完全丧失了理智，被洒到水的人欢呼雀跃，没被洒到的不断招手呼号。他们疯癫地追逐着陈功手里的柳条，很多人已经泪流满面。

陈功没想到现场的气氛这么热烈，他更加卖力地挥动柳条，每洒一下，都会大喊一声"成功"，仿佛自己此刻肩负着重大的责任，要把这"成功之水"洒向人间……

不知道过了多久，现场传来导演的喊声："CUT……"

台下群演马上停止了表演，哄地四散开来，忙不迭地处理被水打湿的头发和衣服。

陈功意犹未尽，手拿柳条还去桶里蘸水，再抬头，发现台下的人都不在了。他不禁有点失落，松开手里的柳条，抬头看向导演的方向。

"陈功，这条演得很好。"导演手持喇叭，对陈功大声喊，"以后就按这个感觉走。"

得到了导演的肯定，陈功立马就缓过劲来，开心得连连点头道："好的，好的，我明白了，谢谢导演。"

导演冲他露出满意的微笑，对着四周宣布："今天就到这儿，大家辛苦了。"说完带头鼓起掌来。

现场的工作人员跟着鼓掌。陈功笑得满脸灿烂，踩着轻松的步点走下舞台。一路上，人们纷纷向他祝贺，他也开心地一一回应。

陈功走到蔡光身边，蔡光兴奋地举起一只手，陈功当即和他用力击掌。"我就知道你小子行，我没看错你。"蔡光满面红光。

"感谢蔡导提携。"陈功的脸上尽是感激之情。

蔡光笑着摆摆手："陈功，你小子一定会成功的。"他看到导演要走，也不等陈功回答，就立刻转身小跑着去追赶导演。

陈功看着蔡光的背影，笑着摇摇头。他转过脸，赫然发现女友梦影正捧着鲜花站在自己身边。"梦影,你怎么来了?"陈功大喜过望,接过梦影的鲜花,激动地说,"你不会离开我了吧?"

梦影嫣然一笑:"我怎么舍得离开你呢?"

陈功高兴得一把抱住梦影,噘起嘴想亲她,但梦影的脸总是被鲜花挡住,无论陈功怎么努力,都亲不到她。

一时间,陈功急得大汗淋漓,大声呼喊:"梦影,梦影……"

陈功躺在沙发里,脑袋左右摇摆,表情十分焦急,嘴巴里不停地嘟哝着:"梦影,梦影……"

梦影养的小泰迪狗"哆哆"趴在陈功胸口上,调皮地用舌头舔着陈功的脸。

被舔了好几口的陈功慢慢睁开眼睛,看到的就是哆哆毛茸茸的脸。他抱住它,腾的一下坐了起来。哆哆的眼神是那么关切,回过神来的陈功看看它,心头顿时涌上无限失落的感觉——原来自己只是做了一个梦。

陈功苦笑着摇摇头,轻轻把哆哆放到地上,摸着它的头:"哆哆,你可真会选时间,真是一条好狗狗。"

哆哆冲陈功摇摇尾巴,眯了眯眼睛,欢快地叫了一声。

"嘘……"陈功赶忙冲它做了一个噤声的动作。哆哆立刻就不叫了,瞪着两只大眼睛萌萌地看着陈功。

"好哆哆,让妈妈多睡一会儿。"陈功摸摸哆哆的头,轻声说道。

哆哆乖乖地蹲在原地。陈功用力揉揉自己的脸,动作轻缓地从沙发上站起来,蹑手蹑脚地走向卧室。哆哆迈开四条小腿,一步不落地跟在他身后。

陈功抓住卧室的门把手,慢慢旋转,把房门推开一条缝,从门缝里看到梦影歪歪斜斜地睡在双人床上。

卧室的窗帘很厚,房间里很暗,借助从门缝里射进去的光线,陈功看见梦影抱着一个枕头睡得正香,精致无瑕的脸庞随着她均匀的呼吸轻轻律动,像一朵在微风中含苞待放的水仙花。

陈功很想推门进去，在那可爱的嘴唇上印下自己的浓浓爱意，但他犹豫片刻，苦笑着摇摇头，又轻轻把房门关上，生怕发出半点声音。

陈功转身，看到哆哆蹲在自己的脚边，正可怜巴巴地看着他，不禁哑然失笑。他走到灶台边找出狗粮袋，往地上的食盘倒进一些，迫不及待的哆哆立刻摇着尾巴，欢天喜地地扑过去，吃得摇头晃脑。

安顿好哆哆，陈功哼着小曲，从冰箱里拿出两片面包放进烤面包机，接着动作麻利地洗菜叶，点火热锅倒油煎鸡蛋。不到五分钟，一个鸡蛋三明治就摆上了餐桌，黄白绿相间，煞是好看。

陈功在餐桌旁坐下来，满意地看了一会儿餐盘里的三明治，起身找了一张爱心卡片，抓起笔认认真真地写道：梦，三明治用微波炉中高火热一分半钟就可以了，冰箱里有牛奶。爱你！

陈功写完后亲了一口爱心卡，把它端端正正地放在盘子里。此时他的心情就像窗外的阳光一样，明媚中充满了希望。

今天上午他终于能去电影《成功大师》剧组试镜了。这个机会是他好不容易才争取到的，已经为此用心准备了一个月。在他看来，这很可能是自己演艺生涯的最后一次机会，只能成功，不许失败。

一年多没接到戏拍，对于作为演员的陈功来说，是多么大的煎熬啊，他甚至不敢回想这段时间自己是怎么熬过来的。表演这一行当的残酷之处就在于，如果你三十岁以前没混出个名头来，大概率会成为"腊肉"，高不成低不就，青黄不接。很不幸，陈功今年刚刚过了三十二岁生日。

陈功全心想着试镜这件事，快步走进卫生间，抓紧时间洗漱。他仔仔细细地刷完牙，又冲着手心哈了一口气，低下头闻了闻，确定没有异味后，才放心地拿起毛巾，兜着水使劲在脸上擦了几把。他抬起头看着镜子，做了几个神态各异的脸部动作，感觉自己的表情极其到位，终于露出了满意的笑容。

陈功对自己的演技一直很有信心。他从小就喜欢看戏看电影，经过不懈的努力，高考时如愿考上了表演系。虽然不是很有名的大学,但他从来没觉得自己低人一等,对那些所谓的"小鲜肉",更是有底气嗤之以鼻。每次和朋友聚会谈天,他最后总会变得情绪激动,说如果让自己演谁谁谁,会怎么怎么演,要比"小鲜肉"们好上百倍,自己缺少的只是一个机会。

"十年了,你小子也该成事了。"陈功看着镜子里的自己,充满信心。他几次转身照影,意犹未尽,模仿起电影里江湖大佬的神情和语气,指着镜子郑重地说道:"成功大师,就是你了。"

镜子内外的陈功对视,都会心地一笑。

洗漱完毕,陈功穿上早已预备好的西裤和衬衫,把钱包、钥匙和手机放进裤兜,又拿起茶几上的剧本,快速地翻了几页后装进公文包。他拍了拍裤兜,确定东西都带齐了,于是踮着脚走到房门边。

他正要开门,突然发现哆哆蹲在门边,可怜巴巴地看着自己。"哆哆,今天是个大日子,你一定要祝我好运哦。"他蹲下身,温柔地摸摸哆哆的脑袋,轻声说道。

哆哆依然用楚楚可怜的眼神看着他,一直往他身上蹭。它这样的举动让陈功觉得十分反常。以前出门的时候,哆哆最多是停下嘴巴,抬头看看他,然后低下头接着喜滋滋地吃食。不过此时陈功心里想的都是试镜的事,实在没精力顾它。"哆哆,我很快就回来了,你照顾好妈妈,别把她吵醒了。好不好?"陈功抱起哆哆,柔声对它说。

哆哆仿佛听懂了,竟然点点头。"这才是好狗狗。"陈功心情愉悦地摇了摇手里的哆哆,把它轻轻放下。

他深吸一口气,昂首挺胸地走出房门。

城中村最大的特点就是热闹喧嚣。早上九点多已经是城市交通早高峰的末段,但这里的街上依然人来人往,家家早点摊铺的生意都十分火爆,高音喇叭或人声的叫卖,一刻不停地冲击着行人的耳膜。

路过一个做煎饼果子的路边摊时,陈功不由得放慢了脚步,但他只是看了一眼铁铛上金黄飘香的煎饼，偷偷咽了咽口水，就把头一扭，快步向停在前面街角处的车走去。

这是一辆破旧的二手车，半年前陈功花了不到两万块从朋友那儿买来的。买它的时候，梦影十分反对，认为他是闲太久把脑子闲坏了，因为那时正是他俩境况最艰难的时候。但陈功坚持要买，他觉得如果能改变一下生活状态，没准可以给他俩带来好运。

"哥，成功大师的课了解一下。"一个声音把陈功从追忆往昔中拉出来。他转头看去，一个小伙子左手夹着一沓宣传单，右手抽出一张递到他的面前。

小伙子黑黑瘦瘦的，乍一看有三十多岁，但陈功凭借多年表演训练的功底，一眼就看出小伙子眉宇间的稚嫩。他估计小伙子也就二十出头，没上几年学就早早出来"混社会"了。

小伙子见陈功盯着自己看，觉得找到了一个潜在的客户，立刻提高嗓门宣传："哥，你看，这位震古大师，可以帮你实现成功的梦想。他可是真正的大师，出了很多书，还是《万家讲坛》的主讲人呢。"

陈功瞟了一眼宣传单，上面是一个打扮成仙风道骨模样的人，高高举着右手，看向前方。人像的旁边印着好些个大字，什么"成功"，什么"大师"，一看就是"三脚猫"水平的设计。陈功嘴角不禁露出轻蔑的笑意，但他尽量保持礼貌，边走边对小伙子说："不用了，谢谢。"

可能是难得遇到有反应的路人，小伙子赶忙踏前一步，跟上陈功，将宣传单凑到陈功眼前，指着上面一个大大的二维码介绍："哥，只要用手机微信扫描一下这个二维码，就可以免费试听，免费的哦，反正也不损失什么。"

陈功本来不想理会小伙子，但看他穷追不舍地黏上来了，索性停下脚逗他："大师这么厉害啊，你去听过大师的课吗？"

"我当然听过，老厉害了。"小伙子更来劲了。

"哦？那你觉得你成功了吗？"陈功继续逗他。

小伙子愣了一下，马上回答："成功哪有那么快啊，要修行的。"

陈功不想继续和他纠缠了，收起笑容，严肃地说："告诉你吧，我就是成功大师。"说完头也不回地走开。

小伙子这才反应过来，不屑地看着陈功的背影，小声嘟哝："喊，我还是如来佛祖呢。"

陈功开着老旧的二手车行驶在宽阔的城市街道上，此时已经过了早高峰，路上不再拥堵。陈功打开收音机，听着两位电台主持人互相调侃，忍不住跟主持人隔空对话，嘻嘻哈哈地与他们拌起了嘴。

这就是买车的好处。陈功心花怒放。有车族和无车族能一样吗？有了车去哪儿都方便，更何况，自己不用坐班，不会朝九晚五碰到上下班高峰。如果没有车，今天去试镜，就得打的士或者挤公交，打的士多贵啊，挤公交又很难保持好状态，想想看，如果一身臭汗去见导演，那还能有好吗？肯定功亏一篑啊！陈功越想越得意，情不自禁跟着收音机里放的歌曲放声高唱——是他最喜欢的《海阔天空》。

音乐声伴着一路上的美好风光，二十分钟不到，陈功就来到了影视基地。一年多不见，影视基地仿佛苍老了许多，路边的草地很久没人打理，杂草丛生，四周几乎见不到什么人，只有一个个摄影棚孤苦伶仃地矗立着，精疲力尽，却又不甘心倒下，一心等待着重获新生的机会。看着这片荒凉的景象，陈功不禁感慨万千。

他从上大学的时候就开始在这里拍戏，最初是学校老师带队来，演一些群演和配角，后来毕业了，自己找过来，演的却还是群演和配角。

这么多年下来，陈功渐渐觉得演员是世界上最难干的职业。中国的演员队伍数以十万计，能被记住姓名的有几人？成为一线明星的又有几人？成功的演员，不仅要具备良好的专业素质，更重要的是能有机会。然而，获得机会，对于陈功这种"拼不了爹，又拼不了干爹"的小演员来说，简直比登天还难。

当然，陈功并没有因此灰心丧气，他始终相信，只要有贵人相助，哪怕是最小的机会，他也一定能抓住，成为世人瞩目的天王巨星。想到这里，陈功不由得兴奋起来，他觉得这一次自己终于等到了生命中的贵人，而这个"贵人"，就是负责选角的副导演蔡光。

认识蔡光也是机缘巧合，要归功于陈功的一位大学师哥——李明。

李明和陈功一样，对表演十分痴迷，更巧的是，两人从形象到气质都有几分神似。也许是惺惺相惜，只要有机会，李明总会想方设法把陈功推荐给朋友的剧组。然而，他自己也出道尚浅，能量有限，推荐的几个角色陈功最终都失之交臂。到后来，李明觉得帮不上忙，就不怎么给陈功介绍角色了，而陈功也不大好意思再去找他。就这样，两人的联系渐渐减少，到最后，也就是逢年过节发个信息，互致问候。

一个多月前，陈功眼看自己离演艺圈越来越远，甚至生活都快维持不住了，一番思想斗争之后，决定放下面子向朋友们求助，这其中自然就包括李明。正好李明的朋友之前说过有一部新戏在选角，详细询问之下，朋友说这部戏投资很大，而负责选角的副导演蔡光可以帮忙推荐演员，但需要"意思意思"。

李明把这个消息告诉陈功，本以为他会断然拒绝，因为前些年陈功说过好几次"成功的演员，靠的都是演技"之类的话。然而让李明大感意外的是，陈功当即表示很有兴趣。

混迹圈子这么多年，特别是这一年来，陈功好像突然开窍了。不是有那么一句名言吗？"能用钱解决的都不是大事"。陈功认为这里的"大事"，指的是作为演员的素质和能力，是用钱买不到的，而钱在这当中扮演的角色，充其量只是一种催化剂。

陈功把这套理论讲给李明听，李明思索了半天，竟然不知道如何反驳。就这样，陈功和选角副导演蔡光建立了联系，于是有了今天这个陈功认为势在必得的好机会。

陈功的车拐过一个路口，一座巨大的摄影棚跃入他的眼帘，门口立着大大的牌子，上面写着几个大字——电影《成功大师》剧组。

"就是你了！"陈功兴奋地喊了一声，找了块空地把车停好。他正要下车，一股莫名的紧张突然袭上他的心头，令他的呼吸都不顺畅了。陈功不禁诧异起来，自从他毕业以后，已经很少有这种感觉了。他连忙闭上双眼，深深地吸了一口气，憋住几秒钟，然后猛然睁开眼睛，同时狠狠把那口气吐出去。如此反复几次之后，陈功感觉情绪放松了一些。他又快速地念了几段绕口令："吃葡萄不吐葡萄皮，不吃葡萄倒吐葡萄皮。""八百标兵奔北坡，炮兵并排北边跑……"这是大学老师传授给他们的秘诀。

几个来回，当陈功再次把目光投向门口的牌子时，紧张感已经烟消云散。此刻，他的眼中只有牌子上的"成功"二字。

陈功对自己满意地微笑，他下了车，迈着自信的步伐向摄影棚走去。

有人守在摄影棚的进口，陈功走近后，发现那居然是个熟人——以前一起拍过几场戏的一个老群演。陈功不由得心中一喜，上前打招呼："老李，你也在这个剧组啊？"

老李盯着陈功看了好一会儿，终于记起来，立刻热情地回应："陈功，是你啊。好久不见，你比原来白多了，气色也好了。"

说一个演员"变白了"，可不是什么好事，那表示他很久没拍戏了。"有吗？我还真没注意。"陈功脸一红，摆摆手，"对了，你在这个剧组做什么？"

"做场工。"老李的神情有点落寞，"这样赚得还多些。"

陈功一时不知怎么接话。老李看出陈功的尴尬，笑着问："你是来试镜的吧？"

"对。"陈功挺挺胸，大声说道，"蔡副导演让我过来试镜。"

"真好，小兄弟，你的演技演个男三号肯定没问题。"老李面露羡慕之色。

陈功本来不想说破，但犹豫了一下，还是没忍住，略带迟疑回答："他好像是，让我来试'成功大师'。"

老李明显被惊到，缓了缓神才接话："好事，好事。你赶紧进去吧，里面都开始了。"

陈功看着老李的窘态，心底生出几分得意，他手势夸张地指了指摄影棚里面，笑着对老李说："那我进去了。有空约饭。"

"好，好，好。"老李连连点头，把他往里请。

陈功踌躇满志地走进摄影棚。他惊喜地发现，摄影棚的布置竟然和他梦中见到的一模一样，就连中央舞台上的灯光造型都与梦中别无二致。为什么会这样？难道，这真的是上天的安排？惊讶之余，陈功的心中一阵狂喜。

此时，一位演员正在中央舞台上进行表演，工作人员围在舞台四周认真观看。陈功一眼就看到了蔡光，他就站在一群工作人员的后面，聚精会神地盯着舞台上的演员。

陈功得意地一笑，放轻脚步走到蔡光身后，本想轻声和他打招呼，又怕惊扰到他。保险起见，陈功往前上一步，站到与蔡光并排的位置，转头笑呵呵地盯着他，希望能引他转过头。但此时蔡光的注意力完全放在舞台上，压根就没有察觉到陈功的到来。陈功只得又往前挪了一小步，来到蔡光的侧前方，脸上的笑容几近僵硬。

"蔡导。"他用最轻柔的声音呼唤蔡光。

然而蔡光还是被吓了一跳，愤怒地转过头来盯住陈功，那眼神仿佛要将他生吞活剥一般。陈功打了个寒颤，赶忙轻声解释："对不起，蔡导，吓着您了。是我，陈功，来试镜的。"

蔡光终于认出了陈功，脸上的表情渐渐松弛下来。他抬腕看看手表，小声对陈功说："挺准时，不错。你抓紧时间准备一下，等这人结束了，我带你去见导演。"

陈功满心欢喜，连连点头称是，但蔡光不再理会他，把目光转回到舞台上。陈功讨了个没趣，心中有些不快，但转念一想，也许蔡光是为了避嫌，故意摆出一副公事公办的模样呢？想到这里，他立刻释然了，也转头看向舞台，想顺便了解下竞争对手的实力如何。

这个演员也太差了吧？没多久，陈功心中又是一阵狂喜：看来这个角色非我莫属啊！看得出来，这个竞争对手十分卖力，对台词也挺熟悉，但这表演一看就是用力过猛，完全没有进入角色，完全揣摩不到人物性格。陈功边看边比对自己对剧中人的理解，越看越有信心，越想越得意，脸上不禁挂起了嘲讽的笑意：哈哈，这样的对手，和我根本不是一个级别啊！

果不其然，没过多久现场就传来了一声"CUT"，导演手持喇叭，不带半点感情色彩地说："试镜演员辛苦了，现在休息一下，十分钟后继续。"

舞台上的试镜演员明显意犹未尽，眼巴巴地看着导演，但此时导演已经转头和身边的人开始讨论，把他当成了空气。原本围着他的工作人员也三三两两走开，看都不看他一眼。试镜演员的嘴巴动了动，但最终没有再出声，心有不甘地离开了舞台。

看到竞争对手如此沮丧，原本还暗自高兴的陈功突然有点于心不忍。都不容易啊……他心头泛起些许兔死狐悲的伤感滋味。

"走，我带你去见导演。"蔡光拍拍正在愣神的陈功。陈功立刻警醒，快步跟上蔡光，同时努力地调整自己的状态，迅速进入战斗模式，一眼不眨地观察着越走越近的导演。

导演是个五十多岁的老男人，身材高大，表情十分严肃。陈功在网上查过资料，这导演拍过一些电影和电视剧，但都不是很有名气的那种。虽然陈功也没有拍过大名鼎鼎的作品，但起码跟过一些知名导演的戏，自认为和眼前的这一位打交道不会存在任何问题。

蔡光带着陈功来到导演面前，满脸堆笑地说："张导，这是陈功，十来年的老演员了，拍过不少戏。要不，您抽空给看看？"

张导一眼瞟过来，陈功赶忙上前一步，大大方方地朝张导伸出右手，表情极其诚挚地说："张导，您好，久仰您大名，今天终于有缘相见，真是三生有幸。"为了这段和导演见面时的开场白，陈功私底下演练过无数次，对于自己的表现相当满意。

张导面无表情地看看陈功，只是礼貌性地和他握了下手，就马上抽回手指。"这个年纪有点大啊，不合适。"张导转头对蔡光说，看都不看陈功一眼。

蔡光没想到张导这么轻易就回绝了，一时间脸憋得通红。陈功更是觉得五雷轰顶。来之前他心里预演过各种见面场景，唯独没想到过现在这种情况，一句话就被导演打发了，这是他无论如何无法接受的。

"张导，请您一定……无论如何……都让我试试，为了这次试镜，我都准备一个月了。"陈功眼巴巴地望着张导，泪水在眼眶里打转。

张导看着陈功想了一想，脸上涌起些微歉意："实在对不起，我们这部是青春偶像剧。你看过剧本，应该很清楚，讲的是一个初出茅庐的学徒最终成为'成功大师'的故事。你的年纪确实大了点，很难引起观众共情，你说是不是？"张导说完，遗憾地摊了摊手。

"我可以去打美颜针，或者去做拉皮……求您一定让我试试，我保证能演好，求您了。"陈功急切地央求道。

张导面露不悦。他不说话了，只瞟了一眼蔡光。

蔡光赶忙凑近张导，压低声音说："要不让他试试主角的师父吧，我看过他的表演，还是有感觉的。"

"演师父他又太年轻了。"张导不为所动，语气几乎不容辩驳，"你让他赶紧走。"

蔡光见张导已经下了决定，也不敢多说，转身拍拍陈功的肩膀，故作轻松地说："陈功，这样吧，你先回去，我回头再帮你看看有没有更合适的角色。"

此时陈功已完全崩溃，站在原地一动不动，冷笑着说："你别骗我了。以为我没听到？不是嫌年纪大就是嫌年纪小，他就是铁了心不要我。"他越说越来气，扯开嗓门嚷嚷："觉得我不合适也没关系，好歹看看表演啊，这么做是不是太欺负人了?！"

陈功的高声大嗓引得摄影棚里的人纷纷向这边张望，张导左右张望，黑着脸低声斥责蔡光："带过来之前你自己得先过一遍，现在演员一抓一大把。"

蔡光没想到陈功会直接顶撞导演，赶忙拉住陈功的手臂，低声说道："陈功，听话啊，回去再说。"

陈功已经豁出去了，他挺直身板，一动不动地瞪着张导。

张导大概也是第一次碰到敢顶撞自己的演员，眼神里透出一丝慌张，但他毕竟是老江湖了，知道这个时候不能示弱，于是屏气凝神，也死死地盯住陈功。

现场的气氛一时间剑拔弩张……

"导演了不起啊？不也是一抓一大把。"陈功满嘴不服气。

"你敢在我的地盘撒野？胆大包天！"张导呵斥道。

"你个导演为老不尊，还不让人说啊？"

"演员敢顶导演，你不想混了吧？"

蔡光看到两人像斗鸡一样你来我往互不相让，瞬间感觉天旋地转，仿佛自己的职业生涯要被陈功毁掉了。"陈功，你疯了吧？赶紧给我滚蛋！"他气急败坏地吼道。

陈功也是气不打一处来，愤怒地对蔡光叫道："你少给我在这儿装大尾巴狼！你说要花钱打点，我现在早饭都不吃了，下个月房租也没着落，省吃俭用地凑钱给你，你倒好，给我介绍这种烂货色。"

"你、你、你胡说八道，你胡说什么，我看你是真疯了！"蔡光一听脸都绿了，话说得语无伦次。

张导左看看蔡光，右看看陈功，嘲讽道："哦，我明白了，原来你们是一路烂货色。"

"你说谁是烂货色？"此时蔡光也爆发了，上前一步和陈功站成一排，愤怒地瞪着张导。

张导没想到蔡光会直接撑自己，气到大脑缺氧。"说你，说你们，你们才是烂货，烂货成双！"他指着蔡光和陈功破口大骂，完全没了导演的风度。

蔡光热血上头，丧失了理智。他冲陈功使个眼色，突然挥拳打向张导的脸颊，张导躲闪不及，下巴被重重地打了一拳，身体向后一个趔趄。陈功没想到蔡光会突然出手,但只是稍微愣了一下,就不顾一切地挥拳冲上去。

顿时,拍摄现场一片混乱,张导四处逃窜,陈功和蔡光在后面挥拳紧追。摄制组的人大概也是"苦秦久矣",不仅不拉架,反而纷纷吹口哨起哄。不一会儿,现场的设备和布景像多米诺骨牌般接连倒地,现场一片狼藉……

陈功盯着张导,脚下像生了根般不动。蔡光加了一把劲,拉拉陈功,用近乎恳求的语气说:"兄弟啊,求你了,给哥哥一个面子,咱到外面去说。"

被蔡光这一拉,陈功才回过神来。他转头看向蔡光,目光迷离。

"算哥哥求你了,咱走吧。"蔡光继续恳求。

此时陈功才恍然——刚才那一幕是自己做的"白日梦"。他使劲晃晃脑袋,看向张导,张导莫名其妙地回视他,那眼神仿佛在说:"你没病吧?"

陈功知道再说什么都没用了,低下头,转身向外走。

蔡光面带歉意地看看张导,张导冲着摄影棚外努努嘴,蔡光点头哈腰地转身跟出去。

陈功浑浑噩噩地走出摄影棚,门口的老李看他出来了,马上凑上前去套近乎:"兄弟,有机会在蔡导面前帮老哥说说,看有没有我能演的角色……"话说到一半,看到蔡光满脸怒气地跟出来,老李立刻把嘴闭上。

陈功完全不理会老李,径直向自己的车走去。今天的状况完全意想不到,他到现在还没缓过劲来,一直在想问题出在哪里,是张导太不近人情,还是蔡光根本在忽悠自己?

"陈功,你等等……"

听到蔡光在背后叫自己,陈功停住了脚步,缓缓转过身,面对蔡光。

蔡光面带愠色地走到跟前，大声埋怨："你差点把我害惨了。你那样死盯着导演，还满口火气，不是我拦着，我俩以后都没法混了，没想到你这么不懂事。"

陈功本来还想着要怎么委婉地表达出自己的不满，没料到蔡光先发制人。他不敢正面质疑蔡光，只能愤愤不平地说："那导演太欺负人了，看都不看我，一上来就说不行，还说什么年纪大。你早说啊，简历不是早发了吗？"

"导演就这臭德性，之前也没说要'小鲜肉'啊。估计是有人赞助，内定了。"蔡光的语气有点心虚。

"那好歹也得试试看，连个过场都不走，太没职业道德了。"陈功听出蔡光心虚，自己也明白了个八九不离十，一定是蔡光没有提前和导演打招呼。但陈功不想撕破脸，只能继续数落张导。

"是啊，都是在外面混的，好歹该给个面子。这导演太不上路，伺候他我也挺难的。"蔡光忙不迭地接话。

陈功见蔡光服软了，本不想多说，但想到之前的"意思意思"可能真要变成"没意思"了，实在不甘心，恳求道："蔡导，你一定得帮我看看其他的机会。一年多没接到戏了，实在混不下去了。"

"你放心！我办事你还不放心？"蔡光瞬间恢复了精神，信誓旦旦地道。

"您办事我肯定放心，请您一定多费心。"陈功连连赔笑。

"只是最近开工的剧组有点少，但你放心，我一定向我所有的朋友推荐你。"蔡光拍着胸脯打保票。

陈功知道蔡光只是在打马虎眼，但还得假装很高兴："那太好了，谢谢蔡导。"

"陈功，你先回去吧，放心，有消息立马通知你。"蔡光像老大哥一样拍拍陈功的肩膀，不待回答便转身扬长而去。陈功看着蔡光远去的背影，咬牙切齿，狠狠地骂了一句："这钱喂狗了！"

第二章　酒吧之辱

正是晌午，城中村的楼房密密麻麻堆在一起，被白色太阳炙烤，像戈壁滩上成摞的石块，随着蒸腾的热浪不停地变幻着形状。街道上几乎空无一人，只有几只知了在肆无忌惮地发泄着自己的苦闷。

陈功失魂落魄地来到早上路过的煎饼摊前，此时摊前只有一名顾客，他默默地排在那人后面，眼睛直勾勾地看着摊主上下翻飞的双手，仿佛自己就是那块任人摆布的煎饼。

摊主老刘在这里做了好几年，生意一直不错，塑料板做的招牌上贴着四个大大的红字：老刘煎饼。说是"摊"，其实是用一辆三轮车改造而成的，车上摆着烙饼的炉子，炉子旁边用木板支了个操作台，放上葱花、辣椒等作料罐，最后用透明的塑料板给三轮车搭一个四方形的罩子，就可以蹬着到处摆摊，遇到城管检查也方便转移。

"还是老样子？两个煎饼，一个加蛋加火腿，一个什么都不加？"老刘疲惫的声音在陈功耳边响起。陈功随口回了一句"对"，目光依然呆滞不动。老刘没半句废话，看都不看陈功一眼，低头重复那做过成千上万次的动作。空气中弥漫着令人窒息的味道。

陈功手里拎着两个煎饼，步履沉重地踏上楼梯。楼梯很窄，窄到上下两个人相遇时，都需要侧着身子才能通过。楼道里也很暗，白天都得开灯，灯光昏暗得很难看清人脸，而此时却使陈功感到莫名的舒适，仿佛自己正躲在一道地缝里，不用再去看别人的脸色。

陈功的住处在五楼，是顶楼，他爬上来已经有点喘了，于是在楼梯口稍稍调整了一下呼吸，才走向自己的房间。房间在走廊最尽头的拐角处，他掏出钥匙，一边寻思着怎么告诉梦影试镜的结果，一边把钥匙插进锁孔，缓缓转动着打开了房门。

"汪汪汪。"房门刚一打开，哆哆就扑上前来，冲着陈功叫个不停。"哆哆，你今天怎么了？哪里不舒服吗？"他连忙弯腰抱起哆哆，关心地问它。

哆哆情绪激动地继续叫了几声，挣脱陈功的手，飞快地跑到餐桌边，坐在地上望着陈功，眼神悲伤。

陈功看看哆哆，抬头看到卧室的门是开着的，却没有梦影的身影。"梦影，我回来了。"陈功叫了一声。

没有听到梦影的回答，而哆哆又叫了起来。陈功满脸疑惑地走到餐桌旁，看到餐桌上立着一张爱心卡，下面压着张白纸。

他拿起爱心卡里外翻看，没有发现字迹，再拿起那张白纸定睛一看，顿时眼前一黑，重重地跌坐到餐椅上。

白纸上是梦影娟秀的字迹：我搬走了，你先帮忙照看几天哆哆，等我安顿好了马上接走。别来找我，我们说好的，冷静一段时间。

哆哆又焦躁不安地叫起来，陈功瞬间惊醒，迅速起身奔向卧室，一把拉开衣橱门，赫然发现梦影的衣服都不在了。他转头看向床面，空调被和枕头都整齐地叠放在床头。

陈功愣了一会儿，突然想起什么，拔腿跑进卫生间。

梦影原本放在卫生间里的洗漱用品和化妆品都不见了。陈功木然地瞪视着镜子，镜里的那个映像分明是《指环王》里的咕噜，正在笑呵呵地看着他，眼里满是鄙夷和怜悯。

这个打击对于陈功来说，其杀伤力远大于试镜失败，因为梦影是激励他坚持下去的最大动力……

和梦影是在一次朋友聚会上认识的，虽然已是七年前的事情，但陈功对当时的情景记忆犹新。

那是一位老导演组织的聚会，参加的十几个人都是文艺圈的。

现场气氛十分热烈，酒过三巡菜过五味之后，大家玩起了传统游戏——王羲之《兰亭集序》里描写的"流觞曲水"，轮到谁，谁就喝一杯酒，同时表演一个节目。每个人都纵情地展现着自己的才艺，喝彩声和劝酒声此起彼伏，甚是热闹。

梦影坐在陈功的左手边。那时的她刚从外地的音乐学院毕业，来到这个大城市，虽然很努力地想把自己打扮得成熟点，但眉宇间还是透着浓浓的学生气息。陈功被她安静的气质深深吸引，时不时地偷偷瞄她几眼，梦影好像也感觉到了来自陈功的注意，被看久了，会转头回视，于是陈功赶忙把目光移向他处。梦影看着陈功那英俊的脸庞和窘迫的表情，不禁低头嫣然一笑。

伴随着阵阵欢呼声，已经有好几个人表演过了。陈功发现梦影越来越紧张，她频繁地拿起茶杯，抿一口又放下，脸上的笑容渐渐变得僵硬。

陈功觉得自己应该帮她。他露出自认为最真诚的微笑，小声安慰梦影："小姑娘，别紧张，演砸了也没事，大家开心就好。"

梦影转头看向陈功，表情相当复杂，有一丝感激，又有一丝无奈，苦笑着说道："谢谢你，我是因为不能喝酒。"

陈功十分尴尬，歉意地笑笑，不再说话了。他听到梦影的呼吸声越发急促，脑子不禁飞快地旋转起来，思考该怎么帮她。

终于，一阵叫好声之后，轮到梦影了。

梦影咬咬牙站起来，语速飞快地说道："我叫梦影，是个歌手，我给大家唱一首《隐形的翅膀》，希望大家喜欢。"

"好，这首歌好听。"陈功大声附和，带头鼓起掌来。他看明白了梦影的计策，那就是快速跳过喝酒环节，直接进入表演，于是他乘势打起了配合。

陈功的配合战术起到了作用，几个朋友也跟着拍掌叫好。梦影感激地看了一眼陈功，张嘴就唱："每一次，都在徘徊孤单中坚强……"

"慢，小姑娘，你还没喝酒呢。"坐在对面的老导演首先发现了破绽，端起酒杯打断了梦影的演唱。

"对啊，小姑娘，先喝了酒再唱。"坐在老导演旁边的几个年纪大的人也回过味来，纷纷举起酒杯起哄。

梦影尴尬得脸都红了，小声说："对不起大家，我一喝酒就晕。"

"规矩就是规矩，大家一视同仁。"老导演不依不饶。

"对啊，对啊。"更多的人附和。

梦影更为难了，看着老导演，眼泪在眼圈打着转。

"各位老师，"陈功鼓足勇气，端着酒杯站起来，尽可能让自己看上去像个老江湖，"梦影是真的不能喝酒，我来替她喝，你们看可以吗？"

陈功望向老导演，满脸谦卑和恭敬。老导演看出了陈功的心思，但不想让他轻易得逞，便笑了笑说："好，小帅哥英雄救美。我也不为难你，我们的规矩是替酒的喝三杯，你行吗？"

陈功看看手里硕大的酒杯，咬牙说道："行，咱不能坏了规矩。"说完一扬脖，把整杯酒灌进喉咙里。

"好！"现场爆发出震耳欲聋的叫好声。

此时的陈功热血沸腾，在梦影感激的眼神中，他豪迈地抓起酒瓶，连倒带喝，一口气又连干两大杯，最后杯底朝下，兴奋地冲大家喊道："各位老师，请上眼。"

"小兄弟，好样的，果然自古英雄出少年。"老导演高兴得竖起了大拇指，酒桌上的人纷纷叫好。陈功满脸通红地盯着梦影傻笑，梦影满脸通红地低头浅笑……

陈功正对着镜子傻笑，哆哆的叫声把他从美好的记忆中拉回现实。他低头看到哆哆可怜兮兮的眼神，感觉自己和哆哆都成了没人要的孤儿："哆哆，你又饿了吧？你妈妈不要我们了……"

哆哆仿佛听懂了陈功的话，汪汪叫了两声，眼睛里似乎也有眼泪在打转。"唉，都是苦命人啊！"陈功叹了口气，转身走出卫生间，为哆哆备好狗粮和水，自己却什么都不想吃，只是颓然地坐进了沙发。

哆哆闷声不响地吃着。和早上不同，这次它每吃几口就会看一眼陈功，好像生怕他也丢下它不管。陈功看着哆哆，泪水很快模糊了视线……

哆哆进家门时刚出生不久，还是一个毛茸茸的小肉球。当时他们租住在一个高档的小区，两房一厅，宽敞明亮，装修也是他们喜欢的简约风格，住起来十分舒适。

那时陈功和梦影在一起已经三年，陈功二十七八岁，正值一个演员的黄金时期。那一年他接了好几部戏，虽然都是配角，但戏份却越来越重，甚至有一次迎来了饰演男二号的"高光时刻"。

那段时间陈功总是在外拍戏，而梦影的音乐之路却并不顺利，大多数时间都在家里写歌练歌，于是，她萌生了养只宠物狗的念头。正巧梦影一位闺蜜养的泰迪生了窝幼崽，梦影讨了一只回来，就是现在这只惹人喜爱的哆哆。

哆哆的到来给梦影带来无比的快乐，使她迸发出几乎可以称得上"母爱"的热情。这四年间，她无比细心地把哆哆从嗷嗷待哺养得聪明伶俐，就算是后来他们从高档小区搬进了城中村，她也从来没想过要抛弃它。可是如今梦影怎么会变得如此狠心，竟然丢下哆哆和他，一个人离家出走呢？

这个"家"，是陈功和梦影租住了两年的地方，一间位于城中村的小套房，总共不到三十平米，只有一个卧室，小小的客厅里只放得下一张小小的沙发和餐桌。

其实，陈功并不觉得现在的生活有多艰难，这已经比他刚来到这个城市时要好得多了，那时他只能和几个小伙伴一起住在地下室。现在的房子虽然小，但至少能见到太阳。

何况陈功始终觉得，只要能和梦影在一起，再苦再难，生活总还有奔头。虽然最近梦影在闹别扭，总说要搬出去，还不让他进卧室睡觉，但陈功坚信，只要能顺利地接下这部新戏，梦影就一定会和自己重归于好。然而，现实却……

陈功内心痛苦万分，而哆哆还是吃几口就看下陈功。陈功不忍看它，窝进沙发里闭上眼睛，想让自己清醒清醒。

"叮咚"，手机短信提示音突然响起，陈功猛地坐起来，手忙脚乱地从裤兜里掏出手机，打开一看却是垃圾短信。他失望地把手机扔到茶几上，突然想起，早该给梦影打个电话了。自己真是昏了头，怎么这个时候才想起来给她打电话？陈功在心中狠狠地责备自己。

他解锁屏幕，按下快捷拨号键，手机屏幕立刻显示，正在拨打"老婆"的电话。

回铃音响起，陈功死死盯住屏幕，盼望着电话那头出现熟悉的声音。

回铃音响了三声，电话被切断。陈功愕然，继续拨打，这次只响一声就被切断。陈功不服气，狠狠地按下重拨键，回铃音还没响完一声就被切断了。

陈功拿着手机发愣，此情此景多像某一个电影桥段啊——男主角锲而不舍地打电话，那边毅然决然地挂电话。

就在陈功还犹豫着要不要"锲而不舍"时，微信提示音响起，陈功赶忙点开查看，是梦影发来的：陈功，我希望你能够成熟一点，利用这段时间好好想想我们的未来，这是我们早就说好了的，要冷静冷静。

"谁和你说好了！"陈功恼怒地吼了一声，飞快地回复一条信息：我从来没有答应你离开，你要相信我，我们的未来一定会好起来的。你在哪里？我去接你。

陈功一口气发完信息，紧握手机，急切地等待着梦影的回复。过了好长一段时间，梦影的回复终于来了，只有五个字：你成熟一点。

摆好架势要和梦影理论到底的陈功，看到这条信息之后，缓缓把手机放回茶几。他看了一眼还在吃食的哆哆，侧身倒进沙发，机械地拉起沙发罩子，蒙住了自己的脑袋……

半梦半醒之间，陈功被窗外嘈杂的声音吵醒。他慢慢睁开眼，抬头看看墙上的钟，已经是晚上七点半了。他的肚子咕咕直叫，只能极不情愿地、艰难地起身。

准备试镜,加上和梦影的冷战,使他一个多星期都没有好好睡过觉。下午这几个小时的睡眠,让他的大脑得到休息的机会,神志恢复清醒。他决定去梦影上班的地方和她心平气和地谈一谈。

做了决定后,陈功利落地站起来,从餐桌上拿起煎饼啃了一大口。从早到晚没吃过一口东西,他是真饿了。因为吃得太快,他差一点被噎住,慌忙拿起水杯想顺顺食,却没想到喝得太猛,呛得他直咳嗽。

陈功咳了一阵,情绪反而变得更加冷静。他在心里一再提醒自己,一定要平心静气地找梦影,否则,依着梦影的脾气秉性,她真有可能和自己恩断义绝。

陈功放下煎饼进了卫生间,用毛巾兜水,在脸上狠狠地搓洗几把,顿时觉得大脑不再那么混沌不清。他拧干毛巾,把脸和脖子都擦了一圈,然后用梳子仔细地打理头发。就在这时,他蓦然瞥见,自己的鬓角竟然已经有几根白发。大吃一惊的他凑近镜子仔细端详,发现眼角居然也增添了几道细细的皱纹。

难怪说三十岁是演员的一道坎。陈功心中生起无限惆怅:三十岁以后,熬夜拍戏变得不再那么轻松;三十岁以后,岁月的痕迹变得不容易掩盖;三十岁以后,拓宽戏路变得更加急迫。

"再不努力做出改变,你就真的没饭吃了。"陈功指着镜子里的自己,恶狠狠地说道。发泄完毕,他又努力挤出各式笑容,直到确定了与梦影见面时最合适的那种,才满意地走出卫生间。

陈功逐一摸了身上的各个口袋,确定身份证、钱包和钥匙都在,之后俯身拿起茶几上的手机和车钥匙。

正当他拉开房门时,身后传来哆哆凄惨的叫声,陈功循声低头,哆哆正用嘴死死地叼住他的裤脚,用力往后拖。陈功满脸歉意地蹲下身子,抱起哆哆抚慰:"哆哆,你乖乖的,我这就去把妈妈……给咱们找回来。"

这是一间中等规模的酒吧，四周昏黄的灯光营造出慵懒的氛围，最里边靠墙的位置有一个不大的圆形台子，正对着大门，聚光灯打在上面，让它看起来像是舞台的模样。梦影就坐在舞台中间，抱着一把吉他，低头认真地调着音。

陈功在门边的角落处找了一个双人卡座坐下来，目光和注意力全投在梦影身上。

在陈功看来，和刚认识的时候相比，梦影的外表发生了巨大的变化。她原来的发型是披肩直发，额前梳着齐整的刘海，气质如水清澈；而现在，她的头发烫成波浪卷发，动静之间透出风情万种。从前的梦影爱穿素色衣裳，白里透红的脸上略施粉黛，如荷花般清纯；现在的她更爱深色衣服，小烟熏的妆容使脸庞棱角分明，像玫瑰一样娇艳。但无论怎样变化，陈功总能在她的眉宇之间找到那份令自己怦然心动的纯真和执着。

舞台上，梦影环顾四周，看到陆续有顾客坐下。她翻动面前的乐谱，思考着要唱哪一首歌。坐在暗处的陈功此刻也在猜测，她会不会唱自己写的那首歌？

两年前梦影到这家名叫"朋友圈"的酒吧当驻唱歌手。那时陈功很久没接到戏了，压力很大，这种压力不仅来自事业上的迷茫，也有现实生活的花销。

为了节省开支，他们不得不从高档小区搬到城中村，其他开支也是能省则省。即便如此，生活中时常还会入不敷出。于是梦影提出自己去找份工作，分担生活压力。最初陈功坚决不同意，但在梦影的坚持下，他最终让步了。通过朋友介绍，梦影凭借扎实的音乐功底成为这家酒吧的驻唱歌手，每周三到四次，时间不固定，要看酒吧的生意好坏。

算上这次，陈功是第二次来这家酒吧，第一次是梦影上班一个月后。

出于男人那份可怜的尊严，陈功一直不愿也不敢去看梦影在酒吧里"卖唱"，但梦影自从驻唱之后，心情显得越来越好，写歌的灵感也比以前多了，闲暇时会和朋友开心地煲电话粥。这引起了陈功的警觉。有一次，梦影开开心心地出门后，他偷偷跟到酒吧，但只看到梦影尽情地释放着自己的音乐才华，除此别无异常行为。于是他放心了，再也没有踏进过这家酒吧。

陈功这次来，发现梦影的台风比上一次沉稳得多。

只见梦影选好了乐谱，探身向前靠近话筒，语调随性声音低沉："感谢新老朋友来'朋友圈'捧场，现在给大家带来一首我原创的歌曲，名字叫《圈》，希望朋友们喜欢，祝大家在这里度过一个美好的夜晚。"

梦影说完，坐稳了高脚凳，抱起吉他。台下响起稀稀落落的掌声，陈功也情不自禁地轻轻鼓了几下掌。

梦影冲着台下礼貌地微笑，低头拨动琴弦，嗓音如天籁，深情吟唱那首她时常哼起的歌谣。

　　时钟在嘀嗒
　　心儿不敢停下
　　仰望天马行空的酣畅

　　跑道在盘旋
　　脚步勇往直前
　　追赶年少轻狂的梦想

　　他们说
　　向着太阳
　　就能飞向天际
　　我用尽力气
　　不想被困在原地

　　拼命奔跑的人啊

有没有抬头看一看远方
追逐远方的人啊
有没有弄丢最早的行囊
背起行囊的人啊
会不会想起心中的天涯
浪迹天涯的人啊
会不会忘了身边的新娘

他们说
看到大海
就会变得宽广
我满怀希望
害怕只留下悲伤

拼命奔跑的人啊
有没有抬头看一看远方
追逐远方的人啊
有没有弄丢最早的行囊
背起行囊的人啊
会不会想起心中的天涯
浪迹天涯的人啊
会不会忘了身边的新娘

  梦影唱到情深处，声音微微颤抖。台下的顾客原本不太留意这个女歌手，却被那真挚而忧伤的歌声逐渐吸引，目光聚焦在她身上。而躲在角落里的陈功此时早已泪流满面，几乎无法自控。
  这首歌陈功听过无数遍。梦影刚开始创作它时，总是兴奋地缠着他，让他提意见，那时陈功正是意气风发，便说这首歌意境太消极，听众可能不喜欢。梦影听完一噘嘴，假装生气地说："你不懂音乐。"每当这时，陈功总是双手环抱住她，调皮地说："我懂你就够了。"于是两人笑着、闹着，翻滚在一起……

此时此刻，此情此景，再次听到这首歌的陈功才真正听清了梦影的心声，明白了她对音乐的追求，也理解了她的苦闷。陈功现在十分后悔——自己有能力的时候，没有给梦影所需的支持，到了这两年，自己竟然沦落到要靠她在酒吧驻唱来贴补生活。想到这里，他不禁双手紧紧地抓扯住头发，真想狠狠地扇自己俩嘴巴。

舞台上，梦影一曲终了，抱着吉他低头陷入深思，久久不能自拔。台下的观众静默几秒钟之后，爆发出热烈的掌声，叫好声和口哨声此起彼伏。梦影缓缓抬起头，努力控制住自己的情绪，凑近话筒说："谢谢好朋友们喜欢这首歌，十分钟后，我再为好朋友们演唱，祝大家玩得开心。"

她说完话，面无表情地把吉他放好，低垂着双眼想走下舞台，刚走到台沿就感觉到有个人挡在面前，抬头一看，是眼含热泪的陈功。

"梦影，我对不起你。"陈功动情地说，"我忽略了你的梦想，忽略了你的感受，你能再给我一次机会吗？我想好好爱你。"

梦影猜到陈功会来酒吧找她，但没想到他会说出如此贴心暖人的话，这还是那个永远沉浸在自我世界里的大男孩吗？难道他真的一夜之间长大了？梦影愣愣的，在陈功的眼神里努力寻找着答案。

陈功小心翼翼地观察梦影的神情，觉得她已经回心转意了，于是激动地抓住梦影的胳膊，兴奋地说："梦影，我以后一定多联系剧组，多联系圈里朋友。要什么面子？面子是靠自己赚来的。你放心，我一定会成功的，我们的未来一定会非常幸福。"

梦影听了却气不打一处来。原来陈功压根没改变，他的心里仍然只有他自己。梦影心灰意冷，厌恶地扭动身体，想从陈功的手中挣脱出来，她低声吼道："放开，你抓疼我了。"

陈功万万没想到梦影会是这种反应，十分气恼："你为什么总是不相信我呢？你要我怎么做才肯相信我？"他越说越大声，双手也越抓越紧。

"你抓疼我了！"梦影痛苦而烦躁地一扬胳膊，终于挣脱了陈功的手。

梦影的怒斥让酒吧里的人都转头看向他们。此时陈功气血上涌，完全丧失了理智，他上前一步，又一次抓住梦影的胳膊，愤怒地吼道："你要怎么样才肯和我回家？"

梦影没想到陈功会当众纠缠不休，刚想发作，身边响起了一个声音："妹妹，这是怎么了？"

梦影一转头，身边站着一个身材高大魁梧、满手臂刺青的中年男子。梦影认出他是酒吧的熟客，不想多生事端，便赶忙解释："没事，林哥，一个朋友找我有点事。"

"什么事啊，需要拉拉扯扯地说？"林哥用眼角瞥着陈功，大大咧咧地问。

"林哥，真没什么事，这还惊动您了，真是抱歉。"梦影赶忙挣脱陈功，挽住林哥的手对他赔笑。

陈功见梦影甩下他去讨好林哥，立刻怒从心头起，仰头盯着林哥，不客气地说："我们的事你管得着吗？"

"你谁啊？敢跟我在这儿来劲？"林哥把脸一横，高声喊道。

林哥的几个朋友闻声呼啦啦围上来，一个个横眉立目，作势要动手。

"林哥，对不起，我这朋友不懂事，您别和他一般见识。"梦影赶忙拉住林哥，忙不迭地道歉。

"我是她男朋友，怎么着？仗着人多欺负人啊？"陈功不甘示弱，拍了拍胸脯。

林哥用眼神向梦影询问，梦影沉着脸不出声，林哥好像明白了什么，语气嘲讽地对陈功说："哟，没看出来啊。你说你是梦影的男朋友，她承认吗？"周围众人跟着起哄。

陈功盯着梦影，期盼她赶快承认，好挽回自己的颜面。但梦影根本不看他，也不说话。

酒吧经理挤到陈功身边，自来熟地一搂他的肩膀，笑道："小兄弟，你先回去吧，梦影这边我来劝她。"之前酒吧经理在不远处看了半天，大概明白了陈功的身份和来意，眼见着气氛越来越紧张，他可不想把事情闹大。一转身，酒吧经理又对林哥作揖赔笑："林哥，您别生气，就是小情侣闹点情绪，别坏了您的好心情。"

陈功看酒吧经理挺客气，也不便多说，只能按捺住自己的情绪，眼巴巴地看着梦影。

梦影面无表情地看一眼陈功，转头马上换成笑脸，对林哥说："林哥，别管他了，咱们唱歌，我现在就给您唱，您最喜欢的《月亮代表我的心》。"她挽起林哥的胳膊，往舞台方向带。

林哥鄙夷地盯一眼陈功，放声大笑："好，月亮代表我的心。"

林哥的同伴也跟着他们往舞台走，经过陈功身旁时，有人故意撞了下陈功的肩膀，回头抛下一句话："就你这样子，养得起女朋友吗？"

"你！"陈功恼羞成怒，指着那人想上前理论。酒吧经理连忙拉住他："哥们儿，别在这儿闹事了，咱先回去吧。"

陈功懊恼地低下头，右手握拳，捶了一下左手的手心："什么东西！"

即将登上舞台的梦影回头望望陈功，表情复杂难言。

第三章　难熬的一天

一间权充教室的体操练功房里，四面都是镜子，六七个学生靠墙坐成一排，正在热烈地讨论什么，笑声不断。

陈功坐在角落里，双手交叉抱胸，直愣愣地看着他们。

"酒吧事件"已经过去一周了，这一周里陈功备受煎熬。刚开始，他每天给梦影打七八个电话，发五六条微信，觉得有太多太多的话要对梦影说，特别是在独处的时候。然而，梦影总是第一时间就切断电话，微信也从来不回。渐渐地，陈功自己都觉得无趣，基本上不再打电话，但在每天午饭、晚饭和凌晨时分，至少发一条问候的微信。同样的，从来没得到过回复。

就在刚才，陈功突然意识到，已经很久没有看到过梦影朋友圈的更新了。他点开梦影的头像，发现她居然把他屏蔽了，不让他看自己的朋友圈。这对陈功来说，又是一个不大不小的打击。

"老师，我们已经讨论好角色分工，可以开始表演了吗？"一个女学生探探头，向着陈功举手发问。

陈功正在失魂落魄之际，目光呆滞地盯着墙角，根本不理会。

女学生把手举得更高了，加大音量道："老师，我们准备好了。"

陈功继续发呆。

学生们面面相觑，开始交头接耳地议论他。一个打扮得像"富二代"的男学生冲着他调皮地吹了声响亮的口哨。

听到口哨声的陈功像触了电，眼神快速聚焦，搜索是谁在调皮捣蛋。学生们被他滑稽的表情逗得哄堂大笑。

"是谁吹的口哨?"陈功恼羞成怒,大声问道。

"老师,我们讨论好了小品的角色分工,请问可以开始了吗?"吹口哨的男学生笑呵呵地举起手,仿佛刚才什么都没发生过。

陈功本想怒斥,但他也知道自己失态在先,只能压住火气,闷闷地说:"哦,那你们开始吧。"

学生们马上活跃起来,互相确认着自己的角色,把桌椅板凳搬挪到合适位置,教室内的青春荷尔蒙瞬间爆棚。

陈功坐直身子,看向热情似火的学生们,心中生起无限感慨:想当年,我和他们一样都是十七八岁,对表演的痴迷比他们更强烈,但哪有条件参加这样的培训班啊,只能独自疯狂地模仿电影里的角色来练习。如果当时有人稍微指点一下,应该会少走很多弯路吧。

这家艺考培训中心是李明开办的,主要给艺考生做考前指导和练习。在陈功求助之后,李明除了帮他联系剧组,还安排他到这里来带课,基本一周三次,具体时间根据招生情况而定。目前培训中心的学生不多,有时一周还排不上三次课,收入也只够勉强度日,但患难见真情,陈功对李明始终心怀感激。

说曹操曹操就到,正在陈功愣神的时候,李明推门进了教室,面带微笑地走过来,陈功连忙站起身迎接。

李明今年三十五岁,中等个子,身材匀称,相貌端正。他身上阳光向上的气质曾是演员梦寐以求的天赋,现在却成为一种"劣势",因为眼下流行的是个性化,观众喜欢看面容姣好、擅长耍酷的"小鲜肉"。李明和陈功都面临这个问题。他这么愿意帮助陈功,从某种意义上说,或许是"同病相怜"。

"这帮小孩不好对付吧?"李明微笑着问道,"你没来之前,可把我烦死了。"

"孩子们挺好,很有热情,几次课下来,我也总结出一些经验,现在没那么紧张了。"陈功故作轻松。

"《成功大师》的试镜怎么样?"李明满意地点点头,关心地问他。

陈功早猜到李明一定会问这件事,来之前已经准备好了说辞,表情轻松地回答:"挺好的,蔡副导演很给力,向导演说了不少好话。谢谢你啊,师哥。"

"那就好,那就好。"李明很开心,"什么时候出结果啊?我觉得你一定行,现在像你这么认真琢磨戏的演员不多了。"

"说是让等通知。不管结果怎么样,都得感谢师哥,感谢感谢。"陈功双手合十,面带感激。

李明摆摆手笑道:"咱俩的关系不存在什么感谢,在外打拼就得互相帮忙,你不用太客气。"

陈功心头感动,犹豫了片刻,不好意思地说道:"师哥,如果有其他剧组的消息,还请继续帮忙留意一下。不瞒师哥,我现在有点,那什么……"

李明看着满脸窘色的陈功,自己也十分不好受:"放心,我一定帮你留意……"他本来想让陈功宽心,但说完之后,突然意识到这很难实现,于是面露难色地继续说:"只是,现在整个影视行业……你也在圈子里,应该知道,可以说是特别不景气……"

刚刚生出的一丝希望立刻被浇灭了,陈功不知所措地看着李明。李明此时很想把压在心底的愤懑倾诉出来:"前几年,不知道为什么,资本市场纷纷把钱投入影视圈,很多圈内朋友欢欣鼓舞,说这下好了,有钱了,能拍更好的影视作品了,甚至有些人喊出要超越好莱坞。呵呵。"他说到这里,不禁发出一声冷笑。

"是啊,我当时也是这么想的。"陈功没觉得这想法有问题。

"大错特错!"李明气愤地说下去,"我当时就告诫他们,热钱进来绝不会流向剧本创作和电影制作,只会流向人气高的地方,为什么?有利可图啊,花大价钱请流量明星,再烂的制作水平也会有人买单。你看看,现在的情况是不是这样?"

"好像还真是……"陈功若有所悟。

"你看看,这就是个怪圈。那些真心想拍好的片子,却票房扑街,血本无归,多令人痛心啊。"李明激动起来,几乎是痛心疾首,"现在好了,热钱赚够了,跑路了,留下一地鸡毛。到如今,大家都不敢轻易投钱了,开始观望。我估计,这种无戏可拍的状况,至少还要持续一年,只能慢慢熬,熬过寒冬。"

李明说的最后一句话对陈功打击巨大。他本来还信心满满地认为,只要自己放下面子,多求人,一定能接到更多的戏,这样就可以实现自己的电影梦想,还能赚到足够多的钱。自然而然的,梦影就会回到自己的身边。

他很想辩驳李明的话,但最近两年的经历似乎印证了李明的说法,竟是无懈可击。陈功郁闷地看看李明,又望向教室里闹腾的学生们,陷入了沉思。

傍晚是城中村最热闹的时候。忙碌了一天,大部分居民都回到了这个简陋而人气旺盛的地方。密集的楼群被晚霞映照,天空如同蓝色的布景,加上街道两旁亮起的灯光,这里像极了一个表演舞台,各种装扮的人们正在卖力地演出自己的生活秀。

陈功步履飞快地走在街上,手里拎着一袋狗粮,是他特意为哆哆买的新口味。这段时间他精神恍惚,没有好好照顾哆哆,今天听了李明的一席话后,觉得是时候重新规划一下生活,做好梦影短期内不会回来的打算了。

一口气爬上五楼,陈功从裤兜里掏出钥匙打开房门。他抖动着狗粮袋,一边往屋里走,一边大声喊道:"哆哆,快来,看我给你带什么好吃的回来了。"

房间里没有传来哆哆欢快的叫声,陈功感到很奇怪。他反手关好门,探头寻找哆哆,嘴里喊着:"哆哆,躲哪儿去了?有好吃的。"

仍然没有半点回应。陈功正在纳闷,突然发现餐桌上有一张字条被压在杯子下面。一种不祥的预感立刻涌上心头,他移开杯子,抓起字条定睛一看,顿时感到一阵眩晕。

果不其然,字条是梦影留下的,上面写着:陈功,我把哆哆接走了。求求你,别再骚扰我了,让我们都冷静一段时间。

骚扰?这就是我给梦影留下的最后印象?陈功简直不敢相信自己的眼睛。他把字条凑到眼前,"别再骚扰我了"几个字变得更加真切,像电流一样强烈刺激着陈功的大脑。

陈功自觉已经十分照顾梦影的感受了。电话不接,发微信总可以吧,而且联系频次已经降到最低程度,更是特意避开她的睡眠时间。他实在无法接受"骚扰"这两个字。她还是那个自己爱了七年的梦影吗?这是铁了心要分手啊。难道就因为他这段时间没有赚到足够的钱?但是前几年两个人的生活不都是靠他吗?

陈功越想越气,抓起手机愤怒地拨打梦影的电话。

回铃音响起,一声,两声,三声……

陈功觉得这次梦影应该会接电话,因为之前都是响一声就被切断。他清清嗓子,大脑飞快地旋转着,准备接通电话后打出一串连珠炮。

回铃音戛然而止,电话被无情地切断了。

陈功一愣,那感觉就像准备冲锋的士兵在战鼓声中嗷嗷直叫,没成想鼓响三通后,等来的却是收兵锣声。

陈功随即按下重拨键,眼睛死死地盯住手机屏幕。

回铃音响起,只一声就没了,接着传出机械的女声:"您好,您拨打的电话正在通话中,请稍后再拨。"

陈功泄气地瘫坐在椅子上,新买的狗粮随手扔到了地上。此时他的心就像这空落落的房子,飘在半空中,找不到一个支点。

"咕咚",手机传来微信提示音,陈功瞬间被激活,预感到这是来自梦影的信息。他抬手看屏幕,果然是梦影发来的。陈功刚想点开查看,突然间有些迟疑,觉得自己的心脏已经无法承受更多的坏消息了。

盯着手机十几秒钟,陈功终于下定决心,迅速点开微信,手机屏幕跳出一行字:今晚八点,老地方见。

"耶!"陈功攥住手机,高兴得跳了起来。

梦影所说的"老地方",就是他们俩第一次约会的地方,一家坐落在公园里的意大利餐厅。公园位于这个城市的"富人区",人气相当旺,除了优美的风景之外,最吸引人的莫过于一条沿河而建的美食风情街,汇聚了来自欧洲和美洲的众多特色餐厅。每到周末和傍晚,这里就成了家庭聚会和情侣约会的胜地。

陈功早早来到餐厅。他今天刻意打扮了一番,穿上与梦影第一次约会时穿的那件POLO衫,下配西裤和皮鞋,帅气洒脱。

每次来这家餐厅,他都会坐在露天桌位。他喜欢慵懒地靠在椅子里,看着观光道上熙熙攘攘的人群,通过观察他们的神情动作,揣摩他们的生活状态和心理活动,再结合经典电影桥段和自己的表演经历,进行比对和分析。想到一些有趣的电影桥段时,他会情不自禁地笑起来。

每到这时候,梦影都会调皮地举起食指,在他眼前慢慢移动,直到把他从"白日梦"中拉回现实。然后,她会缠着陈功说出那些有趣的桥段。陈功绘声绘色地为她描绘电影里的场景,也描绘自己对于未来的美丽憧憬。梦影会支着下巴,面带微笑地注视他,眼里充满了爱意。

想到这里,陈功已是泪眼蒙眬。他展开餐巾纸敷在眼睛上,努力平复着自己的情绪。

当他放下餐巾纸,慢慢抬起头时,看到梦影正朝自己走来。她的穿着打扮和上次在酒吧里一样,还是那么随性,脸上依旧是冷若冰霜。

陈功立刻站起身,笑容可掬地朝梦影招手。他颇具绅士风度地拉开旁边的座椅,等着梦影入座。

梦影走近,目光只在陈功的身上停留了一秒钟,就自顾自地走到他对面的座位,拉开椅子坐了下来。

陈功尴尬地看着她,梦影回视,脸上毫无表情,眼里看不出任何信息。陈功无奈,只能讪讪地回到自己的座位。

"梦影，谢谢你能约我见面，我有太多的话要对你说。"陈功梳理了一下思路，语气十分诚恳。

"这么多年来我们说得还不够多吗？"梦影冷冷地回答。

陈功对梦影的反应早有思想准备，只是温柔相待："梦影，你一直让我想想我们的未来，我最近认真地反思了。"他停下来看梦影，发现她的眼中泛起一丝光亮，心中欣喜，接着说道："这两年来我确实太消极了，工作正好进入了瓶颈期，再加上大环境又不好，很多一线演员都没戏拍，去跑综艺节目或者直播带货。但我相信，是金子总会发光的，我拍了十年的戏，虽然重头戏不多，但我一点都不比别人差，只是缺少一个机会。"

梦影眼中的光亮又消失了。陈功心里有点发慌，赶忙补充道："我现在给李明的表演培训班上课，渐渐找到感觉了。我已经要他多给我安排课时，也在请朋友帮忙联系其他的培训班。另外，胡响推荐的股票最近涨得挺好，我赚了不少。等熬过今年，到明年影视市场一定会好转，我们的日子也一定会好起来。梦影，你必须相信我。"

陈功充满期待地看向梦影。

"你的心里永远只有自己，只有你的电影梦。"梦影冷冷地回了一句，脸上露出一种无所谓的神情，"我还是那句话——我们都冷静一下，不要打电话，也不要发信息，一个月后，再决定我们要不要继续在一起。我再说一遍，我们现在年纪都不小了，该学会用成熟的方式处理问题，别只想着自己。"

陈功没想到梦影会用这种教训的口吻和自己说话，他努力抑制住怒气，压低嗓子说："梦影，现在是我最艰难的时刻，难道你不能多给我一些理解和支持吗？"

梦影瞟了他一眼，不再说话，低头在手机上打字。

陈功越发生气，提高嗓门质问："你是不是有了新欢？"

梦影很快发完了信息，抬起头冷漠地直视陈功，声音略带颤抖："陈功，你说话要凭良心。你扪心自问，我给你的理解和支持还少吗？你又给过我多少理解和支持？你以为我和你在一起，是图你能成为明星？是为了跟着你享受荣华富贵？你也太小瞧我了。"

陈功一时语塞，脸涨得通红。

"我今天答应和你见面，是真的不想再和你吵了。"梦影稍稍平复下情绪，"我累了，我只是想当面告诉你，不要再联系我，让我们都冷静一下，试着去过没有对方的日子。可你总是这么纠缠不清，这么不成熟。"

这一年来自己被梦影说过多少次"不成熟"，陈功已经记不清了。他始终不明白，梦影要的"成熟"是什么样？大腹便便，走路一步三摇，说话四平八稳吗？难道梦影开始喜欢这种油腻中年男了？如果他真变成那样，还不如死了算了，那样的演员只能演反派，而且在镜头里会变得像个"猪头"，还活个什么劲啊！陈功欲言又止，表情痛苦。

梦影突然站起身，冲着门口的方向微笑招手。陈功扭头望去，一个五十岁左右、头顶光可鉴人、大腹便便的男子，脸上挂着灿烂的笑容，一边挥手致意一边走近。

还没等陈功反应过来，梦影上前一步，很亲密地挽住男子的手臂，向陈功介绍："陈功，我来介绍，这位是我的男朋友，林建国，做茶叶生意的。"

陈功张大嘴巴，呆坐不动。

林建国也张大嘴巴，大喜过望地看着梦影。

梦影没拿正眼看林建国，盯着陈功向林建国介绍："林总，这是我的一个同乡，陈功，著名演员，演了很多电影和电视剧。"

"幸会幸会，原来梦影有这么厉害的同乡，以后多多关照啊。"林建国向陈功伸出右手，满脸堆笑。

陈功根本不理会林建国，怔怔地看着梦影，梦影也不避开他的眼神。他用尽力气想在梦影的眼睛里找到答案，却发现她的眼神中只有坚定。良久，陈功仍不死心，幽幽地问："你真的决定好了？"

"你别再逼我，别让我失去对你的最后好感。"梦影眼中含着泪花,轻声说。

陈功渐渐回过神。他缓慢地起身,和林建国握了握手:"祝你们幸福。"话音未落,他一把甩开林建国,低头匆匆离去,留下林建国一脸茫然地立在当地。

梦影看着陈功掩面而去的背影,默默放开林建国的手臂,低头跌坐在椅上,眼泪夺眶而出。

夜晚的城中村热闹依旧,孩子们在狭窄的街道上嬉戏打闹,街边的店面大多都没有歇业,人们还在为生计劳作。

泪眼婆娑的陈功走在昏黄的路灯下,头顶上黑压压的房屋像一个个鬼魅,死死地盯牢他,都在等待他跌倒的那一瞬,好飞扑上去将他吞食。

"噼噼啪,啪啪啪……"不远处,一阵密集的爆竹声响起,陈功吓了一跳,抬头望去,一群人正在家门口放鞭炮。陈功停住脚步,双手捂耳,侧身躲避。

不一会儿工夫鞭炮就放完了,陈功继续向前走,隐约看到这家的门上贴着大大的双喜字。一位身穿红色新娘礼服的年轻女子由几个伴郎伴娘陪伴,把红色包装的糖果发给路过的人们,接过喜糖的路人纷纷拱手道贺,每个人的脸上都洋溢着幸福快乐的笑容。

陈功丝毫没有受到欢乐气氛的感染,他现在只想赶快回家,脱掉身上的衣服,好好洗个澡,然后在沙发里躺平,看一部荒诞电影,看看这个世界其他地方的荒诞事和荒唐人。

陈功紧走几步,想绕过这群人,从街边溜过去。可是,也许因为他的长相和打扮都太过帅气,新娘子远远地就注意到了他,一直在等着他走近。看到陈功想溜,她横移几步,笑盈盈地挡住了他的去路。

"先生,今天是我们大喜的日子,路过的都是有缘人。"新娘递给陈功一包喜糖。其他的嘉宾也满脸笑容地围过来,其中一个五十岁上下、肥头大耳、肚圆腰宽的男人快步上前,挽住了新娘的手臂。

陈功眼看自己被逮住，不得不接过喜糖，强颜欢笑地对新娘道贺："恭喜，恭喜，恭喜新娘子，百年好合，早生贵子。新娘子这么漂亮，生的孩子一定是人中龙凤。"

新娘没想到陈功不仅长得帅，嘴还这么甜，一时间笑得满脸绯红，眼睛一直偷偷地瞟着陈功。

陈功看新娘这般表现，顿时也来了精神，转头对挽着新娘手臂的中年肥男拱手道贺："恭喜伯父啊，有这么漂亮的女儿，真有福气。"

中年肥男本来还笑容满面，听陈功如此一说，脸色遽变。

"新郎去哪儿了？我要好好祝贺他，能娶到这么好的媳妇，真是上辈子积了大德，太有福气了。"陈功没注意周围人的神色，一边四下张望一边高声叫嚷。

新娘十分尴尬，指指中年肥男，小声说："这位是我家先生。"

陈功一愣，看看新娘又看看新郎。新郎也在看他，脸上强装出笑容，眼中藏着些许恼怒。

这难道是上天在嘲弄我吗？或者是他老人家要给我什么暗示？陈功越想越觉得讽刺，忍不住笑出声来。

"有什么好笑的？！"新郎一声怒吼，把陈功的思绪拉回到昏黄的街上。

看到新郎和几个伴郎正瞪着自己，陈功心头陡然涌上一股冲动，瞬间入戏，仿佛自己被金·凯瑞附体。"今天是你们大喜的日子，咱们也算是街坊，这一切都是缘分，都是上天的安排。"陈功模仿电影里的腔调高叫，语气狂放不羁。

陈功突如其来的表演把人们镇住了，个个伸长脖子等着看他接下来的动作。

"这样吧。"陈功把嗓门提得更高，"我在这里给大家表演个节目，也算没白收这包喜糖。"

陈功高高地扬起喜糖，还没等大家反应过来，就自顾自地模仿迈克尔·杰克逊，卖力地跳起了那段经典的劲爆舞蹈 *Beat It*。

他边舞边唱，起初大家都以为碰到一个精神病，然而很快就被他到位的舞蹈动作和不俗的唱功所折服，跟着歌曲的节奏鼓起掌来。

这是陈功最喜欢的舞曲，只要有机会，他就会倾情表演。每一次跳起它，都能让他的激情彻底释放，从而嗅到梦想成真的美好味道。也正是这支舞，让他和梦影第一次相见时就撞击出了爱的火花。

陈功越跳越投入，越跳越狂野。他不断地用手势和眼神召唤人们和他一同起舞。最初大家都很害羞，只是欢笑着为他鼓掌，终于有个爱跳舞的伴娘经不住陈功的挑逗，鼓起勇气，随着音乐节奏欢快地扭动腰肢，围观的年轻人瞬间被点燃热情，纷纷加入进来，最后，连新娘也在新郎诧异的眼神中翩翩起舞。

此时的街道如同刮起热风的沙漠，狂飙卷着沙粒，想要填满整个空虚的世界……

空荡荡的客厅里，陈功虚脱般趴在沙发上，头和脸都埋在抱枕下面。他实在想不明白，梦影为什么会如此绝情？自己已经那么低声下气地表态说要努力赚钱养家，却被她更加无情地羞辱。

想当初，在他们的二人世界里，陈功几乎不做家务。虽然有空时他也会主动做饭，但那是因为他觉得自己做的菜更好吃。而且，用梦影的话说，陈功做饭就像打仗一样，只管往前冲。每次炒完菜，洗菜盆里、砧板上、台面上，到处都是狼藉一片，梦影总在洗碗的时候开玩笑，说"打扫战场比打仗还辛苦"。一听到这句话，陈功就做个鬼脸，说："你知足吧。将军打了胜仗，士兵才有机会打扫战场。"

历历往事不由自主地浮现在陈功脑海里，他想睡又睡不着，头疼得厉害。许久，陈功烦躁地侧着身，伸手去茶几上够电视遥控器，努力了几次，总是差那么一点点。他愤怒地向前一扑，脑袋差点磕在茶几上，终于把遥控器抓到手中。

陈功用力按下开关键，电视机屏幕一亮，传出一个高亢的、充满诱惑力的男人声音："成功，其实没有那么难，你与成功的距离，其实只差一个机会。把握机会，拥抱成功，现在就扫'成功密码'。"

陈功无精打采地看过去，原来是一个"成功大师"的广告，那"成功大师"看上去四十多岁，脸庞消瘦，一双充满睿智的眼睛藏在金丝眼镜后面，仿佛能看穿人心，让人一见就印象深刻。

陈功觉得好像在哪里见过这"大师"，一时又想不起来，他也懒得多费脑筋，换了个电视频道，没想到另一个台跳出的画面还是这"大师"。陈功苦笑几声，骂了一句："什么狗屁大师，就想着拱别人白菜吧。"狠狠按下关机键，把遥控器扔到沙发里。他顺手拿起抱枕盖在脸上，闭上眼睛，强迫自己睡去。

不知道过了多久，昏沉中似乎有人在敲门。陈功以为自己在做梦，便没有理会，心想好不容易睡着了，可千万别醒过来。然而片刻之后敲门声更大了，有人在喊他："功哥，在家吗？开门啊，我是胡响。"

陈功极不情愿地睁眼，他确定这不是梦，因为他绝对不会梦到胡响。

"谁啊？"陈功烦躁地问道。

"功哥，是我啊，胡响。"

"这臭小子。"陈功嘟哝着，缓缓坐起身，感到太阳穴突突地跳，他忙用右手大拇指和食指用力地按揉两侧的太阳穴。

"功哥，快开门啊，有重要的事情。"胡响在门外焦急地喊。

"来了，来了，什么事不能明天说？"陈功气恼地应答着，晃晃悠悠地从沙发里爬起来开门。

门一开，胡响就嗖地钻进屋里，两只小眼睛到处踅摸，还夸张地抽着鼻子四下嗅。

陈功关上门，没好气地说："你属狗的啊，到处找什么？"

胡响故作神秘地笑道："不方便待客啊？嫂子不在家，你是不是金屋藏娇了？"

陈功脸一沉，气恼地道："你小子别哪壶不开提哪壶。"

胡响一伸舌头，讪讪地在沙发上坐下来。

陈功也没过多斥责，等着胡响自己开口。

胡响中等身材，微胖，相貌普通，放到人堆里很难被注意到。唯一的特点，是他有一双总是笑眯眯的小眼睛，透着显而易见的油滑。

五年前陈功在一个剧组里认识了胡响。当时陈功是男三号，胡响只是个群演，但特别会来事，在剧组里总是笑脸迎人，鞍前马后地给主创们跑腿，十分擅长与人套近乎。

陈功挺看不起这种人的，但架不住胡响嘴巴甜，硬和他攀上了半个同乡，总是老乡长老乡短地为他跑前跑后。相处久了，陈功也不再讨厌胡响，反而觉得自己有时候是该活络一点。

两人的关系热络之后，陈功进了新的剧组会想着胡响，偶尔工作生活中需要跑个腿，也会第一时间找他，而且胡响特别愿意帮忙，每次都把事情办得妥妥的。这处城中村的房子也是胡响给找的，他自己就一直住在这儿。自从陈功住过来，两人的联系就更多了，隔三岔五一起吃个饭。陈功觉得胡响人挺有趣又重义气，对他越来越信任。

"你小子来也不先打个招呼。"陈功埋怨道。

"哥啊，我给你发了好几条微信，你都没回。"胡响委屈地说。

"哦，是吗？"陈功拿起手机看看，还真有几条胡响的未读信息，应该是刚才睡得太沉了，没听到。陈功点点头："说吧，找我啥事？"

胡响煞有介事地坐直了，脸色凝重地说："哥，这个事，你先别急啊。"

陈功有种不好的预感，焦急地问道："到底什么事？你倒是快说啊。"

"这个事，是这样……哥，你别急啊。"胡响吞吞吐吐，面露苦色，最终愤懑地说，"我们买的那只股票，本来涨得挺好的，这你也知道，但是……没想到今天突然暴跌。"

"我亏了多少？"陈功紧张地打断胡响。

胡响咬咬牙，轻声说："我亏了一半，你的也差不多。"

陈功顿觉天旋地转，一屁股跌进沙发。他现在肠子都悔青了，早知今日，当初无论如何都不能把钱交给胡响炒股。

两个月前，股市行情一片大好，连菜场大妈都在讨论炒股的事。久无进账的陈功于是跃跃欲试，想动用最后的二十万积蓄博一把。他知道胡响一直在炒股，就找他参谋，胡响两眼放光，说现在入市正是好时机，自己认识一位高人，知道很多内幕消息，还帮自己代炒，稳赚不赔，赚了钱只是按比例给那位高人代理费，其余的都进自己腰包。

陈功知道"股市有风险，投资需谨慎"的道理，问胡响如果买的股票亏了怎么办。胡响不以为然，告诉他亏的可能性很小，要不怎么叫高人呢，还说自己的钱就是交给这位高人炒股，现在每天都在赚。

陈功不是没有顾虑，但听胡响说得信誓旦旦，看到股市指数持续向上，又觉得如果错过了这波行情，自己一定会追悔莫及，于是决定先拿十万元试试水。

那段日子，陈功每天过得提心吊胆，手机里的股票软件随时在线，没事就拿起来看看涨跌曲线。梦影总是提醒他别太沉迷了，但看到飘红的数字和上翻的金额，仿佛美好的生活正在向他招手。他迫不及待地把仅剩的十万元也交给了胡响。

万万没想到，结果会是这样，"赔了夫人又折兵"，这该如何翻身啊？陈功一声哀叹。

追悔中陈功突然觉得哪里不对，他挺身坐起，打开手机股票软件，找到自己买的那只股票，发现曲线图显示几天前就开始下跌了。他把手机屏幕转向胡响，怒吼道："你为什么现在才告诉我？几天前就开始跌了，那个时候怎么不说？我信任你才把钱给你炒股，你对得起我吗？"

胡响瞄了一眼曲线图，马上委屈地辩解："我和你一样，每天都在看曲线。刚开始跌时,我马上问那高人怎么办,他说别慌,过几天就反弹。我看你也没联系我,就寻思再等等。没想到,今天没等来触底反弹,却等来了千年不遇的股灾。你不相信可以看新闻,现在是全球股灾,连股神巴菲特都亏得底儿掉。"

陈功心里发苦,这几天他都在想梦影的事,哪有心情理会别的。何况,股票一直都在上涨,谁又能想到,就这几天工夫,股价从天堂掉到地狱。

"你不是说稳赚不赔吗?"陈功胸口一股恶气难平。

"哥啊,我亏得更多!"胡响的表情好像马上就要哭出来了。

陈功盯了他半天,有气无力地说道:"你让那高人明天一开盘就把我的股票抛掉。"

胡响看出陈功不想追究,立刻又来了精神,向前挪挪屁股,凑近陈功,煞有介事地说:"哥,来之前高人跟我说了,他有内幕消息,另一只股票下周会大涨,我已经投了,要不你再投点,下周一定翻本。"

"我哪还有钱啊,你赶紧安排,把剩下的钱还我吧。"陈功眼皮都没抬一下,一脸懊恼。

"这只股票卖了,不就能买新的了吗?"胡响帮着出主意,脸上笑眯眯的,"放心,这次的消息绝对靠谱。"

陈功抬眼盯着胡响,不解地问:"你这么想我买股票?是不是有什么猫儿腻啊?"

胡响脸色微微一变,立刻又是满面堆笑:"瞧你这话说的,我能有什么猫儿腻?赚多少亏多少,你都看得到啊,我不是急着帮哥哥翻本嘛。"

陈功见胡响一脸真诚,觉得自己这样怀疑未免欠妥。他摆摆手,烦躁地说:"胡响,你要还当我是朋友,就尽快卖掉,亏多少我都认,我可不想喝西北风。"

"好,下周一能卖的话就卖。兄弟做事,你放心。"胡响见陈功去意已决,赶忙拍胸脯保证。

"唉……"陈功无可奈何,"我就是太放心了。"

胡响有点尴尬,还想分辩,然而陈功不再看他,闭目不语。

胡响并不罢休,低头从包里掏出张宣传单,凑近陈功轻声说:"哥,其实我这次来,还有一件大大的好事。"

"胡响,我就不留你了,今天事太多,我想早点休息。"陈功微微睁开眼,"走时帮我把门关好。"

胡响仍不死心,晃晃手里的宣传单,语气兴奋:"我最近结识了一位大师,就是这位,法号叫震古。这人太神了,专门教人怎么赚钱,怎么从屌丝变富豪。他每次上课,来听课的学员坐都坐不下,那场面太鼓舞人心了。你真应该去……"

"胡响,你先回去吧,已经很晚了。"陈功不耐烦地打断胡响,站起身,做了个"请"的手势,往外赶人。

胡响不敢再多说,把宣传单放在茶几上,最后推销一句:"资料我帮你拿回来了,有空的时候一定要看。"

"请回吧。"陈功又做了个催促的手势。

"好好好,看你今天太累,我就先回去了。"胡响自己给自己找台阶下。

陈功把胡响送出门。关门之前,陈功还是不放心,郑重地告诉胡响:"你记住,明天一定尽快清仓,清完后第一时间告诉我,我也会一直盯着。"

"放心吧,我什么时候骗过你啊。"胡响回头,又是信誓旦旦。

陈功摆摆手关门,身子无力地靠在门上,低声狠狠地骂了一句:"我就是太放心了!"

他也不知道是在骂胡响还是在骂自己。

门外阴魂不散地又传来胡响的声音:"哥,记得一定要看那资料,那是你成功的机会,相信我。"

陈功又低声怒骂了一句,拖着疲惫不堪的身体走进卧室,轰然扑倒在床上。他太累了,必须好好睡一觉,让快要窒息的大脑彻底休眠,至于那些个烦心事,就随它去吧,明天的太阳会照常升起。

一想到太阳，陈功忽然觉得阳光特别刺眼，明晃晃的，照得他眼睛都睁不开。他抬手遮挡，摸到身边翻滚着的大团白色蒸汽。大吃一惊的他抬眼远眺，天啊，自己竟然站在云海之上。

他试着跳跃，这一跳可了不得，他的身子竟然腾空而起。慌忙间他腰肌用力，想保持平衡，没想到身体在空中翻了个优美的筋斗，稳稳地落回云朵上。他既惊又喜，接连跳了几次，一次比一次跳得高。

难道自己变成了孙悟空？陈功欣喜若狂，模仿着电视剧里看过的动作，手一指，垫步拧身往前一蹿，果然，立刻飞了起来。他高兴得手舞足蹈，在青云之上不断变换身姿，逍遥而行。

正飞着，看到前面有个人影，他十分好奇，紧蹬了几下腿，加速靠近，隐约可见那人肥头大耳。这一定是八戒了，陈功开心地叫了一声："八戒，老孙来也。"说完纵身一跃，落到那人面前。

那人正抱着一棵大白菜忘情地啃，陈功的骤然降落委实吓了他一大跳。他死死抱住大白菜，噔噔往后退了两步，对陈功怒目而视。

陈功一看此人大惊失色，真是冤家路窄，竟然是林建国。

"怎么是你？"陈功错愕道。

林建国见是陈功，哈哈大笑："为什么不能是我？你以为你年轻长得帅，就能获得女人的芳心？你真是太幼稚了。"

因为总被梦影说"不成熟"，陈功现在对"幼稚"这个词十分反感，怒道："那也比你这肥头大耳的油腻大爷强。"

"哦，是吗？"林建国轻蔑地撇撇嘴，"你怎么和我比？我劝你趁早对梦影死了心。你给她住的什么破地方，还让她去酒吧卖唱，任她被人欺负，你算什么男人？"

"你……"陈功努力寻找反击的话语，"我和梦影是真爱，现在的困难只是暂时的，等我成为主角，我们的生活一定会幸福美满。"

"哈哈哈……"林建国一阵狂笑，"你就吹吧，你是什么狗屁著名演员？演过什么戏？做过男主角吗？梦影怎么会看上你这么个失败者，真是一棵白菜被猪拱了。哈哈哈……"

"你这个猪头,找打!"陈功怒不可遏,伸手想从耳朵里掏出如意金箍棒,可是连掏几下,什么都没掏出来。

林建国看到陈功的窘态,笑得前仰后合。他突然举起手中的大白菜,狠狠砸向陈功,大吼一声:"你才找打!"

陈功大惊失色,赶忙躲闪,没成想身体瞬间失去平衡,跌下了云端,翻滚着急速坠向大地。

第四章　成功到处开花

"啊……"陈功惨叫着从梦中惊醒。

他满头大汗地睁开眼,发现自己躺在床边的地上,灿烂的阳光刺得眼睛生疼。他旋即闭上眼睛,把头转了个方向,重新睁眼看看四周,低声骂道:"你才是头拱白菜的蠢猪。"

骂完后陈功觉得心头爽了很多,他看看窗外,白刺刺的阳光把窗户照得一片明晃晃。

"该死。"陈功大喊一声,慌忙抬起左手腕看表,接着又发出一声哀号,"惨了……"

艺考培训班的表演教室里,十来个学生东倒西歪,坐在靠墙的一排塑料椅子上,懒散地望着站在白板前的李明。李明不停地看手表,脸上挂满了不悦和焦急。

"陈老师昨天的课是什么内容?"李明见有些学生开始不耐烦了,决定自己来上这节课。

正在这时,嘭的一声,教室大门被猛地推开,陈功跟跟跄跄地跑进来。

"对不住大家,我迟到了。"陈功连连挥手致歉。

"怎么才来?打你电话也不接。"李明凑近陈功轻声责备。

"实在对不起,早上起晚了,匆匆忙忙跑出来,手机又忘带了。"陈功冲李明惨然一笑,小声说。

李明见他满头是汗，样子狼狈，也不好多说什么："好了，抓紧时间上课吧。"

"好的好的，这两天，实在是有点……"陈功还想继续解释，见李明已经转身出教室了，只得咽回后半句话，悻悻走到白板前。

"同学们，我们抓紧时间上课啊。"面对学生们，陈功并不想过多解释，转身拿起马克笔，在白板上写下一行字：小品练习——最失败的一次经历。

"哈，这个简单。"

"好演。"

"对啊，成功的经历不多，失败的经历一大把。"

"老师，能不能出个难一点的题目？"

……

学生们看到这行字如释重负，开心地议论起来。

陈功完全没心情和学生们磨嘴皮子，严肃地说："先别急着开心，你们记住，越简单的主题往往越难演。"

学生们并没有把陈功的话听进去，继续七嘴八舌，陈功也不想多干预，摆摆手说："好了好了，别再扯闲篇了，是骡子是马拉出来遛遛，抓紧时间开始吧。"他一屁股坐上自己的座位，皱着眉头喘粗气。

学生们看出陈功不耐烦，也不再说笑，开始讨论小品内容和角色分配。

陈功不再理会学生们，只是坐着发呆，努力回想昨天的种种遭遇，试着理出些头绪。但他越思索，越觉得脑袋里是一团糨糊。

其中最让他想不通的，是梦影急转直下的态度。他们两人曾经那么心意相通，有那么多共同语言，一起讨论电影和音乐，一起畅谈各自的梦想。那时的梦影，总在陈功侃侃而谈时乖巧地依偎在他身上，脸上带着满足的微笑，一双水盈盈的大眼睛里充满对他的爱慕之情。

可现在呢，在他最困难的时候，她竟如此绝情，居然找个男人来耀武扬威。找也找个像样的啊，那样一个肥猪样的老男人，难道就因为他有钱吗？有钱就了不起？有钱就有一切？没钱就什么都不是了吗？陈功突然想起那对在街上发喜糖的新人，苦笑着摇摇头。难道这个世界真的是这样——成功与否和才华无关，赚到钱才能得到认可。陈功百思不得其解，神情痛苦纠结。他怕在学生面前再次失态，只能侧过身子，用一只胳膊和一本书把自己的脸圈挡在墙角。

"老师，我们准备好了。"一个兴奋的女声传进陈功耳中。

陈功立即抬头。有过上次被学生们取笑的经历，现在陈功即便是想自己的心事，也会随时竖起一只耳朵，留意学生们的动向。他以最快的速度调整好情绪，放下书本，扭过头来，努力挤出一丝笑容："很好，那就开始吧。"

"好嘞，您瞧好吧！"学生们对陈功刚才的轻视态度有些不满，憋足了劲。经过一番讨论和准备，他们对自己的构思和创意满怀信心，没多久就全情入戏。

陈功被学生们的热情所感染，带着几分好奇和几分期待观望。然而只几分钟，他的脸色就变得十分难看。

学生们演出的是一个"富二代"求婚的场景。那个酷劲十足的纨绔子弟在一帮兄弟的策划下，开着载满玫瑰花的敞篷豪车，在大庭广众中向心仪已久的女生求婚。就在他们都觉得十拿九稳时，女生却不为所动，他们用尽办法，还是被女生断然拒绝，最后落得个自讨没趣，颜面扫地。

学生们卖力地表演着，动作表情十分夸张搞笑，他们自己显然相当满意，甚至有几个学生时不时得意地瞟向陈功。

"CUT！"陈功越看越恼火，整张脸憋得像块猪肝。他突然大喝一声，叫停了表演。

正处于情绪最高潮的学生们，被这平地一声雷惊得呆若木鸡。没等他们反应过来，陈功已经快步冲过来呵斥："这就是你们心目中最失败的经历？"神情是全然的匪夷所思。

学生们被吓得不轻，几个女生感觉快要哭出来了。

那个演"富二代"的男生首先镇静下来,不服气地抗议:"这个男主角在这么多人面前被拒绝,多没面子啊。如果是我,都不知道自己有没有勇气继续生活在这个城市,这还不够失败吗?"

陈功没想到现在的学生居然敢当面硬杠老师,脸涨得更红了:"做一个演员,最重要的是善于观察生活,艺术必须来源于生活。"他特意放缓了口气,试图用说教来化解局面。

"我们演的就是身边发生的事情啊。"男生并不打算退让,看向陈功的眼神反而流露出轻蔑,说话的语气也轻佻起来,"我们花了很长时间策划,花了很多钱筹办,最终却被当众羞辱,这难道不算巨大失败吗?"

"男主角和那个女生认识多久?"面对挑衅,陈功的情绪逐渐激动,"十年?一年?还是一个星期?"

男生被问住了,在他的思想中,这根本不算个问题,管他认识多久,自己喜欢不就结了?"认识多久有那么重要吗?"男生嘟哝着。

"时间,是这个世界上最重要的东西。"陈功激动地大吼。

学生们没想到陈功会暴跳如雷,瞬间蒙了。

"做一件事,七年以上不成功,才有资格叫作失败。"陈功咆哮着,"两个人在一起超过七年,最终还是分手了,那才叫最失败的经历。"此时他已是泪如雨下,对着那个男生凄声道:"你们懂吗?"他踉跄着走到另一个女生面前,泪眼以对:"你懂吗?"

那个女生本来就快掉泪了,此时哇的一声号啕大哭:"老师,我怎么懂啊?您别再吓我了!"

见她一哭,几个女生也跟着抽泣。

在外面就听到喧闹声的李明大力推门而入,心急火燎地问道:"这是怎么回事?怎么都哭上了?"

其实,第一个女生开始哭的时候,陈功已经清醒了。然而几个女生一齐哭起来,让他手足无措。见到李明闯入,他像是见到了救星。

"李老师，这课没法上了，太吓人了。"没等陈功开口解释，一个女生已经开始哭诉。

李明从这一句话马上嗅到了危险的味道。他看看陈功紫涨的脸，联想到他这几天的状态，意识到不能让事态继续发展，必须立刻解决掉这个麻烦。他口气和蔼地劝慰女生："先别急。陈老师是因为最近家里发生了些事情，心情不大好。大家先休息一下，也让陈老师平静平静，你们看好不好？"

李明的话让学生们的情绪逐渐平复，他们投向陈功的目光中带上了几分关心，女生的眼神里甚至有了些许同情。

"陈老师，去我办公室喝口水，有什么事跟我说，我们一起解决。"李明没等呆立的陈功回答，就抓住他的胳膊，手上一发力，半拖半扶地带他出了教室门，留下一群学生面面相觑。

陈功羞愧地坐在培训班的办公室里，努力回想刚刚发生的一切。他简直不敢相信，那个把学生们吓哭的暴躁老师竟然会是自己。最近是中了什么邪啊，生活一下子变得如此不堪。

李明从饮水机里接了杯水，端到陈功面前："来，喝杯水，休息一会儿。"

陈功感激地看着李明，眼泪又流下来。他原以为会被李明责备，至少也会落几句埋怨，没想到对方如此体贴。"谢谢师哥。"陈功哽咽道，接过水杯放在桌上，顺手抽了一张纸巾，擦去眼角的泪水，努力让自己平静下来。他越想越奇怪，最近自己为什么这么爱哭？好像把成年后积攒的泪水都一股脑释放了。

"你是不是遇到什么大事了？"李明轻轻拍着陈功的肩膀，拉了张椅子坐到陈功对面，关切地问道。

陈功垂头思索了一会儿，觉得自己现在很难组织好语言讲清来龙去脉，何况，这毕竟不是什么光彩事，他不想告诉李明，担心一旦传出去，以后在圈里被别人笑话。这应该也是这个圈子的"潜规则"之一吧，没办法，人心隔肚皮，不得不防啊。

"谢谢师哥关心,其实也没什么事,就是最近没休息好。都怪我,没控制好情绪,给师哥添乱了。"陈功故作镇静,眼神诚恳地看向李明,"对不住了,师哥。"

李明看出陈功不想说,自己也不好勉强:"你确定没事?跟我别客气啊。"口气十分真诚。

"真的没事,我这就去继续上课,还得跟学生们道个歉,今天把他们吓得不轻。"陈功不好意思地笑了笑。

李明还是有点担心陈功的状态,怕他再给自己添乱子。他伸手拍拍陈功的肩膀,用商量的口吻说:"要不,你回家休息几天吧。"

陈功心里咯噔一下,以为李明不想再让他带课,那可就麻烦了,现在他的经济来源只有这里的工作,如果失业,只能吃股市里残存的十万元老本了。"师哥,你不是要辞退我吧?"他神色紧张地问道。

"哪会呢,你想多了。"李明被陈功的神情逗乐了,"我看你精神不好,想让你好好调整一下。你可是我这儿最好的老师啊。"

陈功看李明不像是敷衍自己,暗自松了口气,脱口而出:"那今天的课时……"刚说完他就后悔了,觉得说这话特别没面子。

在陈功看来,自己不是一个特别在乎钱的人,每次和朋友吃饭都是抢着买单。和梦影第一次约会时他还住在地下室,却选定去那家高级的意大利餐厅,当时梦影说没必要浪费钱,而他十分坚持,认为钱没了可以再赚,面子丢了可捡不回来。

今天自己到底是怎么回事?陈功感觉脸上火辣辣的。

"课时费当然照给。"李明哈哈一笑。

陈功的脸上更烫了,低下头喃喃自语:"那好吧,反正我今天已经没脸见人了。"

"放心吧,这帮孩子都是没心没肺的,明天就把这事全忘了。"李明笑眯眯地安慰陈功。

陈功回到城中村时正是烈日当空。他感觉自己快被太阳晒蔫了,像踩着棉花般深一脚浅一脚地蹒跚。正好是饭点,虽然街上的人比早晚高峰时少了很多，道路两旁的"苍蝇馆子"里却坐着不少食客，一个个吃得津津有味。

看到这幅情景，陈功突然觉得饿了，肚子也应时地咕咕叫起来。最近他几乎没好好吃过饭，特别是昨天一整天像坐过山车，耗费了他太多精力。他决定找家面馆，吃一顿正儿八经的"大餐"。

经过老刘的煎饼摊时，在摊前排队的人挡住了他的去路。他觉得有些诧异，原先这个时间点排队的也就一两个人，今天居然排了五六个，摊前还停了几辆快递车。陈功好奇地抬头看去，顿时大吃一惊，不禁停住脚步仔细地端详起来。

塑料招牌上的"老刘煎饼"四个大字已经被撕掉了，换成四个更大的红字：成功煎饼。下面还印了一个大大的双手合十的图案，两侧分别写着一竖行字，右边是"小煎饼"，左边是"大成功"。站在摊车后的老刘精神状态也和以前大不相同，脸上笑容绽放，双手飞快地起落，不像是做煎饼，简直像在激情飞扬地敲打架子鼓。

"老刘，什么情况？怎么把招牌给改了？"陈功走上前。

老刘抬眼见是老熟人，笑得更灿烂了："已经改了好几天，你可是有日子没来了。"嘴里说着话，手上的动作丝毫没有放慢。

"'老刘煎饼'这几个字多好，多接地气啊，为什么要改成这个'成功煎饼'呢？"陈功对着新招牌左看右看，始终觉得"成功"二字放在"煎饼"前面显得十分突兀，甚至有点滑稽。

老刘看一眼陈功，黝黑的脸上露出得意的笑容："我儿子刚跟我说要改名时，我也不能接受，'老刘煎饼'已经叫了十几年，在这一带也有些名气，老主顾们都认。"他低头继续忙活，笑意不减，"前不久我儿子参加了一个什么什么大师培训班，花了几千块钱。我知道后，当时恨不得把他赶出家门。没想到，上了几节课后，我那个以前只知道吃饭睡觉看手机的憨包儿子突然变得勤快了，现在每天到处找事做。"

陈功觉得不可思议，用期待的眼神看着老刘，希望他继续讲下去。老刘瞅一眼陈功，更来劲了，指着招牌得意洋洋地说："这个主意就是他想的，这些字和画也是他弄的。你看到了吧？现在生意比以前好多了。"他朝排队的人努了努嘴。

"还有啊，我儿子录了些视频发到抖音上，看的人很多呢，有了不少粉丝。现在这周围送快递的、送外卖的，很多人来买这'成功煎饼'，还有人大老远过来排队，就为图个好彩头。"老刘根本不容陈功插话，兴奋地一口气说完。

陈功看看停在路边的一溜快递车，再瞧瞧排队的人，还真的都是送快递的打扮，但其中并没有外卖员。他疑惑地看向老刘："这都是快递车。"

"送外卖的伙计来过一拨了，这个时候他们都在忙活。"老刘居然猜到陈功没说出来的意思。

陈功恍然大悟，刚想开口，一辆快递车突然漂移甩头，横到摊位前，把他吓了一跳。

"老刘，来个'成功煎饼'，要两个蛋，再加一根肠。"快递车上跳下来一个小伙子，大声叫道。

"好嘞，等做完这几位的就给你做。"老刘抬起头，笑嘻嘻地说，"你小子今天发了什么财，这么豪横？哈哈。"

小伙子嘴角一扬："今天发工资了，吃顿好的。"

"一定拿了不少奖金吧？吃了我这'成功煎饼'就是管用。"老刘边摊煎饼边和小伙子说笑。

今天的老刘让陈功十分意外。在他的印象里，老刘总是皱着眉埋头摊煎饼，根本不愿意和顾客交流，最多跟老主顾点点头，笑都懒得笑一下，看来他十分厌倦每天这样起早贪黑地劳作，日子过得毫无乐趣。然而几天没见，老刘仿佛突然找到了生活的希望，变得积极又机敏，言谈也有趣起来，难道仅仅是因为换了块新招牌吗？

"那必须的。"小伙子掏出手机，对着自己和煎饼摊开心地自拍，口中还念念有词："老铁们，我又来吃'成功煎饼'了。自打吃了这'成功煎饼'，腰也不酸了，腿也不疼了，一口气爬个十楼二十楼的，嘿，就跟玩似的。哈哈……老铁们，伸出你发财的小手，给点个赞啦……"

小伙子浮夸的演技把一旁的陈功都逗乐了，不由得多看了他几眼，忽然觉得这小伙子有点面熟。陈功回忆了几秒钟，不禁惊讶了："你……不是发广告的那个小伙子吗？"

小伙子盯着陈功看了半天，一拍大腿，大声说："我想起来了，你不是那个说自己是'成功大师'的气质帅哥吗？"

陈功脸一红，没接话茬："你还兼职送快递啊？"

小伙子精神一振，把胸一挺，骄傲地说："发广告能赚几个钱啊，送快递才是我的本职工作，晚上还做代驾。只要能赚钱，我什么都愿意做。"

"你吃得消吗？"陈功瞪大眼睛。

"来，'成功煎饼'做好了。"老刘把煎饼递过来，同时像祈祷般送上一段祝福的话，"成功煎饼，保佑成功，祝你早日成功。"

"谢谢，借您吉言。"小伙子开心地接过煎饼，坐上快递车，扶正车把，郑重其事地对陈功说："吃得苦中苦，方为人上人。你是大师，这个道理应该比我明白。走啦。"他启动快递车，潇洒地一扭车把，飞速扎进拥挤的人潮中，留下陈功呆呆地望着他远去的背影。

"老刘，也给我来一个'成功煎饼'，两个蛋加一根肠。"陈功回过神，转头对老刘说。

"好嘞，马上就得，也祝你早日成功。"老刘喜笑颜开地忙活起来，仿佛在这一瞬间，他已经化身为专给人们送来"成功"的天使。

陈功吃着煎饼往住处走，正碰上路边一家房产中介的店铺给店员们开午会。门口的大音响播放着节奏强劲的广场舞音乐，五六个男男女女店员穿着整齐，在门外的人行道上排成一排，一个大腹便便的男经理站在对面，卖力地带领他们随着音乐节奏上下挥舞手臂，前后迈动腿脚，左右扭动身躯，嘴里还大声喊着口号。至于喊的是什么，陈功一句也听不真切，只知道大致是一些自我激励的话。

这样的场景陈功已经记不清遇见过多少次了。这条街上除了房产中介店这么搞，还有卖保险理财的店，甚至理发店，每天早上、中午和傍晚都在店门口如此这般闹腾一番，已经成为街道一景。过往的人也都习以为常，看都懒得看，最多也就是用余光一瞟，马上绕开。

不知道为什么，陈功这次经过时，特意多看了几眼，想看看这些店员如此投入地"表演"，是不是真的发自内心。这也是他学表演、当演员这么多年养成的习惯，可以说是"职业病"。

陈功很快就敏锐地发现，有一两个一看就是新人的店员，做动作时明显敷衍，目光游移，一直在留意路人的反应，眼神里流露出一丝羞涩。而其余几个老员工就十分投入，丝毫不在意别人的目光，似乎在全力调动自己身体的每一个细胞，打一场你死我活的战斗。特别是那个男经理，动作幅度特别大，恨不得把肚子上的肥肉都甩起来。他的表情也十分到位，时不时用充满鼓励的眼神与店员们互动，看上去誓要带领下属一起迎接美好的明天。

"功哥。"陈功正看得入迷，左耳边响起熟悉的声音，同时右肩膀被重重拍了一下。陈功一惊，转脸看向左侧，胡响黑黑的小圆脸赫然入目，那双原本就很小的眼睛此时更笑成了一条缝。

陈功脸色一沉，没好气地说："胡响，你还有脸来见我？"睡了一大觉之后，陈功对炒股亏钱的事越想越觉得可疑，但又找不到胡响的言语破绽，也无从入手查清真相。他感觉自己吃了个哑巴亏，既痛心又憋屈。

"哥啊，我已经把你的股票都清仓了。"胡响看出陈功的不满和怀疑，抢先堵住他的嘴，"还好，那只股票今天没有被封在跌停板上，你没继续亏。我就没你幸运了，两只股票都被套牢，亏得快要去当裤子了。"他一脸苦相地看着陈功，就差挤出几滴眼泪了。

陈功紧紧盯住胡响的眼睛，想从他的眼神中找到哪怕一丝虚情假意。最终他不得不放弃了。唉，这小子的演技见长啊。陈功暗暗叹一口气，低头不语。

"天地良心啊，哥，咱们认识这么久了，你还不了解我吗？我什么时候骗过你？这次真的遇到千年不遇的股灾了……"胡响还想继续为自己辩解。

"好了好了，我不想再扯这件事。我要回去休息，再见吧。"陈功不耐烦地打断胡响，转身就要走。

胡响赶忙拉住陈功的胳膊，急切地说："哥，别急着走啊。我这儿有个天大的机会，我第一时间就想到你了。"

陈功停住脚步，将信将疑地看他，不屑地说："你小子又胡吹瞎侃了吧？炒股的事你之前也是这么说的。"

"来来，咱们坐下说，这次一定能让你翻身。"胡响见陈功没有坚决回绝，心中暗喜，忙不迭地招呼他坐在旁边快餐摊的小凳子上，然后迅速从公文包里拿出一张宣传单，郑重其事地铺在陈功面前的矮桌上。"就是它！"胡响指着宣传单，做了个"闪亮登场"的手势。

陈功探头一看，气不打一处来："这不就是你昨晚给我看的什么狗屁大师嘛。"他气愤地敲了敲印在宣传单上的"成功大师"的头像，感觉自己又一次被胡响耍了，"你能不能靠点谱啊？"

胡响早就料到陈功会是这样的反应，不急不恼地笑道："哥，你还记得这位震古大师，就说明你的心底还是认可他的，你说对不对？"

陈功愣了一下，没想到胡响能说出这么有"深度"的话。反思之下，好像还真是那么回事。相比于第一次听说这位"大师"，自己已经没那么抵触了。眼下再端详那个头像，陈功甚至从"大师"的脸上看出了一些智慧的影子，那双眼睛好像随时能洞察人心，带给人信赖感和安全感。

胡响看到陈功的神情，心中又是一阵窃喜——看来"大师"教的东西确实有用，连陈功这么聪明和自信的人都被自己打动了。他一下子来了精神头，指着不远处正在起舞的店员们，自信满满地对陈功说："哥，你看那些每天在店门口跳舞的人，能看出来他们跳的是什么舞吗？"

陈功抬眼望去，那些店员还在卖力地手舞足蹈，他除了觉得滑稽之外，实在看不出其中的玄机。片刻后，陈功转过脸，冲着胡响轻轻摇头。

"不知道吧？"胡响得意地哈哈大笑，"我告诉你，他们跳的这个舞叫'抓钱舞'。注意看他们的手，是不是在一抓一抓的？那就是在抓钱呢。"

经胡响这么一说，陈功再看过去，好像看出了点门道，再仔细听他们口中念的，竟然是Money、Money。哦，原来是这样。陈功恍然大悟。

胡响一直在偷眼观察陈功，发现他心有所动，马上趁热打铁，发起第二波攻势，故作神秘地问："哥，知道他们是从哪里学到这个舞的吗？"

陈功瞧着胡响，又把目光转向放在桌子上的宣传单。"功哥就是聪明。没错，就是这位震古大师的手下教的。"胡响猛地一拍陈功的膝盖，也不管陈功疼得直咧嘴，手指着店员们，兴奋地说道，"你看那个领头的经理，就是那个胖子，他就是看了我做的宣传单，哭着喊着找到我，由我介绍去上了大师的课。你瞧瞧，你瞧瞧，现在人家的生意做得多好啊，已经吞并了附近的几家中介店，成了连锁店老板了。"

陈功见胡响讲得喜形于色、手舞足蹈，情绪不由得被调动起来。他好奇地问道："这个宣传单是你做的？是不是还找了一个快递员帮你发宣传单啊？"

"你也碰到过？这就对了。"胡响更加兴奋，有点得意忘形了，"不光是一个快递员，我请了好几个快递员呢，分别在几个街口帮我发，保证这一片'全覆盖，无死角'。你知道吗？现在这一片街区已经有几十个人入会了，而且每天都有新学员加入。你看那家理发店，带操的老板也报了大师的课，瞧，现在他和他的员工多有干劲啊，生意好得不得了。"胡响骄傲地指向远处的理发店，此时那家店门口也有人在跳"抓钱舞"。

"可是你图什么呢？"在演艺圈摸爬滚打这么多年，陈功养成了一个习惯，也可以说是他自己总结的一条规律，那就是——面对说得天花乱坠的人，一定要保持头脑冷静。此时，看到胡响如此卖力地推销"大师课"，他反而异常沉稳，面无表情地打断胡响的话，冷冷地问："你费了这么多心思，又是设计制作宣传单，又是花钱请人发，你图什么啊？"

胡响没料到陈功脸变得这么快，刚刚的兴奋劲一下子烟消云散了。他不敢看陈功投来的犀利眼神，一双贼亮的小眼睛不停地打转，思索着如何应对陈功的"高能"反应。他第一次在推销时遇到这样的窘境，之前那些人听到这里，早已是热血沸腾眼冒金光，巴不得立马入会……看来，这一次要用不同的策略。

胡响立刻做出一副彻底坦白的模样，眼神无比诚恳："哥，你简直是如来佛祖，什么都逃不过你的法眼。"他语带钦佩，特意停顿了一会儿，然后用力咬咬牙，仿佛下了狠心："真人面前不说假话，我做这些事确实是有好处的。"

果不其然，无利不起早，你小子什么时候干过亏本的事？陈功脸上露出鄙夷的笑容，盯着胡响，听他继续坦白。

"这个好处呢，首先是帮助上课的人找到成功秘诀。"胡响推心置腹地说道，"其次呢，我也能赚到些佣金。这个佣金说多不多，说少也不少，是根据你完成招新任务的情况来定，完成得越多，拿得也就越多。你入会后，如果表现出色，也可以申请这个佣金，比你现在上课赚的要多得多。"

胡响一脸真诚，陈功死死地盯着他，调动自己十多年的阅人经验，反复判断他说的是不是真话。胡响被看得心里直发虚，低下头，假装很委屈地嘟哝道："本来，我想等功哥你见识了大师的实力之后，再把这个赚钱的机会告诉你，没想到哥一眼就看穿了其中的奥秘，我真是服了。"

"这些人都上过大师的课吗？那你的佣金应该拿了不少啊。"陈功掂量了半天，确认胡响这次没有说谎，不禁有些心动。论口才，他自信绝对比胡响强，既然胡响能赚到佣金，自己一定能赚得比他更多。

"还行吧,我现在能超额完成任务,反正比拍戏赚得多。你也知道,现在咱们这个行业太不景气。"胡响诚实地回答。有了刚才的教训,胡响时刻告诫自己,在陈功面前一定要保持自然状态,就像演戏一样,太用力反而会显得造作,一旦被陈功看出破绽,那可就功亏一篑了。

胡响的最后一句话说到陈功的痛处。这段时间他也想明白了,行业不景气,自己这种不上不下的演员受伤害最大。一线演员可以吃老本,新晋演员可以早早转行另谋出路,而像他这种为梦想付出过巨大努力,却没有在合适的年纪出名的演员,是最难的,也是最痛苦的。转行吧,心有不甘;不转行吧,生活难堪。他现在也只能用那几个"大器晚成"的演员经历来安慰自己。最近他常常想,这段时间的遭遇,是不是上天让自己尽快转行的信号?难道这十几年的努力,还有从小就怀抱的表演梦想,必须就此画上句号?

陈功痛苦地摇摇头,深深叹了一口气:"唉……都挺难的。"

"是啊,咱们大老远跑到这里来受罪,为了什么?不就是盼着有朝一日出人头地吗?"胡响见陈功眼里泛着泪花,很快让自己眼中也挤出几滴泪水,话音带着哽咽。

陈功若有所思地看着宣传单。

"一分钱难倒英雄汉。你没钱没势,就会被人瞧不起,被人嘲笑,被人踩在脚底下。"胡响继续愤愤地说。

果然,陈功的痛点被触碰得更深。他努力克制住情绪,不让自己的表情太痛苦。

"哥,相信我,等你有钱了,嫂子一定会回到你身边。"胡响轻轻拍着陈功的膝盖,动情地说。

"别跟我提那个人!"陈功突然愤怒地大吼。

"好好好,不提她,不提她。"胡响被吓了一跳,慌忙附和,两只小眼睛在陈功的脸上紧张地扫来扫去。

陈功觉得自己失态了,抱歉地看着胡响。胡响见陈功不再抗拒,把宣传单往陈功那边推了一下，指着震古的照片，神情坚定地说："哥，相信我，这个人一定能让你脱胎换骨，一定会帮助你实现自己的梦想。我自己亲身感受过，他是一位真正的大师，你去了就会知道。"

"好，我先了解一下。"陈功拿起宣传单，看着震古的照片，不露声色。此刻他不想让胡响太得意。

"太好了。"胡响高兴得拍了一下大腿，指着宣传单上的文字，语速变得极快，"这周末震古大师正好有个分享会，你一定要去听。这张宣传单就是邀请函，扫上面的二维码，可以免费试听。"

陈功不冷不热地说："这个我先留着，到时看有没有时间吧。"

胡响知道陈功在摆谱，为了迎合他，自己装得很急切："上面有时间地点，到时扫这个二维码就能进。你一定要去啊，我也在的。"

"好了好了，你赶紧走吧，要不就把亏的钱还我，我都没钱吃饭了。"陈功很不耐烦。

胡响立马蹦了起来，一溜烟地跑开，没几步又站住，转过身来对陈功喊道："哥，你离成功就差这个机会了，相信我，你一定会成功的。"

胡响开心地跑走了。陈功低头看着手里的宣传单，喃喃自语："什么大师啊，能值这么多钱？"

第五章　大师初见

陈功拿着宣传单走进震古大师分享会的会场，当即大吃一惊。

他之前也参加过一些业内分享会，有关于表演技巧的，也有关于编导流程的，一般都是租个宾馆的会议室，门口坐两三个工作人员负责签到，会议室内规规矩矩放上几排桌子，也就能坐几十个人。而眼前这个分享会，却是在一个超大超豪华的宴会厅内举办。

宴会厅宽敞明亮，陈功目测至少有两层楼高。大厅顶上用纵横交错的粉紫色纱幔布置出海浪的造型，其间几盏巨大的彩灯正像大海里的灯塔，把五颜六色的光束洒向宴会厅的每一个角落。与此同时，催人奋进的背景音乐也充斥着整个宴会厅，让走近的人精神为之一振。

门口的签到处更是光彩夺目，五扇大屏风一字排开，上面布满粉色的气球和装饰袋，最上方拉着红色的大条幅，金色大字特别显眼：欢迎参加震古大师分享会。屏风前，十几个面容姣好、身材窈窕的美女接待员整齐地站成一排，统一穿着粉色的旗袍，一个个笑容可掬地迎来送往。

陈功站在宴会厅门口缓了缓神，稍稍适应了现场的灯光和音响。他从口袋里拿出胡响给的宣传单。这宣传单虽然设计得很业余，但震古大师的那张"定妆照"却拍得十分传神，无论从哪个角度看过去，那双似笑非笑的眼睛总是注视着你，用行话来说，就是十分"抓人"。

好吧，终于要见到活人了。陈功嘴角一扬，露出迷人的微笑，使出学校里学的模特步姿，款款走向一个十分养眼的接待员。

那个接待员远远地就注意到了陈功，发现陈功正走向自己时，她情不自禁地收腹挺胸，脸上的笑容变得更加灿烂。还没等走近的陈功开口，她就用甜得发腻的声音问道："您好，先生，有什么可以为您效劳的？"

美女接待员的反应让陈功十分满意，也在他的意料之中。他风度翩翩地把宣传单递到她眼前，用标准的播音腔说道："您好，我是来见震古大师的。"

美女接待员接过宣传单，快速地扫了一眼："好的，先生，我帮您扫一下二维码登记。"她的脸上仍旧挂着职业化的笑容，但语气明显没有刚才那么热情了。

陈功马上感觉到了接待员的态度变化，甚至从她的脸上看出了一丝嘲笑的味道。他注意到另一个接待员也正笑盈盈地看向自己，眼神里同样透出嘲讽。陈功立刻转过脸，犀利的目光直射向她，她忙把脸一转，故作镇静地看向别的方向。陈功盯了她几眼，她始终没有把脸转回来，陈功只好再去看第一个接待员，只见她正低头熟练地用手机扫码操作，眼角都没有斜一下。陈功实在想不明白，自己究竟做了什么，让这个女人的态度产生了这么大的变化。

"先生，您可以进去了。"陈功还在愤懑不已时，接待员抬起头，把宣传单还给陈功，脸上保持着微笑，然而和他再没有眼神的交流。

陈功皱着眉头接过宣传单，不甘心地盯着接待员的眼睛，接待员被看得有点发怵，笑容僵硬地冲陈功做了个"里面请"的手势。"谢谢。"陈功虽然十分不爽，但还是礼貌地冲她点点头，走向会场入口。

他本来不想过多纠结接待员的态度转变，但走了几步后还是没忍住，放慢了脚步，微微侧脸，用余光瞟向两个接待员。他发现她俩也在看自己，又互相对视一眼，那神情就像看到正在训话的领导裤子拉链没拉好，想笑又不敢笑，两张漂亮的脸蛋憋得通红。

陈功感到自己被深深伤害了，出道这么久，他还是第一次被陌生的异性鄙夷，他甚至想冲回去质问她们，但理智很快就告诉他不能那么干。他深深吸了口气，又重重吐出来，加快步伐绕过屏风，走到会场入口。当他定睛看向会场内部时，刹那间明白两个美女接待员为什么会有那种表情了。

刚刚在签到处，陈功没看到多少人，心里还在笑话主办方请这么多美女来当接待员，真的是打肿脸充胖子，一定赔惨了。可是，眼前的情景却着实狠狠打了他自己的脸——这个会场实在太大，里面的人实在太多，已经完全超出了陈功对于分享会的想象。

凭借过往的经验，陈功一眼就看出，这个会场是由一个大型婚礼的现场重新布置而成，保留了中间的T型台。围绕着T型台，一排排包着红布罩的直背椅呈扇形摆放，少说也有三百个座位，现在已经是座无虚席，甚至连过道上都放满了塑料凳，坐满了人。这些人个个挺直腰杆伸长脖子，满怀期待地盯着空无一人的T型台，生怕错过人生中最重要的时刻，以致抱憾终生。

难怪接待员会嗤笑，他太把自己当回事了，以为是会晤大师，没想到自己是等着一睹大师风采的几百分之一。陈功呆立在会场入口，被眼前的情景深深震撼了。

"哥，我就知道你会来。"正当陈功看得入神时，胡响突然出现在他面前，兴奋地抓住了他的胳膊。

"你怎么在这儿？"陈功心神未定，惊愕地看着胡响，随口问了一句。

"哥，我和你说过会在这儿等你啊，你忘了？"胡响笑道。

陈功总算回过神来，梳理了一下思路，环顾四周，故作镇静地说道："看这情形，大师快登场了吧，咱们坐哪儿啊？"

"坐最好的位置。我早给你占好座位了，走。"胡响开心地领着陈功走，"哥啊，你进来时扫宣传单上的二维码了吧？"

"扫了，扫了，你就天天惦记着赚我的钱。"陈功不耐烦地说。

胡响吐吐舌头，嬉皮笑脸地说："哪有，这以后也是你的生财之道啊。"

"哦？"陈功漫不经心地回了一句,"还没见到真人呢。"

"哥,你这态度有问题啊。"胡响见陈功仍然顾虑重重,脸上立刻换上崇敬的神色,以不容置疑的口吻说,"大师一直教导我们,做一件事必须有咬住青山不放松的劲头,不达目的,决不罢休,这样才有可能成功。你这样疑神疑鬼可不行啊,哥。"

陈功没想到胡响脸变得这么快,反而教训起自己来,心里颇感不快,但一时又找不到言语来反驳。他苦笑着摇摇头,跟在胡响身后。

胡响把陈功领到了 T 型台尽头的圆台旁边,指着两个空座位兴冲冲地说:"哥,我一大早就来占了这两个位子,第一排。"他又侧身指着圆台,兴奋之情更是溢于言表:"等下震古大师会站在这里,我们是离得最近的。"

陈功顺着胡响手指的方向望去,这个位置还真是离圆台最近,而且位于 T 型台的延长线上。按照走台的规律,台上的人一般会从 T 型台走到圆台,然后目视前方与台下的人交流。这个圆台也就四五十厘米高,坐在胡响占的位子上,可以最近距离地观察这位"大师"。不得不说,胡响的安排十分用心,当然这也是他一贯的风格——爱张罗事情,又很会做事情。这一点上还真值得自己借鉴和学习。想到这里,陈功满意地对胡响点头,脸上露出几分赞许的微笑。

胡响见到陈功久违的笑容,更来劲了,快手快脚地拿起占位用的资料袋,夸张地做了一个"请主子入座"的动作:"哥,您请上坐。"说这话时笑得眼珠子都找不见了。

高亢激昂的背景音乐突然停止,现场的照明灯同时熄灭,只留下 T 型台周边的一些小灯还亮着。陈功知道,主角马上要登场了,重头戏即将开始。他把腰杆挺得笔直,两眼紧盯着 T 型台的出口。

果不其然,现场的大功率音箱里传出司仪浑厚的播音腔:"女士们、先生们,活动即将开始,请尽快入座。"话音一落,现场响起了悠扬的乐曲:"感恩的心,感谢有你,伴我一生,让我有勇气做我自己……"

陈功一听就知道,这首歌曲叫作《感恩的心》,是他读书时非常流行的一首歌。当时自己还在一次学校晚会上唱过,反响十分热烈,最后得了个奖项。不过,现场播放的并不是原唱版本,而且只一遍遍地重复副歌部分的几句。听着听着,陈功突然想起来,街上那些个跳"抓钱舞"的店,在起舞之前放的热场音乐就是这个版本,连歌手都是同一个人,唱得比原唱更煽情,让人听了直想掉眼泪。

"哥,大师就要出来了。"身旁的胡响突然出声,陈功连忙把思绪拢回现场。

只见T型台上方亮起一束黄色光柱,光芒照射之处,是吊在台旁的一面大鼓,鼓面直径足有一米。一个身穿传统衣裤、头束发带的精壮男子,双手各举鼓槌,孔武有力地敲击起鼓面。而随着鼓点的节奏,T型台上方亮起多个光点,由慢而快地在会场里随机打出圆形的光斑,光斑每到一处,被照到的人都会欢呼雀跃,就像足球比赛观众席上的人潮,把现场气氛调动得十分热烈。

鼓点的节奏越来越快,光斑的移动也越来越快,人们的情绪随之越来越激动。终于,当鼓点快得几乎连成一片时,所有的光斑都聚焦在T型台的出口处,两团火球应声喷出,白色的烟雾瞬间笼罩了出口。陈功和会场里的人都看得如痴如醉,只听司仪故意拖长了声音,激昂宣告:"现在,让我们用最热烈的掌声和欢呼声,欢迎震——古——大——师——"

话音未落,鼓点声变得缓慢而低沉,坐在前排区域的人马上跟着鼓点的节奏,呼唤大师的名号:"震古,震古,震古……"这其中,胡响喊得尤其卖力,陈功侧目望去,发现胡响每喊一声都要用力挥动一下拳头,一对小眼睛里已经溢满了泪水,感觉随时就要夺眶而出。这让陈功很是错愕,觉得胡响的表现未免太过夸张。他实在想不出,这位即将现身的"大师"究竟是何方神圣,可以把一个在他看来聪明到有点狡猾的人迷惑成这样。

就在陈功大感不解时,呼喊声已经回响在会场的每一个角落。

"震古，震古，震古……"全场的人都跟着大声呼唤。陈功第一次在室内听到这种山呼海啸般的声音，十分震惊，不由得转头四处观看，陡然发现很多人都像胡响一样，眼里噙满泪水，脖颈涨得通红，声嘶力竭地吼叫。这一刻，陈功似乎受到了感染，他不再觉得这种场面滑稽可笑，相反，有一股神奇的力量在推拉他的喉结，让他必须跟着众人放声呼喊那个名字。他慌忙咽了一口口水，努力不让自己喊出声来。

全场的呼喊声越来越大，台上的灯光变幻也越来越强烈，眼看会场的顶棚就要被这股气浪掀开。就在这时，从T型台出口处弥漫的白色烟雾中，出现了一个缓缓移动的身影。大家的目光立刻齐刷刷地看过去，脖子像被人提着一般，尽力往前伸长，眼睛都不愿眨一下，仿佛正在见证一个空前绝后的奇迹。

此时，陈功也屏气凝神，盯着烟雾里慢慢走近的身影，那种想要见到"庐山真面目"的心情同样极其迫切。

烟雾中的身影仿佛读懂了大家的心理，踩着呼喊声的节奏加快了脚步。终于，激情四射的音乐恰到好处地响起，震古穿破烟雾，活生生地出现在陈功和众人面前。只见他脸上带着圣人一般的微笑，双臂伸展，像是要拥抱光明，迈着矫健的步伐迅速走到T型台尽头的圆台之上。

霎时间，现场整齐的呼唤声变为热烈的欢呼声和掌声，前排的人全都站立起来，一边欢呼，一边高举双手用力鼓掌。紧接着，第二排的人也站了起来，之后是第三排、第四排……这就像海啸一样，以震古为能量中心，声波一圈一圈地向四周扩散，直达每一个角落。

陈功急切地想看清大师的容颜。虽然相距只有咫尺，但一盏聚光灯正好从大师的后脑照过来，晃花了陈功的眼睛，逆光的效果让他始终看不清大师的脸。不愿起身的陈功想往胡响那边稍微侧身，好避开光束，却发现胡响正忘情地欢呼着、雀跃着，已然泪流满面，陈功生怕被他误伤，又想往另一侧移动，但那侧的人甚至比胡响还疯狂。

无奈之下，陈功只好站起来，这下他离大师就更近了，间隔也就两米左右。那盏恼人的灯不再晃眼，陈功终于真真切切地看到了震古的面容。

震古真人要比照片更瘦一些，这一点陈功早有思想准备，因为照片和视频都会让人显得胖些，这也是演员要苛刻地保持身材的原因。但出乎陈功意料，震古的个子不高，顶多一米七，这和他之前的想象有些出入。不过，奇怪的是，这反而让震古显得更加精干，给人一种"浓缩的都是精华"的既视感。特别是他那双眼睛，炯炯有神，在现场灯光的照耀之下，散发着有如神圣的光芒，令人肃然起敬。

震古微笑地看着下方狂热的信众，不停点头示意。等他觉得气氛烘托得差不多了，便摆动几下手臂，示意大家安静。看到这个手势，原本最闹腾的胡响和前排众人马上就消停了，乖乖地坐回自己的座位，反而是陈功没反应过来，还站着不动。胡响见状立刻拉拉陈功的衣袖，示意他赶紧坐下。陈功低头看向胡响，发现对方脸上已经若无其事，丝毫看不出几秒钟前还在痛哭流涕。这让陈功吃惊不小，因为连他自己也很难做到如此收放自如。

胡响见陈功盯着自己发愣，向旁边努努嘴，陈功左右一看才反应过来，连忙坐下。后排的人也随着前排纷纷入座，如同海水退潮，海面恢复了平静。

"今天，我们聚在一起……"陈功正惊奇地向后张望，台上传来了中气十足的声音，那声音虽然比不上他苦练多年的播音腔，却透着满满的自信，让陈功自愧不如。他看向台上的震古，只见对方手持话筒，台风相当稳健，不紧不慢地说道："只为了一件事情，那就是……"

"成功！"台下异口同声地回答，声浪巨大，着实把陈功吓了一跳。他愣愣地看向身边的胡响，胡响大概猜到了他的反应，得意地龇牙一笑，那意思是"我之前没骗你吧"。陈功不想多理会他，继续看震古。

震古满意地点头，语重心长："但是，成功，从来都不是一件简单的事情。你们有没有一个有钱的爸爸？"

"没有！"台下齐声吼道，所有的头颅都摇得像拨浪鼓一样。而这句话仿佛也触动了陈功，他跟着轻轻摇头。

"有没有一个有钱的老公或老婆？"震古加快语速，继续追问。

"没有！"台下众人喊道，纷纷摇头叹息。陈功鼻头一酸，想起最近发生的诸多事情，苦涩悄悄涌上心头。不过他很快抑制住自己的情绪，继续看震古的表演。

震古露出自信的笑容，声音雄浑响亮："所以你们来找我，就是想要获得成功的秘诀，对不对？"

"对！对！"台下群情激奋。面对此情此景，陈功心中一动，突然想起自己去《成功大师》剧组试镜前做的那个梦，竟然和当下的场景有几分相似，梦中的自己举手投足也颇似眼前的震古。惊讶之余，他不禁有点洋洋自得，再看震古时便觉得多了几分亲近。

震古向前跨了一大步，站到圆台的边沿，距离陈功也就一米多远。他高举双臂，大声叫道："今天，就是你们告别苦难生活的纪念日；这里，就是你们通向成功的大门。进了这个门，就是一家人。让我们一起携手，向着幸福的生活前进。好不好？"

台下众人激动万分，齐声喊道："好！"

"大家有没有信心？"震古抬高嗓门。

"有！"台下放声回应。

"有没有信心？"震古大声吼道。

"有！"

陈功有生以来从未听到过如此巨大的声浪，不禁打了个寒战，汗毛都立了起来。

那首改编过的《感恩的心》又响起来。震古满意地后退一步，双手垂握立于圆台之上，一身仙风道骨，笑盈盈地看向台下左侧。

说时迟那时快，震古目光所及之处，倏地跳上来一个精壮男子。该男子身高超过一米八，身材匀称，小平头，国字脸，浓眉大眼，鼻直口方，看上去也就二十八九岁，模样十分干净利落，透着浓浓的阳刚之气。陈功看着他暗暗叫好，心想这个人的形象虽然尚不如自己，但比现在的一些"顶流"可要顺眼多了，如果电影圈里能多一些这种形象的演员，没准行业就不会这么颓废，大家的日子也没那么难过了。

男子手拿无线话筒，三步并作两步来到震古身旁，向震古深深地鞠了个躬，震古冲他点头示意。男子端起话筒，满脸笑容地对着台下说："欢迎家人们，我是震古大师的大弟子，叫风云。我看现场有一些新朋友，今天你们算是来着了，我师父发话，给新人一个'一对一'的辅导机会，谁想上台？"

风云话音刚落，很多人争先恐后地举起手，胡响也在第一时间抓住陈功的手高高举起来，冲着风云叫道："我朋友是新人。"

陈功一惊，急忙把手抽回来，低声呵斥胡响："别胡闹。"

"哥，机会难得，大师'一对一'地辅导，一次要收好几千呢。"胡响觉得陈功实在是暴殄天物，死皮赖脸地抓住陈功的手，再次举起来。

陈功觉得这个收费价码简直不可思议，同时也想和震古来个"面对面"的接触，一探对方虚实。这一次，他没再挣脱。

风云看着林立的手臂，表情相当满意，他的手指晃来晃去，一副难以抉择的模样，引得台下人上蹿下跳，争着吸引他的注意。戏耍一番之后，风云见铺垫得差不多了，指着与陈功隔了三四个座位的一个人，说："我看你表现得最积极，就是你了。"

"唉，大便宜让这小子捡了。"胡响懊恼地放开陈功的手，发出一声哀叹，现场也是叹息声连连。

陈功倒没觉得有多大遗憾，笑着调侃胡响："至于这么夸张吗？"

"多让人失望啊，我追随大师几个月，都没捞着这好事。"胡响貌似极不甘心。

陈功一时还真没看出来他是诚心诚意还是在表演，于是试探地问："胡响，你刚刚又哭又喊的，是不是在当托儿啊？"

胡响一愣,脸上一红,马上换了副面孔,嬉皮笑脸地说:"要不说这么多朋友我只服你呢,什么事都逃不过你的法眼。"陈功被胡响这一捧,心里十分得意,不露声色地看着胡响,等着他继续交代。

"我对大师的崇拜当然是发自内心的,这你应该能看出来。"胡响话锋一转,"同时呢,我也利用自己的专长,给他们领领掌,营造营造现场气氛,赚点小钱。这可比我在剧组赚得多,如果你想做,我可以帮你介绍。"说到最后,他又恢复了狡黠的常态。

"不用不用。"陈功烦躁地摆手,心想自己还不至于堕落到当"媒子"的地步。

"这也不是什么丢人事,你看那些超火的综艺节目,哪个没请托儿?而且他们还是按表现给钱,流泪和不流泪的,价格差很多。"胡响看出陈功的不屑,急着解释。

"这我当然知道。"陈功摆摆手,不再理会胡响,把目光投向圆台。圆台上已经摆好了两张椅子,震古端坐在一张红木太师椅上,另一张白色塑料椅上坐着个三十多岁的男人,身材瘦削,神情局促不安。

"欢迎来到爱的大家庭。我的家人,你不用紧张。"震古眯着眼,微笑地打量那男人,显得平易近人。

经震古这一说,男人似乎不再紧张了。他向前探身,双手合十面带虔诚:"大师好。"

震古满意点头,和蔼可亲地问:"我的家人,告诉我,你遇到什么困难了?"

"其实也没什么,就是听说大师很神,来见识见识。"男人忽然神色一变,竟是玩世不恭、油嘴滑舌,"要不您帮我看看,我是遇到什么困难了。"

震古脸色一沉,瞟向大弟子风云,风云也显得很吃惊,冲震古微微摇头。陈功看到这里立马来了精神。早在风云假模假式选人上台时,他就看出来,这个被选上的男人一定是个托儿,本来都觉得索然无味了,但现在这情况却让整件事变得有点意思了。他双手抱肩，乐呵呵地盯着震古。

　　震古毕竟久经沙场，不过片刻就恢复了镇定，双目如刀直刺向那男人，开始"训导"他："我的家人，在爱的大家庭里，要放空自己。把心底的苦恼说出来，让我来帮你。"

　　男人看来也是个老手，你有来言我有去语："既然大师这么神，您猜猜看我有什么苦恼，看看准不准。"

　　台下开始骚动，人们交头接耳窃窃私语。震古冲台上的风云和台下的一干弟子猛使眼色，然而风云和众弟子面面相觑，都束手无策。陈功见一出好戏即将上演，满怀期盼，想看震古怎么应对。

　　"小兄弟是来砸场子的吧？"震古关掉话筒，凑近男人低声问。

　　男人见大师服软，更加得意，呵呵一笑后小声回答："我是诚心而来。"

　　震古瞬间就明白了男人的用意。他坐正身子，打开话筒大声道："看来这位小兄弟有难言之隐，我们移步内室吧，待我为你一一化解。"

　　"大师，我没什么难言之隐，今天就是想看看您的神通。"男人丝毫不为所动。

　　"这位小兄弟，我不是神仙，也没有什么神通。"震古沉住气，语气由诚恳逐渐变得激昂，"我只是希望这个爱的大家庭里每一位家人，都能找到适合自己的成功之道，早日实现自己的梦想。我想让你们尽快积累足够的财富，实现财务自由，让你们不再被人瞧不起。你们说，我做得对不对？"

　　"对！"回应声整齐划一。台下的人们厌恶地瞪着那男人，纷纷轰他下台："快下去。""别再丢人现眼了，耽误大师时间。""滚下去！"……

　　看到战局已经成功扭转，震古缓缓松了一口气。台下的陈功面露赞许之色，不住点头。姜还是老的辣，这个大师有点真材实料，换作陈功自己还真不一定应付得了。

　　"来，我的家人，你不把你的苦恼告诉我，神仙也没办法帮你。"

震古乘胜追击，摆手示意大家安静，以胜利者的姿态向男人说道。

"门口摆摊算命的都能算对的事，你却要我自己说。"男人纠缠不放，"你口口声声说这是爱的大家庭，可加入会员最少也要几千块，你是真的爱我们吗？还是只爱我们的钱？"

最后这句话仿佛戳中了一部分人的心思，台下的私语声渐渐大起来。人们的目光聚焦在震古身上，等待他的回应。

"小兄弟，你是不是得了什么重病？我们到里面说吧，我给你好好治治。"震古明显按捺不住了，语气变得凶狠。

男人不理会他，继续喋喋不休："我没有问题，我就是想请大师帮我算算，算对了，我就入会，我有的是钱……"他得意洋洋，越说越起劲，正在这时，有人一个箭步蹿上台，贴近他身前，还没等他反应过来，就一把抓住他的胳膊，声音洪亮地说道："对对对，你有钱，没人敢说你没钱。"

震古和风云也被吓了一跳，不约而同地看过去。台下的胡响此时异常激动，冲着台上叫道："功哥，你做什么？"

原来跳上台的人正是陈功，他紧紧地拉住男人，满脸都是安抚的神情："二子，我们该回去了，这么多人看着你，多不好意思啊。"

"你谁啊，要你管？"男人愤怒地扭动身体，想甩开陈功。

陈功死死抓住他的胳膊，继续哄他："二子，别闹了，等下他们把你送回精神病院打针吃药，你怕不怕？"

男人张口结舌，陈功趁机向震古道歉："实在抱歉，震古大师，我兄弟刚从精神病院出院不久，今天带他出来散心，没想到一不留神，跑您这儿捣乱来了，给您添麻烦了。"

"你才是精神病，我根本不认识你！"男人奋力挣扎着。

陈功双手抱紧男人，语气温柔："二子，别闹了，咱们赶紧回家，不然他们就报警送你回医院了。听话，赶紧走，赶紧走。"

陈功偷空冲震古使眼色，震古会意，连忙招呼弟子们帮手："你们快把这位病人送到后台休息。"立刻从台下呼啦啦跳上来几个大汉，拥着陈功和男人飞快地撤去后台。

见台下越来越乱，震古又拿起话筒安抚众人："家人们，这位兄弟一定是遭受了巨大的打击，才会变成这样，现在，让我们一起为他祈福。"他对一旁的风云示意，风云心领神会，冲着 DJ 的方向扬手，《感恩的心》轰然而起。风云带头比划起了手语，很快带动全场的人起立，跟着他手舞足蹈。众人面上一片虔诚，有些人的眼眶渐渐湿润了。

后台，十几个震古的弟子和工作人员把男人团团围住，个个义愤填膺，男人低着头瑟瑟发抖，陈功站在圈外看热闹。

"快说！你别以为不说话就能混过去。"一个身材魁梧、面色黝黑的小伙子恶狠狠地说。

"快说！""谁派你来的，说！""你小子还油盐不进了。""不说削死你！"其他人跟着一起呵斥。

男人低着头一言不发。

陈功兴致更高了，这种情景在日常生活中很少能碰到，他倒要仔细观察观察，没准以后拍戏时能用得上。就在他饶有兴趣地研究每一个人的表情时，胡响在背后轻轻地叫他，陈功转脸看他也来了后台。

"再给你最后一次机会，到底说不说？"黑小伙的声音变得暴戾，然而男人好像是吃了秤砣铁了心，身子一动不动，眼皮都不抬。

"你小子想死吧？"黑小伙上前一步，左手揪住男人的衣领，右手攥拳高高扬起，作势就要往下砸。男人闭眼咬牙，还是不开口。

"黑虎，快住手。"回到后台的震古见到这一幕，高声喊道。他的声音让黑虎瞬间就停住了手上的动作，转头见震古已经来到身后，连忙放开男人，毕恭毕敬地退到一旁。

震古对他的人摆了摆手，包围圈散开，露出了惊恐万状的男人。震古稳稳站在他面前，大度地说："明人不做暗事。小兄弟，只要你说出是谁让你来的，我就让你毫发无伤地走。"

陈功见状十分赞赏：瞧瞧，这才是大将风度、大师风范。他对震古的好感又加深了些。

男人抬起头,怔怔地看向震古,表情既惊讶又有疑虑。"小兄弟,冤有头债有主,你别怕,我震古向来说话算数。"震古的语气更加温和,眼神更加笃定。

男人终于做出了决定,吞吞吐吐地说:"是……烁今大师。"

"你好大胆子,竟敢当着我师父的面闹场子。"男人话音未落,黑虎就举起拳头对着他。

男人惊恐地抬手阻挡,连声叫道:"别,别,别……"震古心知黑虎只是在吓唬他,也就没制止,等到男人被吓得差不多了,才慢条斯理地问:"你来之前,难道没想过会有这种后果吗?"

"本来我计划,闹得差不多了就从前台离开,这样你们也不能拿我怎么样。"男人战战兢兢地回答,突然瞟了一眼稍远处的陈功,心有不甘又无可奈何,"没想到今天碰到高人了。"

众人跟着把目光投向陈功,陈功心中十分得意,面上却做出一副"小事一桩,小菜一碟"的表情。震古看向陈功的眼神里掠过一丝欣赏,转头又对男人说:"回去告诉烁今,竞争就要正大光明,使这种下三滥的手段,只会被同道耻笑。"

男人连连点头称是,想走又不敢走,震古不耐烦地摆手,黑虎立刻怒斥:"还不走?等着给你治病啊?"男人一听这话如获大赦,慌忙逃离。震古看着他的背影冷冷一笑,众人跟着呼喝,吓得男人飞快地跑起来,慌不择路之际差点撞到门上,引得众人大笑。

震古并没有跟着一起笑,他整理好情绪,缓缓走向陈功。众人见他面色严肃,立刻都收起了笑声,很自觉地为他让出一条通道。震古走到陈功面前,一拱手,正色道:"这位兄弟,今天有劳了,敢问尊姓大名?"

陈功早就预料到,震古和自己交谈时一定会摆架子,如果自己是他也会这么做,毕竟刚刚差一点马失前蹄,这个时候再不端着点,以后队伍就不好带了。

"大师客气,我叫陈功。这小子实在太过分,我正好很久没拍戏了，拿他过过戏瘾。"陈功表现得十分低调，尽量不抢震古的风头。

震古对陈功的态度十分满意，脸上露出一丝笑意，再次拱手："陈兄弟原来是位演员啊，失敬失敬。"

"功哥演过很多戏，他可不是跑龙套的。"胡响不甘寂寞地插话。陈功惊诧地看他一眼，无奈地摇摇头，对震古尴尬地一笑。

震古正待说话，风云火急火燎地跑进来，向震古报告："师父，搞清楚了，那小子是烁今派来捣乱的，还有一个同伙在录像，也被我抓住了。"

震古不说话，态度冷淡。风云心里发毛，不敢直视师父的眼睛："他们想让师父出丑，把视频发到网上。还好师父全程把控，没给他们一点机会，学员们都在说师父厉害呢。"他冲着众人竖起大拇指，众人马上报以热烈的掌声，不停地附和："师父真厉害！"

震古摆手让众人安静，指了指陈功："风云，你负责把分享会开完，我和这位陈兄弟有事商量。"他又对众人说："你们也都出去照应着，碧春一个人留下就可以。"

风云疑惑地看陈功，欲言又止，最后答应着领众人离开。不过片刻，后台只剩下震古、陈功、胡响和一位相貌靓丽的姑娘。

这姑娘长得很有明星相呢。陈功看着碧春暗挑大拇指。她身材苗条却凹凸有致，鹅蛋脸，标致的五官分布得恰到好处，眉宇间青春气息浓郁，气质自然、阳光、热情不羁。如今演艺圈里这种长相的女演员也不多了，明明比那些千篇一律的"蛇精脸"不知要耐看多少，可惜啊，和自己一样生不逢时。

想到这里，陈功对她的好感陡然上升。他看向碧春的眼睛，想让她领会到自己的欣赏之情，没想到一看之下，立刻心跳加速，脸颊发烧，原来，碧春正直勾勾地盯着自己，眼神火辣。纵然陈功已阅人无数，但在这种场景遇到这样的眼神，也是受用不起。他赶忙转开眼，极力掩饰自己的失态。

"这位兄弟，能不能也请你出去一下？"就在陈功窘迫之际，震古的声音响起来，竟是在对胡响下逐客令。

"大师,我一直在为您招募学员,陈功就是我带过来的。"胡响紧张地解释,将乞求的眼神投向陈功,"我和功哥是铁哥们儿。对吧,哥?"

胡响那副讨好的样子让陈功心情十分舒畅,忍住笑对震古说:"对,今天是胡响介绍我过来的。"

"好。陈兄弟……"震古不再理会胡响,笑容可掬地对陈功说,"我看你天资聪慧,十分适合做我们这行。如果你不嫌弃,就请加入我们公司,做宣传部总监,不知你意下如何?"

这话在陈功意料之外,他正犹豫着,胡响已经激动得大叫:"哇,功哥,你要发达了!赶紧答应啊,我早说了,今天对你是一个天大的机会。"

"你可别不识好歹啊。"没等陈功说话,碧春上前一步,娇嗔道,"你知道有多少人想拜到我师父门下吗?你倒好,一进来就是总监。"

陈功看到碧春急切的模样,觉得既好玩又可爱,他笑呵呵地看着她,就像在看一个撒野的孩子。碧春仿佛也感觉到了自己的失态,被陈功看得不好意思起来,脸红得像熟透的樱桃。陈功觉得自己终于扳回一城,心情瞬间愉悦。

震古见陈功似乎并没被打动,便继续加码:"你可能还需要时间了解我们。这样吧,先到我们公司来帮忙,月薪两万,外加抽成。你考虑考虑。"

陈功没想到他开出这么好的条件,震惊不语。胡响的反应比他还兴奋:"大师,我也是您的学员,已经听了好几次课。我觉得自己也特别适合来帮忙,您看行不行?"

震古瞅着胡响微微一笑:"是人才我们都欢迎,你先把简历发给黑虎他们吧。"胡响一听,变成了霜打的茄子,不作声了。

"这个条件你接受吗?"震古诚恳地看向陈功,语气亲切。

"你还在犹豫什么?这个待遇,我都觉得师父太偏心了。"碧春情急之下,一把抓住陈功的胳膊,把柔软的身体紧紧压在陈功的手臂上，生怕他不答应。

陈功又一次被碧春惊到。以前在剧组里，男女演员的这种互动十分普遍，大家很容易打成一片，但他万万没想到，碧春会在并不熟识的情况下，对自己做出如此亲昵的举动。他想挣脱又不敢乱动手臂，只能恳求地望向碧春，希望她自己松手。然而碧春似乎是豁出去了，眼神热烈，身体压得更紧。陈功转头看震古，希望他管管自己的女弟子，可是震古只是笑盈盈地等着陈功答复，仿佛其他事都不重要。

陈功认为震古是真心想要自己帮忙做事，关键是这待遇太有诱惑力了，放在以前，这对他来说根本不算大钱，但就目前而言，还真是可以让他重拾信心的资本。终于，陈功诚恳地答复："承蒙您看得起，我就先试试看吧。"

"这就对了嘛。"碧春开心地腾出一只手，在陈功肩上重重地拍了一下，俏皮地说，"你以后要叫我师姐哦。"

"师姐？"陈功一头雾水。震古冲碧春使了个眼色，碧春赶忙放开陈功的胳膊，对着震古悄悄地一吐舌头。

"好，那我们就说定了。"震古看上去心情大好，上前一步，握住陈功的手有节奏地摇晃，开心地说，"陈功，成功，你这名字取得好啊，天生就是做这行的料。"

第六章　心花甫放

去震古公司上班的日子终于到了。或许是汲取了上次试镜《成功大师》失败的教训，陈功一大早就起来给自己做了三明治，配上牛奶和麦片，把肚子填得饱饱的，精神头一下子就上来了。

他特意选择了上次试镜时穿的衣服，一是因为那是自己最好的一套衣服，二是他始终憋足劲要打翻身仗，而这一次是最佳时机。当他收拾好自己，站在镜子前时，立即找回了从前拍戏的感觉，久违的自信涌满心头。

他出门走在街上，这种自信心更加强烈，因为路人纷纷对他注目，特别是那些小姑娘和小媳妇，看他的眼睛都在发光，真是应了"人靠衣装，佛靠金装"那句古话。陈功心中窃喜，他好久没享受过这样的注目礼了，微笑变得更有底气，挺胸收腹，努力让自己显得挺拔，同时加大踢腿的力度，让自己走路的姿态宛如模特般优雅，仿佛要把之前的颓废踢到九霄云外去。

"大帅哥，让你发财的课程要不要了解一下？"有人给正走得起劲的他递来一张宣传彩页。陈功听这声音有点耳熟，站住脚一看，不禁哑然失笑，原来又是那个发广告的快递员。

"又是你，咱们还真是有缘啊。"陈功笑道。快递员一愣，旋即也认出了陈功，笑了："这么巧。"想把伸出的手收回去。

陈功瞄了一眼他手上的宣传单，果然还是震古大师的广告，立刻伸手接过："这个正是我现在最需要的，谢啦。"他举起宣传单扬了扬，脸上露出神秘的微笑。

快递员愕然地看着他，像在看一个怪胎。"祝你成功。"陈功真诚地对他说，潇洒地转身离去。快递员呆立在原地，想破脑袋也不明白，这个帅哥为什么总是神经兮兮的。

今天一定是个黄道吉日。陈功开着车行驶在城市的街道上，清晨的阳光如黄金般洒在前方，远处碧空如洗，空气中似乎充满了甘甜的味道，令人心旷神怡。"我劝天公重抖擞，不拘一格降人才。"陈功声情并茂地吟诵起来，"我说陈功，现在天公是给力了，你这人才是不是也该发光了？"他情不自禁地演起了"独角戏"。

这是陈功用来练功的一种游戏。他一人分饰两人或多人，围绕着自己设定的场景，按戏中人物的身份特点和语言特征一问一答、一唱一和，甚是好玩。

陈功过了一路的戏瘾，来到导航提示的终点，却始终找不到报到的地点。

在他的想象中，这种公司应该开在人流量大的商业街区里，方便招收学员，但现在车停在了一个接近郊区的新修四合院街区，古色古香的街道两旁坐落着一座连一座的四合院，环境十分安静。导航指向的这座四合院，雕梁画栋、朱门碧瓦，在周围的四合院中显得贵气十足，十分气派，但实在无法和一个培训机构产生关联，而且大门处没有任何招牌。陈功打量了半天，不敢贸然闯入，又开着车在街区里绕了一圈，导航软件一再提醒，目的地就是这座四合院。

陈功将信将疑地把车停到大门口，发现大门里站着一个身穿保安制服的人。他把车窗降下来，伸出头准备询问。那保安看上去四十来岁，模样十分干练，见到陈功的动作，马上上前敬个礼，非常礼貌地问道："先生您好，请问找哪位？"

这个保安的态度让陈功感觉很舒服，客气地答道："您好，我是来报到的，我叫陈功。"

"陈先生好，前台和我说过了。您请进，前台就在正前方的屋里，屋前有停车位。"保安挺起胸，又毕恭毕敬地对陈功敬礼，然后做了个"请进"的动作。

陈功在这个城市生活了这么久，还是第一次遇到这么有素质的保安，特别是最近这段时间他总遭人白眼，今天重拾贵宾待遇，一时间鼻头泛酸，差点哽咽得说不出话。他害怕自己的失态被保安发现，赶忙升起车窗，努力调整情绪。

保安见陈功的车一直没有发动，又啪的一声，敬了个标准的军礼。陈功平复了心情，赶忙挂挡起步开进院子里。

驶进院子后才发现，这里的面积相当大。正前方所谓的"屋"，其实也是一座独立的大四合院，正对着大门这方向。它的中间位置是门厅，装修成星级酒店的大堂样式，有两扇宽大的自动玻璃门。陈功很小心地把车停到门厅附近的一个车位里，之所以要如此小心，是因为两侧车位里停的都是豪车，而且是顶级的那种。

陈功停好车，小心翼翼地把车门推开一道缝，抓住车门边沿，把自己的整个身体从车门缝中"挤"了出去，生怕自己的车门剐到旁边的车身。等他终于走到门厅外，回头放眼望去，才发现一溜车位上停满了各式各样的豪车，自己的二手车挤在当中，显得如此格格不入，透着寒酸气。

这都是什么人啊，这么有钱？陈功心中一阵惊叹，自卑感悄悄爬上心头。

车不如人，咱人比他们强啊。只失落了一秒钟，陈功就发挥出身为演员千锤百炼锻造的心理调适能力，重拾信心。他抹抹自己挺立的头发，整理好坐皱了的衣裤，昂首挺胸，目不斜视地走进自动玻璃门。

坐在前台的接待员一见陈功进来，远远的就站了起来，满脸笑容地打招呼："您好，陈总监。"

"啊？"陈功惊讶得喊出声来，"你怎么认识我？咱们没见过啊。"他盯着眼前这个小美女，很确定在分享会上没见过她。只要是照过面的人，他都会留有印象，这是他引以为傲的"特异功能"，更别说对方是个美女了。

小美女仿佛早就猜到陈功会有如此反应，一双水汪汪的大眼睛看着陈功，莞尔一笑，不紧不慢地说："陈总监，碧春师姐早就跟我们姐妹说过您要来。"

"可是你们也不认识我啊。"陈功对她的解释并不认可。"碧春师姐说您是电影明星，我们都去网上搜了，您还有自己的百科呢，您本人可比照片上帅多了。"小美女十分开心，越说越来劲，"而且我前两天就交代过门岗了，看到您要马上通知我。"

陈功对这个解释十分满意，露出天王巨星般迷人的微笑："让你费心了。谢谢你啊，小姑娘。"

"陈总监，这里的人都叫我樱桃。"小美女的脸一片绯红，害羞地看着陈功，目光在他的眉目间不停游弋。

陈功心中十分得意，进门前那一丝丝的自卑感瞬间遁于无形，笑呵呵地问："好的，樱桃，那接下去我们要做什么？"

被陈功这么一问，樱桃总算回过神来："陈总监，我带您去见大师。"她慌忙走出前台，对陈功做了个邀请的手势，脸上已经红得像熟透的樱桃一般。

陈功这才看清楚前台背景墙上挂着几个金色大字——震古文化传播有限公司。这个名字取得真不错，"威震古今"，够霸气。难道这里真的是自己命中注定"成功的起点"吗？陈功一时间看得入迷、想得出神，呆呆地站在原地。

樱桃走了几步，发现陈功没跟上，扭头看到他盯着那块金字招牌，抿嘴一笑，调皮地说："陈总监，走吧，以后一天能见到好几回呢。"陈功回过神来，与她对视一笑，拔腿跟上。樱桃十分开心，脚蹬三寸高跟鞋，腰肢款摆地走在前面带路。陈功走在她身后，也是满心欢喜，仿佛顿时找到了人生的方向。

震古的办公室里，气氛十分压抑。震古在红木太师椅上正襟危坐，面沉似水，风云坐在他左手边，眼皮低垂，脸色凝重，紧挨着风云坐的黑虎，更是低着头大气都不敢出，只有坐在震古右手边的碧春略显轻松，时而看看风云，时而看看震古，等着师父发话。

"风云，你再说说看，"震古目光威严，语气极其严肃，"这次分享会上到底是哪里出了纰漏？这个漏洞不找出来，我们的事业随时玩完。"

"黑虎，你再仔细想想，是怎么找到那个人的？"风云直接把球踢给黑虎。

黑虎左右看看，一脸无辜地说："我就是在新学员里找的，和他说上台好好配合，可以免一个月的学费。这小子看着挺老实，没想到是个奸细。"

"这么重要的场合，为什么不找个知根知底的？"风云埋怨道。

"我认识的几个人都上过台，这次分享会人太多，我担心他们认出来不是新人，所以就想找个脸生的。"黑虎急急地辩解，脸上的无辜之色更加浓厚。

风云转头看向震古，发现震古的脸色并没有缓和下来。他皱着眉头想了想，继续向黑虎发问："那你有没有调查他的底细？"

"查了，说之前是做房产中介的，肯定没参加过类似的培训，真不知道他怎么和烁今扯上关系的。"黑虎越说越激动，最后补了一句脏话。

"师父说过多少遍了，不准说脏话！不准说脏话！你能不能长点记性？"风云大声呵斥黑虎。他看向震古，眼里充满了怒火："师父，烁今这人太不讲究了，都是同行，竟然耍下三滥，我们一定得给他们点颜色瞧瞧。"

震古本想继续追究，但他发现风云已经把所有的话都堵死了，责任也撇得干干净净，继续追问下去也不会有什么结果。他沉默了半天，只能郑重其事地对二人说："这种事情以后绝对不能再发生，切记切记。风云，你作为大师兄，负有不可推卸的责任，一定要引以为戒，下不为例。"

风云还想分辩，但见震古的脸上写满了不悦，不敢再多说。正在此时，三声轻轻的敲门声响起，风云很不耐烦地喊："谁啊？"喊完后才反应过来，现在是在师父的办公室，他赶忙闭上嘴巴，满脸歉意地看震古。

震古狠狠瞪一眼风云，风云缩缩脖子，不敢直视。震古暂时放过他，冲着门外温声说："请进。"

樱桃轻轻推开门，探进头，柔声对震古说："大师，陈总监到了。"

震古脸上的肌肉立刻松弛了，声调愉快："快请他进来。"一旁的碧春也雀跃起来，充满期待地看向门外。

陈功满身风流倜傥地走进来，正巧这时一道阳光斜射入窗口，映照在陈功英俊的脸庞上，让他整个人熠熠发光。碧春脑中一阵恍惚：这不就是电影男主角标准的出场情景吗？

震古同样觉得眼前一亮，高兴地向陈功招手，指着碧春右边的空位说："欢迎你啊，陈功。来来来，坐这边。"

"大师您好……好的。"陈功本想上前与震古握手，但见震古没有站起来的意思，于是双手合十对他施礼，顺势快速扫视全场，看到众人的目光都集中在自己身上，内心一阵欢喜，步态潇洒地走到碧春身旁，稳稳地坐下来。

"欢迎你啊，陈总监。"碧春侧过头，难掩愉悦地轻声和他打招呼。陈功冲她点头一笑，礼貌地轻声道："谢谢。"

碧春的话令风云和黑虎面面相觑，他们明显不知道陈功今天来，而且要担任什么"总监"，于是不约而同地看向震古，满眼疑惑。

"这位兄弟相信大家都不陌生，那天在分享会上帮了大忙。"震古手指陈功大声介绍，"他叫陈功，从今天起，他就是我们新成立的宣传部的总监。"

"欢迎陈总监。"震古话音刚落，碧春马上鼓掌表示欢迎。风云见她如此兴奋，甚是恼怒，黑虎却是一副丈二和尚摸不着头脑的模样，傻傻地看着碧春。碧春被看得不好意思，知道自己忘形了，连忙放下手。

风云用眼神狠狠地剜一下碧春，转脸对震古小心翼翼地说："师父,我们业务发展得这么好,应该不需要什么宣传部吧?"

震古一瞪眼,面露威严地教训他:"如果分享会真出点什么事,我们之前的努力就付诸东流了,懂吗?"

"懂了。"风云低下头不再说话。

"你看看烁今那边,最近有很多新动作,我们也不能总躺在功劳簿上,要与时俱进了。"震古见风云明显不服气,放缓语气,语重心长地说。

"黑虎,你觉得师父说得对吗?"他见风云还是低头不语,心中不快,转而问黑虎。

黑虎一惊,看看震古又看看风云,风云稍稍抬起头,眼角瞟着黑虎。黑虎看出风云的不爽,心生忌惮,但面对震古的提问又不敢含糊,只得做出心悦诚服的样子,认真地回答道:"是,师父说得对。"

震古点点头,对风云和蔼地说:"风云,你是大师兄,宣传部的事你也要多多关心,帮陈功一起做好。知道吗?"

"师父放心,我一定遵从您的教导。"风云见震古已经把话说到这份上了,不敢继续造次,赶忙直起腰恭敬地说道。

震古满意了,转向陈功:"你有什么想说的吗?"陈功看看风云和黑虎,坐直身体,乖巧地道:"我刚来,还是新人,希望各位同事多多关照。"他冲震古一拱手,"承蒙大师抬爱,我一定竭尽所能,不辱使命。"

陈功这一番话可谓滴水不漏,震古和碧春连连点头,碧春更是喜笑颜开,双眼放电。那边厢,风云和黑虎虽然心中不满,但也只能对陈功挤出笑容。

陈功收到大家的反应,心中相当得意。为了今天这次亮相,他设想过各种情况,准备了不少方案,看来这些努力都没白费。

"好,这个态度就对了,只有团结一心、同舟共济,才能驶向成功,成就大业。你们说,对不对?"震古大声问。

"对!"在座的人异口同声地回答,像是排练过无数次。当然,陈功这次也跟上了节奏——他已经摸清了震古的套路。

震古十分满意，微笑着环顾四周，看大家都没有说话的意愿，便指示道："风云和黑虎，你们去做事吧。碧春和陈功留一下。"

风云和黑虎一听震古发话，立刻站起来告退，震古漫不经心地冲他们挥挥手，就转头问道："碧春，陈功的办公室收拾好了吗？"

"师父放心，早就收拾好了，就在我的办公室隔壁。"碧春轻快地回答，笑靥如花，声音甜得发腻。

已经走到门口的风云听到碧春的声音，皱了皱眉，侧目望向她，却发现她的目光全集中在陈功身上，不禁瞳孔里生出熊熊火焰，恨恨地跺脚离开。黑虎紧紧地跟出去，轻轻把门带上。

"陈功，这几天就出一个宣传部的工作计划，有没有问题？"震古见两个弟子都走了，迫不及待地问。

"应该没问题，不过我需要先熟悉一下公司的情况。"陈功努力让自己的回答自信又不张扬。

"好，你一定没问题的，我看人从来没错过。"震古显得很开心，脸上露出难得的笑容，指指碧春，"有什么问题，可以随时问碧春，她是公司的老人了，会全力支持你。"

"师父，我才不老呢。"碧春假装不高兴，直接撒起娇来，那腻劲儿连见多识广的陈功都觉得受用不起。他本以为震古会批评她，但显然震古并没有生气，反而笑着哄她："对对对，应该是公司的元老，行了吧？"

"不行，不行，里面还是有'老'字。"碧春不依不饶。"好了好了，别闹了，说正事呢。"震古板起脸。碧春见震古变得严肃了，不敢继续说笑，偷偷朝陈功做了个鬼脸。

"碧春，以后还请多多帮忙哦。"陈功朝她双手一抱拳，笑道。

"什么呀，你得叫我师姐，我可是比你早来好几年。"面对陈功，碧春的调皮劲又上来了，面带骄傲地说。

"这……"陈功一时间真不知道怎么接话。这里的称呼都是师父来师兄去，本来就挺古怪，现在他又被一个小丫头片子逼着叫师姐，一时有些困扰了。

"你倒是叫啊,别以为装可怜就能过关。"看到陈功窘迫,碧春更来劲了,继续逼他。

"好了好了,别闹了,快带陈总监去办公室吧。"震古见陈功有点下不来台,便出面打圆场。

"遵命,师父。"碧春吐吐舌头,夸张地应道。

陈功如释重负,站起身来:"大师,那我就出去了,您先忙着。"

碧春也站了起来:"陈总监,跟我走吧。"

震古看着两人的背影,脸上露出深不可测的微笑。

碧春带着陈功出了震古的办公室,脚下向右转,经过一条长长的廊道,两侧墙上挂着很多照片。陈功边走边仔细观看,发现都是震古和别人的合影,照片里震古的表情永远超然淡定,而与他合影的人个个表现得异常激动和开心。

看到这些照片,陈功打心底里对震古又多了一分敬重。虽然他不认识那些合影的人,但从他们的气质和穿着打扮上来看,非富即贵。震古能让这些人如此崇拜他,身上一定有独到之处,值得自己好好学习。

"我师父厉害吧?"碧春放慢脚步,骄傲地指点着墙上的照片,"这些都是成功的企业家,也都是我们这里的学员。"

"嗯,看得出来。"陈功频频点头,突然发出一声惊呼,"咦,她也在?"原来他看到了一个很著名的女明星与震古的合影,着实吃惊不小。"这有什么啊,比她名气大的多的是呢。"碧春不屑一顾地说。她快步向前,指着墙上的几张照片,自豪地让陈功看。

陈功顺着她的手指方向,边看边惊叹。天哪,好几个影帝影后级的明星照片就挂在墙上,他们要么冲着震古竖起大拇指,要么众星捧月般把震古围在当中,一个个面带敬服的笑容。

这怎么可能呢?以前没听说过这种事啊,也没听说过震古这个人,难道是自己的咖位不够?莫非,这些照片都是P出来的?也不像啊。陈功简直不敢相信自己的眼睛。碧春看到陈功目瞪口呆的模样，颇为得意："我没骗你吧？师父和你们演艺圈很熟的。"

陈功若有所思，眼睛始终盯着墙上的照片。

"走吧，陈总监，这些照片随时能看，先去看看你的办公室吧。"碧春见陈功看得入迷，笑着催促他。

"好的，有劳碧春带路。"陈功很快平复了心情，笑着回应。碧春妩媚地看了一眼陈功，迈着妖娆的步子，身姿曼妙地带他继续朝前走。

穿过照片长廊就是办公大厅，放置着五六排办公桌椅，目测应该有四五十个工位，但整个大厅里也就十来个人在工作，显得十分空旷。

碧春的高跟鞋踩在石材铺设的地面上，咯咯声清脆响亮，立刻吸引了众人的目光。"碧春姐，今天有什么喜事啊，这么高兴？"碧春脸上绽放的笑容让一个小姑娘好奇地问道。碧春停住脚步，用领导的口吻对那个小姑娘——也是对在场的所有人——热情洋溢地宣布："这是公司新来的宣传部陈总监，大师亲自招的，大家以后要全力支持他的工作，明白吗？"

"明白！"众人异口同声地回答，纷纷向陈功投来仰慕的目光，还情不自禁地鼓起掌来。特别是几个打扮入时的小姑娘，瞬间变成陈功的"小迷妹"，恨不得把"秋天的菠菜"全都甩到他脸上。陈功没想到碧春会以这种方式介绍自己，一开始还有点不好意思，然而看到众人追星般的表现，不禁心花怒放，冲着大家连连招手："大家好，谢谢大家，还请多多关照。"

墙边一间办公室的门被打开，风云和黑虎一前一后探出头来，风云眉头紧锁，厌恶地看看办公大厅里的情景，又面无表情地看向陈功。陈功也注意到两人的出现，凭直觉，他觉得风云、震古和碧春之间应该有很多不为人知的秘密，他可不想蹚这趟浑水，还是努力搞定对自己印象良好的震古和碧春吧，争取在这里立于不败之地。

"你不可能让每个人都喜欢你。"想到这句话，陈功微微一笑，不再看风云他俩，继续与众人互动，只是比刚刚收敛了一些。

"好了，大家继续忙吧。"碧春满意地挥挥手，颇有震古的风范。众人立刻停止鼓掌散去。

"陈总监，你的办公室在这边，就在我的隔壁。"碧春指着一间办公室微笑道。陈功顺着碧春的手望去，只见房间的门就是办公楼里常用的玻璃门，边框倒是金黄色的不锈钢材质，显得稍稍豪华些。门的内侧玻璃上挂着黄布遮挡，布上绣着一条张牙舞爪的金龙。

见陈功不说话，碧春仿佛猜透了他的心思，微微一笑，上前推开了玻璃门，径直走进去。陈功跟过去，顿时觉得眼前一亮，这个办公室的豪华程度超出了他的所有想象。

首先映入眼帘的是一排木框大窗户。窗框全部采用清代镂空雕刻技艺，雕满各种花卉和动物，显得古色古香。此刻，柔和的阳光透过大块窗玻璃照进来，让整个办公室熠熠生辉。最里面靠墙的位置，是一整面书柜，书柜前摆放着超大的大班桌，同样是清代家具风格，厚重古朴，不过，与大班桌配套的却不是硬邦邦的太师椅，而是可调节可转动的皮质老板椅，看上去必定十分舒适。最让陈功惊讶的，是进门处辟出一个饮茶的区域，虽然摆放了一张茶桌和六把交椅，但丝毫不让人感到局促，因为这个办公室至少有三十平米。

"这是总监级才有的办公室，和大师兄的一样，比我的都大。"陈功的反应早在碧春意料之中，她意味深长地说，"想想看，师父对你有多器重吧。"

陈功左看看，右摸摸，十分满意。他一边端详一边坐上老板椅，扭动身子仔细感受，果然十分惬意："谢谢碧春，也请转告大师，陈功必当全力以赴辅佐大师。"

"你说话可真逗。"碧春被逗得咯咯直乐，"就这劲儿，比师父更像大师。"

"哪有啊，你可别和大师瞎说，我这是表示对大师忠心耿耿。"陈功赶忙澄清。

"别紧张，我这是夸你呢。干我们这一行，就该有这股劲儿。"

碧春笑着宽慰他。

"那就好，那就好。"陈功忙不迭地点头，"我一定继续努力，谢谢碧春。"

"那你怎么谢我啊？让你叫师姐都不愿意。"碧春觉得陈功的表现很搞笑，那股调皮劲又被挑起来了。

"这……你不怕被叫老了吗？"震古不在身边，陈功也不再拘谨，笑呵呵地说，像是对小妹妹的口吻。

"不会啊，反正我永远十八岁。"碧春头一歪，等着看陈功如何接招。

在圈里浸淫多年，陈功对付个小姑娘自然不在话下："好吧，那我就叫你小师姐，这样更可爱。但有一点，别逼我在有人的时候叫，成不成交，小师姐？"陈功装得极其认真，竟然立刻就有了泪意，眼巴巴等着碧春回答。

碧春没想到陈功能在这么短的时间内就泪眼汪汪，讶异地盯着他看，想弄清楚这些泪水是从哪里来的。没想到，陈功眼一眨，眼眶里的泪水瞬间消失得无影无踪，换上了一张灿烂的笑脸，笑声格外爽朗。碧春难以置信，忍不住好奇地问："咦，你是怎么做到的？"

"哈哈哈。"陈功得意洋洋，故作神秘，"这可是我们演员的秘密，以后再告诉你。"

碧春觉得眼前这个人功力深不可测，竟突然有了点尊敬之意，良久才说："哎呀，差点忘了正事，师父还在办公室等着我呢。"她指着桌上的一摞文件，"这些是之前公司的宣传资料，你先看着，有问题随时叫我，我随叫随到。"

"好嘞，谢谢小师姐。"陈功觉得自己终于在与这个野丫头的较量中占了次上风。

碧春与他对视，不禁一笑："那我先去忙了，大师弟。"小跑着出去了。

直到碧春那青春婀娜的背影消失在门外，陈功才踌躇满志又饶有兴味地仔细观察他的办公室，对环境和设施越看越满意。他把门关好，手扶着门把手，闭上眼默默地沉思了一会儿，猝然睁眼环视屋内，当确认这一切不是在做梦时，脸上终于露出发自内心的笑容。

他好像突然想起什么，快步坐回老板椅，掏出手机，搜索梦影的微信号，手机屏幕上跳出那个熟悉得不能再熟悉的名字头像，他抱着一丝希望点开，期待重新看到梦影的朋友圈，可惜还是失望了。他按下快捷键，屏幕上显示正在拨打梦影的手机号码。他紧张地盯着手机，却在回铃音即将响起的瞬间猛地按下挂机键，任凭梦影的号码掉入已拨电话的阵列，身体也重重跌进柔软的老板椅中。

就在昨天，经过一番激烈的思想斗争，他约李明在一家档次不错的餐馆吃饭，酒过三巡之后，流着泪告诉李明他辞职的决定。让陈功深深感动的是，李明并不生气，甚至都不过多地挽留他，只是告诉他，什么时候想回来，提前几天打招呼就行，只要他的培训班到时还"活着"。陈功听到这儿，抱着李明又是一顿豪哭，但并没有告诉对方自己要去什么地方，因为连他自己也不知道这次转型能否成功，甚至不知道自己能坚持多久。

此时此刻，在与震古的公司初次接触之后，陈功觉得至少有了一个良好的开端，对以后的发展之路有了更多憧憬。只要把震古伺候好了，就凭大师和那么多明星大腕的关系，没准他还能继续自己的演艺事业，甚至有可能"无心插柳柳成荫"，一炮而红也未可知。人生路上，遇到一个贵人就足矣，这种成功例子在圈内可谓不胜枚举。

然而陈功的心灵深处始终放不下梦影。经过一系列打击之后，他觉得自己和梦影已经不再是单纯的恋人关系，他更渴望在她面前证明自己，证明自己只要放开手脚，不被所谓理想束缚，就一定能获得财富和地位，成为世人眼中的成功者。而这，足以让梦影臣服于他。

他之所以最终放弃拨出电话，是因为觉得自己虽然迈出了成功的第一步，但还没有抵达成功的彼岸，这个时候贸然行动，容易被她怼回来，让自己再一次在她面前丢脸，这是他目前最不能接受的。

陈功觉得自己应该暂且把这些烦心事放到一边，多想想当下。能拥有这么豪奢的办公室，是自己以前做梦都不敢想的，俗话说"好的开始是成功的一半"，这是多么美妙的开始啊。

他腾地一下坐起来，手机往桌子上轻轻一拍，右手食指斜指着下方，威严道："嘟，大胆和珅，你该当何罪？"

"皇上，小臣罪该万死，请皇上恕罪。"他旋即弓起身子，双手作揖，可怜巴巴地上望，浑身颤抖。

"说吧，你罪在何处？"他挺直身板，把乾隆皇帝那君临天下的气概演得活灵活现。

"小臣不该有眼不识泰山，狗眼看人低，得罪了陈功陈大人。小臣罪该万死啊，皇上。"他手按桌沿，头不停地磕在手背上，如捣蒜一般。

"好了，说吧，以后怎么改？"他目视下方，冷笑道。

"从今往后，小臣鞍前马后伺候陈大人，即便做牛做马，也不敢有半点怨言。"他转眼就换上一副谦卑模样，赌咒发誓。

"哦？"他假装生气，"那你把朕放在什么位置啊？"

"皇上永远是皇上，我永远把您供在心上。"他扮演的和珅满脸谄笑，哈喇子都快流下来了。

"哈哈哈，你小子太逗了，好好好，重重有赏，哈哈哈。"他扮演的乾隆龙颜大悦，笑声高亢爽朗。

敲门声响起，没等陈功回神，碧春就兴冲冲地闯进来。他慌忙收住笑声，神情还没来得及调整回来，耳边就响起了碧春银铃般的笑声："您这发的什么功啊？陈大师。"她笑得直不起腰，花枝乱颤。

陈功咳嗽一声，把五官扯回原位："没事，我练练表演基本功，很久没练习了，感觉生疏了很多。你找我有事？"他努力保持镇静，脸上不免流露出几分愠色。

碧春看出陈功的不悦，不好意思地说："是这样，几个小姐妹想请你给她们上上表演课，说是十分仰慕你。"

陈功一听这话转怒为喜，假装推辞道："咱们就别搞什么'个人崇拜'了，我刚来，这样不大好吧？"

"公司的宗旨就是崇拜成功，你得适应哦，就当提前彩排吧。"碧春用期待的眼神看他。

"哦？"陈功思考了一下，用商量的口吻说，"那我们得找个单独的房间，别吵到别人。"

"放心吧，我早就想好了，在最角落的一个会议室里。"碧春和他可说是心有灵犀。

"好吧，那我就恭敬不如从命了。"陈功爽快答应。

碧春大喜，做了一个夸张的恭请陈功出门的动作。陈功欣然起身迈步，那表情和姿态颇有帝王风范。

第七章　风云乍起

入夜时分，城中村如蜘蛛网般交织的大小街道人声鼎沸，空气中弥漫着浓郁的烟火气。

一处僻静的巷角，陈功坐在花坛的水泥围栏上，对着一小片灌木丛轻声呼唤："花花、小白，开饭了，今天有好吃的。"

过了一会儿，灌木丛里仍不见动静，陈功抓起放在围栏上的猫粮袋，把口子撕得更大，倒了些猫粮出来，又把袋子冲着灌木丛的方向抖几下，低声唤道："花花、小白，快来啊，再不来我可走了。"

最后这句话似乎奏了效，灌木丛中传来窸窸窣窣的声音，两只猫咪飞快地钻出来，对着陈功喵喵了两声，转身扑向撒在围栏上的猫粮，争先恐后地吃起来。

"喜欢吗？以后天天给你们买。"陈功见它们果然更喜欢吃猫粮，心中充满了怜爱之情。

对梦影和哆哆的相继离开，陈功始终无法适应，每次上完课回到住处，长夜漫漫，只能自己和自己说话。百无聊赖之下，他在街头乱逛，偶然发现了这两只流浪猫。

当时它们就是伫立在这道围栏上，用泛着绿光的眼睛盯着渐渐走近的陈功，陈功仿佛从它们的眼睛里看到与自己一样的忧郁，禁不住停下脚步，半蹲下身子，想仔细看看它们深邃的眼里藏着什么。神奇的是，此时那只黑白相间的猫突然轻盈地跳下围栏，缓缓走到陈功脚边，用柔软的身体在他的脚踝和脚面上来回轻蹭，陈功没想到它会有如此举动，站在原地不敢动，怔怔地看着脚边。那猫好像感受到陈功的目光，抬头看向他，眼神里充满了期盼。

陈功的眼睛顿时湿润了，俯下身轻轻抱起它："你们等一下啊，我去给你们买吃的。"他小心地把它放回到围栏上的那只白猫身边，冲两只猫做了个"等一等"的手势，转身飞奔进最近的面包店，抓起一袋切片面包匆匆付账，在店员们诧异的眼神中跑出去。

他攥着面包袋快步走回围栏，两只流浪猫欢快地叫着，嗖地跳下来，急切地在他脚边打转。陈功慌忙撕开包装袋，抽出两片面包，蹲下身递到它们嘴边。两只猫咬了几口，总是扯不碎，急得直叫唤，陈功索性把面包放在地上，它们才欢天喜地地吃了起来。

从此，只要晚上有空，陈功就带些食物来与它们相会，和它们说说心里话。他给那只黑白相间的猫取名"花花"，另一只白猫叫"小白"。

"花花、小白，你们别急，今天管够，不够再给你们买。"陈功看它们吃得带劲，自己也十分开心，"哆哆被它妈妈接走了，还好有你们陪着我。"他温柔地摩挲它们，听着它们咀嚼猫粮发出的咯吱咯吱声。

"我终于找到一个好工作了，从今往后，我的目标就是赚钱赚钱再赚钱，什么电影梦想，什么知心爱人，没钱，狗屁都不是。"陈功愤愤地说，见它们不理会自己，便伸手抚摸花花的头，轻声问："你们说对不对啊？"花花抬头看陈功，仿佛听懂了他的话，竟然点了点小脑袋。

"不打扰你们吃饭了。"陈功手按膝盖，慢慢站起身，"我也该回家弄晚饭了。今晚得早点休息，明天还有重要的事情要做。"他看着两只猫摇头，"唉，毕竟是畜生，有了吃的就什么都不顾。"

陈功轻轻叹口气，转身回住处，身后却传来花花和小白的叫声："喵……"陈功赶忙回头，只见它们都不吃猫粮了，立起身子，四只幽亮的眼睛盯着他，仿佛希望他多待一会儿。"好，好，你们的心意我知道了，继续吃吧，一有空我就来看你们。"陈功向它们摆摆手,声音竟有些哽咽,他赶紧扭过头,用手背擦擦眼睛,这才快步离开。

街上人来人往,陈功饥肠辘辘。他路过老刘的"成功煎饼"摊,发现生意越来越好,很多排队的人举着手机直播,让他觉得十分滑稽。他一边走一边想象,如果把这些人都消声,那情景一定很好玩,他们的脸上像开了花,嘴里像塞了鸡蛋,那表情堪比卓别林吧。想到这儿,他不由得笑出声来,引得路过的一对小情侣侧目以对,那表情分明是在说:"这条街上精神病真多。"

陈功不想排队买老刘的煎饼,他只想赶快回到住处,窝进舒服的沙发,打开电视看一部好看的电影,再点一份超贵的外卖。他突然很想吃烤鸭,还有辣子鸡,那就一样点一份吧,反正吃不完可以留到明天。

陈功加快脚步走到楼下。"咦,怎么会亮着灯?"他仰头看去,惊讶得叫出声来。是谁?难道是梦影?不可能,她的态度那么决绝,根本不会回来。自己的母亲也有钥匙,但她远在三四百公里之外的家乡,即使要来也会提前说一声,让自己去接站。难不成是小偷?陈功立刻紧张起来,但随之又觉得是自己多虑,哪有小偷在这个时间点上门的,而且还拉开窗帘打开灯?如果真是小偷,绝对可以入选"笨贼一箩筐"。

如此只剩下一个可能了,那就是梦影回来找重要的东西,比如毕业证书之类的。她离开后,陈功一直没有心情整理房间,甚至连她放东西的抽屉都不想打开,所以根本不知道她带走了什么,留下了什么。他不想让自己显得太过激动,但上楼的步子不由自主地越来越快,到最后变成了小跑,站在房门口时已是气喘吁吁。

他努力调整好自己的呼吸,拿出钥匙慢慢插入锁孔,轻轻旋开门锁,缓缓地推开房门,生怕吓着梦影。

"功儿,你回来了?"母亲的声音传出来。陈功一惊,大步迈进房中,只见母亲坐在餐桌边微笑着看向自己。

"妈，怎么是您？"陈功吃惊道。

"怎么不能是我，你以为是谁啊？"母亲逗他。

陈功把房门关好，走到餐桌边坐下来，埋怨道："您来了也不提前说声，我好去接您啊。"

"你有这心就够了，你妈还没老到出不了门的地步。"母亲笑得更灿烂了，招呼陈功坐下吃饭，"饭菜刚做好你就回来了，还和小时候一样，属猫的，永远饿不着。"

陈功低头一看，满桌子都是自己爱吃的菜，特别是那盘家乡辣椒炒肉，红辣椒和青辣椒伴着焦黄的五花肉，在豆豉的点缀下令人食欲大开。小时候，只要母亲做了这道菜，他最少要吃两碗饭。"辣椒炒肉！好久没吃了。"陈功满心喜悦地接过母亲递来的饭碗，眼里放着孩子气的光芒，迫不及待地夹起一大块肉，塞到嘴里大嚼特嚼。

"哪有多久啊，上次你把梦影气跑了，打电话让我过来，也就两个月前吧。"母亲看着儿子狼吞虎咽，笑着纠正。

"妈，别提她了。"陈功停下筷子，愤愤地说。

母亲似乎早就料到陈功的反应，微笑着给他夹了一筷子青菜，语气平和："傻孩子，这次就是梦影打电话让妈过来的。"

陈功停下筷子，歪头疑惑地看着母亲。

母亲仍然在笑："梦影昨天给我打电话，说了她暂时搬出去的事。"

"暂时搬出去？她是这么说的？"没等母亲说完，陈功就急切地问道。

母亲没接陈功的话茬，继续不紧不慢地说："梦影对我说，开始时，你每天都给她打电话或者发微信，但最近这段时间没有你的消息了，她让我来看看你。"

陈功听到这里，心中早已是五味杂陈，怔怔地看着母亲，嘴巴动了动，但一时间又不知道该说些什么。

母亲看出陈功的痛苦和纠结，但她也不清楚两人之间具体发生了什么事，无从劝解，只能叹一口气："唉，也不知道你们是怎么回事，梦影这么好的姑娘，你总是把人家气跑。"

"我没有气她，是她自己死活要走。"陈功像个犯了错的孩子般小声分辩，眼泪在眼圈里打转。

"都是别人的错？你自己就没有一点错？好好想想。"母亲启发他。

陈功低下头去，陷入沉思。

母亲慈祥地看着儿子，轻轻地摇头，从桌上拿起一个方方正正的红布包，揭开红布，露出码放整齐的一沓百元大钞。她把布包递给陈功，认真地说："功儿，听梦影说你现在遇到点困难，这是你爸凑的一万块钱，你先拿着应应急。"

"不不不，不需要。"陈功急忙摇手拒绝，"我有钱，这钱我不能要。"

"我和你爸这一辈子也没赚到什么钱，这些钱还是你给我们的，我们都给你存着呢。"母亲说着说着，黯然神伤，"你别怨恨我们就行。"

陈功终于没忍住，泪水直流了下来，哽咽道："我怎么会怨恨你们啊。"

"不怨就好。我们现在老了，唯一的心愿就是你们能好好地过日子。"母亲也在努力控制自己的情绪，保持微笑。

陈功泪眼蒙眬地看着自己的母亲，突然发现她两鬓的白发又多了一些，眼角的鱼尾纹变得更深更长。打小村里人就说陈功是母亲的翻版，遗传了她所有的优点，陈功也为此十分骄傲，在他眼里，母亲是这个世界上最美的人。然而如今自己不仅没能让她安享清福，还让她时刻担忧，世界上还有比他更失败的人吗？想到这里，陈功猛地扬起头，大声说道："您放心，我找到新工作了，老板十分赏识我，说要重点培养我。您儿子一定会出人头地的。"说这话时他的眼神异常坚定。

"你们好好的，我和你爸就知足了。"母亲慈爱地看着自己的孩子，"快吃饭吧，菜都凉了。"

"嗯。"陈功眼含热泪，低头扒了一口饭，又抬起头来看母亲，

"妈，您也吃。"

"好好好。"母亲端起饭碗，却幽幽地说，"功儿，我明天就得赶回去，家里还有一大堆事，你爸又生病了。"

"什么病？"陈功紧张地问。

"就是普通的感冒，别担心。"母亲笑道。

"哦，那就好，你们要多注意休息，有些事该推就推。"陈功暗暗舒了口气。

"你爸的脾气你还不知道？比你还倔。"母亲苦笑着摇头。

陈功也苦笑一声："妈，我明天早上先开车送您去车站，然后再去上班。"

"不用了，你明天忙自己的，我再好好打扫打扫房间。你看，家里没个女人，过的什么日子啊，像狗窝一样。"母亲用责备小孩子的口吻数落着陈功。

陈功一吐舌头，继续低头扒饭。

第二天早上九点，陈功准时出现在公司的早会现场。他昨天才知道，周一到周五，每天九点钟公司都要举行早会，地点就在这个"二进"四合院的中间庭院里。这庭院和进门的停车区域一样，也十分宽敞，三十来号人排在当中，就算是打起太极拳来都不会彼此碰到。庭院和四个方向的办公室之间还有回廊相连，回廊柱子和飞檐上画着色彩艳丽的各种图案，显得古色古香又贵气逼人，加上今天明媚的阳光，整个庭院富丽堂皇，让人仿佛置身于庙堂之中。

震古独自一人站在上首，身着一件灰白色短袖中式衬衫，下配深灰色休闲裤，脚上穿一双定制布鞋。虽然身材不高，却显得仙风道骨，令人肃然起敬。其余的人面对他站成四排，陈功站在第一排最右，左边依次是碧春、风云、黑虎。

大家都表情严肃地看向震古，等待他发话，陈功更是期待中带着好奇：既然那些店铺的早会是出自大师的教导，那么，大师亲自主持的早会是什么样？也是载歌载舞嗨翻全场？

震古朝队伍后方示意，陈功好奇地稍稍侧头望去，只见站在最边上的一个小姑娘走向放在回廊角落的音响设备。陈功紧紧盯着她，心里暗暗猜想下一刻会传出什么乐曲。

小姑娘用力按下音响开关键，音乐声响起，出乎陈功意料的是，那并不是劲爆的"抓钱舞"伴奏之类，而是一首十分舒缓的乐曲，有点像念经又有点像吟诵。陈功一时听不出是什么音乐，只觉得听着听着，人就平静下来。

"现在，闭上眼睛，跟着音乐，放空心灵。"就在陈功品味之时，震古空灵的声音传来。只见他缓缓闭上眼睛，表情松弛，双臂自然下垂，右手掌轻叩左手掌，像极了一位太极高手。陈功环顾四周，见大家都已经像震古一样进入状态，特别是风云，那神情和姿态与震古如出一辙，像一个模子里翻出来的。碧春的入定状态也不错，一看就是修行多年，只不过她穿着紧身短裙，从陈功的角度看去，那完美的女性曲线让他觉得有点出戏。

陈功观察了片刻，不敢懈怠，也模仿起震古的动作。虽然是第一次做，但他对自己所呈现出的姿态毫不担心，心想假如这个时候震古睁眼检查，自己一定会给他带来惊喜。

"天下熙熙，皆为利来；天下攘攘，皆为利往。"正当陈功暗自得意之时，震古铿锵有力的声音如汽笛般灌入他的耳中。不知道震古在声音里施了什么魔法，霎时间陈功不再心猿意马，而是想起了这么多年来亲身经历和耳闻目睹的那些世态炎凉：你春风得意的时候，呼朋唤友好不风光，而一旦倒霉失势，没钱没权，马上树倒猢狲散，那些"朋友"纷纷和你划清界限，没落井下石就算不错的。相比较而言，自己的遭遇都算不得什么，那些"出事"的著名导演、演员、老板和制片人，熙熙攘攘之间，哪个不是从"喜剧"到"悲剧"，经历了命运的洗礼？

"吃得苦中苦，方为人上人；年少不努力，老大徒伤悲。"震古的声音又一次响起，就像一个高级厨师，对火候的把握已经炉火纯青，在你情绪酝酿得差不多时，适时地加上一根柴。这一次，他的声音拖得更长，如同警钟长鸣，敲打着陈功的耳膜，直击心灵。

是啊，自己之前太随性了，总认为凭着自己的天赋一定能成功，现在才发现，自己的努力还远远不够，竟然会觉得求助别人是一件"跌份"的事，真是死要面子活受罪。想那韩信甘受胯下之辱，勾践经年卧薪尝胆，哪一个不是置之死地而后生？"陈功，你该醒醒了！"他在心里大骂自己，恨不得狠狠扇自己两巴掌，作为对"愚蠢的陈功"的告别礼。

他仿佛被催眠了，在半梦半醒之间，随着震古的呼喊不断忆起那些积压在内心深处的痛楚，这让他既痛苦又轻松，最后简直有种飘飘欲仙的感觉，让他欲罢不能，几乎不想清醒……

不知过了多久，音乐声停止，陈功听到身边的人好像都活络起来了，接二连三轻轻吐气、清嗓子。他感到一丝不快，心想这些人太不用心，这么快就结束了修行。"难怪你们看上去这么不灵光，原来根本就不诚心，真是烂泥扶不上墙。"他暗暗骂了一句，继续沉浸在遐想中。

"陈总监，陈总监，醒醒，醒醒。"突然有个女声在耳边响起，接着左臂被一只手抓住，轻轻摇晃了几下。他猛地惊醒，睁开眼看向身旁，原来是碧春正诧异地注视自己，那神情是想笑又不好意思笑出来。

"怎么了？"陈功一头雾水，发现风云和黑虎正在对他嘲笑地指指点点。他忙转头去看震古，震古脸上倒是没有异样，微笑着回视他，但再仔细看，那眼神里分明装着一个问号。

"自省环节已经结束了，您这也太认真了。"碧春还是没忍住，咯咯地笑起来。

"真会演戏。"风云冷笑着补上一句，脸上写满了鄙夷。

陈功觉得特别委屈，自己明明是这些人里最认真的，却反而遭到嘲笑。他很想争辩几句，但发现很多人都在笑，都在用异样的眼神打量他，一时间脸涨得通红。

"好了，碧春别再笑了。"震古终于发话，"陈功一定是深受触动，你们都应该向他学习。我没说错吧？"他向陈功投来询问的眼神。

听震古这么说，陈功心里热乎乎的，果然是大师啊，总能把话说到人的心坎里。他频频点头，向震古报以感激的目光。

震古十分满意，又正色去看在场的其他人，众人赶忙收起笑意，一个个低头垂目。

见此情景陈功十分开心，偷眼去看风云，他虽然也低着头，但脸上的冷笑没有丝毫减少。这位"大师兄"看来已经把自己当作敌人了，冲突是迟早的事，千万不能大意。陈功在心里给自己打了预防针。

震古也一直在留意风云的反应，最后大声说道："今天的早会就到这里，散会。"

"是，师父。""是，大师。"众人高声回应。陈功从称呼中发现，叫师父的只有风云、碧春和黑虎三人，他猜想这"师父"大概不能随便叫，要经过拜师仪式什么的才行。其实，这种情况在演艺圈里也不少，像相声、戏曲等行当就特别讲究师承关系，甚至保留着"家谱"，按辈分取艺名。没准风云、碧春的名字都是这样取的。

这件事是想明白了，但还有一件事陈功不明白，那就是震古为什么没在今天的早会上当众宣布对自己的任命。碧春昨天通知他参加早会时，他以为震古要宣布了，因为碧春说只有中层以上干部才有资格参加早会。然而，眼见着会也开完了，人也散了，他还是没等到。难道有什么变故吗？陈功刚刚放松的心情又变得紧张。

"大师弟。"碧春见陈功还站在原地，一副苦思冥想的样子，便笑着小声叫他，"对不住啊，刚刚没忍住，不过，你那时的表情实在太逗了，哈哈哈。"

陈功看着笑得花枝乱颤的碧春，忽然有点拿不准她是敌还是友。原本他觉得碧春肯定对自己有好感，但今天她的反应让人摸不着头脑，几乎是在和风云唱双簧。唉，毕竟人家是多年的师兄妹，而且风云一定对她有好感，否则看自己的眼神里不会充满嫉妒。那种嫉妒，不仅是事业上的竞争，更多是在男女关系上，这一点，经历了与梦影的感情纠葛后,陈功自认为一眼就能看穿。既然这样,自己还是小心行事,不要与她走得太近,先观察观察再说。想到这里,陈功淡淡一笑,满面真诚地说道:"多谢你刚刚叫醒我,下次我一定注意。"

碧春没料到陈功的态度突然变得如此客气,以为是碍于他们身边还有其他人,但她四下张望,看不到第三个人的影子,一时不禁愕然。

"碧春,我先回办公室了,还有很多资料没看完,今天得加班了。"陈功不欲多说,冲碧春礼貌地点头一笑,径直离开,留下满脸狐疑的她。

陈功回到办公室,心里还在想着震古不宣布任命这件事。然而当他坐进老板椅,桌上相框里他和梦影的合影跃入眼帘,他的心绪立刻变得柔软,久久地盯着笑得阳光灿烂的梦影,其他事全被扔到九霄云外去了。

相框是陈功今早刚从住处带来的。昨晚母亲的到来让他知晓梦影依然关心着他,而且她对母亲说的是"暂时"离开,这就代表了她的内心还在爱他。这样看来,之前自己的态度和做法真如梦影所说,是那么的"幼稚"和"不成熟"。陈功暗暗发誓,从今天开始,自己一定要全力以赴,尽早在这里站稳脚跟,等到成功的那一刻,他会用最隆重的仪式把梦影迎回来。

陈功拿起相框,深情地亲了一下梦影的脸,恋恋不舍地把相框放回去,目光又流连了好一会儿,终于坐直身子,认真地浏览昨天没看完的资料,边看边思考,觉得重要的部分就划出来,同时在记事本上做笔记。

"大师。""师父。"办公室外响起此起彼伏的问候声。陈功意识到震古就在附近,停下手中的笔,扭头看向门口。

目光所及之处,震古敲了两下门就推门而入,陈功赶忙站起身迎接。"怎么样?还适应吧?"震古亲切地问道,四处打量。

"特别好。大师，我正在学习和研究公司的资料，争取这周拿出初步的宣传方案。"陈功快步来到震古身边，恭敬地回道。

"好好好，来，我们坐这儿聊一会儿。"震古笑着点头，指了指茶桌，自己先拉开椅子坐下来。

陈功感到有点不寻常。自己才到公司两天，老板就亲自来下属办公室，还要坐谈，要么是特别关心他，要么就是有棘手的事发生，到底是哪一种呢？陈功心里嘀咕着，坐到震古对面。

震古似乎看出了陈功的心思，脸上的笑容更加和蔼："不用紧张，我来是有件事想和你商量商量。"

"大师，有事您说话，我一定全力以赴。"陈功不想在震古面前显得气弱，一挺胸，大声说道。

"好，好，我就是喜欢你身上这股劲儿。"震古满意地看着陈功，那眼神仿佛是父亲在看自己优秀的孩子。

陈功接触到震古的眼神，眼圈突然红了，哽咽着说不出话。他的反应让震古都觉得有点意外，关心地问："你没事吧？"

"对不起，大师。"陈功努力控制住自己的情绪，"很久没人像您这样真诚地夸奖我了，我刚刚突然想起了自己的父亲，有点激动，让您见笑了。"他恢复了表面的平静，甚至用力挤出几丝笑容。

"好好好。"震古若有所悟地点头，确定陈功的心情已经平复之后，语气舒缓地说，"是这样，昨天晚上风云提醒我，按照公司的制度，每个新进员工都需要完成一定数量的招新任务。"说到这里他停下了，眼睛盯着陈功，等待对方的反应。

陈功心里咯噔一下：果然，幺蛾子在这儿等着呢。但他很快告诫自己，不要慌，看震古接下去说什么，风云怎么样并不重要，重要的是震古会怎么样。他做出毕恭毕敬的样子，等着震古继续发话。

"这也怪我，爱才心切，但既然有人提出这个问题，我也不能破坏制度，搞'一言堂'。我这样说，你能理解吗？"震古是询问式的口吻。

"我完全理解，大师。"陈功保持恭敬的态度，不明确表态。

"你能理解就好。"震古似乎轻松了些,欠欠身接着说,"按照要求,总监级的招新任务是五十个,最晚三十天内完成。你……有困难吗?"

陈功在心里飞快地盘算一下,觉得五十个人的任务不算多。他记得胡响说过,最多的时候一个月能招一百个新人,以自己的人脉和能力,超过胡响应该不成问题。只是,这样一来,之前大师承诺的待遇还算数吗?

"完成招新任务我应该没问题。"陈功立刻表态,接下来语带迟疑,"但是……没完成任务之前,我还继续做宣传方面的事情吗?"他看看大班桌。

"好,我就知道你不会有问题。"震古马上就明白了陈功的意思,笑容可掬,"宣传总监的事你当然继续做,我说过的话从来算数,只是……"

这一声"只是",让陈功刚放下去的心又悬了起来,他瞪大眼,等着震古把这口气喘完。"只是,如果不能在规定的时间里完成任务,我想保你也是很困难的,毕竟大家都盯着你,也盯着我。我的一片苦心,你能理解吗?"震古幽幽说道,满面真诚之色。

"哦,那没问题。"陈功松了一口气,信心百倍地说,"大师,正好我也想挑战一下自己,您就放心吧,我一定不会让您失望的。"

"好。"震古高兴地拍拍陈功的肩膀,站起身来,"只是这段时间要辛苦你了,两边的事情都得做。有困难的话,可以随时来找我。"他的脸上写满了关怀和爱护,陈功确认这话是发自真心的,于是动情地回答:"谢谢大师关心,承蒙您的厚爱,晚生定当不辱使命,以报大师知遇之恩。"

一口气转了这一串"非白话文",说完后陈功自己都觉得不可思议,想必是平时电影电视剧看得太多了,脱口而出的全是台词。他在心里暗自吐了吐舌头。震古也觉得陈功的话境界太高,一时间哑口无言,只得继续做出赞许的表情:"好,你先忙吧。"

陈功扶住办公室的门,目送震古离开。当他关门时,蓦然发现对面风云办公室的玻璃门上，百叶帘是开着的状态，隐约能望见风云和黑虎坐在桌前侧身望向自己，两人脸上都露出诡异的笑容。

陈功差点以为自己看错了，他忙揉揉眼睛，定神从百叶帘的缝隙间望进去。这次，他真真切切地看到，风云正满脸冷笑地盯着自己，那神情仿佛是在向他下战书，又像是从心底鄙视他。

陈功瞬间被激怒，原本还堆满笑意的脸刷地阴沉下来，毫不示弱地回瞪风云，眼中全是怒火。

起初风云还故作镇静，冷冷地与陈功进行眼神交锋，但不久就发现，陈功的眼神明确地传递出应战的信号，完全不惧怕自己。渐渐地，风云不禁变得有些慌张，看陈功的目光游移不定，最终不得不拿起一份资料，招呼黑虎假模假样地讨论，交谈间眼神控制不住地瞟向陈功。

风云，你不过就是一只"纸老虎"！陈功脸上露出胜利者的微笑，不再紧逼风云，而是向四周张望，发现有几个同事在工位上怔怔地看着自己，眼里写满了惊诧。陈功冲他们一笑，潇洒地把门带上，坐回座椅上想继续研究资料，却发现自己始终难以静下心来，瞳孔一直无法聚焦在纸页上。

第八章　餐厅事件

华灯初上，美食街的一家露天大排档生意已是热火朝天，划拳碰杯声此起彼伏。在大排档的中间位置，陈功和七个朋友围坐在一张大桌周围，正喝得兴起，一个个面红耳赤。

"功哥，我再敬你一杯。"坐在陈功对面的一个精壮小伙子兴冲冲地站起来举杯，满脸崇拜之情，"你现在发达了，还记得我这个穷哥们儿，就冲这一点，我干了，你随意。"说完一扬脖，把满满一杯啤酒灌进喉咙。

"好！""爽快！"酒桌上的人纷纷鼓掌叫好。

"好，大兴是爽快人。"陈功也举杯站起，大声说，"这杯酒，我也干了。"他眼睛都没眨一下，一杯酒就咕咚咕咚地下了肚，杯底朝上高高地举起空酒杯，一脸豪气，博得一片更高亢的叫好声，有几个人甚至摇头晃脑地拍起了桌子。

"功哥，以后你们公司需要拍会议照片和视频什么的，只要你说话，哥们儿我全市最低价。"红光满面的大兴意犹未尽，在一片嘈杂声中冲着陈功大声喊道。

"对啊，对啊，小陈，不，陈总，有什么美工的活记得找我哦。"一个扎小辫留长须的中年男人跟着大兴向陈功喊话。

"没问题，张老师，您的美工在圈里可是首屈一指。"陈功由衷地对他竖起大拇指。

话音未落，坐在陈功左手边一位五十多岁、文艺范十足的长者，已经借着酒劲紧紧搂住他，亢奋地朝他脸上喷唾沫："听我说，小陈，咱们这帮老哥们儿，别的本事没有，但拍了半辈子电影电视剧，编导摄像美工、服装化妆道具，这些不说样样精通，但帮公司搞个活动、拍个视频，还是能派上用场的。"

长者的话引得在座众人频频点头，看向陈功的眼神都带着期许的光芒。

"耿导，"陈功侧过脸对长者信誓旦旦，"等我在公司站稳了脚跟，这些都是小事，到时咱们就让他们见识见识，什么叫真正的专业，好不好？"

"好！"餐桌上又是一阵敲碟子打碗。

陈功看着癫狂的众人窃喜，他发现自己现在说话越来越像震古，很轻易就能引起别人的共鸣。"各位兄弟，刚刚说的发动你们亲友入会的事，可千万别忘了，这周之内没完成任务，我的位子就难保了。"等大家安静下来后，他郑重其事地说。

"放心吧，你都讲了好几遍了，我们肯定记得，而且还有介绍费，我们何乐而不为呢。"耿导一副责无旁贷的样子。

"对，这个介绍费，我一分不留全给大家，你们一定得放在心上，就一周的时间。拜托了，拜托了。"陈功再一次强调着，双手合十向众人不停地请求。

"你放一万个心吧，功哥。"大兴大大咧咧地说，嘴巴已经开始不利索了。其他人也都跟着拍胸脯保证。

"好，不愧是我兄弟。"陈功冲大兴竖起大拇指，环顾四周，"要不，在座的先入个会？保管物超所值。我刚刚也说过，震古大师十分出名，好些个明星大腕都是他的学生，以后请他介绍些好剧组，也是水到渠成的事，你们觉得怎么样？"

他用充满期待的眼神环视众人，以为能像刚才一样得到热烈的回应，没想到，片刻前还群情激昂的众人个个变得深沉，谁也不开口说话。陈功十分失望，将求助的眼神投向年纪最大的耿导，希望他能帮腔。

"陈功你别急。资料我们都拿到了,回去先好好研究一下。"耿导面露难色,"毕竟,最低的会员费也要好几千。这要搁以前,大家眼睛都不会眨一下,但现在的情况你也知道……"

"对啊,对啊。""我一定好好看。""对,我看完后一定发动有钱的朋友加入。""功哥,我做事你还不放心?""来,功哥,再敬你一杯。"众人见耿导代表他们发言了,如释重负,继续七嘴八舌地劝酒,酒桌上的气氛重新热烈起来。每个人都兴致高涨,只有陈功独自茫然郁闷,看着一桌子五颜六色的好酒好菜发呆。

公交车上,陈功坐在最后面靠窗的位置。已是晚上九点多钟,公交车的座位依然坐满了,过道上也零零散散站着几个人。他们要么闭目养神,要么戴着耳机看剧,就连年轻的小情侣们似乎都被磨灭了激情,静静地依偎在一起。车厢里只有喇叭里传出的机械报站声,以及车外飘进来的烦躁的汽车鸣笛声。

陈功呆呆地望着车窗外,宽阔的道路上车水马龙,一片繁华景象,密密麻麻的汽车尾灯像一盏盏小红灯笼,在夜空中闪烁。街边上簇拥着等待公交车的人群,大部分神情麻木,仿佛即将踏上一段前途未卜的旅程。

此时的陈功酒醒得差不多了,只是舌根还有些木,头脑却十分清醒。他请这顿酒,本来是希望圈内老熟人能帮忙,现在看来,这大几百块钱可能要打水漂了。他的心再一次被狠狠刺痛:钱毛都没摸着,先"撒币"了。

自己认识的这些圈内人十有八九是指望不上了,个个都穷,真应了"物以类聚,人以群分"那句话。自己打拼这么多年,到头来,只结识了一群和自己一样失败的人。当然,李明算是个例外,混得还算不错,也肯帮自己,但前几天才对人家说要奔向光明前途,现在又张嘴求人家,这算哪档子事啊!这个方案绝对不行!Pass!

胡响呢?他有良好的生源基础,照他的说法,这五十个新人的任务他一个人就能搞定,看上去是最好的选择。但自从股票事件之后，陈功就不敢再信任胡响，即使自己能进震古公司也有胡响的功劳，但对方的初衷肯定不是帮自己，只是为了拿佣金而已。

其实，陈功去报到之前，胡响打过几次电话约他吃饭，希望他能介绍自己到震古公司任职，"就算当个跟班也行"。但陈功都只是敷衍，并没有应约。这种情况之下再去求胡响，这脸就丢大了。所以，这个方案也不行，Pass！

接下去怎么办呢？此刻陈功真的想不出其他方案。找碧春？这个想法刚一冒头就被陈功否了。碧春看上去像个疯丫头，但她能在震古身边待这么多年，而且深得他信任，说明她绝对不是个简单角色。何况她和风云的关系也绝对不寻常，这件事本身就是风云挑起的，自己再去找她帮忙，风险太大，搞不好就不仅是被扫地出门那么简单了，说不定还会被扣上莫须有的罪名。

想到这里，陈功头又疼了起来。他痛苦地闭上眼，把额头贴在车窗玻璃上，试图给发烫的脑袋降降温。"咕咚"，手机响了一声，他条件反射地把攥在手里的手机举到眼前，点开微信消息查看。这一看之下，他整个人一下子振作起来，头也马上不疼了，不禁瞪大双眼盯着车厢前部的报站电子屏，恨不得马上飞回住处。

陈功的住处已经被母亲打扫得窗明几净，他打开房门，顿时觉得眼前一亮，心情也更加愉快。他飞快地取出笔记本电脑，掀开屏幕，轻快地按下电源键，同时滑开手机，点开微信，找到刚刚看到的那条信息，十分仔细地研究起来。

这是一条推广信息，是一个微信好友卖酒的广告。这人之前在一家媒体工作，现在似乎专注于在微信里卖酒，每天按固定的时间点在朋友圈里发广告图片，有时还会直接发给各个微信好友。之前陈功觉得挺烦的，好几次都想把这人拉黑，但这一次，他点开广告后发现图片制作得十分精美，一下子抓住了他的眼球，让他在那一刻顿悟：这事我也可以做啊。

表演专业虽然不用上图片制作等美术课程，但陈功自己一直喜欢做图，课余时间总爱用 PS 等软件精修个照片或做个创意图，每每让同学们赞叹不已，有这方面需求时都会来找陈功，陈功也乐于帮忙。一来二去，临近毕业时，他已经被同学们戏称为"图做得最好的未来之星"。

说干就干，陈功熟练地打开电脑上的 PS 软件，又调出震古公司的宣传资料，一边快速浏览一边构思。这些资料他已经看了两天，不说是烂熟于心，也是耳熟能详。接下来，就是按那张卖酒广告的套路布局和设计，做出招新广告创意图，既能用于招徕推广，又完成了自己分内的宣传部工作，真是一举两得、一石二鸟之计也。

陈功越想越兴奋，在软件加载完毕后迫不及待地建文件，设置画布，熟练地把一张震古的照片拉入画布中——通过这段时间与震古的接触，他认为这张照片最能展现震古的"精气神"，比胡响用的那张不知道要好多少倍。

陈功一直觉得胡响做的宣传单毫无设计美感，带着浓浓的地摊味道，但即使这样，人家也能拉到那么多新人。那么，等到自己这份广告图一出手，那不得刷爆朋友圈啊？想着想着，陈功愉快地吹起了口哨，吹了一会儿不过瘾，又点开电脑里的音乐播放软件，顿时屋里响起了那首他最近常听的乐曲——贝多芬的《命运交响曲》。

这一夜，陈功住处的灯光在整个城中村里，显得异常明亮和持久，就像那颗夜空中最亮的星。

第二天一大早，陈功已经坐进办公室，继续设计广告图。他的两只眼一眨不眨地盯着屏幕，已是布满血丝。右手不停地点击鼠标，哒哒声响个不停。昨晚他一直熬到凌晨三点，早上七点钟就出门上班，然而现在他不仅不困乏，反而灵感泉涌，一刻也不想停。

办公室的玻璃门突然被敲响，陈功眉头一紧，烦躁地抬起头想发作，却见碧春推门而入，脸上带着标志性的娇俏笑容。"陈总监……"她开心地叫一声，赫然发现陈功脸色蜡黄、眼圈发黑，不禁愣了一下，关心地问道，"你没事吧？脸色这么差。"

"哦，是碧春啊，我很好。你找我有事？"陈功的脸上立刻绽放出笑容。

碧春也不见外，大大咧咧地在陈功对面的椅子上坐下来，凑近电脑屏幕看了一眼，神秘兮兮地问："忙什么呢？这么不要命。"

陈功此刻还沉浸在设计状态中，并没有心情和碧春说笑，但又不敢得罪她，只得敷衍地回答："没什么。有什么指示啊？我的大师姐。"

"哈哈哈。"碧春觉得陈功的表情十分滑稽，笑得上气不接下气，"大师姐……哈哈哈，你太逗了。"

有完没完啊？以为人人都像你一样逍遥吗？陈功心里生着闷气，又不能表现出来，只得苦着一张脸，满眼无辜地看向碧春。

碧春笑了一阵，看出陈功有点不耐烦，强忍住笑意："我说大师弟，你现在是不是不方便啊？"

"没有不方便，我在等你的指示。"陈功的不快之情终于忍不住挂了一丝在脸上。

碧春见陈功脸色变得严肃，不敢继续说笑了。她收起笑容，清了清嗓子，小声问："我听说风云找你麻烦了，是不是真的？"

"哦？"陈功心里一惊，一时猜不透碧春葫芦里卖的什么药，迟疑了片刻，装作很紧张地说，"不会吧？我来公司后就没和风云说过几句话。你听到什么消息了吗？"

"师父是不是让你完成招新任务？"碧春继续神神秘秘的。

"是啊，大师说每一个新入职的员工都必须完成。"陈功一脸真诚。

"这就对了。"碧春俯身趴到桌子上，好离陈功更近，放低了声音，"这都是风云搞的鬼。师父原来根本没给你定任务，但风云在前天晚上的小会上拿这个说事，师父不得不让步，因为这是师父自己定下的规矩。"

碧春说到这里，停下来看陈功的反应。陈功不动声色，等着她继续往下说。

"开完会后，师父先是让我来和你说这事，但他老人家又考虑了一会儿，决定要亲自和你说。"碧春一脸崇敬，"你应该知道师父有多么器重你了，他对我从来不会这么用心。"

"哦，这样啊。"陈功假装恍然大悟，满面真诚地对碧春道谢，"谢谢碧春你告知，既然是大师定下的规矩，我自然也不能例外。"

碧春被陈功的大度所折服，连连点头："你果然不错，我就知道你和他们不一样，难怪师父这么喜爱你。"

陈功摆摆手，谦虚地说："别别别，我初来乍到，有哪里做得不好，还请你及时指出。也请你转告大师，我一定全力以赴完成任务。"他把电脑屏幕转向碧春，指着上面的设计图："这两天我做了份宣传图，你帮忙提提意见。"

碧春看到设计图，眼睛里立刻放出光来，发出一声惊叹："呀，这是你做的？"

"嗯，昨晚熬了一宿，本来想等做好了再给你看，正好你来了，帮忙看看哪里需要修改。"陈功不想显得太骄傲，语调故作平静。

"这也太棒了，比我们之前的所有宣传资料都好，你真是个大大的人才！我们这里最缺的，就是你这样的文化人。"碧春的崇拜之情溢于言表，"真是太棒了，你是怎么做的，能不能教教我？"

碧春这"迷妹"般的表情让陈功既受用又疑惑：她到底是装的还是发自内心？以她的身份，不至于要奉承我啊。真是个谜一样的女人，还是小心为妙，再观察观察吧。他堆起满脸笑容，谦虚地说："既然这个设计入得了师姐的法眼，那我就放心大胆干下去了。"

碧春兴奋地再次凑近屏幕，仔细欣赏着，嘴里不停发出赞叹声，突然脱口而出："大师弟，其实，只要你愿意，我可以帮你完成任务的。"她炙热的目光直射向陈功。

陈功没想到碧春会这么说，一时间没反应过来，怔怔地看着她。碧春也不回避陈功的目光，语气肯定地低声说道："这也是师父的意思。"

陈功总算听明白了，但并没有心花怒放，反而犯起了嘀咕：这个小妮子果然不简单，每次跟我嘻嘻哈哈套近乎，没准就是震古派来试探我的，甚至都不排除是受了风云之托来抓我的把柄。这地方果然不简单，要打败对手成功突围，必须多长几个心眼才行。

主意已定，陈功突然抓住碧春放在桌上的右手，用力摇了摇，诚恳地说："真心谢谢你，碧春，你的心意我领了，我还是想自己试试看，努力去完成这个'投名状'。"

"好吧，我相信你一定会成功的。"碧春眼中掠过一丝失望，也用力握握陈功的手，幽幽地道，"有问题记得随时找我。"

"一定！"陈功握着碧春的小手，语气无比坚定。

午后的四合院街区十分幽静，陈功独自漫步其中，街道上看不到几个人，也鲜见酒肆店家。已是立秋时节，天气不再那么燥热，走到树荫处开始有了凉爽的感觉；天空中的云朵也不再那么刺眼，显得婀娜多姿；偶尔从大树上传来几声知了叫，不再让人心烦意乱，更像是舒缓乐曲中的和声。

陈功十分喜欢这里的环境氛围，这些日子，每天在公司食堂里吃完午饭，他都会一个人出来散散步，梳理梳理思路。

今天有点不太一样。刚刚在食堂的遭遇让陈功十分生气，但也让他变得更加清醒。

公司的食堂位于四合院的最里面，空间也和办公大厅一样，十分宽敞，分为一个包间和一个大餐厅。包间平时基本不开，有重要客人来访时才会启用。大餐厅里摆放着十多张方桌，桌椅板凳都是实木做旧，装修也是仿古风格，整体色调为古铜色。在这里就餐，对于陈功来说每一次都像是穿越之旅。

大餐厅里的座位是有讲究的，不能随便坐。最靠里的一排四张方桌，每张桌子的间距要比其余两排大得多，特别是最角落的那张方桌，旁边还摆放着折叠起来的屏风，显得与众不同。陈功第一次到大餐厅时,一眼看中这张方桌,排队打完饭菜之后,看到那里没人,就喜滋滋地直奔过去,开开心心地坐下来。没想到,屁股刚一沾凳子,就被旁边的服务员"请"了起来,告诉他这是大师的专座,很礼貌地把他请到旁边的第三张方桌上就座。

本来陈功倒没有觉得有什么丢脸的,不知者不怪嘛,而且服务员的态度也很好,但他分明看到坐第二张方桌的风云和黑虎放肆地笑起来,还互相说俏皮话,话里话外虽然没有指名道姓,但一听就知道是在指桑骂槐地嘲讽他。当时陈功十分生气,很想上前理论,却发现坐在风云对面的碧春在向自己使眼色,那意思是不要冲动。冷静下来的陈功只好作罢,自嘲地笑笑。

今天午餐时间,这一幕又再次上演,而且更加过分,真是让人忍无可忍……

当时陈功抱着创作的喜悦来到大餐厅,见里面已经坐满了人,于是习惯性看向那四张桌子,发现震古的专座仍旧空着,而第二张方桌旁已经坐上了风云和黑虎,两人正兴高采烈地聊天。虽然听不清楚他们在谈什么,但凭直觉,陈功知道和自己有关,因为风云和黑虎时不时就抬眼瞄他,眼神里有挑衅味道。至于碧春,还是坐在风云对面的位置,陈功看不到她的表情,因为她是背对着门口。

陈功并没有把这当回事,挺起胸膛,保持着一贯的自信状态。打饭区正好没人排队,陈功潇洒自如地拿起餐具,来到打饭阿姨面前,笑呵呵地把餐盘伸过去,还照例跟她寒暄两句:"张婶,今天的鲫鱼烧得真好,看着就有食欲。"

"嗯,还行吧。"张婶漫不经心地回应,低头用大勺子挖了条鱼放进陈功的餐盘。

陈功心里有点奇怪。前几天张婶给自己盛饭菜时,表现得十分热情,会热络地和他聊上几句。陈功人生地不熟的,也乐得有人和他说说笑笑。今天张婶是怎么了?他莫名其妙地看一眼张婶,而张婶眼都没抬,机械地给他打完饭菜后就走开了。

陈功无趣地端平餐盘,往自己的座位走去,看到前台的美女樱桃正坐在面向自己的座位上吃饭，立刻对她微笑着点头打招呼。谁知樱桃一接触到他的目光，马上把头低下，筷子在餐盘里来回搅拌，就是不敢抬头。陈功越发诧异了，停住脚步四处张望，发现目光所及之处人们纷纷躲避。

"大师兄，有个问题我一直没弄明白。"正在这时，大餐厅里响起一个粗鲁的声音，陈功循声望去，是黑虎在嬉皮笑脸地对风云说话，"我请教请教您呗。"

"有什么问题快说，转什么词啊。"风云假装端着师兄的架子责备黑虎。

陈功听出话锋不对，目不转睛地盯着两人，餐厅里其他人也都好奇地听着。

"我该死，我该死。"黑虎嬉笑着连连作揖，"不知怎么回事，这几天变得不会说人话了。"他瞟一眼陈功，笑意更浓。

陈功不动声色地看他俩一唱一和。

"过不了几天，你就又会说人话了。"风云假装不耐烦地摆摆手，"好了，有什么问题快说吧。"

黑虎连连点头，装出一副乖巧的模样，大声问："您说这都立秋了，院子里的蚂蚱是不是蹦跶不了几天了？"

"对啊，这你都不知道？"风云似乎惊讶万分，回答得更大声，"那句古话你忘了？这秋后的蚂蚱，那什么什么来着。"他得意洋洋地乜斜着陈功，假装恍然大悟的黑虎也转过身，幸灾乐祸地看向陈功。

果然是风云在搞鬼。现在全公司的人应该都知道了，如果陈功完不成"投名状"，就得立刻卷铺盖走人。而且，看这阵势，风云一伙已经向全公司的人都挑明了，他们与陈功势不两立。

这是公然宣战！陈功十分气愤。虽然自己早就料到会有这一天，但没想到风云连基本的礼数都不讲，才几天就撕破了脸。转念一想，这也属正常，看风云对震古阳奉阴违、对手下颐指气使的态度，就知道他已经膨胀到一定程度了，怎容得下一个新人的挑战。好吧，事到如今，兵来将挡、水来土掩，自己准备迎战就是了。

然而，此刻应该怎么应对呢？满屋子的人都在看，这个时候自己绝对不能示弱，否则以后就没人敢支持自己了。陈功一咬牙，径直朝风云的座位走去，脸上带着股杀气。

风云没想到陈功会气势汹汹地杀过来，慌忙坐正迎战，未免显得有点狼狈；黑虎更是一副惊慌失措的模样，紧张得站起身来。大餐厅里的人都抬头望向这三人，猜想接下来会发生的场景。樱桃既吃惊又崇拜地张大了嘴巴，而张婶手拿大勺子，差点把菜扣到别人手上。

陈功边走边盘算要怎么撑风云，然而就在距离风云不到三米之时，碧春忽然转过身，对他微微摇头，眼神中又出现了上次那个"不要冲动"的信号。

令众人惊讶的是，刚刚还火冒三丈的陈功瞬间平静了，眼看着他就要冲到风云面前，却突然箭步拧腰，来了一个九十度的大转弯，像一阵风似的从风云眼前刮过。风云被刮得目瞪口呆，等缓过神来转眼一看，陈功已经坐在老位置上有滋有味地吃起饭来。

风云一脸茫然，完全没想到这场已经剑拔弩张的对阵，会收场于陈功的虚晃一枪。他歪头看向碧春，苦笑几声，意思是说："就这，什么玩意儿啊？"碧春淡定地微微一笑，也不说话。

"喊，这是演的哪一出啊？哈哈哈。"一旁的黑虎再也忍不住，爆发出山崩地裂般的笑声，满脸不屑。而陈功此时只是埋头吃红烧鲫鱼，就像什么事都没有发生过。

大餐厅里，筷子、勺子摩擦餐盘的声音又响成一片。樱桃失望地摇摇头，张婶轻轻地叹口气，用大勺子狠狠地推了一下菜盆里的鲫鱼……

陈功刚开始也觉得十分憋屈，但现在想想，以自己目前的处境，还真不是正面杠的好时机，如果自己真的那么做了，多半是自取其辱，就算是赢了嘴仗，也很可能招致更凶狠的报复。球场上反击对手的最好方式，是把球踢进他的球门，而不是斗嘴耍狠。如果被对手激怒，失去冷静，你就一点胜算都没有了。

"陈功，你现在最要紧的是完成任务，明白吗？"他对着面前的一堵红墙大喊。喊完之后，顿时觉得胸中一股恶气从肺里排了出去，一时间全身轻松，头脑也清醒了很多。他突然想起什么，立即转身跑回公司。

碧春一动不动地坐在自己的办公室里，对着电脑想心事。

她办公室的空间格局和陈功的一模一样，只是她选的大班桌是现代风格，黑色的桌面配上白色的底座，显得高冷而前卫。老板椅也是少见的黑配白，和她日常爱穿的紧身短裙搭配，透着那么干净利落。

陈功风风火火地敲了两下开着的玻璃门，快步走进来，语气急促："碧春，有件事一直想问你，你现在有空吗？"

碧春站起身来，落落大方地说："陈总监，稀客啊，你可是第一次来我办公室，坐坐坐。"

陈功突然意识到，这个女人可能是自己见过的最好的演员。你看她，时而像个不谙世事的"迷妹"，时而又像个冷静内敛的"大姐大"，这会儿又摇身一变，俨然一位沉稳老练的商界精英。而且，对于每一个角色，她都扮演得十分到位，完全看不出表演痕迹。真是一个让人看不透的女人啊！

"陈总监，别站着了，请坐吧。"碧春见陈功看着自己发呆，瞬间破防，扑哧一声笑出来。

"哦，好好，谢谢。"陈功意识到自己的失态，慌忙坐在碧春对面，却一时找不到开场白，只能边让大脑飞速地旋转，边对着她尴尬微笑。

"陈总监，你有什么事一直想问我？"碧春被笑得心里发毛，表情都有点僵硬了。

陈功终于找到了切入点，轻轻一拍大腿："咱们是在哪儿给学员培训？好像不在这个四合院里。"

"你问这事啊。"碧春想了想，反问他，"你为什么要知道这个？"

"我不是正在做广告图吗？就想把公司课程的精华提炼出来，放到广告图里，这样会更吸引人。"陈功觉得碧春的反应十分奇怪。课程不是公开的吗？学员交了钱就能上课，这有什么好保密的呢？

"哦，是这样啊。"碧春看出陈功的疑惑，慢条斯理地说，"我们的初级学员通过微信群和QQ群上课，只有中级学员和高级学员才有资格参加定期的现场授课，这你知道吧？"

"我知道，公司资料写的收费标准里有介绍。"

"我们的课程，无论是线上授课，还是现场授课，都没有固定课本，需要讲师根据学员情况灵活把握，随时调整上课内容。"

"那要怎么展现出我们的优势呢？"陈功陷入了沉思。

"宣传师父啊。"碧春笑起来，启发陈功，"师父是我们最大的金字招牌。你看看，他出了那么多书，在那么多电视台开讲堂，网上有那么多他的演讲视频，还有那么多名人找他。这些都是最好的宣传素材啊。"

陈功微微点头，但皱紧的眉毛还是没舒展开。

"还有，最重要的是，"此时碧春又仿佛化身为一位导师，"你得去揣摩学员的心理，想清楚他们为什么心甘情愿地交钱给我们。"

"对啊，我一直都不明白，他们在分享会上为什么那样疯狂？"陈功希望能从碧春的嘴里掏出些干货。

"这就需要你自己用心体会了。不用急，慢慢来，大家都是这么过来的。"碧春一副过来人的口吻。

陈功撇了撇嘴，心想：我怎么能不着急啊，当然你是不用急了，真是站着说话不腰疼，饱汉不知饿汉饥。他本来还想多问些问题，但看碧春这架势，显然不想多说。

"谢谢碧春老师，你先忙，我也得去工作了，时间不等人啊。"陈功站起身，冲碧春笑了笑，转身往外走。

"陈总监，记住我跟你说过的话啊，我可以帮你的。"碧春的声音从耳后传来，但陈功并没有停下脚步，只是匆匆回了一句"谢谢碧春美意"。

  碧春看着陈功离去的背影，脸上浮现出笃定的神情，就像女儿国的国王看到去西域取经的唐僧。

第九章　开窍

已是夜里十点，城中村的街道上还是人来人往。初秋夜晚的凉爽天气，给在外劳碌一天的人们带来难得的惬意。

陈功的住处灯光明亮，他坐在沙发上，兴奋地盯着茶几上的笔记本电脑，掌中的鼠标不停地滑动点击。电视里正播放着震古的讲座节目，他脸上带着标志性的微笑，用让人心悦诚服的语气旁征博引，讲述着励志的成功故事。

"耶！完成了。"陈功高兴得大叫一声，双手抱住后脑勺仰倒在沙发靠背上，远远地观赏电脑屏幕上的设计图，全身上下充满了大功告成的喜悦。设计图上最醒目的位置是震古的照片，经过陈功的精细修图后，他看起来超凡脱俗，一派世外高人的风范，特别是那双本来就会说话的眼睛，现在更是透出让人欲罢不能的亲和力。

陈功满意地看看电脑里的震古，又抬眼看看电视里的震古，觉得自己做的图比电视里的影像还要鲜活。亢奋不已的他坐起身来，准备最后再检查一遍，然后就可以发到朋友圈里，发给朋友们了。

咚咚咚，重重的敲门声突然传来。"谁啊？"陈功烦躁地吼道。他做设计时最讨厌有人打扰，为这事还和大学同学翻过脸。

"功哥，是我啊，胡响。"

"这么晚了，有什么事啊？"一听是胡响，陈功更暴躁了。他已经在心里把这个人划入了黑名单，前段时间回绝了好几次对方的邀约，没想到对方恬不知耻地找上门来了。陈功轻声骂着，抓起遥控器关掉电视，再迅速把笔记本电脑合上，最后极不耐烦地走到门边，砰的一声用力拉开房门。

"哥，这么晚了还没睡呢？"门一开，胡响觍着一张脸，五官都堆满了笑意，不等陈功说话就径直进屋。

"废话，睡了怎么给你开门啊？"陈功关上门，追在胡响身后，语气里都是嘲讽。

胡响并没有生气，安逸地坐到沙发上："哥，一直想当面恭喜你，但你一直没空，所以今天我特意登门道贺。"他发现茶几上放着几本震古公司的资料，好奇地拿起来，饶有兴趣地翻看。

"谢谢，你的心意我收到了。"陈功见胡响说是道贺却两手空空，又好气又好笑。他也坐到沙发上，跷起二郎腿，冷冷地说："说吧，找我什么事？"

"哥，我是来帮你的。"胡响放下资料，又是那副煞有介事的模样，"有个事你可千万要注意。"

"哦？"胡响的话勾起了陈功的兴趣。

"你不信啊？"胡响诡异地一笑，故作神秘，"我问你，风云今天是不是在餐厅里给你难堪了？"

陈功惊讶地看他，眉头一皱，脱口而出："这事你怎么会知道？"

"你别忘了，我也是给大师做事的人。"胡响得意地笑道。

"对了，胡响，和你对接的人是谁？"陈功突然意识到，胡响也不是一点用都没有，至少可以从他这里探听些消息。

"是个姓陈的老师，男的，大师的二弟子黑虎的手下，你认识吗？"胡响见陈功不再爱理不理，立刻打起了精神。

"不认识，黑虎以下的人我都没打过交道。"陈功面露不屑。

"对哦，哥现在和风云平起平坐了。"胡响的气焰立马被陈功压下去，面露羡慕之色，"哥，你一定得推荐我进公司啊。在一个新地方单打独斗是行不通的。"

"别急，我跟你说过，要等我站稳脚跟。"陈功不耐烦地敷衍着，"对了，你刚刚说要我注意什么事？"

"哦,是这样的,"胡响面带诚恳,"陈老师刚刚在工作群里发了个通知,提醒大家不能转单,特别提到严禁把新人订单转给你,说如果查出来了,严惩不贷。这不,我一看到就马上赶过来了。"

陈功观察胡响的表情,确定他这次没有说谎,但这也在陈功的意料之中。"这样啊,那只能说明风云心虚了,不过还是要感谢你通知我。"陈功淡定地说。

胡响不敢相信自己的耳朵:"一个月五十单呢,你打算自己完成吗?"他的眼睛瞪得比铃铛还要圆。

"怎么,很难吗?你之前不是说,最多的时候一个月将近一百单吗?"陈功轻描淡写。

"这、那、那时……"胡响一时语塞,磕巴了半天才说出完整的句子,"那个时候和现在不一样,现在的大师越来越多,没那么容易了。"

陈功一眼就看出,胡响之前是在吹牛,当时他一定是为了让自己加入才夸大其词的。"那你现在能拉多少新人?"陈功不想过多纠缠往事,直截了当地问。

"一个星期……差不多五六个吧。"胡响努力掩饰着自己的窘迫,吞吞吐吐,最后急切地补充道,"不过,这已经很多了,在我们那个工作群里是数一数二的。"

这人真是……陈功听罢,在心里把胡响骂了几个来回都不解恨。就是因为他吹的牛皮,把自己置于如此凶险的境地,早知道拉新这么艰难,当初震古提出时自己就不该那么爽快地答应。现在想想,当时如果自己讨价还价,提出减少任务量,震古也会就坡下驴答应的。唉,早晚要被这厮害死。

"哦,我知道了。"事已至此,陈功只能硬着头皮往下走了,何况他有绝对的信心,自己无论如何都能比胡响做得更好。于是他从容地送客:"胡响,时间不早了,我还要加班做事,你先回去吧。再次感谢你能想着提醒我。"

"哥,你确定不用我帮你吗?"胡响一脸吃惊。

"暂时不用,要你冒那么大的风险,我也于心不忍啊。"陈功边说边走向房门。胡响紧走两步跟上他,大声说:"哥,为了朋友我能两肋插刀,这都不是事。"

陈功一听这话,一股无名之火蹿起,突然停住脚步,反身盯住胡响。胡响反应不及,差一点撞到陈功身上,好不容易才避开了,一脸讶异地看他。"你把订单转给我,图的什么啊?"陈功盯着胡响的眼睛,面无表情。

胡响以为机会来了,心中一喜,挤出了标志性的眯缝眼:"当然是帮哥哥先渡难关,然后希望哥哥能把我招进公司,另外……"他说到这里停顿一下,偷眼观察陈功的脸色,只见陈功冷冷地等着他交代。

"另外就是,我想和哥哥商量一下,能不能把哥哥的返点都给我,我听说级别越高返点也越高。"胡响鼓足勇气,装出一副可怜相,"最近家里有点事,我急需用钱。"

"好,我考虑一下。"陈功摸清了胡响的底细,也不想把话说死。他打开房门,对胡响说:"你先回去吧。"

胡响原本熊熊燃烧的希望之火瞬间就被浇灭,他郁闷地走到门外,转头想对陈功说些什么,不料房门砰的一声关上了。他愣了片刻,脸上露出一丝诡异的笑容,抬手指向房门,轻声说道:"陈功,等着瞧吧,有你服软的时候。"

第二天一大早,陈功精神抖擞地来到办公室,此时办公大厅里还空无一人。他想抓紧时间再把昨晚做好的设计图检查一遍,这也是他做图的习惯——全部做完之后,脑子完全放空,不再去想它,直到第二天,从观众的角度去重新审视,往往能发现设计中钻牛角尖的地方,再加以修改,让设计更加贴近观众。

果然,这次检查让陈功发现了设计图的问题,那就是文案有点自说自话的味道,说得难听一点就是王婆卖瓜,自卖自夸。这也是做宣传资料时最容易犯的错误。其实陈功做的时候已经很小心了,但一旦进入设计状态，难免会一直想着把"好东西"推销出去，而忽略观众的接受心理。

所幸底子好，完善起来就不困难，而且，这个完善的过程会让人产生莫名的喜悦感。此时的陈功十分享受这个过程，一边修改文案，一边哼起了歌。

等到陈功愉快地按下了保存键，然后调出公司以前做的广告图，把两张图并排放在一起，拉拽滚动条进行比较时，他不禁越看越开心，觉得碧春至少在这件事上说了实话，那就是自己设计的宣传资料比原先的好了不知多少倍。

陈功不由得喜上眉梢。他打开邮箱，把新做的设计图添加为附件，然后在"收件人"一栏里填上震古的邮箱，并且给邮件取了个响亮的名字：震古文化最新版宣传资料——宣传部陈功设计制作。

他满心欢喜地准备按下发送按钮，突然又缩回手，在"抄送人"一栏里点选了碧春和风云的邮箱。听着电脑里响起发送成功的美妙声音，陈功兴奋地搓了搓手："现在就剩下招新任务了！"

陈功拿起手机，把这张设计图分享到朋友圈里，然后飞快地输入推广文字。这些文字早就被他打好了腹稿：亲们，向大家报告一下，我现在任职震古文化宣传部总监，目前我向公司争取到了最大的优惠福利，详情见图。在图中你还会看到，震古大师是众多明星大腕的精神导师，是当今中国最出名的"成功大师"。机不可失，时不再来，另外推荐亲朋好友加入，会有额外奖励，详情请私信我咨询，欢迎大家转发此图，也期待大家和我一起迈向成功，加油！（另外，这张图是本人亲自设计的，请各位大神指正。）

陈功写完后认真检查了两遍，突然想起这条朋友圈不能让某些人看到，于是首先把胡响屏蔽了，接着是震古公司的人。他原本想把梦影和李明也屏蔽掉，但仔细想想，还是保留了，他觉得是时候让他们知道自己的新工作了。操作完毕，陈功觉得已经是万无一失，再次点开设计图好好地欣赏了一番，终于坚定地按下"发表"按钮。

他惬意地倒进老板椅，等着微信提示音响起。这时，他看到桌上的相框，照片里的梦影和自己笑得是那么开心，仿佛拥有了全世界所有的美好。他坐起身去拿相框，想要把梦影看得更清楚些，就在此时，手机响起了他一直在期待的声音。

陈功迅速放下相框，抓起了手机。果然有新的信息。他兴奋地点开，屏幕上跳出了"美工张老师"的信息：陈总，再次恭喜，广告图做得不错，如有需要，我可帮着贵公司完善图片设计，谨祝事业成功。

陈功有点失望，没想到收到的第一个回应是来拉业务的。张老师虽然说是帮忙，但写的是"贵公司"，明摆着是要收费的。陈功摇摇头，不想回复也不知道怎么回复，默默地退出了与"美工张老师"的对话窗，却蓦然看到微信下方的"发现"处亮起了九个红心，顿时心头一喜，赶忙点开。果不其然，自己刚发的朋友圈已经有了九个点赞和评论，令他惊奇的是，它们大多来自久未联络的"朋友"，甚至有的人他无论如何也想不起来是什么时候加上的。

虽然意外，但评论区里的各种溢美之词让他十分享受，而且，就在他浏览的过程中，不断有新的点赞和评论加入。他开始乐此不疲地挨个回复，脸上挂起愉悦的笑容，仿佛寻找回了失去的世界，一时间竟忘却了时间的流逝。

这是一间环境优美的面馆，沿袭了整个园区的古朴风格。正是午餐高峰时间，面馆里的食客却并不是很多，陈功独占了一个靠窗的座位，津津有味地吃着酱香大排面。

经过昨天的"餐厅事件"，现在公司上上下下对他的态度都发生了变化。特别是樱桃那帮小姐妹，原本对他崇拜有加，现在碰面都不理不睬，眼神中充满了失望。然而陈功今天到外面来吃饭，倒不是因为害怕风云一伙的纠缠，更不是畏惧其他人的冷眼，他只是觉得，既然碧春三番两次给自己使眼色，这其中一定有什么蹊跷，而目前最好的应对办法就是避其锋芒，见机行事。何况，他也想出来散散心。

陈功边吃边思考。正当他夹起一块大排低头撕咬时，一双美腿突然闯进他的视线。"陈总监，好胃口啊。"没等陈功抬起头，碧春那带着调侃的声音已在耳边响起。

"你怎么来了？"陈功慌忙松开口中的大排，拿起纸巾擦擦嘴巴，满面迷惑地问她。

"我怎么不能来？我可是这里的常客。"碧春手里端着一碗面，脸上挂着迷人的微笑，大方地坐到了陈功对面。

陈功搞不清楚碧春的来意，索性放下了筷子，双手把住桌角挺直腰，礼貌地笑着点头，瞪大眼睛等碧春说话。

"陈总监，我说您这是包公审案，还是视死如归啊？"碧春被陈功的模样逗得扑哧一笑，"我有那么可怕吗？哈哈。"

"不是，我这是在洗耳恭听呢。"陈功也觉得自己摆出的架势有点夸张，连忙放松身体。

"祝贺你啊，陈总监，师父对你的广告图十分满意。"碧春收了笑容，向前探出身子，认真地说道。

"谢谢，大师的回信确实振奋人心啊，我一定再接再厉，勇攀高峰。"陈功知道碧春一定会把话带给震古，于是借机表达自己的忠心和决心。

碧春仿佛看出了陈功的小心思，莞尔一笑："还不止，师父上午特意把风云叫过去，让他向你多学习呢。"

这不是给自己拉仇恨吗？陈功第一时间在心里暗暗叫苦，但转念又释然，反正和风云已经撕破脸了，不差这一回。"惭愧惭愧，我要多向你们学习才对，毕竟我还是个新人。"陈功回答得十分谦虚，但故意把"你们"两个字说得很重。

"昨天餐厅的事，师父也知道了。"碧春没接陈功的话茬，慢条斯理地说。

"哦？"陈功的耳朵一下子就竖起来，没沉住气，脱口而出，"大师怎么说？"

"师父只说了一句话，"碧春依然不紧不慢，"只有学会冷静的人，才能立于不败之地。"

果然是大师,这境界高,实在是高。陈功心中暗挑大拇指,对震古的敬仰又多了一分。看来,自己要学的还有很多,连眼前这个丫头都表现得比自己高明。这里必定是藏龙卧虎之地,也必定是自己的兴旺之地。陈功不停地在心里给自己加油鼓劲。

碧春见陈功如此反应,也是相当高兴,调皮的表情又一次跃上脸庞:"还有啊,你发的朋友圈我觉得可以改进一下。"

"我发的朋友圈?"陈功一时没反应过来。

"对啊,"碧春拿起手机,点开微信,翻出陈功发的朋友圈动态,展现在他眼前,"你看,就是这个。"

陈功脑袋嗡的一下。中午出来之前自己又把早上的图文重发一遍,但由于一上午都处于微信互动的亢奋状态,这次的动态没有设置屏蔽。唉,看来自己的修行还远远不到家啊,遇事太不冷静。"还请师姐不吝赐教。"陈功抬起头,马上换上一张笑脸,语带调侃,"功,当感激不尽。"

"哈哈哈,难怪风云他们老说你转词,你们这些文化人真是太可爱了。"碧春被逗得前仰后合。

碧春的笑声引得面馆里其他人纷纷侧目,陈功觉得脸上发热,又不好意思打断她。

"好了,好了,不能再笑了,肚子都笑疼了。"碧春努力压制住自己的笑神经,再一次把手机移到陈功面前,指着那条动态,"想一想,如果你自己看到别人发这个,会掏钱吗?"

陈功仿佛被点中了穴位,张口结舌,因为,他忙活了一上午,却没有一个"朋友"被说动,更别说掏钱了。

"如果我没猜错的话,这条能得到很多点赞,但大家一定不会买单。"此时的碧春已经迅速进入导师状态。

真是神了!陈功内心一声惊叹。今天发的两条同样内容的朋友圈,让他得到了有史以来最多的点赞和评论,加起来不下两百个,满屏都是赞美和鼓励,然后……就没有然后了。陈功既惊奇又期待地看向碧春，希望她赶紧指点迷津。

"具体要怎么改进，我也说不准。"碧春的表情不像是卖关子，十分诚恳，"但师父一直教导我们说：如果一个人没有欲望，他就用不着花钱；如果一个人没有焦虑，他就不可能为你花钱。你可以对比着想想你们演艺圈，为什么那么多人疯狂追星？"

碧春的话如醍醐灌顶，困惑了陈功一上午的问题立刻就有了合理的解释：你一直说大师如何如何厉害，但他们只认识你，而你发的内容没有一句话能让他们产生焦虑，他们最多是觉得你的设计挺好，但是，这和掏钱上大师的课程有什么关系呢？

陈功顿时兴奋起来，急切地问："师姐，那我应该怎么做呢？"

"这个，我也说不好，"碧春嫣然一笑，"要不我先给你讲个故事吧。"

"好啊好啊，愿闻其详。"陈功忙不迭地应道。

"话说有个老大爷，每天天不亮就跑到小区旁的河边喊嗓子，小区居民都十分烦恼，你说该怎么办？"

"这好办，到他家去和他商量商量，请他晚些时候再去喊，不要打扰大家休息。都是一个小区的，好说话。"

"如果老大爷就是觉得早晨空气好，不听你的，怎么办？"碧春继续启发陈功。

"那就请居委会出面，实在不行可以报警，这老大爷不能不讲理啊。"陈功气愤地说。他曾经深受噪音所扰，每天从早到晚楼下的街道都是人声鼎沸，害得他和梦影要戴着耳塞才能勉强入睡。

"哈哈，不讲理的人还少吗？人家死活不改，你拿他有办法吗？"

"那……"陈功一时想不出更好的办法，"你有什么好法子？"

"大家想尽了办法都没用，后来小区业主群的群主用了一招，很快就让大爷不早起喊嗓子了，而且，什么时候都不喊了。"碧春绘声绘色地讲着故事，立刻勾起了陈功的兴致，"这个群主找了一个不常露面的业主，让他假扮医生在群里发帖子，讲的都是老年保健知识，就是不提喊嗓子的事。"

"这是为什么啊？"陈功好奇地插话。

"别急啊，"碧春笑着说，"每次发完帖，其他人就心领神会地拥上去连番吹捧。没几天就把整个群调动起来了，人们都把这个业主当成'神医'，纷纷向他请教。"

陈功听到这里有些明白了，皱着眉头思考。

"然后这件事就变得简单了。相信你已经找到答案了吧？"碧春见他开了窍，笑容甜美，"行了，我得赶紧吃面，说了这么多，肚子饿死了。"她拿起筷子和汤勺，埋头吃了起来。

陈功看着眼前这个善变的女人，感觉自己要学的东西实在太多，真是时不我待啊。他也低下头稀里呼噜地吃面，面条在他嘴里嗦嗦作响，就像吹起了冲锋号。

震古公司的大门口，暂时没有人车出入，那个颇有礼貌的保安坐在保安室前，无聊地看着门口发呆。

碧春和陈功有说有笑地走来，他们身影刚一出现在大门前，保安就条件反射般立起来，冲着碧春行了一个标准的军礼，声音洪亮地喊道："大师姐好。"

"老洪，辛苦了。"碧春冲他一笑，示意他把手放下。走了两步后又回过头，指着陈功对他说："这是我们新来的陈总监，你认识吧？"

"认识。"老洪又洪亮地回答，向陈功也敬了个礼，"陈总监好。"

陈功受宠若惊，忙学着碧春的态度说："老洪好，辛苦了。"

老洪黝黑的脸上露出灿烂的笑容，碧春也对陈功笑了笑。陈功对老洪回了个笑脸，赶忙跟上碧春的步伐。

碧春和陈功一前一后走进公司大堂，坐在前台的樱桃马上站起来，满脸笑容地和碧春打招呼："碧春姐，您今天在外面吃饭啊？"她看到碧春身后的陈功，表情惊讶，一时间说不出话来。

"樱桃，我和陈总监一起在'面香居'吃的饭，讨论重要的事情。"碧春看似很随意地回答，但重音放在"重要"二字上。

"好的，碧春姐辛苦了。"樱桃对陈功的态度立即一百八十度大反转，脸上笑容殷勤，声音甜得发腻，"陈总监好。"

陈功回想起樱桃这两天对自己的态度，心中不禁好笑。"樱桃你好。"他轻松写意地回了一句，转头向碧春投去感激的微笑，碧春轻描淡写地报以微微一笑。

陈功脑海里突然冒出一个点子，兴奋地拍了拍碧春的肩膀，转身就往外走："碧春，麻烦你跟我来一下。"碧春被他突如其来的举动吓了一跳，在她的印象里，这是陈功第一次主动碰自己。她愣了片刻，见陈功已经走出玻璃门了，赶紧跟过去。

停车场上，陈功兴高采烈地边走边看，很快就选中了一辆中等级别的豪华SUV。他滑开手机，递给追过来的碧春："帮我拍张照，就拍这辆车。"

陈功也不管碧春愿不愿意，就站在车前摆出个十分霸气的姿势，眼神像是能勾魂。碧春似乎明白了陈功的用意，端起手机换了好几个角度，刚准备按下拍摄按钮，又被陈功制止："稍等，这个姿势更好。"他说着换了个比较平实的姿势，表情也变得更自然，就像是心血来潮想和自己的爱车合影。

"好，准备，拍了啊。"碧春看看拍完的照片，要把手机还给陈功。"再多拍两张。"陈功又换了个姿势和表情，请碧春继续拍。"这是演员的职业病吗？"碧春边拍边笑。

"谢谢碧春。"陈功觉得拍得够多了，终于欢快地走到碧春身边，接过手机浏览照片，十分满意，"你这拍摄技术堪称专业啊，厉害厉害，感谢感谢。"

"你开心就好，我的大明星。"碧春调侃他，笑得和他一样灿烂。

秋天的夜晚是这个城市最宜人的时刻，陈功坐在与梦影第一次约会的意大利餐厅里，伴着习习凉风，呼吸着清甜的空气，看着徜徉于风情美食街上的男女老少，脸上写满了惬意和安详。

借助碧春拍的照片，再配上几句从网上搜索而来的微商话术，一个下午的时间，陈功终于在朋友圈中收获了第一笔订单，让此时的他颇有"秋风得意"之感。

首单来自"摄影小哥"大兴。陈功刚把与车的合影连同"喜提新车"的文字发到朋友圈,没过几分钟,就收到了大兴的点赞,片刻后又收到大兴的评论:哥,你这也太神了吧,怎么做到的?教教兄弟吧。

陈功发这条动态之前,已经想好了拉单的话术,语气轻松地回复:兄弟,我前几天教过你啊,超级简单,就两步,入会,然后拉新,接下去就是数钱。

陈功一直等着大兴再回话,然而左等右等,只等来了其他人络绎不绝的点赞。他开始变得焦虑,握着手机在办公室里来回转悠,一听到提示音就会神经质地打开微信。从办公室的玻璃门外看他,就像一头困兽在焦躁不安地寻找出路。

终于,在无数次点开微信之后,大兴的私聊信息跃然屏上。陈功仿佛抓住了一根救命稻草,颤着手狠狠戳开信息,一看之下,不禁大喜过望。他揉揉眼睛,反反复复地看这条信息:功哥,我搜索了震古大师的资料,确实如你所说,他的知名度非常高,你们公司的情况也非常好,我决定加入,我相信你,一定不会让哥们儿受损失的。

耶!陈功高兴得跳了起来,落地后觉得不过瘾,又一次腾跃,来了个优美的空中转体,紧接着做了几个原地旋转的芭蕾动作,引得办公室外的人纷纷探头望进来。

陈功顾不上众人异样的目光,紧走几步回到办公桌旁坐下,冷静了片刻,精神抖擞地拿起手机,走上愉快的接单之旅。

虽说到目前为止还只有一单真金白银入账,但从下午到晚上,陈功的视线就一直没离开过手机屏幕。经过如此高强度的实战演练,他已将那套话术掌握得炉火纯青,再也没有了最初的心理障碍。

提示音还在不断响起,陈功忽然意识到,自己不能光速回复,得吊吊对方胃口,没准这样他们索要"成功密码"的心情会更急迫。于是,他放下手机仰头望天,蓦然发现,一轮圆月正如金色玉盘一般,挂在深蓝色的夜空中,散发着迷人的光芒。

陈功被眼前的景象惊呆了,他在脑海里不停地追忆:上一次见到这样美丽的月亮,是在何时何地?

这些年来忙忙碌碌、吵吵闹闹,哪有心情仰望星空啊。陈功不由得一声叹息,看着餐桌上的玻璃水杯,人生中第一次真正体会到"举杯邀明月,对影成三人"的意境。

是不是该给梦影打个电话问候一声?陈功下意识地拿起手机,随即又黯然放下。"还是等成功之后再说吧。"他在心里凄然对梦影说。

嘀嘀嘀嘀……一阵急促的闹铃声响起,陈功艰难地睁开眼,摸到放在床头的手机,迷迷糊糊地关掉闹钟。

自从到震古公司之后,他每天都是被闹钟惊醒,彻底告别了之前睡到自然醒的幸福时光。他时常觉得不适应,但转念一想,要实现"数钱数到手抽筋"的人生理想可没那么容易,古人不是早说过吗?"天将降大任于斯人也,必先苦其心志,劳其筋骨,饿其体肤,空乏其身……"和他们相比,至少自己还没忍饥挨饿、身无分文过。除了那些个"二代",谁能随随便便就成功呢?

陈功这样鼓励着自己,一个翻身坐到床沿,俯身抓起手机,满怀期待地打开了微信。"棒!"他兴奋得攥着拳头大喊一声。

经过一个晚上的沉淀,和自己私聊的朋友又多了好几个。他一一点开认真阅读,发现有两个人表达了比较强烈的意向,另外几个人在等待自己介绍合作细节。

陈功顾不上洗漱,先回复了一圈,然后才做上班前的准备工作。梦影不在,他自己一个人简单得多,不出二十分钟,已经开着车行驶在城市拥挤的早高峰道路上。

走进公司大门时,陈功明显感到保安老洪对自己的态度更恭敬了。这都是碧春的功劳吧?陈功愉快地和老洪打招呼,把车停进停车位。

下得车来,看着旁边那辆昨日合影的豪车,他自嘲地一笑,然后吹着口哨从一排豪车前踮脚滑步而行,仿佛在检阅仪仗队。

"陈总监早。"陈功愉悦的心情在樱桃甜美的声音里得到了升华。

"樱桃早。"他夸张地给樱桃回了个军礼,还没等对方反应过来,人已经滑进了办公区。

"早。""早。""陈总监早。""您好。"办公区里此起彼伏地响起一声声问候,陈功满脸笑容一一回应,在众人友善的目光中踱进自己的办公室。

今天的太阳仿佛也感知到陈功的喜悦心情,十分应景地在办公桌上洒满柔和的阳光,陈功和梦影的合影也沐浴其中。陈功充满爱意地拿起相框,感觉心中有千言万语要对梦影诉说。

"陈总监早。"碧春那张洋溢着青春活力的笑脸出现在门口。

"早,碧春。"陈功赶忙放下相框和她打招呼,"谢谢你啊,今天大家对我的态度突然这么好,让我一下子都不适应了。"

"谢我做什么,是你自己魅力大啊。"碧春看上去心情极好,步履轻盈地凑过来,指着相框中的梦影略带羡慕地说,"这是你女朋友吧?真漂亮。"

"算是吧,不过人家不一定看得上我。"陈功随口说出了心里话,立刻又觉得自己失言了,试图弥补,"不过,我们在一起很多年了。"

"她气质真好,是做什么的?"碧春仿佛看出一丝端倪。

"学声乐的。"陈功不想再谈这个话题,随口回道,开始整理桌上的资料。

碧春也不再多问,笑眯眯地看陈功:"陈总监,昨天的战果不错吧?"

"相当不错。"说到这个话题,陈功立即兴奋起来,甚至有点激动,"我按你的方法,有节奏地发了几条朋友圈,那反响相当热烈,已经有朋友付款了,还有几个正在谈,问题也不大。"

"嗯,我看了你发的朋友圈,挺不错的,你真是一点就通,师父没看错你。"碧春看起来也为他高兴。

"谢谢你和大师看得起我,请转告大师,我一定继续努力,保证完成任务。"陈功越说越大声。

"那就好,你先忙,我回去做事了。"

"再次谢谢你,碧春。"陈功望着碧春的背影,觉得她越来越值得自己信任,一句话冲口而出,"还请继续多多指教哦。"

"对了,你可以试着主动出击。"碧春突然停住脚步,转身对他说,之后一溜烟飘了出去。

陈功不可思议地摇头——这个女人不只像谜,还像风。他越想越觉得碧春的话有道理,寥寥几个字就为自己后续的工作指明了方向。

第十章　倒计时

忙碌的时间总是过得飞快，四合院的飞檐上还没来得及留下太阳的足迹，转眼就到了午饭时间。公司的后厨里一派热火朝天的景象。

听到办公大厅里响起午休时才会有的欢声笑语，正全神贯注对着电脑在朋友圈里淘金的陈功不由得皱起眉头，抬起手腕看看表，心里嘀咕：午饭去餐厅吃吗？风云一伙会不会又搞什么鬼？这两天公司其他人的态度都很和善，今天早上他进公司的时候，众人还热情地和他打招呼，但那时风云他们都不在，所以，这种热情的参考价值并不高。唉，算了，还是别节外生枝了，继续去吃面吧。

"陈总监，走，吃饭去。"陈功刚起身收拾桌面，就见碧春像只快乐的小鸟一样蹦到门口。

"去哪儿吃啊？"陈功顺口问道。

"当然是餐厅，你还想天天吃馆子啊？"碧春一眼就看出了陈功的心思，打趣道。

"哦。"陈功放下手里的资料，犹豫地看向碧春。

"快走吧，餐厅里又没有老虎。"碧春大大方方地伸手拉他的上臂。

陈功没想到碧春直接上手拉扯，眼见外面已经有人看进来，不禁有点尴尬："好好好，听你的，你先请。"他轻轻挣脱了碧春的手，做了一个"请"的动作。

碧春也不觉得被怠慢，挺胸提臀朝门外走。陈功看着她曼妙的身段摇曳生姿，竟然愣了两秒钟，看她快走远了，才连忙抬腿跟上去。

碧春和陈功并肩出现在大餐厅，引发了一阵小小的骚动。人们纷纷抬眼看向他们。风云和黑虎坐在自己的位置上，吃惊地看着两人泰然自若地走到打饭区，风云的眼里全是嫉妒的火焰。

"碧春师姐来了。"张婶满脸笑容，老远就招呼碧春。碧春毫不客气，带着陈功径直越过长队，来到张婶面前。排在队首的一个小伙子知趣地退后一步，给他俩让出位置。

"张婶，我和陈总监赶时间，麻烦你了。"碧春微笑着，又侧头向那个让位的小伙子笑着打招呼，小伙子受宠若惊，脸上立刻绽开了花，冲着碧春关心地说："大师姐，您要保重身体啊，别太操劳。"

陈功被逗得差点笑出声来，碧春倒是毫不在意，转脸指着菜盆与张婶交流。陈功为碧春的表现暗暗叫好：真有明星范儿，一定是见过太多这样的仰慕者。

碧春打完饭菜后并没有马上离开，而是端着餐盘等陈功。张婶对陈功的态度明显冷淡得多，只是礼貌地问他要哪个菜。陈功也没把这当回事，脸上始终保持着客气的微笑，在心里自我解嘲：起码比上次好得多了。

"走，去你的桌子，我们边吃边讨论工作。"碧春见陈功打好了饭，仰脸对他大声说道，似乎想让众人都能听到。

"好，你先请。"陈功感激地回答，瞬间觉得压在心头的那块大石被击得粉碎。

碧春高高端着餐盘，优雅地走过去，路过风云的座位时故意大声说："大师兄，我今天和陈总监有事要商量，就不在这儿坐了。"风云原本一直瞪着他俩，随时要发作的模样，听完这一句立刻就熄了火，嘴巴嚅动半天也没说出一句话，只能转头和黑虎说话以掩饰尴尬。黑虎被风云突如其来的搭讪搞得一头雾水，有一搭没一搭地和他尬聊。

看到两人的窘态,碧春只是微微一笑,步子丝毫没有停顿。跟在后面的陈功对她简直是刮目相看:这情商,这做派,够自己揣摩一个月的。

一番赞叹之后,陈功猛地一拍脑袋,急不可耐地对刚入座的碧春说:"碧春,我突然有个招新的想法,只是得要你帮忙。"

"哦?"碧春投来鼓励的目光。

"我觉得,要打动他们交钱入会,你是最好的榜样啊。"陈功探身靠近她,一五一十地分析起来,"你看啊,首先,你在大师的帮助下功成名就……""功成名就"这个词似乎用得太过,但他一时又找不出别的词替代,于是停下来。然而碧春似乎没觉得有问题,笑盈盈地等着他说下去。

"其次,你十分年轻,又长得漂亮,想想看,这多有说服力啊,简直就是现实版'白富美'。"陈功在碧春鼓励的眼神中越说越起劲,就像一个原本愚笨的人突然开了窍,着急忙慌要向别人展现自己的灵光,"只要稍微包装包装,你完全可以成为众人心中的女神,至少对我的那些男性朋友有绝对的杀伤力。"

"第三,我的车是真的,因为你合影的那辆车恰巧就是我的。"碧春忍俊不禁,笑着揶揄他。

"真的?你当时怎么不说啊?"陈功相当震惊,没想到眼前这个年纪不大的姑娘如此有城府,真是远胜自己。

"你高兴就好。"碧春大方地摆摆手,半是玩笑半是认真地说,"我早就说过,只要你愿意,我总会支持你的。"

虽然还不敢确定她说这话的真实意图,但陈功还是对她心怀感激。就这几天来看,至少说明她不是风云一伙的,如果最后证明自己真的看走了眼,那自己也就认了,死在这样的红颜之手,不冤枉。何况,此时不信她,还能信谁呢?"谢谢了,小师姐。"陈功动情地说,话语中满是真诚。

陈功后来回想,从这一刻开始,他经历了一段美妙的时光。那种感觉，和以前在剧组夜以继日拍戏时是一模一样的。

　　白天他早早就来到公司，除了开会与集中学习，都猫在办公室里，想尽办法拉人入会。从最初的微信联系，发展到直接电话沟通，在碧春的点拨之下，他的话术日益精进，慢慢能够应付各种各样的刁钻问题和疑难杂症了。他每天都能深切地感受到自己的进步，就像一个发奋用功的学生，虽然肉体很辛苦，但精神上十分愉悦。

　　让陈功更加开心的是，风云一伙也收敛了很多，虽然还时不时在会议上给他下绊子，甚至当着震古的面挑起争吵，但都是发生在工作层面，在其他场合，特别是吃饭的时候，他们再也不敢造次了，维持着井水不犯河水的状态，保证最基本的尊重和平衡。而公司其他的人，因为碧春多次出面力挺，再加上陈功本人彬彬有礼的态度，与他的关系也越处越融洽，让陈功身心舒适，每天都乐呵呵的，仿佛置身于一个气氛超好的剧组，虽然每天拍戏很累，但第二天又十分渴望开工。

　　到了晚上，他会尽可能地邀约有意向的朋友，或者是朋友拉来的"朋友"，当面做说服工作。刚开始，陈功心理上有些排斥，就像他之前拍戏一样，更喜欢沉浸在角色的揣摩和表演中，不大喜欢参加应酬，甚至朋友之间的聚会他也要挣扎再三。但碧春一再提醒他，见面三分亲，客户答应见面谈时，成功的概率就会成倍增加。于是，他给自己下了死命令：每天晚上必须见至少一拨客户。

　　其实，陈功之所以晚上出门，还有另外一个原因，那就是现在他一个人住。不像先前梦影在时，即使两个人吵架也好歹有个伴，自从梦影走后，他没少品尝孤枕难眠的滋味。

　　这样做的结果，是给陈功带来了大大的惊喜。面对新客户时，他从刚开始的心跳加速语速飞快，逐渐变得气定神闲娓娓道来，发展到最后，他已经可以做到循循善诱和谆谆教导。让陈功感到兴奋的是，无论在状态上还是气质上，自己都渐渐和震古越来越像。这一度甚至让他觉得非常诡异：难道，这就是所谓潜移默化吗？抑或，这原本就是成功的特质？

时间在喜悦和忙碌中飞逝如电,然而,随着最后期限的日益迫近,陈功的美妙时光似乎快要到头了。

又是一个周五晚上,陈功疲惫地回到住处,往沙发上一倒,让自己的身子摊平。这段时间太累了,他的身体和精神一直处于高度亢奋的状态,今天更似乎到了一个体能的极点。他现在唯一的愿望就是什么都不想,哪里都不动,让自己自然而然地昏死过去。

"咕咚",正当陈功闭着眼放空时,那独特的手机微信提示音在耳边响起。"哪个该死的?"陈功在心里狠狠地骂了一句,用力睁开眼,伸手够到茶几上的手机,点开一看,果然是询问入会的。他又是一声骂,拨下手机的静音开关,闭上眼睛,继续去梦里寻找周公。

"嗡嗡嗡",不知道过了多久,陈功感觉自己已经来到梦的边沿,正在腾云驾雾之时,听到手机振动了一下,他的心也随之颤抖了一下。但他实在不想从云端下来,只是稍稍顿一顿身形,选择继续遨游天际。

"嗡嗡嗡",片刻后,手机又在振动,这一次陈功有了思想准备,顿都没顿,继续向梦境飘去。

"嗡嗡嗡,嗡嗡嗡,嗡嗡嗡……"陈功马上就要睡着了,全身上下飘飘欲仙,然而手机连续不断地振动起来。这一次,他彻底放弃了抵抗,心中懊悔不已:自己怎么就没有关振动呢?他艰难地睁开眼睛,迷迷瞪瞪地摸起手机放到眼前一看,全身一激灵,立刻彻底清醒了,一个翻身坐起来,双手使劲在脸上来回揉搓几下,飞快地清清嗓子,最后迅速按下接听键。

"你在干什么?发信息一直不回。"手机刚一接通,就传来碧春焦急的声音。

"对不起,我刚刚睡着了,手机调了振动。是不是有什么急事?"陈功惊异于碧春的浮躁,尽量让自己的声音保持冷静。

"哦。"碧春大概意识到自己的失态,语气舒缓下来,"我刚刚更新了一下数据,发现你的入单数是三十,可下周五就到最后期限了,你自己知道吗?"

"我知道,我每天都有记录。"陈功胸有成竹,"我这边有意向的还有一些,还有几个已经开始联系了,这几天再发动发动朋友,应该没问题。"

"哎呀,你这样是来不及的。"碧春的声音再次焦急起来,"按照我的经验,三周的时间,你的个人朋友资源一定已经用得差不多了,你现在觉得有意向的,应该是错觉,而那些刚开始联系的机会就更小。"

"是吗?"陈功被打击到了。其实他心里也很着急,只是这两天十分疲惫,已经有点力不从心了,就想找个借口让自己喘口气。

"你需要拓展新的渠道。"碧春听出了陈功的懈怠,"一定要相信我,这个时候最吃力,也最需要坚持。"

"好的,碧春,谢谢你的提醒。"陈功不想在碧春面前显得被动,准备自己再好好梳理梳理后续的意向订单。

"你自己再认真考虑考虑吧。"碧春听出陈功不想继续讨论了,语气中透着些许无奈,挂断了电话。

陈功握着手机,闭上眼一动不动地思考着碧春的话。片刻后,他猛地睁开眼睛,从电脑包里取出笔记本电脑……

周六早晨,九点过后,街道上的行人渐渐多起来,街边的店面也陆陆续续开门营业。

陈功抱着一沓宣传单站在路口,面容疲惫又紧张。他一直在犹豫,真的要向经过身边的人递上传单吗?

昨晚被碧春的电话震醒之后,陈功一夜都没睡好。他重新审视了那些原以为十分靠谱的意向订单,发现果然如碧春所说,成功的可能性都不大,至于那些才开始接触的客户,机会更是渺茫,而且时间上估计也来不及。按照目前的情况,如果想如期完成任务,只能寄希望于那些朋友拉来的单子,但根据之前的经验,这种可能性也是微乎其微。

碧春还是经验丰富啊！陈功心中又一次发出由衷的赞叹。是啊，一个人的人脉毕竟是有限的，而且成交量也是有科学概率的。就像自己之前学过的广告学，广告展示的点击率一般都在千分之几，而点击后的成交率也只有千分之几，这样算下来，从广告展示到最终成交，只有百万分之几的概率。这样看来，自己能在总共不到两千个微信好友中挖出三十单，已经是相当成功了。而接下去，老本可能真的没得吃了，需要去到更广阔的天地。

陈功左思右想，把所有可能的渠道都筛了一遍，最后，他灵机一动，想到了胡响：他不是说自己一个月能有二十多单吗？而他的渠道无非是发宣传单，他能做的，我一定会比他做得更好——我只用了三周时间，拿到的单子就比他一个月的还多，和我相比，他就是个"吹货"而已！

说干就干，陈功计划在自己做的广告图基础上做出宣传单。这工作看上去简单，但实际做起来很麻烦。那么多信息要编辑到一张A4纸上，而且必须让人眼前一亮，这需要对目标客户有相当清楚的认知，知道他们最想了解的信息是什么，也就是碧春一直说的"焦虑点"是什么。接下来才考虑设计的美感，布局要疏密有致，主题要突出，如果能用到一些人们喜闻乐见的隐喻，那就更加高级。

陈功完成宣传单的设计时已是凌晨两点。他合上电脑，以为自己终于可以美美地睡个好觉了，却发现高速运转的大脑压根停不下来，不管他用什么招数，都无法让它熄火。陈功躺在床上辗转反侧，脑海中不断闪现出过去的人和事，就像在看一部自己主演的电影，时而恨不得用斧子把银幕劈断，时而又对某个场景恋恋不舍……

陈功站的路口，是城中村道路与城市道路连通的地方，但并非陈功每次进出城中村走的那个路口，而是在另一端。之所以选择这里，一是怕碰到熟人尴尬，二是胡响请的快递小哥长期在那个路口发宣传单，愿意交钱入会的早就交了，没入会的一定是不感兴趣的。

陈功一直在给自己打气：要伸出手，张开嘴。然而，一股困意袭来,他抑制不住地打起了哈欠,赶忙用手捂住口鼻,好不让自己显得太过狼狈。长长的哈欠之后,陈功感觉精神振作了些,他轻拍自己的脸,来了几个深呼吸。

"大哥好,成功大师的培训班了解一下,可以让您财富倍增。"一个手里拎着几袋油条豆浆的大哥迎面走来,陈功鼓足勇气,态度恭敬地把宣传单递过去,学着那个快递小哥的腔调说道。

那大哥白了一眼陈功,又瞟了一眼宣传单,肚子一挺,甩开膀子掠过他身边,大摇大摆地走了。

陈功脸上一热,气愤地盯着那个神气活现的背影:"牛什么牛,无非是一个看不到前途的中年油腻男,这辈子也就混吃等死了。"他暗暗发泄着自己被羞辱的怒气,可转念一想,又变得心平气和:这点气都受不了,你怎么可能成功?你和他有什么区别?

陈功振作地一笑,抬起头继续在过往行人中寻找目标。他突然意识到,要想拿下单子,必须先让对方停住脚步,对自己产生好感。眼见迎面走来一位白领模样的女士,他立刻让脸上呈现出最真诚的笑容,一派绅士风度地上前搭讪:"小姐,您好,能打扰您一分钟吗?"

"可以啊。"白领女士见到如此英俊斯文的陈功,欣然停住了脚步。

陈功心里一喜,虽然女性的青睐对他来说属家常便饭,但这一次,意义特别重大。"您的气质真好,是演员吗?"陈功语气轻松地和她套近乎。

"你可真会说话,我就是在前面公司上班的。"白领女士手指前面的一栋办公楼,咯咯笑了起来,"我看你倒挺像演员的,看着眼熟。"

"您眼力真好,我还真是个演员,曾经的。"陈功越发放松,像在和朋友开玩笑。

"咯咯咯。"白领女士笑得更厉害,不得不捂住嘴,"我说帅哥,你不会是找我去演戏吧?咯咯咯。"

"比演戏更好。"陈功顺势递上一张宣传单,"我现在跟着这位大师学习职业管理,对于我的事业规划十分有益,所以我推荐给您。您看看,这位震古大师在企业管理界十分出名,在很多电视台都开过讲座。"他觉得职业白领可能更关心升职加薪,所以随机应变改了说辞。

白领女士好奇地接过宣传单看了一眼,目光移到宣传单的最下端,拿到眼前细看,问道:"联系人陈功——就是你吗?"

"正是在下。"陈功一高兴,又转起了文。

"好,这张我留下了。"白领女士抬头,抱歉地一笑,"可是,我之前就遇到过有人发宣传单,也是这位大师,短期内我可能不会考虑,对不起啊。"

"哦,那份宣传单也是在这里发的吗?"陈功稍微有点失望。

"是啊,天天都有人发,我每天上班都能看见。"白领女士见陈功神情失落,连忙安慰他,"帅哥,你也不用难过,我会把这个信息告诉我的同事,看看他们谁有兴趣。"

"那太好了,推荐朋友可以拿佣金的,我加您个微信吧,好把详细资料发您。"陈功一听又来了精神,"对了,您怎么称呼?"

"不急,这上面不是有微信吗?我等下到公司加你。"白领女士扬了扬手上的宣传单,"我姓潘,潘金莲的潘。"

"好的,好的,谢谢潘姐……潘小姐。"陈功见潘女士的警惕性比较高,不便再勉强。

潘女士说了声"再见"就离开了。陈功看着她远去的身影,暗自思量:会是谁在这儿发宣传单呢?难道又是胡响?

"功哥,你也在这儿啊!"陈功正想得出神,一个声音在耳畔炸响,同时肩膀被人重重地拍了一下。他惊得跳起来,回头一看,正是胡响。

"你别总这么一惊一乍的好不好?心脏病都被你吓出来了。"陈功恼怒地冲他发泄着自己的不满。

"这么久没见,你是不是想我了?"胡响没理会陈功的抗议,依旧一副嬉皮笑脸的无赖相。

"我想你做什么？我每天忙得连睡觉的时间都没有。"陈功怒气未消。

"哥，你不想着我没关系，兄弟可一直关心着你呢。"胡响做出一副无辜的模样，接着用他一贯神秘兮兮的表情小声说，"任务完成了吗？下周就该到期了吧？我可是冒险给你留着二十多个单子呢。"

陈功惊讶地盯着胡响，这家伙真是不达目的誓不罢休啊。他在脑子里飞快地盘算：我自己的三十单加上这二十单，任务立刻就完成了。但这家伙靠谱吗？我还能相信他吗？他会不会是黑虎派来试探我的？以他的德性，怎么可能会为了多拿些佣金，而冒着丢掉生意的风险来帮我呢？和这种小人打交道，还是小心为妙。

"谢谢你还惦记着我，任务完成得差不多了，下周五就能交差了。"陈功故意学着胡响的样子摇头晃脑，语气大大咧咧的，"现在太忙了，一大堆事情等着我去做，公司以前的宣传工作太差，都需要我去理顺。"

"哦？"胡响将信将疑，"那你怎么还上街发宣传单啊？"

"我是为了亲身体验公司的人如何推广，为我的一系列宣传计划做准备。"陈功继续大言不惭，让胡响看不出半点马脚。

"这样啊？"胡响的小眼睛滴溜乱转，"哥，我告诉你吧，这个地方我已经安排人扫了好几天街了，应该不会有单子捡了。"

陈功没弄明白胡响的黑话，错愕地看他。

胡响看到陈功的表情，脸上一乐，指着马路对面说："你看，不就在那儿吗？"

陈功顺着胡响手指的方向看去，果然有个人在殷勤地向过往的路人发宣传单。他再仔细一看，嚯，竟然又是那个快递小哥。

"你们不是一直在另一个路口吗？"陈功有点懊恼，心想这家伙真是阴魂不散。

"哥，钓鱼你懂吗？"胡响得意洋洋地说，"你得多做窝，哪有只盯着一个地方的。"

"好，又跟你学了一招。"陈功不想继续和他闲扯，把宣传单收进包里，"今天体验得差不多了，我也该去吃早饭了，回见啊。"他抬脚就往城中村的方向走。

"哥，那边好几栋写字楼，应该有不少机会，你有空可以去那里体验体验。"胡响大声笑道。

陈功停住脚步，看向那几栋写字楼："谢谢你，胡响，我已经体验完了，再见啊。"

胡响望着远去的陈功，嘴角露出一丝冷笑，仿佛在看钻进自己网里的一条大鱼。

这边厢，陈功走到一个路口，刺溜一下拐进了岔路。此时他拟定了新的计划，十分开心，脚步轻盈，嘴里还吹着口哨。

没一会儿，他就来到那几栋写字楼下的广场上。今天虽然是周末，但上班的人还是很多，一个个白领装扮的男男女女行色匆匆。

陈功不禁喜上眉梢，有了刚才的历练，他丝毫也不犹豫地从包里取出宣传单，带着自信的笑容，向写字楼的大门扑去。

"先生，您好，管理大师课程，请您了解一下。"陈功瞅准了一位男士，递上宣传单。那人扫了眼宣传单，冲着陈功礼貌地摇摇头，闪身绕过他。

陈功早就有了思想准备，毫不气馁，转而把宣传单递向一位小姐，这次还没等他说话，那位小姐就接过宣传单，快步冲进写字楼大门。

就这样，陈功像只不知疲倦的小蜜蜂，游走于来去匆匆的人群中，不停地被拒绝和被接受，忙得不亦乐乎。没多久，他已是头上冒汗，前胸后背湿透，手上的宣传单却少了很多。

"你干吗呢？"就在陈功停下擦汗时，一个粗鲁的男声朝他吼道。陈功循声望去，只见一个高高胖胖、身穿保安服的男人手指着自己，怒气冲冲地快步走过来，后面还跟着一个身材瘦削的男人。

"你是做什么的？这里不准发广告。"胖保安走近陈功，凶神恶煞地厉声喝道。

"你凶什么凶,哪里说不准发广告了?"陈功反唇相讥,看看胖保安,再看看那个瘦男人,后者十分面熟,但一时又想不起来在哪儿见过。瘦男人也摆出一副老熟人的模样,冲着陈功阴阴地笑。

"你懂不懂规矩啊?这是甲级写字楼,还能让你发小广告?"胖保安见陈功不是个软碴,而且周围已经有人转头看他们,也不敢太过分,声音小了些,但还是带着讥讽的语气。

"对啊,在这么高级的地方做广告,收费是很高的。"瘦男人冷笑着帮腔。

"原来是你!"陈功瞬间想起来了,这人不就是在震古的分享会上捣乱的那个"新人"吗?"二子,好久不见,又跑这儿来玩了?"见到昔日的手下败将他自然不会留情,语气轻蔑。

"你……还敢狂?你也不瞧瞧,这是谁的地盘!"瘦男人脸涨得通红,手指陈功,声音都颤抖了。

"这是谁的地盘啊?我还真想问问你。"陈功根本没把他当盘菜。

"你给我听好了,烁今大师的公司就在这里,你还跑来发震古的宣传单,你是真傻还是装傻,是不是想来砸场子?"瘦男人说到"烁今大师"时十分自豪,对陈功一脸的蔑视。

这句话倒是出乎陈功的意料,他万万没想到,久闻大名的"烁今"原来离自己这么近,看来,在这里不会有好果子吃了,风紧扯呼吧。"呵呵,原来你的老巢在这里,好,下次一定去见识见识你的'烁今大师'。"陈功学着他的口气,把"烁今大师"四个字咬得很重。

"哈哈,怕了吧?怕了就赶紧走,再不走,我招呼大师兄带人下来,有你的苦头吃。"瘦男人没听出他的嘲讽,牛气冲天地挑衅道。

"好嘞,一定要记得吃药哦,二子。"陈功不想再纠缠,潇洒地一甩头,扬长而去。"你,你小子找死……"瘦男人手指陈功的背影,气愤至极却又无计可施,只得干瞪眼。

"哥,你在吃什么药?你小名叫'二子'啊?"胖保安憨憨地问道。"你……"瘦男人转身指着胖保安,懊恼得说不出话来。

晚上八点多，秋风送爽，城中村像过节一样热闹。随着酷暑的离去，人们仿佛看到了丰收的前景，一个个元气满满，说话的声音都变得大起来。

在城中村最大的大排档，人们推杯换盏、狂呼大笑，各种放纵。彩色塑料布搭起的棚子随时有被声浪掀翻的危险。

陈功坐在最靠外的桌边，双目微眯，双手垂于膝盖之上，凝神静气地思考着，颇具"姜太公钓鱼"的气场，但其实内心十分煎熬。

今天是周二，离"投名状"最后的期限只剩三天，令陈功无比焦急的是，他的入单数还是停留在三十，寸步未进。

上周六的扫街行动受挫后，陈功并没有放弃，继续在周边散发宣传单，虽然遭受了无数的冷眼和嘲讽，但成绩斐然，共发出了几百张。同时，他在微信推广的基础上，增加了社交媒体的宣传和推介，每天最少要花上十个小时面对大小屏幕，一到晚上，不仅腰酸背痛腿抽筋，而且头晕眼花心发慌。然而，实际情况正如碧春所料，处于一个随时都会功亏一篑的关口。

此时此刻的陈功，觉得自己就是一只被困井底的青蛙，努力地一步一步爬向井口，疲累倒在其次，最担心的是一旦失足，就得从头再来。

"功哥，我来啦，几天不见，我可想死你了。"还是熟悉的味道——一拍二叫三笑，胡响出现在陈功面前。这一次陈功早有防备，没有受惊，表情严肃地和胡响寒暄："来了？坐吧。"他稍稍抬手，指指身旁的椅子。

胡响没像以往那样被陈功嘲骂，反而不自在起来，满腹狐疑地收起了笑容。

"胡响，这次请你来，是想告诉你，我决定跟你合作了。"陈功尽量学着震古的语气，以居高临下的姿态说。

"哟？谢谢功哥，怎么合作啊？"胡响显然没被陈功唬住，一副玩世不恭的老江湖模样。

"就是你之前去我家说过的呀,上周六碰面时你也说了,才几天工夫你就忘了?"陈功的阵脚稍乱。

"哦?我都说什么了?最近拉单拉晕了,还请哥哥明示。"胡响嬉皮笑脸,逼陈功自己说出合作的条件。

来之前陈功其实已经做了充分的思想准备,在心里推演了各种可能出现的情况,但此刻胡响的表现还是出乎他的意料。

胡响,你真是条老狐狸!也罢,就当练兵了,有你这碗汤垫底,以后遇到什么人,我都能应付了。想到这里,陈功极力让自己冷静下来,语速平缓:"咱俩也不用兜圈子,现在的情况是,我需要站稳脚跟,而你需要我站稳脚跟。否则,今天我们也不会见面,当然,今后也不用再见面了。"

胡响明显被陈功给镇住了,两个小眼睛不停地在对方脸上打转,突然脸上就笑开了花,拍拍陈功的肩膀:"哥,瞧你这么严肃,我就是和你开个玩笑,哈哈哈。"他自己先大笑起来。

"说吧,你能给我多少单?"陈功不为所动,面无表情。

胡响此刻完全被震慑住了,笑到一半生生地收住,乖乖回答:"加上这几天的,一共十五单。"

"才十五单?!你之前不是说有二十多单吗?"陈功感觉自己又一次被欺骗了,愤怒地吼道。

"本来是有的,但中途有几个人反悔了。"胡响眼皮低垂,像是犯了错的学生,不敢看老师的眼睛。

"唉,你每次都说让我放心,但你看,哪一次让人放心了?"陈功镇定片刻,意识到自己没有别的选择,只能叹着气教训胡响。

胡响听到这话,不但不惭愧,反而对陈功兴奋地信誓旦旦:"哥,我说真的,如果那几个人不反水,现在至少三十单了。"

"好了好了,十五单就十五单,等下把新人资料给我,我明天上午就入单。"陈功不耐烦地说。

"好,没问题,兄弟我说到做到。"胡响一言九鼎地保证完,转眼就换上一副可怜巴巴的神情,扭扭捏捏地说,"哥,有个事,我想请……你……给帮个忙。"

陈功已经见怪不怪了,没好气地说:"说吧,又什么事?"

"哥,是这样……"胡响迟疑了好一会儿,仿佛是下了莫大的决心才说出口,"我最近要交房租了,你看能不能帮帮兄弟,借俩万救急?"他怕陈功不信,着急忙慌地掏出手机,调出聊天记录推到陈功面前:"你看,这是房东发的信息。再不交租,我就要被赶出去了。"

陈功抓住胡响的手机,仔细看内容,发现还真是房东催租。"不至于啊,你光靠震古大师的生意,应该就能混得不错啊。"陈功觉得不可思议。

"哥啊,是不错,可我用钱的地方多啊。"胡响说这话时一脸苦相。

"你能有什么用钱的地方啊?你一人吃饱,全家不饿。"陈功差一点被胡响的表情给气乐。

"实话对你说,我在投资一个非常有前途的项目。我可不想一辈子这么过,赚点佣金就知足了。"胡响眼中燃起了火焰,射出耀眼的光芒,"对了,哥,你也可以投一些,我保证用不了多久,你就能实现财务自由……"

"打住,我可不敢再投资了。"陈功抬手,斩钉截铁地打断了他的话。

胡响被噎得生生把话吞了回去,眼巴巴地看着陈功,目光里满是乞求。

"我也没钱啊,之前炒股已经亏了一半,剩下的钱是给梦影留的,绝对不能动。"陈功一口回绝。

"哥哥,你这个月的工资不是发了吗?给兄弟救个急,下个月一定还,拜托哥哥了。"胡响双手合十,对着陈功不停作揖。

胡响的姿态虽然十分卑微,但陈功从他的眼神里读出了威胁的意味,仿佛在给自己下最后通牒:这个钱不借,单子也就别想了!陈功虽然生气,但在这个节骨眼上,自己手里的牌好像已经打光了,何况对手知己知彼，连自己什么时候发工资都一清二楚。

"胡响，明人不说暗话，我这个月工资到手一万五，我自己留五千，剩下的一万借给你，你拿到佣金后马上还我。我比你还穷，这你应该知道。"陈功用不容置疑的口吻说。

"好吧，其他的我再自己想办法，谢谢哥。"眼见没有讨价还价的余地了，胡响只能作罢，旋即又凑近陈功，故作神秘地说，"哥，我现在投资的这个项目真的很有潜力，我还没告诉任何人，第一时间就想到了哥哥。"

"谢谢啦，你还是别老想着我了。"陈功毫不客气地打断他，拿起菜单，"来，咱们吃饭，这顿饭你请啊。"

"好的，好的，我请，我请，以后就跟着哥哥发财了。"胡响忙不迭地点头哈腰。

转眼就是周五，也就是"投名状"的截止日期。下午五点会出结果，决定陈功是走是留。

一大早，陈功就把他的二手车停在了公司的停车区。此时一排停车位空空荡荡，除了他的车就只有一辆超长豪车，固定停在离大门最近的地方，那是震古专用的"礼宾车"，只有在震古出席活动或者接送贵宾时才会启用它。

陈功本来想把车停到它边上，但在最后一刻改变了想法，在与它隔着三个车位的地方停下来。他从车里下来，若有所思地看着那辆"礼宾车"，突然发现自己被太阳拉得老长的影子正好触及它的车门。他回过头，手搭凉棚看向太阳，此时的阳光已经十分刺眼，他只看了一眼就慌忙转头，走进公司大门。

樱桃已经早早地站起来，大声和他打招呼："陈总监，今天这么早？您是第一个到公司的。"她的声音还是那么甜美，笑容还是那么灿烂，但陈功还是敏锐地察觉到她的表情有点不自然，那眼神和上次"餐厅事件"时很像。"早啊，樱桃，你才是第一个到公司的。"陈功刻意表现得很轻松，和她说笑着走向办公区。

果然，此时的办公大厅空无一人，透着一股凄凉之气。这会是自己在这里的最后一天吗？这一个月自己付出了那么多，也获得了久违的成就感，但现实总比理想要残酷得多。唉，自己能做的都做了，前路茫茫，就交给老天爷裁定吧。

陈功触景生情，鼻头突然一酸，他立刻低下头，快步走向自己的办公室。他知道，办公区有好几个高清监控探头，确保每一个角落都不会遗漏。

陈功坐在老板椅上，又一次拿起相框。最近这两周来，他每天到办公室的第一件事，就是对着相框里的梦影说几句鼓励自己的话，仿佛只有这样，才能支撑自己过完这一天。今天他端详着一脸幸福模样的梦影，喉咙仿佛被堵住了一般，很想说什么，但又说不出来，泪水不由自主地溢满了眼眶。

自从知道胡响只能提供十五个单子后，陈功就陷入了恐慌，几近疯狂地联络"潜在客户"，没日没夜地谈单子。但正如碧春预测的那样，建立人脉需要时间，而现在最稀缺的就是时间。就这样，他眼睁睁地看着时间嘀嗒嘀嗒远去，却始终没有等来哪怕一个人交钱。

随着最后期限日益临近，他的对手风云也更加密切地关注他的入单情况。昨天下午五点钟，也就是当天订单确认的最后时限，当风云发现陈功的订单数还是停留在四十五时，立刻召集同伙聚在办公室里假装开会，却故意把门打开，一唱一和，大声地讲风凉话，瞬间又进入了上次"餐厅事件"时的状态，个个异常兴奋，仿佛一群乱臣贼子正在弹冠相庆。

陈功把布帘掀开一条缝，隔着玻璃看完风云一伙的丑陋表演，怒气上冲却又无可奈何，那一刻，他多么想看到碧春，得到她的支持。然而，不知为何，偏偏那一天碧春没有出现在他的面前。他不禁怀疑，她是因为知道他即将战败，故意躲开了。

那之后陈功一直处于浑浑噩噩的状态，甚至记不清自己是怎么离开公司的。他只依稀记得走出办公室时沿途投来的各种怜悯和惋惜的目光。他也记不清自己是怎么回到住处的，只模糊地记得，他开车行驶在繁华的街道上,沿途射来的灯光就像一把把利剑,差点把他的眼睛刺瞎。

那天晚上他唯一清晰的记忆,是自己鬼使神差去了梦影驻唱的酒吧。

晚上八点过后,酒吧一条街开始热闹起来。陈功戴着一顶鸭舌帽,半张脸深深地藏在帽檐的阴影下,走到"朋友圈"酒吧门前。透过门边的落地玻璃,他依稀看到梦影正坐在舞台中央,不由得犹豫片刻,最终下定决心,将帽檐压得更低,推门而入。

和上次一样,他坐在进门处最角落的座位。刚一落座,女服务员就走上前来,微笑着说:"先生您好,想点什么?"

"一杯汽水。"陈功轻声说道,并不抬头。

"好的。"服务员答应一声,却没有走开,"先生是来找人的吧?"

陈功抬眼瞅她,发现服务员的眼神中透着一丝怪异,他有点不耐烦地说:"不是,我就是来坐坐。"

"好的,一杯汽水,您稍等。"服务员又看了他一眼才离开。

陈功微微有点奇怪,但没有放在心上,而是专注地把目光投向舞台上的梦影。

在陈功看来,梦影和上次见面时相比没什么变化。此时她正在酝酿表演的情绪,聚精会神地盯着乐谱,仿佛拒人于千里之外。在她的眼眸中,陈功仍能找到那份无比熟悉的清澈和执着,一时间看得入了迷,像在欣赏一尊美丽的女神雕像。

梦影像是想好了要唱的歌,向前稍稍探身,对着话筒用富有磁性的嗓音说:"欢迎新老朋友来'朋友圈'捧场,现在演出开始。"

台下响起了几下掌声,陈功回过神来,抬起手刚想鼓掌,又很快放下了。他环顾四周,发现酒吧里只零零散散坐了五六桌人。

梦影对于台下寥落的反响并不在意,抱起吉他,对着话筒轻声说道:"现在我给大家带来一首我刚刚完成的歌曲,名字叫《原乡》,希望朋友们喜欢,祝大家在这里度过一个美好的夜晚。"没等台下的掌声响起,她立即拨动琴弦,深情吟唱:

仰望每一座山峰
去发现大海的印记
追随每一条河流
去探寻雪山的足迹
行囊中装着
我的原乡
无论去向何方
都能找到回家的方向

穿过每一片荒原
去经历成长的磨砺
冲出每一个峡谷
去获得澎湃的动力
血液中流着
我的信仰
不管变得多强
永远记得儿时的滋养

雄鹰翱翔天际
深情凝望着大地
候鸟纵横万里
跟随绿色的记忆

孩子追逐梦想
伴着母亲的惆怅
旅人回归家园
找回心中的安详

我愿回到这里
自然祥和的地方
我永远在这里
守护孩子们的原乡

陈功听着听着，双眼渐渐模糊，悔恨的泪水不听话地溢出来。他连忙拿起桌上的餐巾纸假装擦汗，顺势把泪水擦干。

这么有才情的女子，本应该绽放在璀璨的舞台上，本应该得到众人的欢呼追捧，然而如今连相守多年的爱人都不是知音，没有给她应有的呵护和支持，这是何等的悲哀，而她的爱人又是何等的卑劣。陈功注视着在幽暗舞台上独自歌唱的梦影，在心里狠狠地咒骂自己，对梦影的怜爱之情更加强烈。他恨不得立即冲上台去，拉起梦影的双手，单膝跪地，向她献上最诚挚的歉意和爱意。

一曲终了，梦影抱着吉他闭上双眼，神情久久无法平静，仿佛还在回味着心中的旋律与梦想。

"好！"靠近舞台的那桌人叫了声好，接着热烈地鼓掌。远处的陈功也借机轻轻鼓起掌来。梦影睁开眼，看向那桌人，脸上终于露出了一抹笑容，礼貌地朝他们点头致意。

"这唱的什么玩意儿？"酒吧的中间位置突然传来粗鲁的男声，陈功望过去，那一桌坐着三男三女，一看就是来喝酒寻欢的，其中一个四十来岁的高大男人一脸不悦地向台上喊："人愁眉苦脸，歌也唱得丧气，还让不让人喝酒啊？刚有点高兴劲，全让你搅了！"同桌的男男女女跟着起哄，引得众人纷纷侧目。

陈功血气上涌，就想冲过去理论，但立刻想起上一次来这里时的情形，当时因为自己一时冲动，把梦影推得离自己更远。他深吸一口气，强压怒火，先看梦影如何应对。

梦影似乎对这种情景司空见惯，冲着那桌男女淡淡地一笑，凑近话筒，镇静自若地说："接下来，我带来一首《亲密爱人》，希望朋友们喜欢。"她冲着DJ的方向示意，缠绵欢快的乐曲响起，那三男三女终于爆出热烈的叫好声，还吹了几声口哨，接着互相劝酒，笑闹喧哗，仿佛人生终于回归了正常。

陈功悄无声息地离开了酒吧，站在街边，对着马路上来来往往的汽车大口喘息，仿佛想把胸中的恶气全部吐出。良久，他仍然觉得意难平，突然仰头对着路灯发出一声长啸。

终于，他感觉身心轻松了许多，在行人异样的目光中快步横穿马路，远远望着路那边的"朋友圈"酒吧，平静地掏出手机，拨出一个号码。

他将手机放到耳边，表情严肃地开口说话，似乎刚刚做出了一个非常重大的决定……

笃笃笃……办公室门外响起了一串高跟鞋踩在地砖上的响声，将陈功从昨天的回忆中拉回到现实。是碧春来了。他腾地坐直身子，放下相框，飞快地抽出纸巾擦去脸上的泪水，双手扶住桌子边沿，摆出一副正襟危坐的模样，等着碧春敲门进来。

笃笃笃……高跟鞋的声音越来越近，陈功的心都快提到嗓子眼了，眼睛瞪得溜圆，一眨都不敢眨。果然，碧春的身影出现在门外，并且明显放慢了脚步。然而，正当陈功充满希望地站起来，准备迎接她时，她却突然加快脚步，白驹过隙般从陈功的办公室门外一闪而过。

陈功心头一惊，情绪立刻又变得烦躁。他透过玻璃门向外看，办公大厅里的人基本到齐了，而对面风云办公室的玻璃门上，百叶帘拉得严严实实的，根本看不到里面的情形。陈功啪的一声把自己的门帘狠狠甩下，像热锅上的蚂蚁般在办公室里不停打转，大脑半刻不歇地想着对策……

终于，随着太阳在四合院的上空画了条弧线，办公区挂钟的指针缓缓地跳向五点钟的位置，这是订单更新的截止点。

陈功紧张地盯着电脑，不停地点击鼠标，刷新订单系统的页面。这一整天，他除了上厕所一直都没有出过办公室，连午饭都是叫的外卖。此时的他已接近精神崩溃的边缘，眼窝深陷，目光涣散，头发被自己揪得乱七八糟，一缕缕贴在额头上。

门外传来一阵嘈杂，他神经质地从椅子里跳起来，跑到玻璃门边，霍地拉开布帘。只见风云、黑虎以及他们的一帮拥趸都跑到了办公大厅，聚集在挂钟下方的一台电脑旁，同样在频频刷新订单系统。

"大师兄，今天是什么日子啊，怎么搞得像春晚倒计时似的？"黑虎开心地大声咋呼。

"辞旧迎新送瘟神呗，多让人开心的事啊。"坐在电脑前的风云故意冲着陈功办公室的方向喊。

"对啊。""大师兄太有才了。""大师兄真厉害。"风云的一帮小弟纷纷响应，争先恐后地表达着对他的佩服之情，生怕被别人抢了风头。

陈功清晰地听到了他们说的每句话，头脑一片混沌的他顿觉热血直冲天灵盖。"走之前和他们拼了，来个'大闹天宫'，岂不爽哉？"他嘴里嘟哝着，暴躁地四处寻找称手的家伙，准备冲出去来个鱼死网破。

"什么事这么高兴啊？大师兄。"陈功正要冲出去时，碧春清脆的声音突然传来。他一愣之下抬头望去，只见碧春步履款款地走向风云，脸上笑容灿烂。

陈功蓦然冷静了，他相信碧春的出现必有玄机，双眼牢牢地盯住她。

"来来，师妹，你也过来。"风云兴致高昂地朝碧春招手。站在风云身旁的人赶忙为碧春让出通道，并迅速将一张椅子推到风云的座位旁边。碧春看了看兴高采烈的风云，莞尔一笑，稳稳地坐下来。

"师妹啊，公司这个月够乱的，现在终于到了回归正常的时刻了。"风云见碧春爽快地坐到自己身边，心满意足，指着电脑屏幕让她看。

"哦？这样啊，这不是还没出结果吗？"碧春笑容不变，淡淡地说道。

"你看那人的衰样，能不输吗？哈哈哈。"黑虎毫不掩饰地冲陈功办公室的方向努努嘴，和身旁的人一起大笑，笑声越来越响亮。

"安静，安静，时间快到了，还有十秒钟。"风云大声提醒众人，目光紧紧地锁住电脑屏幕，右手牢牢抓住鼠标，随时准备按下左键刷新页面。

"八，七，六，五……"众人情不自禁，跟着订单系统里的时钟大声倒计时。

与此同时，办公室里的陈功也死死地盯着电脑屏幕，但手指并没有放在鼠标上——只听外面的喧哗声他就能知道结果。他缓缓地闭上双眼，竖起了耳朵。

"四，三，二，一，〇。"随着倒计时结束，风云重重地按下鼠标，屏幕上的页面跳出了一个大大的数字——五十二。

刹那间，刚刚还神采飞扬的他们，脸上的表情瞬间凝固，一个个张大嘴巴，不敢相信自己的眼睛。风云气急败坏地又刷新一遍，出来的数字依然是五十二。他重重地倒在椅背上，脸色铁青，一言不发。

陈功本已心如死灰，一副任人宰割的模样，却一直没听到外面爆发出欢呼声。他一点点睁开眼，看向门外，目光正好和转脸看向他的碧春交会，对方眼中分明有狡黠的笑意。

陈功精神为之一振，赶忙抓起鼠标点击刷新。当看到电脑屏幕上显示的最新数字时，他简直不敢相信自己的眼睛，差一点从椅子里直跳起来。不过他马上抑制住自己的情绪——外面的敌人此刻正虎视眈眈，如果自己表现出哪怕是一丝半点的惊喜，也会引起他们的怀疑。

陈功远远地看向风云，等到对方的视线与自己碰撞到一起，立刻风轻云淡地一笑，那是胜利者的微笑。

此时风云已恢复了理智，并不避开陈功的目光，眼神仿佛在说："咱们的战斗，这才算正式开始！"

第十一章　大师的秘籍

豪华餐厅里，陈功和碧春在靠窗的双人餐桌边相对而坐，脸上的笑容是那么相似。

这是全市最出名的餐厅之一，位于一栋标志性建筑的顶楼，整个餐厅在营业期间会一直缓缓旋转，据说，几个小时就能遍览全城的美景。当然，这间餐厅的消费也是相当惊人，网上评价说人均消费在五百元以上。虽然贵，但陈功觉得十分值得。

"来，碧春，我敬你一杯。"陈功端起盛满啤酒的高脚杯，向碧春示意。本来他想点支红酒来配牛排，但着实被这里红酒的价格吓坏了，只得红着脸点了两瓶啤酒。

"谢谢，干杯。"碧春显得十分老练，优雅地举起酒杯，轻轻与他碰杯。她习惯性地转转酒杯，稍稍抿一口，笑盈盈地看向陈功。

陈功被看得脸上火辣辣的，故作镇定地喝了一口酒："你今天可把我吓得不轻啊，高考揭榜都没这么刺激。"他一脸被深深伤害的模样。

"你昨晚给我打电话时，我也没答应你啊。"碧春还是那个调皮的笑容。

"是是是。所以我才担心了一整天。"陈功连连点头，努力挤出笑容，"你是什么时候把单子报上去的？"

"今天一进办公室就报了。"碧春对陈功挑了挑眉。

"那你为什么不早告诉我啊？"陈功想到自己这一天所受的煎

熬，不由得皱紧了眉头。

碧春神秘地一笑，没有马上回答，反而拿起刀叉，不紧不慢地切起了盘中的牛排。

"你知道我今天是怎么过来的吗？我这一辈子都不会忘记。"陈功有些激动。

"那就对了。"碧春不为所动地继续切牛排。陈功拧着眉毛，深思着这句话。

碧春放下刀叉，郑重地说："这是师父的安排。"

陈功终于恍然大悟了：原来这一切都是震古设置的考验，而这考验从他第一次到自己的办公室就开始了。他先是安排碧春告诉自己，可以帮忙完成任务，如果当时自己接受了，也许早就被开了；接下来，他又让碧春暗中传授经验，在幕后观察自己的能力和毅力；到了最后一天，就是对自己的终极考验——面临绝境时的心理素质和作为。

"恭喜你，陈总监，你通过考试了。"碧春这时才露出发自内心的笑容，举起了酒杯。

陈功突然觉得，自己就像那只猴子，不管怎么折腾，都跳不出如来佛祖的手掌心。不过他转念一想，孙悟空取得真经后，不就自己成佛了吗？至少现在可以确定，碧春不是站在风云那边的。想到此，他歪着头看向碧春和她伸过来的酒杯，脸上随即换上最灿烂的笑容："这一切，都要感谢师姐啊。"他端起酒杯，用力地碰了一下碧春的杯子，一饮而尽，倒举着酒杯笑呵呵地看着她。

碧春没想到陈功的表情切换得这么快，她轮流看着两个酒杯，一咬牙，把自己杯里的啤酒全都灌进了喉咙，学着陈功的样子倒举酒杯，认真地说："我们都要感谢师父。"

"对，感谢大师。"陈功无比真诚地附和。他转头看向窗外，霍然发现，原来从这个高度看下去，城市的夜景是如此美丽，就像摆脱了人间烟火熏扰的天堂一样。

专属震古的超长豪车行驶在这个城市最繁华的街道上，附近的车辆都刻意和它保持着安全距离。陈功靠着车窗，看向车外充满活力、一派欣欣向荣的街景，踌躇满志。

"陈功，你来这里几年了？"坐在对面的震古亲切地问道，脸上带着标志性的和蔼笑容。

"十多年了，上大学时我就来了。"陈功赶忙转过脸，恭敬地回答。

"好，那你对这儿应该十分了解吧？"震古和颜悦色。

"算是……比较了解吧。"陈功不知道震古的用意，含糊答道。

"一定也经历了很多艰难。"震古轻轻地叹息道。

听到这话的陈功，心里一下子像打翻了调料罐，酸甜苦辣咸，五味杂陈。"是，在这里奋斗的每一个人，都能写成一本书。"他努力控制住自己的情绪，让面色保持平静。

"好。"震古满意地点了点头，继续看手里的资料，不再说话了。

陈功不敢多看震古，又转脸看车窗外，暗自思量。他清楚地记得，这是自己第二次和震古单独相处。震古第一次找他的目的，现在已经清楚了，那么这一次呢？震古突然提出要亲自带自己去课堂观摩，而之前碧春连授课地点都那么讳莫如深。难道是因为自己已经通过了考验，成为"自己人"了？应该没那么简单吧。嗨，静观其变吧，目前的处境至少是总体向好的，最差的结果，无非就是走人呗。陈功想着想着，脸上泛起一丝笑意，突然觉得窗外的阳光明媚起来。

震古的专车缓缓驶进地处闹市区的一个院落。刚一停稳，一个穿着得体、斯斯文文的小伙子就快步走上前来，轻手轻脚地拉开震古那侧的车门，又毕恭毕敬地扶住车门问候道："大师好。"

"我们到了。"震古提醒陈功，率先姿态优雅地下车，陈功连忙跟在后面。

"小新，你们都准备好了吧？"震古面色严肃。"大师放心，一切就绪。"那个叫小新的小伙子立刻回答。

"小新,这是宣传部陈总监,以后他有什么需求你要多配合。"震古指着陈功向小新介绍,然后又对陈功介绍小新:"陈功,这是培训中心负责人小新,以后你要来这里,直接联系他就可以了。"

"呀,陈总监,久闻您的大名,去公司时总没机会见到您,以后请多多指教。"小新热情地向陈功伸出手。

陈功十分欣赏小新的谈吐气质,甚至有一种如沐春风的感觉。这一个多月来,他每天面对风云一伙的蔑视讥笑和胡搅蛮缠,今天终于见到一个"文化人"了。他上前一步,紧紧握住小新的手,开心地说:"小新好,以后还请多多关照。"

"小新可是名牌大学毕业的研究生。"震古看上去也十分重视小新,又补充介绍。

"那真是年轻有为啊,我们公司最需要的就是你这种人才。"陈功用力握住小新的手,兴奋地摇了几摇。他看向震古,认真地说:"我觉得应该大力宣传这点,如此才能彰显我们公司的文化底蕴。"

震古听出陈功话里有话,并不置可否,转头对小新说:"走,我们进去吧。"

"好,大师请。"小新恭敬地在前面带路。

陈功跟在震古身后,一边走一边好奇地四下看,越看越觉得这个院落太不起眼。不大的院子里只有一栋贴满红色瓷砖的三层小楼,看上去更像一个社区文化站,和上次分享会的场所相比简直是天壤之别。

唯一亮眼的,是院子里停满了车,密密麻麻地挨在一起,几乎是水泄不通。而小楼的大门是再普通不过的铝合金门框,不见高大,与公司大堂那宽大的自动玻璃门相比尽显寒酸。

"大师,小心台阶。"小新紧走几步,上了两级台阶,用力把大门推开,手扶门框恭迎他们。震古满意地点头,快步进楼。

陈功刚一进门,就被眼前的景象惊呆了。

原来,小楼里居然别有洞天,其豪华程度完全超出了陈功的想象。

进门后是三层挑高的厅堂，硕大无朋的水滴形吊灯从天棚垂吊下来，五颜六色的水晶装饰把整个厅堂照耀得色彩斑斓。厅堂两侧各有一道弧形楼梯通向楼上，楼梯上铺着红毯，墙壁上贴金雕花，既有欧洲城堡的风格，又具明清宫殿的风范，显得富丽堂皇，让人目不暇接，叹为观止。

"这栋楼以前是个相当有名的会所。"小新见陈功像刘姥姥进了大观园一般张口结舌，微笑着小声介绍。

陈功马上意识到自己的失态，故作轻松地回以一笑："哦，我说呢，怎么看着像夜总会。"

小新一时不知道怎么接话，面色尴尬地看向震古。"走，先去中级班。"震古冷冷盯了一眼陈功，吩咐小新。

"好的，大师请。"小新答应一声，朝左边旋梯旁的过道走去。跟在后面的陈功心里奇怪：怎么不上旋梯呢？

三人走到过道尽头，小新轻轻推开右手边一扇厚重的大门，进入一条长长的通道。通道宽度只一米左右，长度倒有十多米，右侧是一堵实心墙，左侧墙的中间位置却装着一块大玻璃。

陈功只在电影里的监狱或看守所才看到过这种通道，实在想不出和课堂有什么关系。他一脸狐疑地看向震古，震古微微一笑，示意他跟上自己，一起站到那块大玻璃前。

此时陈功才恍然大悟，原来玻璃那一侧是一间大教室，里面黑压压坐了十几排人，至少有一百多号。十来个人背对黑板，面对全体学员站成一排，一个教师模样的人拿着根长长的教鞭，在对他们讲话。玻璃是隔音的，陈功只见到他张嘴，却听不见声音。

陈功屏住呼吸，下意识地往墙那边靠了靠，生怕里面的人发现自己。同时，他受好奇心驱使，目不转睛地盯着教室里那些人。

突然，陈功的眼睛瞪得溜圆，如同见了鬼。只见背对黑板的那一排人同时抬起手，开始狠狠地抽自己耳光，边抽边大喊大叫。与此同时，其他学员拼了命似的鼓起掌来，一个个激动万分。

听不到半点声音的陈功张大了嘴巴，心急难耐。

震古似乎早就预料到陈功的反应，颇为得意地冲小新点头。小新心领神会，笑呵呵地按下墙上的按钮。顿时，教室里的声音如飓风般袭向陈功的耳膜。

"我是最棒的！""我能做到最好！""我一定会成功！""我要成功！"……

伴随着响亮的耳光声和排山倒海的叫好声，那一排人声嘶力竭地呼喊着各式各样的口号，即使脸上满是血印也毫不退缩。

"陈功，你感觉怎么样？"震古笑着问道。

陈功呆若木鸡，根本听不到震古的问话。

震古转头对小新做个手势，小新立刻切断了声音，霎时间，通道里鸦雀无声。陈功回过神来，满脸惊诧，心乱如麻，一时连话都说不出来。

"你不是一直想看课堂培训吗？现在有什么感想啊？"震古说话的语气像在启发一个懵懂少年。

陈功迟疑地看看那块玻璃，没敢说话。一旁的小新看出了陈功的顾虑，笑着解释："这玻璃是单向的，里面的人看不到我们，也听不到我们的声音。"

"哦，这样啊。"陈功明显还沉浸在讶异之中，有点语无伦次，"他们、他们这样……不怕……没脸见人吗？"

震古笑笑，示意小新来解释。"陈总监，这是我们'成功中级班'的一门课，叫作'自我激励'，目的就是激发学员对成功的无限渴望和坚定信心。"小新若无其事地介绍道。

"这样……难道……不会伤害他们的、他们的自尊心吗？"陈功还是难以理解，眼神相当困惑。

"成功的第一步，就是抛掉自尊心。"震古缓缓道，"你来到这个城市十多年了，应该能感悟到吧？"他的眼神是那么循循善诱。

陈功被震古那双深不可测的眼睛看着，许多不堪回首的往事立刻涌上心头。他感觉，震古这一句话拨开了自己眼前一直笼罩的迷雾，也为自己进公司以来的心路历程做了一个完美的总结，真不愧是大师，难怪那么多明星大腕对他趋之若鹜。

"我们去看看高级班，你会理解得更深刻一些。"震古见火候差不多了，拍拍陈功的肩膀。

陈功抬眼看震古，对方又露出了和蔼的笑容。他用力点头，步履坚定地跟在震古和小新身后，却忍不住又扭身看向那块玻璃，玻璃那侧的人们还在疯狂地演出着哑剧。

同样的通道和玻璃，陈功已经记不清自己是怎么走过来的，因为震古和小新一直带着他绕来绕去，唯一能确定的是，他们坐电梯上了一层楼。

此时陈功已经有了充足的思想准备，显得淡定多了。玻璃那侧也是一间大教室，但里面的学员少得多，分散坐在八张圆桌边，每张圆桌也就坐了五六个人。他们正聚精会神地注视站在投影幕布前的一位讲师。这讲师的年纪比起中级班的老师要大很多，气质非常文雅，就像大学里的教授。他用激光笔指点着幕布上的PPT，慢条斯理地讲解。

陈功突然感觉自己穿越了，从喧闹的菜市场穿到教书育人的大学课堂。看到他的惊奇表情，震古又一次露出早有所料的笑意，这次他亲自按下了墙上的按钮，教室里的声音立刻传出来。

"课上到这里，我很想请在座的高管们回答我们在课前提出的那个问题：如何让员工死心塌地为公司卖命？"那个长着一张"教授脸"的讲师声音极富磁性。

"给他们描绘公司的美好前景。""给他们画饼。""用别人的成功激励他们。""让他们变得有欲望。""让他们看到身边人的成功，变得焦虑起来。"……学员们兴高采烈，纷纷举手回答。

"好，大家说得都对。那我问你们，最核心的策略是什么？"讲师继续启发提问。

学员们面面相觑，开始轻声讨论，但没有一个举手发言的。

"好，我现在告诉你们答案，你们一定要记住了。"教室里鸦雀无声，学员们都伸长了脖子盯着讲师。玻璃外的陈功也一脸渴望和期待。

讲师得意地环视一圈，大声说道："最核心的策略，就是要让你们的员工抛掉自尊，将追求卓越、追求成功融入他们的血液，成为他们的人生目标。你们明白了吗？"

"明白！"下面的学员齐声回答，情不自禁地鼓起掌来。

陈功看着眼前的情景，再联想刚刚楼下教室的那幅景象，仿佛突然顿悟，不由自主地微微点头。"陈功，这一次你有什么感受？"震古按下隔音按钮，笑吟吟地问道。

"看起来高级班的学员是踩在中级班学员的肩膀上啊。"陈功毫不迟疑地回答。

"好，你果然有慧根。"震古开心得提高了音量，"所谓成功，说到底就是踩着别人往上爬的过程。你现在应该明白了吧？"

"明白了，大师。"陈功心悦诚服，同时又觉得有点于心不忍，"这样一来，初级班和中级班的人不是很苦逼吗？"

"所以，他们才要拼命往上爬啊。"震古的语调斩钉截铁。

"但能成功的毕竟是少数吧？"陈功继续讨教。

"你说得没错。"震古与小新相视一笑，接着开导陈功，"你想想看，如果大家都成功了，谁是失败者呢？这就是古话说的'出人头地'。"

陈功低头思考了几秒钟，抬头说："大师，我还有一事不明——既然明知成功如此艰难，他们为什么还要花钱费力，死心塌地跟着我们？"

震古面露欣赏之色，用父亲对自己孩子的口吻说："以你的慧根，相信已经有了答案。"

陈功看看震古，又望向教室，若有所悟……

震古的超长豪车在四合院园区内稳稳行驶，像一条游龙在云间穿梭，引得路人纷纷侧目。

车辆驶近公司大门时，保安老洪隔着老远就把车杆抬起，身体绷得笔直，敬礼的右手比以往抬得更高更稳，目光坚定，仿佛正在接受检阅。

坐在车里的陈功兴致勃勃地看老洪，觉得他的样子很是滑稽，强忍着笑。而坐在他对面主位的震古看都没看老洪一眼，微锁着眉头，仿佛在思考重要的事情。

专车霸气地停到专位上，在大堂门口等候多时的碧春紧走几步来到车门前，毕恭毕敬地拉开车门，甜甜地叫了一声："师父回来了。"扶住车门恭候震古下车。

震古见到碧春，马上露出愉快的笑容，抬腿就要下车，还没忘了对陈功说一声："等下跟我一起回我办公室，有事和你说。"又和碧春打趣："你怎么知道我回来了，有千里眼还是顺风耳啊？"

"我和师父心有灵犀呗。"碧春调皮地说。看到陈功也从车里钻出来，她吃惊不小，语调夸张地说："呀，陈总监，这么快就跟着师父去巡视了，恭喜你啊。"

陈功之前还真没意识到这是件值得祝贺的事，一时找不到话回应，表情未免不自然。

"哈哈哈，没想到，大明星也会害羞啊。"碧春像打了胜仗般，开心地笑起来。

"好了好了，别闹了，去我办公室，有重要的事。"震古看陈功越发尴尬，收起笑脸对碧春说。

"是，师父请。"碧春不敢造次，恭请震古先行。

震古迈着方步进楼，碧春在后面牵了牵陈功的胳膊，两人并排跟在震古身后。前台的樱桃早已立起身迎接，当她看到震古身后是碧春和陈功时，眼神立刻写满了吃惊和羡慕。

三人气宇轩昂地穿过办公大厅，众多和樱桃同样的眼神齐刷刷地射过来——当然，除了风云和他的同伴，此时他们正聚在会议室里，被大厅里不断响起的"大师好"声音所吸引，隔着玻璃张望，当看到大厅里如此不寻常的情景，一个个不但吃惊，更是恐慌。风云还算比较沉稳，眉头紧锁，死死地盯住陈功。陈功注意到了风云的注目礼，却一脸的轻松，有意无意间瞟过去，嘴角微翘，露出不易察觉的笑意。

陈功跟着震古穿过照片长廊时的心情，和第一次相比已经发生了巨大的变化。在他的眼里，那些明星大腕不再是遥不可及的日月星辰，仿佛自己只要踮起脚尖伸长手指，就能来个亲密接触，甚至在不久的将来和他们并肩把臂，像震古一样与他们分享人生哲理，成为他们的人生导师。想到这里，陈功嘴角的笑意变得更加浓烈。

眼看三人抵达震古的办公室，碧春紧走几步，赶到震古前面推开门。震古只是朝她点点头，就径直进门走向他的太师椅。陈功则做了一个"女士优先"的动作，请碧春先走。碧春一笑，也不客气。陈功落在最后进门，反手轻轻把门关上。

"来，陈功，你坐这儿。"已经落座主位的震古指着右手边的圈椅。陈功答应着坐定，等他发话。

"陈功，首先要恭喜你完成了招新任务。"震古难得地露出赞许的笑容，转头望望坐在左手边的碧春，继续对陈功说，"一个月完成五十单，还是很不简单的。当初我跟你谈的时候，预计你会请求减少一些，没想到你很有信心，而且最终也做到了，真是令人刮目相看啊。"

陈功一听这话，心里又把胡响骂了几遍——如果不是他吹牛，自己也不会自讨苦吃，不过，这也算是因祸得福吧。"大师，我能完成任务，还得感谢碧春师姐对我的无私帮助。"陈功谦虚道，同时向碧春投去感激的目光。

碧春又惊又喜，没想到陈功会在震古面前实话实说，连忙笑道："哪里哪里，陈总监太客气了，我只是分享了一些自己的经验。"

震古左右看看两人，既满意又欣慰："公司现在最需要的就是团结一心，从你们身上，我看到了美好的前景。我希望，陈功能快速成长，而碧春继续全力帮助陈功。你们说，好不好？"

"好！"陈功和碧春异口同声地应道。陈功简直不敢相信自己会如此热血沸腾地应答。他反复品味震古说的每一个字，心里琢磨，同样一句话，为什么从震古的嘴里说出来就有如此强大的感染力？

"好，想成功，就得需要你们这样的劲头。"震古满意地点头，用商量的语气对陈功说："我正在策划一次极其重要的行动，想来想去，觉得只有你能胜任，你有没有信心？"

"有信心！"震古话音未落，陈功就把胸脯一挺，大声回答。经过这么近距离的接触和观察，他已经大致摸清楚了震古的套路——但凡他以这种商量的口吻跟你说话，你要做的就是立马答应，不能有半点迟疑。

陈功的回复之快把震古都惊到了，他愣一下，大声叫起好来："好，我就知道你有这样的冲劲。碧春，你跟陈功说说这次行动。"

"好的，师父。"碧春转头，郑重其事地对陈功说："师弟，你知道我们有个叫烁今的老对头吧？"

"知道，上次分享会就是他派人来捣乱。"陈功的回答半点不含糊。

"对，就是他。"碧春看一眼震古，"烁今一直在模仿师父，也一直在抄袭我们的课程，当然，这些对我们都构不成什么威胁，他们的学员数还不到我们的三分之一，因为我们的核心是师父，这个他们永远学不来。"她向震古投去了无比崇拜的目光。

陈功恍然大悟，难怪之前自己说想了解课程时，她会那么警惕。"那是啊，什么阿猫阿狗都能当大师，这个世界不就乱套了吗？"陈功乖巧地附和着，也崇敬地看向震古。

震古正襟危坐，不动声色，示意碧春继续往下说。

"最近一段时间，不知道烁今从哪里弄来的课程，叫作'心灵飞跃'，专门针对总裁级别的客户，收费奇高，最初级的体验课都要几万元，最高级的课要十几万。"

"那应该没什么人报吧，总裁级别的都已经是成功人士了啊。"陈功觉得匪夷所思。

"我们开始也是这么想的。"碧春摇摇头，"没想到，这个课程近几个月十分火爆，特别是风险投资行业，很多副总甚至总经理级别的人纷纷报名，而且自愿拉朋友加入，你说奇不奇怪？"

"他们到底图什么呢？"陈功也觉得这事太过诡异，不解地看向震古，但震古神态平静，没有透露出任何信息。

"师父让风云安排人进去打探，但前前后后派了三个人，都没有成功。"碧春试探地看陈功，"所以，我和师父一致认为你是最合适的人选。"

陈功既兴奋又为难，兴奋的是震古把这么重要的任务交给自己，这可是彻底打败风云、扬眉吐气的好机会，而且正好能发挥自己的表演专长。为难的是，自己和那个瘦男人打过两次交道，在烁今那边已经暴露了，这要怎么完成任务呢？

"有什么顾虑尽管说出来，我们一起想办法。"见陈功犹豫不决，震古沉稳地开口。

震古的脸色如常，但陈功明白他的言外之意：我给了你机会，有什么问题你得自己解决。陈功暗自咬牙，把声音调整到无比自信的状态："没问题，保证完成任务！"

"好，我就知道你一定能行。"震古立刻换上一副赞赏的表情，在陈功肩膀上重重地拍了两下。碧春也十分高兴，跳起身来，抓住陈功的手使劲摇晃："我说师弟，师父果然没看错你。这事如果能成，你就为公司立下一大功了。"

师徒两人突如其来的热情让陈功受宠若惊，特别是震古重重拍的那两下，有点颠覆了自己之前对大师的印象。他突然想起，《西游记》里孙悟空的师父在弟子头上打了三下，接着就在三更时分传授了"七十二变"的绝技。

"好的，好的，我一定加倍努力，不辱使命。"陈功连声答应，脸上的笑容却渐渐僵硬起来。

第十二章　心灵飞跃

早上十点后，日上三竿，"成功煎饼"摊的生意依然很好，老刘低头盯着操作台，手法就像变魔术，脸上依旧是心满意足的微笑。

"老刘早啊，忙着呢？"一个身材修长的男子站在他的摊前，很熟络地打招呼。

老刘抬头一看，此人四十岁上下，西装革履，戴着金边浅绿色墨镜，脸上的络腮胡须修剪得整整齐齐，显得器宇非凡，一看就是有钱人，至少是公司老总级别的。

老刘左看右看，确定自己不认识这人，一脸疑惑："老板，你是不是认错人了？我不认识你啊。"

"老刘，你真的不认识我了？你再仔细看看。"男子微笑着。

老刘伸伸脖子，眯起眼睛又仔细打量了他一番，使劲地摇头，一副"怀疑人生"的模样："真不认识，你肯定认错人了，不过，你怎么知道我姓刘啊？"

"哈哈哈，那就对了，你确实不认识我，但我们都认识你啊。"男子突然爆发出得意的笑声，转身雀跃地离开了。

老刘愣在当地，呆呆地望着他的背影，半晌说不出话。"老刘，煎饼煳了。"排在队伍最前面的顾客大声提醒，老刘低头一看，赶紧手忙脚乱地处理煳了的煎饼，气愤地说："这是什么人啊，没事逗我们穷人开心，缺德吧你。"

男子快步拐过街角，见四下没人，开心地蹦起来，大声喊道："耶，成功了，成功了！陈功，我早就知道你小子行，因为你的名字就叫成功！"

原来，这个老刘眼里的"有钱人"正是乔装改扮的陈功。他为了完成震古交代的任务，一晚上绞尽脑汁，又精心化装了一个早晨，目前看来成果斐然。

既然能骗过熟悉他的老刘，就一定能骗过烁今的人。陈功越想越得意，快步走向烁今的公司，嘴里竟哼起了小曲。

穿过几条小道，烁今公司所在的写字楼出现在眼前。和上次陈功来时不一样，因为过了上班高峰期，写字楼的入口广场上已经看不到几个人，门口只站了一个保安，巧的是，正是上次驱赶陈功的那个胖保安。

陈功做了几个深呼吸，腰身一挺，学着震古的稳健步伐，目不斜视地走向楼门。

"您好。"胖保安啪的一声，给他敬了个礼，陈功正眼都没瞧他，昂首进入大堂。他瞟了一眼不远处的服务台，并没有按告示过去登记，而是径直走向电梯厅。

"先生，早上好，您请进。"电梯厅前值守闸机的保安见到陈功过来，连忙主动用自己的卡刷开闸机，露出十分标准的职业微笑。

"谢谢。"陈功微微点头，穿过闸机，迅速地扫视挂在墙上的公司名牌，一眼就找到了烁今公司所在的楼层，是二楼。他脸上露出得意的笑容，气定神闲地等待着电梯。

烁今的公司占据了整整一层楼，前台看上去和普通的公司无异，乳白色的背景墙上贴着蓝色亚克力材质的大字：烁今文化发展有限公司。与震古公司招牌的红底金字形成鲜明的对比。这难道就是传说中的红与蓝的对抗？陈功暗自发笑。

前台的漂亮姑娘看到陈功翩翩而来，连忙按下按钮打开大玻璃门，站起身来笑盈盈地打招呼："先生您好！"

"你好。"陈功信步走到前台,绅士风度十足地回应。

"有什么可以为您效劳的?"前台姑娘完全被他折服,态度更加热情。

"我来报名'心灵飞跃'课程。"陈功模仿着成功人士的笃定语气。

"欢迎,请问先生您的推荐人是谁,我在电脑里为您核对。"

"推荐人?"陈功有点蒙,来之前没听说需要推荐人啊。他努力让自己的声音保持平静,"我从朋友那里知道了你们这个课程,很感兴趣,所以过来了解一下。"

"好的,您朋友的名字方便告诉我吗?"前台姑娘似乎警觉起来,但脸上还是职业性地微笑着。

"我没有告诉他这事,只是正好有空,就过来随便看看。"陈功假装恼怒,"看来你们这儿并不欢迎我啊。"

"先生,您别误会,我们当然高兴您能来,但这是公司规定,必须遵守。"前台姑娘连忙解释,然而眼神里透着怀疑。

"既然是这样,下次我和朋友一起来吧。"陈功觉得多说无益,心想先回去再从长计议。他扫一眼前台,问那姑娘:"有资料吗?我拿回去研究一下。"

"对不起,先生,我这儿没资料。您可以问下您朋友,他那儿肯定有。"前台姑娘满脸歉意,"公司的规定是,会员向我们推荐人选后,我们录入档案,被推荐人才能报名。实在抱歉,让您白跑一趟。"

陈功没想到白白跑了一趟,连张资料都没到手。他不禁流露出几分懊恼,前台姑娘一脸无辜地看着他。

写字楼大堂附设一个小型的咖啡吧,摆放着四张小圆桌。陈功貌似悠闲地坐在靠近大门口的圆桌旁,手里拿着一本时尚杂志,眼睛却时不时地瞟向电梯厅的方向,观察电梯显示屏上的楼层数字。

叮的一声,电梯门缓缓打开,陆陆续续走出六七个人,有男有女,一个个打扮入时,满身的名牌,却都是垂头丧气,拖着脚走路。

陈功看到他们出现,马上打起了精神,仔细观察每一个人,不放过任何细节。片刻，他就选定了一位看上去三十岁出头的女士。她气质高雅，穿着名牌职业套装，化着精致的职业淡妆，一看就是个女强人，但此刻她的表情最为木讷，仿佛刚刚经历了一场痛彻心肺的变故。而且，陈功敏锐地发现，她的眼角还留着浅浅的泪痕。

陈功若无其事地起身，把杂志放回书架，信步走出写字楼大门。他微微侧目，用余光看到那些人也跟着走出来了。

那群人失魂落魄地在门外停住脚步，相互之间用目光交流了一会儿，突然拥抱在一起，拍着彼此的肩膀和后背，嘴里还喃喃地说着什么，好像在互相安慰。抱过一圈后，他们的情绪看上去都好了许多，于是不再逗留，很快就四散离去。

那位女士仰头望天，深深地吸口气，稍微调整了一下自己的表情，左右张望像是在找出租车。正在这时，已经观望了许久的陈功紧走几步，来到她身旁，声音饱含亲和力："女士，您好，冒昧地问一下，您是不是刚上完烁今大师的'心灵飞跃'课？"

女士被突然出现的陈功吓了一跳，面带愠色，然而当她看清陈功那张英俊而真诚的脸庞时，表情不由自主地柔和了许多，诧异地问道："是啊，你怎么知道？"

"这个课程在我们圈子里十分出名，我今天特意赶来报名，没想到连大师的面都见不到。"陈功一脸无奈地笑道。

"对啊，需要推荐人，你来之前不知道吗？"女士已经完全放下了戒心。

"唉，我的一个下属把大师捧得天花乱坠，我觉得他一定被洗脑了，所以想亲自过来体验，搞清楚到底是什么状况。"

女士一听这话，脸上的笑容立刻消失了，严肃地教育起陈功来："怎么是洗脑呢？你可别乱说，这是对大师的大不敬，还好你遇到的是我，如果碰到别人，一定被骂得体无完肤，没准还会挨揍呢。"

"大师真的那么神吗？"陈功似乎仍然不相信，好奇地问。

"当然。来上课的人几乎都是总裁级别，相信我，我们没那么蠢。"女士极其认真地说。

"对不起，对不起，我只是想参加课程，没想到大老远地过来，连大师的面都见不着，心里一急，就口不择言了。"陈功连忙解释，真诚地向她道歉，"如有冒犯，还请您多多海涵，多多见谅。"

女士被陈功夸张的动作表情逗得扑哧一笑："你刚刚说，这个课程在你们圈子里十分出名，你是在哪个圈子啊？"

"我做风投，不知道您是否了解。"

"是吗？那我们是同行啊，你是做哪个领域的？"女士看向陈功的眼神越发亲切。

陈功没想到假李鬼遇到了真李逵，稍稍迟疑一下，立刻回答："那太好了，没想到能遇到一位美女同行。我是做影视文化投资的，你不会正好也是吧？"他故意装出万分期待的眼神，盯着对方。

"那倒不是。"女士笑道，"我是做互联网的，叫李洁，很高兴认识你。"她向陈功伸出了右手。

陈功赶忙握住李洁的手，十分绅士地晃了两晃："幸会幸会，李总，我叫贾强。贾宝玉的'贾'，坚强的'强'。"

"幸会啊，贾总，叫我李洁就好。"李洁此时已是笑靥如花。

"好的，李洁，请叫我贾强。"陈功也是满心欢喜。

又见金秋时节的美好晨曦，阳光从高楼大厦的缝隙中射进城中村，给这里的人们带来难得的光明。陈功依旧是昨天的伪装，只是换了一身棕色西服，显得更加稳重有范。

这个时间点正是上班高峰期，人们像争着去跳龙门的鲤鱼，全身攒着劲，成群结队向写字楼拥去。即使如此，陈功的出现仍引得人们纷纷向他行注目礼，有些姑娘甚至快走几步超到他身前，再转头笑盈盈地看向他。面对行人的瞩目，陈功一改从前的沾沾自喜，神态十分沉稳，眉头微锁，目光坚定，仿佛正在思考一笔几个亿的生意。

烁今公司的前台姑娘正站在公司招牌下，向每一个员工送上甜美的问候。一部电梯在她面前缓缓开门，人们鱼贯而出，行色匆匆地冲向公司。而当人群散尽，陈功终于闪亮登场了。他就像京剧名角一般，迈着方步，在前台姑娘的眼前一个亮相。

"贾总，您来了，欢迎欢迎。"前台姑娘老远就打招呼。

"早上好。"陈功面露愉快之色，悠然走近。

"贾总，昨天不好意思啊，我不知道您是李总的朋友，还请您多多包涵。"前台姑娘诚恳地道歉，笑容显得十分真诚。

陈功欣赏地扫了她一眼，大度地说："哪里哪里，你做得很好，不愧是大师门下，我们公司就缺你这样的人才。"

"您过奖了，贾总，我叫青果，以后您有事随时找我。"青果有点害羞了。

"青果，好名字，我记住了。"陈功脸上的笑容更加勾人，"请问教室在哪里？"

"贾总，请随我来，我带您过去。"青果冲着陈功做了一个"请"的手势，扭动腰肢在前面带路。陈功十分享受这样的待遇。

烁今公司的内部装修风格和前台一样，也是现代派。办公大厅面积不大，二十来个标准工位都显得有点局促。陈功边走边观察，越看越疑惑。碧春说烁今一直在模仿震古，但就眼前所见，他觉得有点言过其实。

青果领着陈功穿过办公大厅，来到一条走廊，这时陈功有点相信碧春的话了——走廊两侧，是烁今公司的"荣誉墙"，装饰着各种各样的合影和证书。陈功不由得放慢了脚步，仔细辨认照片里的人像。

见陈功落在后面，青果站住脚，转头笑道："贾总，这些是商界精英和演艺明星求教大师时照的，还有很多没放上去呢。"

"真不可思议。"陈功假装被震撼到了，心里却是一百个瞧不起：这些明星和震古那边的相比，明显咖位不够啊。而且，他们与烁今合影时的表情，根本称不上"求教"，分明是烁今自己主动贴上去的。更好笑的是，从这位大师未修的"生图"来看，他虽然刻意模仿震古，也戴个金丝眼镜，但那双不大的眼睛里却看不出有多少智慧，反而多少有点猥琐,一看就是个"假冒伪劣"。

"青果,赶紧去教室吧,我迫不及待要当面领略大师的风采了。"陈功收回视线,笑着催促青果。

"好的,请。"青果丝毫没有看出陈功的藐视。

陈功跟着青果穿过走廊,眼前忽然一亮,强烈的光线让他不得不眯起双眼,调节了一下瞳孔,这才看清楚,自己置身于一个有着巨大落地窗的大厅,足足一百平方米,放在寸土寸金的写字楼里,就显得相当奢侈。此时大厅里空空荡荡,墙上两扇并排的大门前,各放了一张长桌,桌后各坐了一个人。

"这是我们的教学大厅,有需要时可以上大课。"青果看出了陈功的惊讶,有点得意地介绍道,她指指靠左的大门,"那两扇黄色大门后是我们的两个教室,您今天上课的地方在第一教室,请跟我来。"

走到第一教室的门口,陈功不禁放慢了脚步,因为坐在长桌旁的正是那个瘦男人。真是冤家路窄啊。他不由自主地心头一紧,又强迫自己镇定下来,迅速换上一副"霸道总裁"的面孔,来面对这个"老熟人"。

"李哥,这位是贾总,贾强,昨天报的名,您帮忙登记一下。"青果介绍说。

原来你小子姓李,我这也算是"刀下不斩无名之辈"了。陈功嘴角露出一丝冷笑,当看到瘦男人抬头望向自己时,又马上收起来,一派威严地回视他。

"好的好的,贾总是吧?我查查名单。"瘦男人满脸堆笑连连点头,完全没认出陈功。他拿起一张表格,笔尖滑动着认真查找:"有了,贾强贾总,新世纪投资公司总裁。您好,请您在这儿签个字。"他把笔递给陈功,点头哈腰地说。

"好,谢谢。"陈功接过笔,看都没看他一眼,在签名处潇洒地写上了"贾强"两个字。

"谢谢贾总,您可以进去了。"瘦男人站起身,恭恭敬敬地为陈功推开大门。

"谢谢你。青果，有劳了。"陈功客气地向两人道谢，趾高气扬地走进门去。青果呆呆地望着陈功的背影，眼里满是倾慕，那个瘦男人也同样用仰慕的眼神目送着陈功。

教室和大厅一样的宽敞而空荡。偌大个教室，只在中间位置摆了一圈座椅，坐着六个人，其中一个人不停地向陈功挥手。他定睛一看，正是李洁，心立刻放下一半，也高兴地冲她扬手，快步走过去。

"我给你留了位子。"李洁见到他也很开心，指着身边的空位小声说。

"谢谢你。你来得够早的。"陈功坐下来，小声回应。

"我也是刚到。大师应该快来了，他每次都很准时，九点半必到。"说到烁今，李洁的眼里充满了景仰。

陈功环顾四周，发现一共只有八张椅子，现在已经坐了七个人，只剩下主位空着，按李洁的说法，那应该就是烁今的位置了。

难道今天的课只有这七名学员吗？那烁今怎么靠这个课程和震古竞争？陈功左算右算一直没弄明白。没错，这个课程的费用确实极高——昨天李洁告诉他，一周的费用是五万，他虽然早有思想准备，但还是被吓了一跳。之前震古他们得到的情报是三万元左右，看来并不准确，陈功不得不紧急向碧春汇报，要求马上补足款项。碧春又向震古直接申请，才让陈功赶上了今天的课程。但是，即使是这么昂贵的学费，如果每节课就这么寥寥几个学员，光是场地费，烁今公司也承担不起呀。

"今天的课就咱们几个人吗？"陈功凑近李洁小声询问。

"咱们这个班是高级班，由大师亲自授课。其他时间段还有好几个班，由讲师上课。"李洁明白陈功在困惑什么，面露微笑。

"哦，原来是这样。"陈功转头看看其他几人，确实个个气质非凡，服装和手表都是名牌货，眉宇间透着一股高傲的气息。"那其他的班是不是收费低些？"他继续问李洁。

"是要低一些，但也在四万左右。"李洁淡淡地说，眼里突然放出一道光芒，"算你运气好，这个班正好空出一个名额，不然你哪有机会见到大师啊。"她大大方方地拍一下陈功的膝盖，仿佛在替他感到庆幸。

"那也是托你的福啊，再次感谢。"陈功双手合十向她摇了几摇。李洁莞尔一笑："太客气了，这都是你自己的福报。"

陈功心想，李洁真是个爽快的女人，可惜自己毕竟是卧底，没法与她真心结交。他又一次观察同班的学员，发现他们似乎就是昨天中午和李洁在一起的那群人，当时他们应该刚刚上完课，都是萎靡不振的模样，和现在的神采飞扬可是大大的不同。为什么课前课后学员的状态会有天壤之别呢？陈功心中生出大大的疑团。

"大师到。"有人在门外叫了一声，众人齐刷刷地看过去，纷纷站起身来，齐声喊道："大师好。"

陈功本以为这种高级总裁班的课会轻松随意些，没成想，这阵势和震古公司的中级班没什么区别，而且，这些成功人士所表现出的执行力更加强大。他一时间没反应过来，直到李洁碰碰他的胳膊，他才站了起来。

只见烁今被三个人簇拥着，脚下生风，快步走进大门。和照片相比，现实中的烁今还是颇有几分风采。他看上去四十多岁，中等身材，脸上的皮肤保养得极好，白净紧致，整个人的气质和震古截然不同。然而此刻他面沉似水，眉头微蹙，目光坚定，从容中带着威严，仿佛肩负着向人类传播福音的使命，这神情却和震古十分相似。

让陈功更感意外的是，烁今的下巴上赫然留着一撮山羊胡子，这是照片上没有的。陈功十分怀疑这些胡子和自己的一样，是新粘上去的，目的是打造自己的智慧形象。

"大家都到齐了，请坐吧。"烁今飞快地扫视一圈，中气十足地说道，率先在自己的空位上坐下来。

学员们纷纷随之落座。陈功近距离地观察烁今，最终确定，那撮胡子是自然生长出来的。抱着这种游戏心态，他的脸上露出了浅浅的笑容。

烁今也注意到了陈功这个新人。"这位想必就是贾强吧？"他矜持地招呼道。

"禀告大师，正是在下。"陈功探身向烁今颔首，显得毕恭毕敬，却又透着几分油滑。众人神色怪异，仿佛见到一个穿越过来的古人，李洁更是差点笑出声来。

烁今不由得多看了陈功几眼，点点头，又环视众人，语气威严地说道："好，我们现在开始上课。"

一听这话，陈功立刻坐直身子，眼睛一眨都不眨。众人也都打起了百倍的精神。

"昨天的课上，大家已经按照我的要求敞开心扉，说出了阻碍自己继续飞跃的心理顽疾。这非常好，也非常重要，说明你们是真心想跟随着我尽早实现心灵飞跃。"烁今的声调不疾不徐，但每个字都掷地有声，仿佛直击心灵深处，"来，大家站起来，给自己一个爱的鼓励。"

哗啦一声，学员们肃然而立，整齐划一地拍起了巴掌。那节奏就像婚礼庆典的鼓点，既欢快又振奋，每个人的脸上都洋溢着幸福的笑容。陈功身不由己地跟着站起来鼓掌，满脸迷惑地左右张望。

片刻之后，烁今满意地举起右手，五指握拳，做了一个"收"的手势，学员们立刻停止拍掌，意犹未尽地坐下来。

陈功看得目瞪口呆，心里寻思着：这不就是我们公司初级班的教程吗？怎么用在这些精英身上同样有效呢？也不知道烁今之前在课上施了什么魔法，让他们如此如醉如痴、俯首帖耳，看来这位"大师"绝非等闲之辈。

"要知道，只有那些内心足够强大的人，才敢于把自己心灵最深处的痛点拿出来分享，而一旦迈过了这道关卡，你一定会感到如释重负，轻松得能飞上云霄。昨天晚上，大家是不是有这种感觉？"烁今引导着众人。

"有！"众人齐声回答，脸上尽是发自内心的钦佩之情。

"好。"烁今的脸上终于露出了笑容，期许地看向他们，"有没有人想分享自己的心得？"

"大师，我想说说，可以吗？"烁今话音刚落，李洁就举了手。

"好，李洁，你来说说。你昨天的表现最投入，相信你已经达到了心灵的蜕变。"烁今向她投去赞许的目光。

"是的，大师。"李洁情绪十分激动，语速飞快，"昨天上课时，大师要我当着同学们的面，说出自己最痛苦的经历。说实话，最初我是十分抗拒的。后来，在大师的不断鼓励下，我终于鼓足勇气，说出了那件深埋在心里十多年、自己千方百计想要忘记的往事。"

说到这里，李洁显然痛苦万分，声音都变得哽咽了。她努力控制住自己的情绪："说心里话，讲完这件事后，我立刻就后悔了，恨不得抽自己几个大嘴巴，而且一整天都沉浸在痛苦的反思之中……"她的嘴角抽动着，几乎说不下去了，求救地看向烁今，想从他那里获得继续的勇气。

"不要着急，静下心来，听从自己内心的声音。"烁今的语气舒缓，耐心地安抚着李洁，就像一个心理医生在催眠他的病人。

"然而，等到夜深人静时，奇迹竟然发生了。"李洁在烁今的话语中渐渐恢复了平静，眼神重新焕发出光彩，"我躺在床上，望着天花板上的吊灯，突然开悟了——无论白天黑夜，它始终在那里，只要接通电源，它就会发光，带给人们光明和希望。反观我们自己，某一天过得好，可能会十分开心，但如果哪一天过得不顺利，又会觉得自己从来没快乐过。我想，这，可能就是阻碍我继续提升自己的最大原因吧。"

李洁一口气说完，整个人似乎真的像烁今所说，"轻松得能飞上云霄"。她环顾众人，目光最后停留在烁今的脸上。

陈功被李洁的真诚深深地打动了，他和其他的学员一样，低头深思着她的话。

"好，我们起立，再给李洁一次爱的鼓励。"烁今大声喝彩，鼓动众人一齐站了起来。

"啪，啪，啪啪啪。""李洁你真棒。"

"啪，啪，啪啪啪。""李洁你最棒。"

"啪，啪，啪啪啪；啪，啪，啪啪啪。"

在烁今的带领下，学员们使出全身的力气拍着巴掌，喊出口号。这一次，陈功表现得相当投入，喊的声音比谁都大。他凝视着李洁，脸上是真心诚意的赞赏。

仪式结束，众人都落座。此时的李洁满脸绯红，用眼神向每个人表达感谢，流露出毫不掩饰的欣喜之情，仿佛已经脱胎换骨，实现了心灵的真正飞跃。

"李洁，你把椅子搬到中间来。"等众人都安静下来后，烁今指着他们的中心位置说，"我们今天要更上一层楼。"

李洁一愣，不明白烁今的用意，但还是顺从地把椅子搬到正中，面对烁今坐好，脸上的表情既好奇又期待。陈功目不转睛地盯着烁今，生怕遗漏任何一个细节。

"我们今天的课有个极为形象的名字，叫作'凤凰涅槃'。"烁今的声音高亢，"现在，我要求在座的学员，深刻剖析李洁昨天坦白的那件事，对她在其中的所思所为进行猛烈的抨击，越严厉越好。每个人必须说出至少三点。"

"我的天哪！"烁今话音刚落，坐在陈功对面的女士就忍不住叫起来。陈功同样震惊不已，偷眼看向李洁，只见她脸色煞白，眼泪在眼圈里打转，嘴角抽搐了两下，似乎想说什么，但最后还是咬紧嘴唇，没吐出一个字。

"李洁，你有问题吗？"烁今威严地环顾众人，最后问李洁。李洁可怜巴巴地看着他，过了好一会儿，散乱的目光渐渐变得坚定，一咬牙，近乎歇斯底里地喊道："没问题，来吧。"

"好，这是你走向真正成功的关口之一，必须要跨越。"烁今又对其他人说道："你们都一样，每一个人最终会坐上那个位置，接受烈火的洗礼。"

听到这话的学员们瞬间抛去了犹豫的心情，一个个跃跃欲试，活像一群饿得嗷嗷叫的野狼，向一只孤立无援的小羊羔围过去……

李洁眼泪汪汪地看着他们，脸上充满了彷徨和恐惧。她发现陈功是唯一一个没有凶狠地盯着她的人，不由自主地投来求助的眼神。陈功回视她，眼里满是同情，但更多的是无奈……

写字楼大堂的咖啡吧，最角落的座位，陈功默默地抽了一张面巾纸递给李洁，李洁轻声道谢，接过纸巾擦去眼角的泪水。

"你这是何苦呢？"陈功竟然心疼了。

"谢谢你的好意，我没事了。"李洁抬起头冲他苦笑一声。

"其实我一直想问你，"陈功有点吞吞吐吐，"像你这样年轻有为的女性、大家眼里的成功人士，为什么还要参加这样的……这样的课程？"

"这个问题从你嘴里问出来，还挺奇怪的，你不是也报名了吗？"李洁渐渐恢复了平静。

"我的情况不一样……"陈功被噎得够呛，连忙解释，"我毕竟年纪大了，上有老下有小，时刻面临着来自工作和生活的双重压力，所以才需要不断提升自己啊。"他不由得暗自佩服自己——真是入戏迅速，换了别人可能已经穿帮了。他小心地选择着措辞，继续说："而你就不一样了，天生长得漂亮，事业又十分成功，这么年轻就做到了投资公司副总，在我看来，你不应该有我这样的焦虑感。"

"这种话我不知道听过多少次了。刚开始还觉得挺开心，但越听越不是滋味，现在听起来简直是嘲讽。它的潜台词是：你不就靠着年轻漂亮才上位的吗？"李洁自嘲道。

"你千万别误会，我绝对没有这个意思。"陈功急得竖起了手掌，仿佛在对天发誓。

"我知道你没这个意思。"李洁嫣然一笑，娓娓地说，"你也知道，我们这个行业每天都在评估考察形形色色的人、各式各样的公司，时间一长，渐渐觉得自己拥有了主宰别人命运的能力。但另一方面，我时常又会感到，自己无论在能力还是阅历方面都有很明显的欠缺。我想，你一定也有这种感受吧？"她用眼神询问着陈功，陈功连忙点头，表示感同身受。

"我想，正是这种心理上的落差，或者说是心灵的空虚，让我们比别人更迫切地希望提升自己吧。就像大师一直教导的，只有彻底摧毁过去的自己，才能重建更好的自己，实现质的飞跃。你说对不对？"

陈功边听边频频点头，仿佛李洁说到了自己心坎里，但其实他并没有完全听懂。在他的人生履历中，根本就没有因为成功太早而惶恐不安过。他努力理解和吸收着李洁的话。

"何况，随着年龄的增长，我迟早也会面临你现在的情形。你说，我是不是应该未雨绸缪啊？"李洁见陈功听得认真，不禁调侃起他来。

"哦……对啊……也是哈，呵呵。"陈功有点语无伦次。

"哈哈哈。"李洁面上一扫之前的阴霾，语气也变得活泼起来，"你可能不知道，咱们要想进阶到更高级的课程，是有拉新任务的。我的很多同事和好友都在上这个课，我就是被自己最好的朋友拉进来的。我正发愁怎么进阶呢，你就主动找上门来了。看来我们真是有缘分啊，哈哈。"

"这样啊。"陈功眼前豁然开朗，在心底为烁今的巧妙策略竖起了大拇指，"你再给我详细说说这个课程吧，把你和你朋友知道的都告诉我，让我早点有个思想准备，争取早日实现飞跃，向你靠拢。"

"没问题，反正今天下午我也没事，就看在你请我喝咖啡的分上，我们长谈一次。"李洁心情愉快地端起咖啡杯，朝陈功做了个"干杯"的动作。陈功也端起咖啡杯，轻轻碰了碰李洁的杯子，美美地喝了一大口，脸上绽放出无比舒心的笑容……

第十三章　大师对大师

夜晚的四合院园区十分寂静，一弯明月挂在飞檐之上，映照得震古公司从内到外处处散发出岁月的厚重气息。

震古的办公室内，一缕青烟从博古架上的青铜香炉里袅袅升起，在梁间缭绕。震古、陈功和小新坐在圈椅中，都是一言不发，仿佛在等待着什么。

办公室的门被轻轻推开，碧春轻盈地飘进来。她转身把门关紧，满脸笑意地走向三人。

"都走了？"震古抬眼。

"都走了。一个人都没了。"碧春回答，在陈功右手边坐下来。

"好。"震古转头对陈功说，"这几天辛苦你了，听说课程十分难熬。"

陈功看看小新和碧春，三人会心地一笑。陈功说："是啊，烁今的这个所谓的'心灵飞跃'课，真可谓魔鬼教程，每天不是被烁今辱骂，就是被其他学员虐待。"

"嗯，小新和碧春都跟我说过。"震古显然十分满意，"你反馈的信息非常详尽，不仅有课程内容，还包括许多学员的感想。你做得非常好，比我设想的还要好。"

"那是因为小新和碧春把需求讲得很明确，这样我才能有的放矢，收集相关的信息。"陈功谦虚道。

"你能这么想，我就放心了。"震古语气无比和蔼，"你要永远记住，一个人的本事再大，离开了团队，仍然等于零。"

"是，谨遵大师教诲。"陈功看出震古是真心指点自己，很是感动，恭敬地回答。

震古对陈功越看越喜欢，突然兴致勃勃地道："陈功，我有意收你为徒，不知你意下如何啊？"

此言一出，其余三人都惊呆了。"呀，这是天大的喜事啊，恭喜你。"碧春首先叫出来，情不自禁地抓住了陈功的胳膊。"是啊，陈总监，恭喜恭喜。"小新抱拳道贺，眼神中流露出几分羡慕和嫉妒。

陈功面色激动，内心瞬间升腾出百般滋味：首先是欣慰，自己这么久的努力终于有了回报；接下来是七分高兴，这不仅意味着自己在公司站稳了脚跟，而且也象征自己向成功又进了一步；最后，他又有一分迷惘，这就是自己今后必须走下去的道路吗？和自己最初的梦想是不是离得有点远？

震古一眼就看出了陈功的犹豫，体贴地说："你不用急着回答，今晚回去再好好想想。"

"你傻了吗？陈功。"碧春已经急得跳起来，使劲摇晃着陈功的胳膊，"师父这么多年都没再收徒了，你是不是高兴得找不到北了？"

这一摇立刻把陈功摇醒了，他对震古深深一揖，坚定地说："大师，能拜到您门下，是我一直以来的梦想，承蒙厚爱，在下感激涕零。"

"好，从今天起，你就是我的关门弟子了。"震古高兴地站起身，紧紧握住陈功的手。

"师父你偏心。"碧春突然噘起小嘴嚷嚷，"我们拜师的时候都要下跪，他作个揖就可以了，不公平！"

陈功一脸尴尬地看向碧春，心想这都什么年代了，我连自己的父母都没跪过，怎么会向大师下跪呢？过去演古装戏时倒是跪过几次，但那毕竟是演戏啊。他越想越难堪，不由得皱起了眉头。

"碧春别闹了。"震古表情严肃，"我刚刚说过，陈功是关门弟子，这事目前还不能告诉其他人，特别是风云，你们明白了吗？"

碧春没料到震古突然变脸，乖乖地和其他两人应是。不过，一转脸她就调皮地对陈功说："你现在真的成我师弟了，来，快叫师姐。"

"按年纪，他是你师兄。"震古笑着说。

"啊，师父你也太偏心了，好不容易在我之后收了个弟子，怎么又变成我师兄了？"碧春假装要哭。

"好了好了，别闹了，我还有正事要说。"震古轻轻拍着碧春的肩膀，安抚道。

碧春乖巧地吐一下舌头，不再说话。陈功和小新也收起了笑容，等待震古发话。

"陈功，你协助小新和碧春抓紧研发新课程，争取早日上架，成为公司业务的新亮点。"震古威严地下令。

"是。"三人齐声应道。

"要重点研究这个课程的接受度为什么如此之高，而且学员们还乐于免费向亲朋好友推荐，明白吗？"

"明白。"三人又齐声回答。

"另外，就是要策划我和烁今的会晤。"震古对陈功说。

"和烁今的会晤？"陈功一脸疑惑。

"具体的情况碧春会告诉你。"震古微笑道，"天色不早了，你早点回去休息吧。"

陈功看向碧春，碧春调皮地冲他扬扬下巴。陈功并不气恼，躬身向震古告辞："我知道了，大师。"

"还叫大师？"碧春仿佛抓住了陈功的尾巴，大声喊道。

陈功马上意识到自己该改口了，对着震古深深一揖，毕恭毕敬道："是，师父。"

震古扶起陈功，牢牢抓住他的手，得意地说："我早就说过，你我命中注定有此师徒缘分。"

秋天的黄昏总能让这个北方大城市在朋友圈里刷屏。一场秋雨过后，不光给人们带来了清凉惬意，而且在天边幻化出摄人心魄的晚霞。

陈功靠在被照得明亮的车窗上，看着车子前方如织锦般铺天盖地的火烧云，瞳孔仿佛也跟着燃烧。天桥上、道路旁，人们纷纷驻足，举着手机拍摄，个个绽放出笑脸，一些人口中还念念有词，仿佛在感恩上天给人间带来了如此辉煌的景象，又仿佛在祈求往后的日子风调雨顺，远离灾祸。此时的陈功同样在心里默默祈祷，希望自己在经历了这么多艰难困苦之后，从此一帆风顺，最终取得真经，和梦影一起过上梦想中的幸福生活。

"今天的晚霞真是太美了。"坐在陈功对面的碧春也发出惊喜的叫声。

陈功看着兴奋得像个孩子似的碧春，不禁微微一笑。坐在碧春身旁的震古抬眼看看车窗外，却无动于衷。坐在陈功身边的风云则粗声粗气教训碧春："这有什么好大惊小怪的，没见过世面。"他忆斜着陈功，颇有指桑骂槐的意味。碧春和陈功听到这话后，都看向了震古，见他毫无反应，于是都没有接话。车内的气氛一时有些尴尬。

震古的超长专车在华灯初上的城市主干道上霸道前行，穿过一片霓虹闪烁的高楼大厦，缓缓停在一座金碧辉煌的大酒楼门口。

陈功抬眼一看，好家伙，这是市里最出名的酒楼，自己之前和梦影路过这里几次，还见到几个大牌明星出入。那时，他和梦影说，等自己有钱了，一定带她进去美美地吃一顿，让她好好享受当明星夫人的感觉。记得梦影十分认真地回答：只要我们在一起过得开心，我的感觉就好，当然，我相信你一定会有成功的那一天。

回想至此，陈功感慨万千，如今自己终于成功地踏进了这座酒楼，但却不是和心爱的人一起。望着进进出出的人们脸上洋溢的快乐笑容，他的眼睛突然湿润了。

"我说大明星，赶紧下车吧，别挡道啊。"风云不耐烦的声音响起。陈功转头，只见风云脸上挂着他标志性的揶揄表情，直朝车外努嘴。

陈功这才发现震古和碧春都已经下了车。他赶忙打开车门，一猫腰一抬腿往车下走，不料双脚刚一落地，就被身后的风云一膀子撞了个趔趄。他赶忙站稳身形，愤怒地看着风云掠过他身旁去追赶震古。他极力控制住自己的情绪，也拔腿追了上去。

大门的台阶上，一个头发和胡子都已花白的胖男人望见震古一行，满脸堆笑地快步迎过来，向震古伸出肥硕的右手，热情洋溢地说："哎呀，震古老弟，欢迎欢迎。"

"叶师兄，好久不见。"震古也紧走两步，握住"叶师兄"的手，顺手往怀里一带，和他来了一个拥抱。

叶师兄兴奋地在震古肩膀上轻拍两下，松开手端详着他，大声称赞："震古老弟，一年不见，你的事业越做越大，让人好生敬佩啊。"

"哪里哪里，还是叶师兄淡泊名利，懂得享受生活啊。"震古打着哈哈，对跟上来的风云和碧春说："来，见过你们的叶师叔。"

"叶师叔好，您气色还是这么好。"风云抢先一步问候，叶师兄看到风云显然也十分高兴，拍拍他的肩膀："风云，你越来越有你师父的风范了，好，好，好。"

"叶师叔好。"碧春上前一步拉住叶师兄的手，一副乖巧可爱的模样。"哎哟，这是……碧春啊，我还以为是哪个大明星呢。"叶师兄笑眯眯地看着她，把另一只手盖在碧春的手上揉搓。

目睹这一幕的陈功活像吃了只苍蝇，胃里一阵恶心，但碧春看上去却丝毫不在意，脸上依然挂着甜美的笑容。

"叶师兄，这位是我们公司新来的宣传总监，陈功。"震古的脸色可就没那么好了，指着陈功向叶师兄介绍。他又转脸对陈功说："来，见过你叶师叔。"

风云听到震古让陈功叫"师叔"，眼睛顿时瞪得滚圆，警惕的目光在震古和陈功之间来回地扫视。

"叶师叔您好，久仰大名，今日得见，三生有幸。"陈功胜利地瞟了一眼风云，满脸喜悦地快速上前，向叶师兄毕恭毕敬地伸出一只手。

叶师兄只得依依不舍地放开碧春的手，握住陈功的手轻轻摇了摇，立刻又松开，冲着震古高高地竖起了大拇指："我说老弟，你的弟子真是一个赛一个，不是靓女就是俊男，了不得啊。"

"哪里哪里，叶师兄你过誉了。"震古似乎已经不想再寒暄下去了，目光看向酒楼内。

叶师兄马上心领神会，大手一挥，做了个夸张的"请进"手势："震古老弟请，烁今老弟已经在里面恭候多时了。"

一个大得超乎多数人想象的包间，烁今端坐在宽大的单人沙发里，眉头紧锁，表情严肃，似乎正在绞尽脑汁地思考问题。旁边的长沙发里坐着两个三十来岁的男子，外形和烁今颇有几分相似，都是微微发胖而面色红润。其中一个气质更成熟一点，皮肤稍黑。另一个皮肤较白皙。此时两人也是屏气凝神，腰板挺得笔直，双手放在膝盖上，整个身子绷得像一张蓄势待发的弓。在这两人身后，陈功的"老熟人"——那个瘦男人规规矩矩地垂手站立，大气都不敢出一口。

门外响起了交谈声和脚步声，烁今的精神为之一振，挺直腰身看向门口。

金色的包间门被从外面用力推开，叶师兄大摇大摆地走进来，他那中气十足的声音也同时闯了进来："烁今老弟，我可是帮你把震古老弟请来了啊，哈哈哈。"

烁今站起身，趋步迎接这一行人，包间内另外三个人紧紧跟在他的屁股后面。"叶师兄，有劳了。"烁今拱手道谢，紧接着又热情地向震古一拱手："震古师兄，好久没见，别来无恙啊。"

震古扫了他们几个一眼，面露冷笑："你和我是很久没见，不过你的手下可是见过我没多久。"

烁今脸色一变，转头恶狠狠地盯了一眼身后的瘦男人，对方不敢直视他，赶忙把头低下。烁今回过头，马上又换回了笑脸："震古师兄，之前多有得罪，今天备下薄酒，就是想诚心向您赔罪。"

"是啊，是啊，都是一个祖师爷。震古老弟，再给我几分薄面，咱们坐下边吃边聊。"叶师兄见震古依旧没有好脸色，赶忙打起了圆场。

见叶师兄面露恳求之色，震古也不再多说，微微点了点头。

"对嘛，这就对了。来，来，大家请入席。"叶师兄左手搂着震古的肩膀，右手搂着烁今的肩膀，带着他俩走向包间中的大圆桌："震古老弟，你坐在我左边……烁今老弟，你坐这边。"三人肩并肩地坐在主位上。

震古和烁今的人则分别排在两边。震古这边依次是风云、碧春、陈功。烁今那边依次是黑胖子、白胖子和瘦男人。

陈功落座后，用带笑的眼神与坐在对面的瘦男人打了个招呼，瘦男人恶狠狠地回看他一眼，凑近自己的两个同伴低声说话，之后三个人一齐盯向陈功，黑胖子和白胖子更是对他打量了半天。陈功猜到他们正在交流自己的"光荣事迹"，心中毫不在意。

"烁今老弟，你今天做的东，你先说说吧。"叶师兄左右看看，见气氛有点尴尬，先开了口。

"好。"烁今端起酒杯，隔着叶师兄对震古说道，"震古师兄，今天请你来，一是叙叙旧。自从我们在培训班里结识，转眼已过去十几年，虽然那时我们在一起的时间不长，但毕竟跟着同一位老师学习过，在我心中，一直把你当作同门师兄。来，师兄，我敬你一杯。"

"说得好。我还是那句话，做我们这一行，都是一个祖师爷赏口饭吃，何况你们还有这段情分。震古老弟，来，我陪你们喝一个。"叶师兄见震古不响应，举起杯继续打圆场。

震古看这情形，不便再驳叶师兄面子，慢悠悠地端起酒杯："烁今老弟，既然你还记得当年的情分，这杯酒我喝了。"他一扬脖，直接把酒倒进喉咙里，豪气地亮亮杯底。陈功在一旁暗暗叫好，他第一次看震古喝酒，原来和自己一样气概非凡。

"好。"叶师兄和烁今同时喝彩，也爽气地干了杯。

"快添酒。"不知是因为太兴奋，还是酒气上涌，烁今圆润的脸庞飞上两片红晕，语气亢奋，"这第二杯，我要向师兄表达真诚的歉意。手下不才，自作主张，胆大妄为，居然到您的地界捣乱。"他扭过头，愤怒地吼那瘦男人："李刚，赶紧的，自罚三杯给你师伯赔礼。"

李刚战战兢兢地站起来，端起酒杯就想往震古那边凑过去。震古见状一抬手，表情严肃地说："慢，你叫李刚是吧？当时我放你走，就说明没怪你，你也不用道歉。"

"你的小名是不是叫二子啊？"陈功听出了震古的弦外之音——烁今必须亲自道歉——于是插科打诨地嘲笑李刚。

李刚偷眼看陈功，脸色更加难看，站在那里手足无措。黑白胖子代同伴复仇，恶狠狠地盯向陈功。

"这位小兄弟想必就是陈功吧，久闻大名，果然是少年英雄啊。"烁今仿佛没有听出震古的意思，神情泰然自若。他觉得陈功十分面熟，好像在哪里见过，但一时又想不起来："小兄弟，我们是不是在哪里有缘见过？"

"承蒙大师错爱，我也希望有缘早点结识大师呢。"面对烁今锐利的目光，陈功表现得十分镇静，语气不卑不亢。

烁今不转眼地盯着陈功，陈功继续笑脸相迎，仿佛两个武林高手在暗暗地过招。众人看着两人，各怀心事。

良久，烁今转开目光，满脸是笑地举杯对震古说："师兄，这样吧，我自罚一杯，大家以后和气生财。"

"好，好，和气生财，说得好。冤家宜解不宜结，这个市场很大，大家都不愁没饭吃，你们说对不对啊？"叶师兄见震古还有怨气，笑呵呵地开解他，又环视众人，希望得到响应，可是，在座的人纷纷躲避他的目光，都不吭声。叶师兄尴尬地端起酒杯，讪讪地抿了一口酒。

震古淡淡一笑，端起酒杯，向叶师兄和烁今稍稍示意，轻抿了一口，却没有说话。

烁今脸色微微一变，眼里闪过一丝不满，旋即又绽开一张笑脸，再次端起酒杯，热情向震古说："师兄，这第三杯酒，是表示诚意，希望我们以后能精诚合作，金石为开。"

"哦？"震古被这句话勾起了兴趣，沉吟着说，"我们能有什么合作？我倒想听听看。"

烁今见震古出了声，赶紧趁热打铁："师兄，我们才到此地不久，和你们相比，业绩上还差得远……"

"这倒是实话。"震古傲慢地打断烁今。

烁今被噎得够呛，迅速调整一下情绪，继续往下说："但是，师兄可能也有所耳闻，我们研发了一套新课程，专门面向高端客户，在短短的几个月内就已经积累了相当高的口碑和人气。我在想，如果我们能联手推广这套课程，以两家的学员数量来看，一定能干到全国一流。"他一口气说完，神情得意。

"是吗？"震古还是不吐口，"这我倒是第一次听说。这套课程现在招收了多少学员？怎么个高端法？"

"师兄，您就别揣着明白装糊涂了，想必您已经派过不止一拨人来打探了。"烁今瞟向震古这边几个人，又转头与自己的人相视一笑。

"你们有人知道这套课程吗？还打探过？"震古颇有威严地询问三个弟子，三人连忙摇头，态度十分肯定。震古满意地点头，突然提高音量，厉声说："还好你们都没学坏。如果真这么干了，以后就别再叫我师父。"

陈功对震古含沙射影的功力佩服得五体投地。短短几句话，不仅把烁今引以为豪的课程贬得一文不值，而且再一次表达了对烁今派人捣乱的不满。陈功幸灾乐祸地看向烁今，猜想这一次他应该很难控制住情绪了。

果然，烁今看上去恼羞成怒，脸涨得通红，手指着震古，说话的声音都颤抖了："震古，我叫你一声师兄，是敬你年长，你别以为自己就可以目中无人。"

"我哪里目中无人了？你可别乱说。对不对啊？叶师兄。"震古看都不看烁今，只是笑着问叶师兄。

叶师兄左右张望，不知道要怎么说才能两边都不得罪，一时语塞，急得嘴唇乱颤。

"你！"烁今指着震古说不出话，最终仰头爆发出一阵大笑，"哈哈哈……"

众人顿时被烁今的怪异表现惊到了，上菜的女服务员差点把手里的盘子打翻。每个人看烁今的神情都像在看一个精神病人。

陈功想起自己之前把李刚搞下台那回，和眼前的情形还真有些相似，都是神经病级别的表演。

正在他暗自发笑之际，烁今突然收住笑，向着震古高高举起酒杯，声音洪亮："震古师兄，我服了，姜还是老的辣，你这招真是绝了。"

这下连震古都莫名其妙了。众人都在等着烁今解释。

"师兄，你就别装模作样了，哈哈。"烁今仿佛被震古触动了笑神经，"你明明知道我这套课程前途光明，偏要这样无情地打压，目的只有一个……"烁今停下来，笑吟吟地看着震古，仿佛知道了一个天大的秘密。

震古真的想不出烁今意欲何为，神色一片茫然。

"你的目的只有一个，那就是……"烁今又停顿了，仿佛自己是综艺节目里即将揭晓答案的主持人，两秒钟后才接着说道，"压价。希望我给你更优惠的合作条件，对不对？对不对？"他一副得意的样子。

陈功忍不住扑哧一声笑出来。看来，烁今是真心实意推崇自己的课程，而且对他的卧底行动毫不知情，压根不知道这套课程已经被震古这边搞定了。这说明"知己知彼"在双方交战中是多么重要啊，自己一定要切记这点，否则很容易闹出今天烁今这样的笑话，被人当作话柄。

不说陈功暗暗地告诫自己，震古也是哭笑不得："什么狗屁课程，你以为谁都稀罕？我看你这么多年来还和以前一样，没什么长进。"他半点也不客气，把所有的不满全都发泄出来。

"你、你不要欺人太甚！"烁今被一再打脸，真的急了。

"照我看，是你欺人太甚才对吧。"震古冷冷答道。

"好，你说我的课程是狗屁，你的课程又是什么屁？"烁今反唇相讥。

"你还别不服，起码我的学员比你多出好几十倍。"震古不甘示弱。

"比数字有什么意义，要比就比真本事。"烁今撇撇嘴，满脸的鄙视。

"好，比数字算我欺负你新来的，这本事怎么比？你说吧。"震古狠狠地盯过去。

烁今没有立刻回答，而是认真思考了一番才说："如果比我擅长的课程，那是欺负你。这样吧，就比你们最拿手的——招新，怎么样？"

"招新？怎么个比法？"震古也来了兴致。

"你我各派一名弟子，"烁今转动着眼珠，慢慢说道，"再找一个人来扮演客户，哪一方把他说动了，哪一方就获胜。"

震古看了看自己这边，又看看烁今那边，不禁信心百倍："好，就依你，今天就让你见识见识什么叫真本事。"

"一言为定。叶师兄，你做见证人。"烁今大声道。

"对，叶师兄，你做见证人。以后他们要是还像这样到处吹牛，你可得臊臊他们的脸皮。"震古的声音更高。

"这……"叶师兄显得极其为难，但见两人心意已决，只得答应，"这样也好，公平竞争。可是，谁来扮演客户呢？"

震古四下看了一圈，说："看来还得有劳叶师兄你了。"

"对，叶师兄，你来最合适。"烁今马上表态，仿佛胜券在握，迫不及待地要击败震古。

"好吧。"叶师兄勉为其难地答应下来，又补充道，"咱们有言在先啊，要文斗不要武斗，只能动口不能动手，不能出现人身攻击。"

"这是当然。"震古笑着点头。

"现在什么年代了，咱都是文明人。"烁今一拍胸脯。

"好。"叶师兄将一张椅子拖到包间当中，一屁股坐了上去，"你们二位，先各自确定派谁做代表吧。"

烁今指指身旁的黑胖子，高声说："我派我的大弟子云龙代表出战。"

云龙答应着，向烁今鞠了一躬，似乎信心十足。

震古看看自己的三个弟子，有些犹豫。风云以为震古是在等自己主动站出来，于是当仁不让："师父，让我来吧。"

震古瞥了一眼陈功，终于还是对叶师兄说："由我的大弟子风云代表。"

"现在双方都确定了代表，那么，谁先来？"叶师兄认真地履行自己作为"见证人""客户"和"裁判"的三重职责。

"震古师兄先来吧，毕竟这儿是他的地盘。"烁今抢先说，面露狡黠之色。

"没问题，正好让你们看看在大城市里应该怎么做事。"震古满脸轻松。

叶师兄强忍住笑，对风云说："风云大侄子，你先来吧。"

风云答应一声，向震古一鞠躬，昂首走向叶师兄。

"服务员，麻烦你们先到外面休息，没叫你们就不用进来，谢谢啊。"叶师兄吩咐包间里的两个服务员。

陈功因为这句话对叶师兄产生了些许好感。这人虽然看上去江湖气十足，让人不免轻视，但在一些处事细节上还是经验丰富，值得自己好好学习。

他把注意力转回到风云身上，迫不及待地想看看他的真本事。

风云精神抖擞地向叶师兄鞠躬致意："叶师叔，有劳了。"

"正好，大侄子，我也想看看你究竟长进了多少。你准备好就开始吧。"叶师兄和蔼地说。

"好的。"风云上前一步，手扶着椅背蹲在叶师兄身旁，看向他的双眼，充满感情色彩地来了一段相声里的"贯口"："我亲爱的家人，

"欢迎来到成功大家庭，您想知道三百六十行行行出状元的秘诀吗？您想知道首富是怎么炼成的吗？您想知道什么是成功人士的最大特质吗？您想知道怎么做来钱最快吗？您想知道怎么做来钱最多吗？您想知道怎么做来钱最爽吗？今天，您算是来着了。现在入会不仅享受超级早鸟价，更有机会和知名成功人士共进早餐，最重要的是，介绍朋友入会还能直接拿返点佣金哦。机不可失，时不再来，这就是您人生的第一桶金，也是您迈向成功的第一步。"

风云一气呵成，说完后脸不红气不喘，十分见功底，连陈功都暗暗竖起了大拇指。

"基本功练得不错，有进步，咬字清晰，张弛有度，看来没少下功夫。"叶师兄连连点头赞许，但对风云期待的眼神置之不理，没有表态要入会。

风云低头沉思片刻，满脸笑容地对着叶师兄继续进攻，这一次，他的语速更快，表情也更加丰富，说出来的话更具煽动性："我亲爱的家人，欢迎来到成功大家庭，这里总共走出过十个亿万富翁、一百个千万富翁、一千个百万富翁，他们都是您的师兄师姐，也就是您的朋友圈资源。您之前为什么没成功？就是因为您没有进入成功者的圈子，能力再强，也只能是独狼，在孤独的旷野中哀嚎。当您进对了圈子，就能如鱼得水，快速抵达成功的彼岸。"

风云说完，有点呼哧带喘的。他满怀期望地看着叶师兄，希望他能被自己打动。

"嗯，这次的语言力度有所加强，我几乎被你说动了，不错不错。"叶师兄依旧是赞赏有加。

"叶师叔，您就表个态呗。"风云近乎乞求。

"大侄子，你别着急，我先看看你们的基本功，再决定谁更胜一筹。你想真的把我说动，那是不可能的，你明白吗？"

"好的，我想您一定会给出公平的裁决。"风云心想也只能这样了，于是直起身向叶师兄深深鞠躬，打算退下。

正在这时，身后一阵疾风袭来，一个黑影掠过他，直扑叶师兄而去,把他吓得一激灵。

叶师兄也吓得不轻,不禁"啊"地叫了一声,下意识地抬起手想抵挡。

"爸爸……"一声拉长的哭腔,只见陈功双膝跪地,双手紧紧抱住叶师兄的大腿,抬起的脸上已是泪眼蒙眬。

包间里的众人都被惊得瞠目结舌。碧春花容失色自不必说,连震古也是神情诧异。烁今这边的人反应稍慢,个个呆若木鸡。

叶师兄此时已镇定下来,低头看着膝下的陈功。

"爸爸,您含辛茹苦,一把屎一把尿地把孩子养大。"陈功眼含热泪地凝视叶师兄,无比深情地哭诉,"现在孩子长大成人了,却因为没有一个好爸爸,就算每天打三份工,赚的钱也不够养家糊口。"

他说着说着,已是泪流满面。

叶师兄明显的脑子有点乱,努力梳理着陈功话中的逻辑。

"爸爸呀,您过生日的时候,我多想给您买个像样的生日蛋糕啊,但我就算去卖血,也攒不下那么多钱啊。"陈功泣不成声,竟然渐渐感染了叶师兄,他温和地抚摸着陈功的发顶。

"爸爸欸,我一直不敢对您说,您的孩儿就算再努力,他在外面还是被人看不起,回到家里,连自己的老婆孩子都看不起他。爸爸,这些您知道吗?"陈功继续哭诉。叶师兄应该从来没见过一个大活人这样对着自己又哭又喊,强忍着不让自己表现得太过投入。

"爸爸,我多希望您能早点成功,带我们全家过上和别人一样的好日子,让我们可以在别人面前挺直腰杆。"此时,陈功的脸上流露出痛定思痛的神情,泪眼中充满期待,坚定地说,"这样,我和我的孩子就可以好好地孝敬您、服侍您,让您享尽天伦之乐。爸爸,您说好吗?"

"好,好孩子,我答应你。"叶师兄终于还是没有控制住自己的感情,他掏出手帕,俯下身为陈功擦拭脸上的泪水。

"好!"碧春也看得泪流满面,拼命地拍巴掌。

风云失魂落魄地看向碧春,眼里满是不甘。

烁今的三名弟子懊恼地低下了头。

烁今仿佛不敢相信自己的眼睛,震惊地盯着陈功,陷入沉思。

震古忍不住流露出一丝激动,欣慰地点着头,看向陈功的眼神里除了满意还有慈爱。

眼见胜局已定,陈功缓缓站起身,手在脸上一抹,马上挂上了微笑:"叶师叔,您看我算合格了吗?"

叶师兄没想到陈功的情绪来得快,去得更快,相比之下,自己倒是差点出不了戏。他握住陈功的手,激动地说:"好好好,果然是名师出高徒啊。结果已经出来了。"他指向震古,高声说道:"震古老弟,你们胜出。"

陈功刚松了一口气,烁今突然大喝一声:"且慢!我们刚刚是约定各派一名'弟子'出场,可是,据我所知,他并不是震古的弟子。我没说错吧?"

风云的嘴角露出冷笑,偷眼看向震古。叶师兄也把目光移到震古脸上,仿佛在说:如果是这样,我也爱莫能助了。

"你的情报总是这么不准确,告诉你,烁今,"震古不再抑制自己的得意,"几天前我已经收陈功为关门弟子。本来是想过几天再宣布,但既然今天你问到了,我就借这个机会正式宣布:陈功,是我的最后一个弟子。"

"恭喜你,震古老弟,你收了一个好弟子啊。"叶师兄第一时间握住震古的手,发自内心地祝贺他。

烁今知道败局已定,脸色灰暗,活像一只斗败的公鸡。和他表情相同的,还有风云。

第十四章　明星炼成

几场秋雨过后,清晨时分已有几分凉意,人们穿上了外套。那些骑着摩托车和电动车穿梭于街头巷尾的人,有不少都把羽绒服裹在了身上。

震古公司的院子里站满了人。大家姿态松散地站在自己的位置上,小声说笑,等待着早会开始。

"陈功师兄,有个问题这几天我一直想问你。"碧春轻声对身旁的陈功说。现在她对陈功说话的态度都不由自主变得尊敬起来。

"哟,改口叫师兄了?态度不错,问吧。"陈功调侃她。

"本来就是师兄啊。那天与烁今斗法时师父已经当众宣布了,我当然按师父的意思来啊。"碧春压低声音,不服气地说,"如果你觉得不合适,我很乐意继续当你师姐。"

"师妹,你这嘴皮真是厉害,难怪公司里没人敢惹你,在下佩服得很。"陈功知趣地悄悄给她行了个拱手礼。

碧春被逗得咯咯笑起来,引得风云怒目而视。碧春微微一吐舌头,又朝陈功挪了一小步,声音变得更轻:"说正事啊。那天晚上你怎么突然间就想起那么一出戏?"

"哦,你说这事啊。"陈功加大一级音量,大大咧咧地说,"电影里这种晚辈向长辈哭诉的桥段多得很,当时我看咱们这边很可能要败,情急之下就演了一遍,只是改了些词而已。"

陈功的声音不算太大,但还是成功地传到了风云耳朵里。风云十分恼怒，侧过身来双目圆睁，大声呵斥陈功："你说什么呢？"

陈功感到是时候一洗餐厅之辱了。一直以来，他在脑中千百次地策划过这一刻，只等时机成熟，就要对风云发起正面进攻，一雪前耻。他字字清晰，毫不示弱地高声回道："我在和碧春说话，你管得着吗？"

两人火药味十足的交锋，将所有人的目光都齐刷刷地吸引过来，现场顿时鸦雀无声。

风云正待上前，回廊里响起了震古的一声咳嗽。他立刻收起凶相，双手下垂，恭敬地迎接飘然而至的震古。其他人也都规规矩矩地站好，这其中包括陈功。

"碧春，你和陈功换个位置。"震古站在队伍前，威严地下令。

"是。"碧春乖乖地答应，同时和陈功交换了一下眼神。陈功最初有点发愣，但很快就领会到了震古的用意，脸上掠过不易察觉的笑容，欣然和碧春换了位置，站到风云的旁边。

风云似乎也明白了什么，脸色微微一变，但马上就恢复了平静。反而是一旁的黑虎震惊而迷惑，来来回回地看着震古几人。

"现在开始早会，大家一定要跟着我认真修行。"震古说完，那首陈功已然烂熟于心、充满了魔力的音乐轰然响起。

陈功缓缓闭上眼睛，在震古那直击心灵的吟诵中，渐渐进入冥想状态。最近这一个多月的经历就像放电影一样，一幕一幕浮现在他的脑海里。

第一次早会他就闹了个笑话；接着又处处受到风云挤对，甚至在大庭广众之下受辱；然后是黑色的"招新月"，还被胡响那小子坑了一把；终于在与烁今的两次较量中，取得了压倒性胜利。看今天这形势，自己在这里争取到的位置已经超出预期，这是不是意味着自己有资格正大光明地去见梦影了呢？可她会如何反应呢？还会接受自己吗？这么久都再没有她的信息，自己要怎么做，才能让她回心转意呢？

陈功想到这里，不禁心烦意躁，感觉气都喘不上来。他很想睁开眼做几个深呼吸，又怕被震古发现，只得继续紧闭双目调息凝神，希望音乐赶快停下来。

还好，没过多久音乐就奏完了最后一个章节。陈功迫不及待地睁开眼，深深地呼吸了几口凉爽的空气。一转眼，震古正不动声色地看着他，他不禁心虚地微微低头，不敢直视震古的眼睛。

"今天有两件事要宣布。"震古清清嗓子，对着人群朗声说道。

众人一个个把耳朵竖了起来。陈功有所预感，看向震古的眼神里充满了期待。

"这第一件事，"震古稍稍停顿一下，看了看站在第一排的四人，提高嗓门说，"我已正式收陈功为徒。从今天开始，他就是我的关门弟子了。"

"哇哦！"后排响起了一片惊叹声，有人欢欣鼓舞，有人惊讶万分。

"师父，我怎么没听您说过啊？"黑虎忍不住叫起来，一脸惊诧，语带不满。

"你觉得他没资格吗？"震古冷冷地问黑虎。

"我……"黑虎明显感到了师父的不满，紧张得结巴起来，"他，我，他，我……不知道啊。"

碧春探头看到黑虎的窘态，差一点笑出声来，赶忙憋着笑缩回头。

陈功则以胜利者的姿态侧头瞧他，一副不骄不躁的神气，还没忘与碧春会心地一笑。

风云眼见黑虎要出大丑，连忙挺了挺胸，深吸一口气喊道："师父英明！陈功代表我们打击了烁今的嚣张气焰，当然有资格成为师父的弟子，我的师弟。"

震古满意地点头。陈功也在心里为风云的表现叫好——这一句话，既救了黑虎的场，又顺了师父的意，关键是，还突出了自己这个大师兄的地位。看来，风云这么多年浸淫在这个圈子里，也不是白混的啊。自己可绝对不能骄傲自满，仍然需要时时保持警惕。

陈功心头闪念，立刻也学着风云那样挺起了胸膛，看起来精神饱满，就像一位等待授勋的战士。

震古把陈功的表现看在眼里，继续说："这第二件事，关系到我们公司今后的发展，是我思考了很久之后才做出的决定。"他有意卖关子，停下来观察众人的反应，只见每个人都瞪大了眼，目光完全聚焦在他的身上。

"我决定，"震古就像是统领在发令一般，"将公司的业务部一分为二，并驾齐驱。其中一个由风云主管，黑虎协助；另一个由陈功主管，碧春协助。各自配齐相关人员，独立核算经费，开展学员招募业务。我会按月、按季度、按年来考核，优胜方将获得单独的奖励。大家听明白了吗？"

这一次没有立刻响起响亮的回应声。众人面面相觑，眼神要么迷茫，要么震惊，就连碧春都不可思议地瞪大了双眼。

震古似乎早就料到会是这样的反应，高声问道："没听明白？是不是要我再说一遍？"

"听明白了，师父。"风云收起了震惊的表情，大声应道。

"听明白了，师父。"陈功也不甘落后，面上十分笃定。

"你们明白了吗？"震古的目光转向众人。

"听明白了！"响应的声音震耳欲聋。

"好。"震古脸上露出难得的一丝笑容，"风云、碧春、黑虎，你们先去我的办公室，等下我给你们说明细则。陈功，你留一下。其他的人散会。"他指挥若定，仿若羽扇纶巾的诸葛亮。

众人旋即散去，偌大的庭院中只剩下震古和陈功。

震古像变戏法一样，从宽大的上衣里拿出一本没有封面的册子，在手里掂了掂，递给陈功，轻描淡写地说："你这几天抓紧时间读，公司已经安排以你的名义出版了。"

陈功惊讶地接过册子翻看，不由得肃然起敬："师父果然厉害，竟然为我写了这么厚的一本书。"

"这种书我一个星期就能写完一本。"震古微微一笑。

陈功仿佛身在梦中，半开玩笑半认真地自语："从现在起，这就是我的剧本了？！"

一张独脚小圆桌上，一摞书被精心地摆成金字塔的造型，无论从哪个角度看过去，封面上陈功那英气勃发的脸庞都会立刻跃入人们的眼帘。他面带着迷人的微笑，仿佛在说："来吧，朋友，该出发了。"设计精美的封面上，除了陈功的照片还赫然有几个烫金大字："功"入成功圈。

这是一座现代化书城的中心大厅，宽敞而装修简洁。正对大门的位置，从屋顶垂下一块淡蓝色幔布，上面竖印着一列大字：新晋成功大师——陈功新书发布会。

此时的大厅更像是一座摄影棚，遍布照明灯，多个机位的摄像师正在做最后的准备工作，纷纷把镜头对准大厅中央的方形舞台。舞台上，碧春站在司仪旁边，与他一一核对发布会的流程，俨然一位现场导演。舞台下，满满当当地坐了上百名观众，人手一本陈功的新书，有人在随意地翻看，有人则盯着封面上的陈功照片，久久不肯移开视线，大多数的人都伸长脖子，兴致勃勃地等待主角上台。

大厅后面的休息室里，陈功跷着二郎腿，惬意地靠在椅背上，樱桃动作熟练地在他脸上补着粉。

"樱桃，你的化妆水平相当高啊，我严重怀疑你之前跟过组。"陈功看着镜中容光焕发的自己，面露满意的笑容，和樱桃开玩笑。

"跟过组？什么组啊？"樱桃疑惑地问，手上的活并没有停。

"呵呵，这是我们的行话，意思是你在剧组里做过化妆师。"陈功笑着解释。

"我哪有那本事，就是每天给自己化妆。"樱桃恍然大悟，一脸喜色，"功哥，跟组一定很好玩吧？"

樱桃这一问，让陈功回想起以前在剧组的生涯。他看看这间休息室，只有自己一个人在化妆，不如剧组化妆间里一整排化妆镜那么气派，但这不正是自己梦寐以求的、主角才能享受的单人化妆间待遇吗？想到这里，他微微一笑，从镜子里看着樱桃："跟组是挺好玩的，不过，今天我们才是真正的主角。"

樱桃同意地点着头，凑近陈功的脸，更加仔细地补粉。

"外面一切准备就绪，就等大师登场了。"碧春风风火火跑进来，兴奋地叫道。

"碧春，辛苦你了。"陈功等碧春走到身边，压低声音对她说，"我说，你能不能低调点？让师父听到了可不好。"

"你本来就是今天的大师啊。"碧春一副满不在乎的样子。

陈功看出碧春说的是真心话，精神大振，放开声量说："好，那我今天就好好当一回大师。"

休息室通往大厅的走廊上，戴着耳麦的工作人员站成两排翘首以盼。片刻之后，休息室的门被拉开，碧春在前，樱桃和其他两个女孩在后，簇拥着陈功快步而出。陈功穿着他最喜欢的深蓝色修身西服，外面披着一件黑色风衣，一双大长腿吸睛能力超强，再加上精致的妆容和迷人的微笑，颇有超级明星的风采。

走廊上的人显然也被陈功的造型晃花了眼，情不自禁地发出赞叹声，甚至鼓起掌来。有个长相俊朗的小伙子在陈功一行走近时，高高地举起右手，就像迎接即将登场的篮球明星一样，等待着陈功的击掌。这场景，和陈功当演员时曾经幻想过的简直一模一样，他兴奋地举起右手，用力击打那只充满敬意的手，顺势握住摇晃了两下，回应"粉丝"的拥戴，也借机给自己加油鼓劲。

"大师马上出场，大师马上出场，各部门准备。"一马当先走在最前面的碧春手持对讲机，对大厅里的人急促地指示。

大厅内的气氛立刻紧张起来，摄像师纷纷将镜头对准入口。坐在台下前排的一个人迅速站起来，挥手示意观众，大声道："大家请安静，大家请安静，大师马上就要出场了。等下一定要按我们之前排练好的，一切行动看我手势。听清楚了吗？"

"知道了。""没问题。""瞧好吧。"……杂乱的应答声响起。

"这可不行啊，我们首先的要求就是整齐，要整齐得像一个人。"

领掌员有点不满,"现在再来一遍,看我手势,好不好?"他双手用力向上一扬。

"好!"这一次,响起了整齐划一的应答声。领掌员满意地竖起大拇指,重新坐下来,看向台上的司仪。

司仪整理一下服装,对舞台侧面做了个向下压的手势,大灯瞬间熄灭。台下的观众知道主角即将登场,全部屏住了呼吸,专注地盯着入口,现场一片肃静。

"现在,让我们以最热烈的掌声,欢迎陈功大师,闪亮登场——"司仪拖着长腔,激动人心的音乐响起,几束强光随着音乐的节奏变换着颜色和位置,纷纷打在舞台上。提前进入亢奋状态的领掌员双手上下飞舞,观众随着他的手势举起各式横幅,高声喊着:"陈功,陈功,陈功……"

强光照射之下,陈功出现在入口处。他一耸肩,一抬臂,将风衣甩给身后的樱桃,然后一个箭步跳上了舞台,高高地挥舞着双手,向台下的人致意。领掌员见到主角登场,加快了挥手的节奏,带领人群更加大声急切地呼喊。

陈功看着台下几近疯狂的人群,顿时心潮澎湃,激动万分。虽然他早有思想准备,也见过震古上台时的情景,但当自己亲身站立在这个舞台上时,那种感官冲击力还是远超自己的想象。此时他不由得再一次对震古心生钦佩——他老人家经历的场面,可比这大得不是一星半点,然而那种闲庭信步,那种万水千山只等闲,比自己现在的表现不知道要强出多少倍。不过,相信在今后自己会频频体验这场景,假以时日,一定能做得和师父一样好,甚至超过他老人家……

领掌员见陈功不再挥手,以为他要开口说话了,立刻双手下压,干净利落地做了一个"收"的手势,台下瞬间鸦雀无声。

然而陈功依然沉浸在自己的思绪中,魂游天外,一脸享受的表情。台下的人群微微骚动,互相交头接耳,已经有人忍不住嗤笑了。

"快说话啊。"站在陈功身后的碧春赶忙上前一步,压低声音提醒他。

陈功被惊醒,看到台下众人怪异的神色,立刻回过神来,聚精会神地调动起全身所有的表演细胞,让自己迅速进入状态。

"谢谢,谢谢大家热情的掌声和欢呼声。"陈功面带微笑,侃侃而谈,"可是,我刚刚才沉浸在喜悦当中,你们的掌声和欢呼声怎么这么快就停了呢?"他两手一摊,做出一副无奈相。

众人哈哈大笑。领掌员见状,马上站起来,双手一举,带头拼命地鼓起掌来,一边鼓掌还一边大声欢呼,其他人照葫芦画瓢,现场立刻恢复了火热的气氛。碧春长长地舒一口气,向陈功投去赞赏的目光,也跟着热烈鼓掌。

陈功已经完全沉浸在氛围中,不住地点头致意,仿佛十分感激大家的配合。过了一会儿,他感觉气氛烘托得差不多了,于是伸平双手,轻轻下压,示意大家安静下来。说也奇怪,这一次台下众人压根没看领掌员,而是乖乖地随着陈功的手势安静下来。

"今天来现场的年轻人比较多,我就先讲一个年轻人的故事吧。"陈功努力让语气轻松平和,好像正在和人谈心。这方法虽然不像震古那样"不怒自威",但用在同龄人身上,效果却出奇的好。人们看着他眼睛都不愿眨一下。

陈功保持着极具亲和力的表情,娓娓道来:"这个年轻人一天要打三份工,一大早发传单,上午到晚上送快递,晚上做代驾直到凌晨。现在有个问题问大家——你们觉得这个年轻人勤奋不勤奋?"

"勤奋。""真拼命。""还行吧。""一般。"台下观众的回答五花八门,看来他们都在认真地思考这个问题。

此时的陈功更加轻松自如,双手抱肩,饶有兴味地看着他们,最后指向一个前排的小伙子,微笑着问他:"你不说话,看来一定比他还勤奋吧?"

"我比他勤奋多了,凌晨时还要网上发帖赚钱。"小伙子不服气地说。

"哦,你就是传说中的'水军'了,失敬失敬。"陈功摆出十分敬仰的样子，向小伙子抱拳笑道。

"哈哈哈……"现场笑声一片。小伙子脸一红。

"现在，问题来了。"陈功收起笑容，认真地问，"你们认为这个年轻人会成功吗？"

陈功的问题明显触到了观众的痛点，个个紧锁眉头，有人不确定地点头，有人轻轻摇头，就连那个领掌员也忘记了自己的职责，冥思苦想这个问题。

"我可以很肯定地告诉大家，"陈功的口气斩钉截铁，"他成功的概率几乎为零。"

台下一片寂静，人们屏气凝神盯着他。

"我们总说天道酬勤，却不知道勤奋只是成功的基本要求。"陈功动情地说，"要想成功，最重要的是什么？是选对圈子。你们想想看，为什么那么多人要花几十万上百万去读总裁班，为什么那么多人拼团也要加入名媛圈？就是因为他们都知道，进到更高的圈子，才能离成功更近。"

陈功一口气说完，发现台下的人都心神激荡，被震慑得说不出话，突然想起来自己还漏了一个重要的步骤，立刻丹田用力，把肺里的气体猛地呼了出去，大吼道："你们说，对不对啊？"

"对！"人们被陈功的吼声震醒，发出了足以掀翻屋顶的声浪。

陈功转过身，从碧春手中拿起自己的新书，用朗诵训练时的方式，抑扬顿挫而又声情并茂："我的这本书，就是教大家怎么打入成功圈，怎么快人一步，迅速抵达成功的彼岸。我们已经输在了成功的起跑线上，再不快马加鞭，迎头赶上，留给自己的机会就越来越少了。我们再也不能和自己的父母一样，操劳一世，却一事无成。我们要让自己的孩子过上和那些有钱人家孩子一样的生活。我问大家，想不想让我帮助你们，'攻入成功圈'？"

"想！"台下传来异口同声的回答。

"你们相不相信自己能成功？"陈功模仿着震古，发出一声低吼。

"相信！"台下的人群已经变得疯狂。

"你们相不相信我？"陈功也随之亢奋。

"相信！"人们的眼中满是火焰，声嘶力竭地齐声喊道。

"好，现在，让我们给自己一次，最热烈的掌声。"陈功带头高举双手，向着台下各个方向用力鼓起掌来。

人们用尽全身的力气跟着鼓掌，甚至有人已是泪流满面。领掌员见此情景，立刻高声喊道："攻入成功圈！攻入成功圈！"边喊边高举双手有节奏地鼓掌。

"攻入成功圈，攻入成功圈……"上百人的声音震耳欲聋，如同进攻的号角。

"快放音乐，快放音乐。"碧春兴奋地对着耳机叫道。

刹那间，振奋人心的音乐响起，人们的呼喊声更高，更整齐。

"陈功！"领掌员拿起手持话筒，高声喊道。

"大师！"这一听就是之前排练好的，但一定比排练时喊得更加用心，更加投入。

"大师！"领掌员继续引领。

"陈功！"人们发自肺腑地呼喊。

"大师！""陈功！"

"陈功！""大师！"

……

很多人一边哭，一边用手机记录下这激动人心的画面。

手机屏幕里，陈功高举双手，紧闭双眼，享受着这平生最荣光的时刻……

荣光还在继续。

按照震古的安排，除了风云团队，公司其他的人员和资源几乎都被调动起来，围绕着陈功推进系统的"造星计划"。

公司为陈功组织了多场密集的新书推介会，规模一次比一次大，场地一次比一次豪华，而在这些类似明星巡演的推介会中，陈功的表现也是一次比一次成熟，控制全场的能力飞速提升。用碧春在一次总结会上的话说，就是"他风趣幽默又激情四射，已经到了收放自如的地步，创造出特别吸引年轻人的独特风格"。

通过推介会练兵之后，陈功被安排上了一系列电视台的专访节目。面对演播厅的灯光和摄像机，陈功更是如鱼得水，与主持人对谈时神态松弛、言词敏捷，每每能点石成金，让主持人和其他嘉宾频频点头称是，钦佩之情溢于言表。用一位著名的美女主持人的话说，就是"陈功大师虽然很年轻，但他有着异于常人的敏锐洞察力，总能帮助人们超越自身障碍，找到最适合的成功之路"。

所有的视频资料，最终都会发给专业的广告公司，由他们根据推广的节奏制作出一系列视频，在各大网络社交平台播放，进行"无死角"的"病毒式"传播。由此，陈功频频在人们的手机和电脑里露面，享受了明星偶像的待遇，成为人们茶余饭后热议的主角……

第十五章　追回梦影

现代城市的中秋节已经变得不温不火，与平时最大的区别，可能只是让晚高峰的时间变得更长而已。

已是晚上十点，城市的主干道上仍然是车水马龙。陈功驾着车，随着车流缓慢前行。他开的是公司为他新配的中高档豪华汽车。告别了手动挡的二手车，再也不用手忙脚乱地摘挡换挡，他驾驭得轻松自如，但脸上却掩饰不住地流露出几分紧张和担忧。

车停在一个主路口等红灯，路边购物广场的大屏幕上，正在播放着有关中秋节的官方视频。伴着欢快的背景音乐，一众老少明星轮番上阵，个个脸上洋溢着幸福的笑容，南腔北调地向全市人民送去团圆的祝福。

陈功看着，脸上露出了善意的笑容。这些大小演艺明星，这几年同样也没有电影可拍，就算是一些顶流小鲜肉，虽然参与拍摄的电影电视剧数量不少，但能拿得出手的有几部？和那些经典作品相比，可以说是缺乏最基本的创作诚意，对观众更是缺乏尊重。但是，事实上只要他们露面，就算是拍成大头贴，也会有海量的流量和票房。经过了这段时间的磨砺，陈功渐渐能够理解这种情况，甚至会琢磨分析那些粉丝的疯狂心理。

大屏幕里突然传来陈功自己的声音，他定睛一瞧，果然是他光彩照人地出现在视频里，喜气洋洋地说着恭祝中秋快乐的吉祥话，不由得腾地来了精神。原来前几天受电视台邀约，在摄影棚的绿幕前录的一段影像，是和这些明星放在一起播放，这真是一个大大的惊喜。他握住方向盘的手开始躁动，恨不得插翅飞到自己的目的地。

大概是节日的缘故，酒吧一条街上人来人往，比陈功之前两次来时都热闹很多。

陈功的车稳稳地扎进一个靠近"朋友圈"酒吧的停车位中。刚一停稳，他就迫不及待地跳下车来。今天他精心挑选了一件黑色呢子大衣，还专门去理发店做了发型，此时站在霓虹灯下，里里外外散发着明星范。

"先生，您好，我们酒吧今天有中秋酬宾活动，您来看看呗。"一个打扮成嫦娥的女服务员凑过来，满脸期待地递给他一张宣传单。

陈功见宣传单正是"朋友圈"酒吧的，于是对女服务员莞尔一笑，风流倜傥地说："小姑娘，我就是要去你们酒吧，有没有酬宾不重要，我可是你们的常客啊。"

女服务员上上下下打量陈功，突然兴奋地叫起来："呀，你、你、你不就是……那个'帅哥大师'吗？"

陈功差一点笑出声来。他现在才知道，原来自己已经有了这样一个值得自豪的花名，不禁颇为得意，笑呵呵地看着眼前的"迷妹"，算是默认了。

"帅哥大师，您本人比电视里帅多了。"女服务员伸手拽住了陈功的衣袖，仿佛一撒手就会被他跑脱，"您能来我们这儿，经理要高兴死了。他一直说和您是老相识，我们都说他吹牛，原来是真的啊。您快随我进去吧。"她不由分说，几乎是架着陈功往酒吧里送。陈功也没挣扎，十分享受地顺势进去了。

酒吧里几乎坐满了。梦影正在舞台上演唱，唱的是十分应景的《月亮代表我的心》，甜美的歌声回荡在酒吧的每一个角落，钻进每一个渴望爱的人心里。

梦影唱得缠绵优美，脸上却流露出几分若有所失。她的目光正对着大门口，蓦然发现陈功被女服务员贴身挽着手臂拉进来，顿时脸色一变,眼神中掠过一丝慌乱,声音也随之颤抖起来。她连忙把脸转开,努力调整气息,却又忍不住偷偷用余光注意着陈功。

陈功本想落落大方地挥手和她打个招呼,见她飞快地把脸转开了,一时愣在了原地。

"秦经理,秦经理,快来,你看谁来了!"女服务员激动得声调都高了八度。

酒吧经理转头一看,立刻认出了陈功,大喜过望,快步走过来握住他的手,连连说:"大师大驾光临,欢迎欢迎。"

"秦经理放心,我今天可不是来闹事的。"陈功笑着说。

"哪里哪里,您说笑了。"秦经理脸一红,点头哈腰地说,"前几天电视里播放您的广告,梦影指给我看,我一开始还没认出来。现在想想,那时候您就是一颗落在河里的宝石,现在终于被打捞起来,展现在世人面前了。"

陈功没想到一个酒吧经理能说出这么有水平的话,不禁对他刮目相看。这真是生活中处处藏着宝藏啊,只是绝大多数遇不到识宝人。这样看来,自己碰到师父还真是幸运,从此告别了处处被人瞧不起的境地,成为万众瞩目的明星。

"大师,快快,里面请,里面请。"秦经理见陈功笑而不语,赶忙把他请到正对着舞台的 VIP 位置,恭恭敬敬地请他在长沙发中间坐下,自己坐在旁边的沙发上,又满脸堆笑地俯过身子,用试探的语气问:"大师,要不要我现在就把梦影叫来?"

"不急,不急,等她唱完吧。"陈功笑着摆摆手。

"这样也好。"秦经理松了口气,转头吩咐那个女服务员:"小美,去开一瓶 XO,记我账上。"

"别啊,"陈功连忙抬手拦住小美,大声说,"瞧不起我是吧?你告诉大家,这轮的酒我请。"

秦经理似乎早有所料,立马喜笑颜开,站起身来冲着四周高声喊道:"各位贵宾,今晚中秋佳节,我们有幸迎来了当今最红的成功大师——陈功大师。大师说了,今天他高兴,这轮的酒,他请了!"

酒吧里立刻爆发出欢快的掌声和喝彩声，夹杂着此起彼伏的口哨。客人们纷纷举起酒杯，冲着VIP的座位大喊："敬大师！敬大师！"

陈功之前在酒吧里遇到过别人请酒，当时非常羡慕那个人，觉得对方有实力，真豪气。等到如今自己做这件事，才知道这种感觉真的是无比美妙。有钱的感觉真好！陈功兴奋地站起身，端起酒杯向人们致意，同时偷眼看向舞台上的梦影，想知道她的反应。然而，梦影神色不动地继续演唱，看都没看他一眼。陈功不禁失望地摇摇头，一扬脖把杯里的酒干了。

秦经理看出陈功的心思，眼珠一转，立刻计上心头，伸手指向舞台的方向，大声宣布："朋友们，有件事忘了说——陈功大师的女朋友就在我们酒吧工作，正是舞台上的梦影女士。"

"敬师娘！敬师娘！"几个年轻人向梦影举杯，大声起哄。

梦影没想到秦经理会来这一手，一时被打乱了阵脚，冲着秦经理直摆手，脸上却没有恼怒之色。

从梦影的神情中，陈功读出她对自己的到来并无不满，心中满是喜悦，想都没想地喊道："谢谢大家，今晚的酒都算我的，大家放开了喝！"

酒吧瞬间沸腾了，人们敲着桌子，齐声欢呼："大师，师娘……大师，师娘……"

陈功双手合十向他们回礼，转脸去看梦影，梦影狠狠地剜了他一眼，侧过头看歌谱，然而陈功分明在她脸上看到一丝不易察觉的笑意。他心满意足地盯了她良久，才恋恋不舍地坐下来。

秦经理脸上已然笑开了花，凑上前来，用令人鸡皮疙瘩掉一地的甜腻声音说："大师，有什么发财的道，给兄弟指指呗。"

"对啊，对啊，功哥，带上我们一起呗。"不知道什么时候，陈功身边已经围上了四五个女员工，个个满脸兴奋。

梦影一曲唱罢，款款走下舞台，径直朝陈功这边走来，眼中光芒变幻不定。陈功顾不上理会身旁那堆人，怔怔地看着她，紧张地打着腹稿：时隔两个多月，这第一句话，该从何说起？

"梦影，你们两口子说话的机会多了，今天先让功哥给我们讲讲。"正当梦影走到近前，陈功刚要张嘴之时，一个女孩不由分说地把梦影拉到一旁，笑着要求。

梦影对陈功露出无奈的微笑，意思好像是在说："好吧，你先忙你的，大明星。"

陈功神清气爽地回了一个微笑，转头看向秦经理等人，全身上下瞬间换上了大师的派头，郑重地询问："你们真想赚钱，真想成功吗？"

"想啊。""怎么不想，做梦都想。""是啊，功哥，您就别卖关子了。"大家七嘴八舌地表态。

陈功满意地环视一圈，继续教导他们："想成功，是成功的第一步。不想成功的人，你给他说破了嘴也没用。"

"功哥，您就快说吧，咱们可都是娘家人。"小美急不可耐，又一把搂住了陈功的胳膊，整个身子都贴上来，还笑嘻嘻地看向坐在最边上的梦影。

陈功跟着看过去，见梦影端坐一隅不动声色，觉得时机差不多了，于是清了清嗓子，稍稍坐正身体，表情和语调俨然一个说书人："你们真是赶巧了，今天我来之前，公司刚公布了一个内部的亲友福利计划，你们是梦影的兄弟姐妹，正好符合条件。"

"什么福利啊？"众人立马来了精神，一个个把眼睛瞪得溜圆。

陈功淡定地笑笑，不慌不忙地说："现在加入我的成功圈，可以享受八八折待遇。成为圈友后，每推荐一个亲友加入，就可以拿到百分之三十的佣金，这可是真金白银地赚钱哦。"

"那推荐一个亲友可以到手多少钱？"秦经理似乎对这种推广模式有所了解。

"这要看你推荐什么成功级别的圈友，最高的可以拿到上万，少的也有一千多。"陈功微笑着回答。

"回报很高啊。"秦经理面露喜色，对陈功竖起了大拇指，"以您的名望，相信很容易就能说动他们，根本不用费唾沫。"

"哇，那我可以买包包了。""我可以买贵的化妆品了。""干上几年，我就回家给爸妈盖房子。""我终于可以不用住集体宿舍了。""我要离开这鬼地方。"女孩们看到秦经理都被打动了，兴奋得像小鸟一样叽叽喳喳。

"有了钱也得认真工作吧？"秦经理一听有人想走，立刻就急了，认真地劝阻着。人们哄堂大笑，脸上都洋溢着灿烂的笑容，仿佛已经过上了自己梦想中的生活。

"功哥，快告诉我们怎么操作。"秦经理也不顾自己比陈功年纪大，一口一个"功哥"，心急火燎地催促他。

陈功从容地拿起手机，翻出一个二维码，展示给秦经理看："你扫这个二维码，按照提示操作两步就行，相当简单。"

秦经理赶紧拿出手机来扫码，女孩们也不甘落后，一窝蜂拥上前抢着扫码。让陈功意外和惊喜的是，邻座的几个客人也跑过来凑热闹。

有人发出欢呼声："我扫码成功了。"

"我也成功了。"接二连三有人欢喜雀跃。

"我已经生成推荐二维码了，你要不要扫？"一个女孩拉着另一个女孩说。"我才不扫呢，要不你扫我的。"另一个女孩笑嘻嘻地和她打闹起来。

不断响起的欢呼声引得酒吧里的人都围过来，梦影很快被挤出了人群。她远远看向包围圈中的陈功，只见他满脸通红，声音洪亮，兴致勃勃地回答着各种各样的问题，根本无暇注意她。她只能苦笑着摇摇头。

"要想进入陈功大师的成功圈子，赶紧扫这个码。"有捷足先登的女孩高举着手机，大声向身旁的人推销。

"要想成功，紧跟陈功。扫码啦，扫码啦。"另一边，一个女孩也在高声吆喝。

此时的"朋友圈"酒吧，除了美酒和美人，还洋溢着对美好生活的无限憧憬，以及由此带来的躁动。

洁白的月亮像一只硕大的玉盘，悬挂在空中，街道上的树影在随风摇曳。陈功和梦影并肩走在一条僻静的小街上，四下除了他们轻缓的脚步声，只有秋虫在寂寥地鸣唱。

"刚刚的场面真热闹。"梦影目视前方，平静地开口。

"最近我到哪儿都是这样，已经习惯了。"陈功似乎还沉浸在刚刚的兴奋之中。

梦影不语，也不看陈功。陈功看出她似乎有些不悦，赶忙收敛起笑容，放柔了声音："谢谢你联系我妈，她来看我了，还一直埋怨我，说我总是把你气跑。"

梦影放慢了脚步，转头看陈功，幽幽地道："我也要感谢你，让我冷静了这么久，虽然有一天晚上你来过酒吧。"

"你怎么知道？"陈功十分惊讶。

梦影淡淡一笑，提醒陈功："你那次没发觉服务员态度有点奇怪吗？"

陈功立刻明白，那个女服务员是认识自己的，难怪一直问东问西。他不知道如何接话，只得跟着梦影默默地继续走。

两人走到一扇铁门旁，陈功突然眼中一亮，猛然拉起梦影的手，兴奋而急切地说："走，我们进去。"

梦影一惊，用力甩了下手，却没有甩开陈功。她大声说："你发什么神经啊？公园都关门了。"

"你不敢？这可不像你啊。"陈功攥住梦影的手不放，他知道她最受不了激将法。

"谁怕谁啊，你什么时候爬得比我快了？"梦影果然被激怒了，发力甩开陈功的手，撸撸袖子，两三下就攀过了铁门。

陈功紧跟着她爬上了铁门，两人稳稳落在公园的草地上。他不由分说，再一次拉起梦影的手，朝公园深处跑去。

好一会儿，两人才气喘吁吁地停下脚步。梦影弯下腰，手拄着膝盖休息："你到底要干什么？这儿黑漆漆的，还有点冷。"

"你看这是什么。"陈功手指前方。

梦影抬起头，顺着陈功手指的方向看去，发现自己正站在一方平台上，可以远眺到市区中心成片的高楼大厦。再看四周，原来脚下的平台是一个露天剧场的舞台，她的身后矗立着一堵花瓣造型的传音墙，随时准备把歌者的声音传入城市的夜空。

梦影不由自主地缓缓步向舞台中心，陈功轻手轻脚地跟在后面，生怕扰乱了她的思绪。

梦影在中心位置站住，抬头仰望夜空，眼中光彩变幻流动，仿佛步入了一个神话世界。

"拼命奔跑的人啊……"陈功被她眼中的光芒深深打动，情不自禁地唱起那首梦影最喜欢的歌。

梦影惊喜地转过头，微笑的脸庞已经挂上了亮晶晶的泪水。"有没有抬头看一看远方……"她接着轻声地哼唱。

"追逐远方的人啊，有没有弄丢最早的行囊……"陈功深情地接下去，慢慢向梦影靠拢。他看清梦影脸上的泪水，心中陡然升起无限的愧疚：如此有灵魂的女子，自己却没有好好珍惜，直到快要失去时，才渐渐知道她的好，明白她的可贵。以前的自己是怎样一个混蛋啊！

"背起行囊的人啊，会不会想起心中的天涯……"梦影动情地凝视着已经站在身边的陈功，温柔地握住他的手。

"浪迹天涯的人啊，会不会忘了身边的新娘。"终于，两人共同唱完了最后一句，陈功也已经热泪盈眶。他面对梦影，双手牵起她的双手，虔诚地放在胸前，努力平稳住自己哽咽的声音，郑重地说："梦影，等我赚到足够的钱，一定为你办一场真正的音乐会，我发誓。你一定要等我啊。"

梦影又是哭又是笑："能听到你说这句话，我就知足了。"

"梦影，我、我之前……太对不起你了。"陈功回想着过去的一幕一幕，眼泪迸涌而出。

"傻瓜，你现在可是个'大师'，怎么能像个小孩子一样哭哭啼啼的。"梦影翻出手帕给自己和陈功擦眼泪。

"我本来就是个傻瓜，我想一辈子当你一个人的傻瓜。"陈功一把抱住梦影，探寻着她的双唇，想用亲吻抚平别离多日的痛楚。

"是谁啊？干什么的？"一声喊叫响起，一束手电筒的光突然打到两人身上。有人从远处的草坪飞快地跑过来。

"快跑。"陈功拉起梦影就跑，丢下一串开心的笑声。这悦耳的笑声通过传音墙的扩散，飞向高远的月宫，那独守清冷的嫦娥若听见，也会心生羡慕吧。

第十六章　此一时彼一时

又是一个阳光明媚的早晨。陈功开着车，大道两旁高楼大厦的玻璃幕墙反射出道道金光，直照入宽敞奢华的驾驶室内。他内心的喜悦之情溢于言表，情不自禁地跟着 CD 里播放的歌曲轻轻哼唱起来——仍是他最喜欢的《海阔天空》。几个月前去试镜《成功大师》的路上，他听的也是这首歌，但与那时相比，此时陈功的心境已经有了巨大变化。

那时的他，经历了长时间的蛰伏，终于等到了一个机会，而且志在必得。现在回想起来，其实那根本称不上是个"机会"，只是自己内心深处的一根救命稻草而已。他清楚地记得，当时自己和着二手车里的失真音箱，声嘶力竭地歌唱，现在看来，只是为了掩盖自己内心的慌张。

"陈功，是时候和失败的自己告别了。"他低声自语，嘴角露出自信的微笑，轻踩油门，加速驶向城市的繁华中心。

"陈老师好。"保安老洪响亮的问候声让陈功今天的兴奋指数又提升了几个点。他降下车窗，对身体挺得笔直的老洪摆摆手，微笑着说："老洪早，都这么熟了，没必要这么正式。"

老洪啪的一声，高举的手臂用力拍上自己的大腿，完成了一个标准的敬礼，之后才往前凑了一步，笑道："那可不行，干我们这一行是有规矩的，必须做到位。"从来公司开始，陈功每次进出都会和他打招呼，甚至聊上几句，这和其他的员工——特别是位高权重的——有很大区别，所以他对陈功也格外热情。

"好好，辛苦了，回见啊。"陈功没有过多寒暄，笑着冲他摇摇手，继续驶进去，心里却在偷笑：看来，在这个地方待久了，人人都会说漂亮话了。

停车区靠近公司大堂的位置，有几个一眼就能看出与众不同的车位——宽度更大，画的线更粗，车位中央还用黄色油漆写着大大的"专用车位"几个字。陈功的车稳稳地朝三号专用车位扎进去，妥妥地停下来。他左右看看，发现风云和碧春的车都已经停在了专用车位上，风云的是二号位，碧春的是四号位。

终于和他们平起平坐了！他不禁喜上眉梢，心里美滋滋的。虽然自己的车还是公司配的，而且比他们的车档次低，但来日方长，行稳才能致远，心急可吃不了热豆腐。陈功拉下车里的化妆镜，整理好发丝，这才信心满满地推开车门，像体操运动员跳下鞍马一样，一个旋身稳稳落地。

"师兄早啊。"看到陈功意气风发地走进大堂，樱桃站起身，声音无比甜蜜地和他打招呼，火辣辣的眼神恨不得把他融化掉。

"樱桃你好。"陈功显然已经习惯了这种眼神，礼貌地和她点头致意，在她犹如跟踪雷达般的目光中走进办公大厅。

"师兄早。""师兄早。"几个女员工看到陈功施施然而来，纷纷站起身问候，她们都是碧春的小姐妹，也是陈功团队的成员。陈功对她们招招手，随口应道："你们好，来得够早的。"

他本想径直进自己的办公室，却发现办公大厅的气氛说不出的怪异，而且除了这几个女员工，再没有别人理会他。他顺着这些人的眼神看去，只见风云和黑虎站在稍远处，眼睁睁地望着他，脸上的表情十分复杂。

自从震古在早会上宣布收他为徒后，陈功一直小心翼翼，避免和风云、黑虎直面相对。他倒不是怕他们，只是不想过早地再次正面冲突，好在前段时间他奔波于会场和演播厅，鲜有时间待在公司。

没想到，今天还是不可避免地狭路相逢了，而且是当着全公司人的面，堪称不是冤家不碰头啊。

"哟，大师兄在啊，早上好。"陈功脱口而出的这句话把他自己都惊呆了，不禁稍微愣了下，转念一想，既然招呼已经打了，索性演到底，看谁尴尬。

"大师兄，这几天我在外面太忙，一直没找到合适的时间向您请教，实在失礼。"他满脸歉意地走向风云，向他伸出右手。

风云张口结舌，本已准备好的刻薄话一句也说不出来。见陈功伸手，他下意识地伸出右手和对方握了握，动作无比机械。

办公大厅里的人都好奇地盯住他俩，连碧春也出现在自己办公室门口，饶有兴趣地观望这"第一次握手"，颇有坐山观虎斗的意味。

"大师兄，师父一直教导我，业务上的事一定要多向您请教，以后还请不吝赐教。"陈功一不做二不休，装出一脸诚恳的模样。

"好说，好说。"风云在最初的冲击过后显然平静下来，皮笑肉不笑地回应陈功的主动示好。

"有您这句话我就放心了。"陈功的脸上露出了诚挚的笑容，"那我先去做事，您忙。"他后退了两步，转身向自己的办公室走去，没忘了观察众人的反应。此刻他不用回头也知道，风云和黑虎肯定是一脸错愕地看着自己的背影。他心中窃喜，步子异常的轻盈。

转了个弯，看见一脸狐疑的碧春，陈功愉快地向她挥了挥手："嗨，碧春早，我正好找你有事，来我办公室吧。"那腔调颇有几分震古的风范。碧春先是怔怔的，之后不禁笑着摇摇头，跟着陈功进了他的办公室，顺手把门带上。

"你可以啊，一举一动总是出人意料，乱拳打死老师傅。"一转身，碧春就迫不及待地调侃起陈功来。

"连我自己都想不到。"陈功满脸不可思议的表情，"我心里想的是假装没看到风云，直接进办公室，可是，不知道中了什么邪，居然冲他打起招呼来了，真是活见鬼。"

碧春突然拱手，笑盈盈地向他祝贺："恭喜你啊。"

"喜从何来？"陈功莫名其妙，等着碧春给自己释疑。

"这说明你的修行已经达到了一个新的高度啊。"碧春满眼羡慕，"这么短的时间内你就做到了收放自如，难怪师父一直说你有慧根，别人不服不行啊。"

"真的吗？"陈功既惊讶又有几分欢喜。

"当然是真的，我什么时候骗过你啊？"碧春极其认真地回答。

"这样啊。"陈功似乎在严肃地思考，突然伸手从包里掏出一沓资料，伸到碧春面前，快活地说，"碧春，我找你进来，是想和你一起看下我们的业绩报表。"

碧春没想到陈功的情绪切换如此之快，她的表情一下子转不过来，几乎僵掉了。

"我昨晚大致看了一遍这份报表，请问，这种增长速度放在以前，是一个什么样的水平。"陈功摆出真心求教的姿态。

"当然是火箭水平啦！"碧春的表情兴奋得夸张，"按照这速度，不出三个月，我们就能远远超过风云团队了。"

"那正好是过年的时候。"陈功盘算着，拍了一下桌子，大声道，"好，那我们就再接再厉，争取拿年终大奖。"

碧春定定地看着信心满满的陈功，眼神中除了几分崇拜，又夹杂着几分担忧："这段时间，我的那些姐妹都像着了魔似的，干得那叫一个拼命。她们原先可不是这样——你的魅力太大了。"

碧春的话让陈功立刻警觉起来，赶紧奉承她："哪里哪里，她们都是在你的号召力下才鞠躬尽瘁啊。"

碧春的眼神含情脉脉，仿佛想得到陈功的某种回应。然而陈功的笑容依旧如蜻蜓点水般浅淡，让她的脸上掠过一丝失望，幽幽地说："到你功成名就之时，不知道还记不记得我和姐妹们的好。"

陈功何尝看不出碧春的心意。现在他可以确定，碧春是真心想帮他，也是真心喜欢他。但梦影既然已经回来了，他的脑海中全是她，完全放不下别人，只能做出一副嬉皮笑脸的模样和碧春打哈哈："我哪敢忘啊，一日师姐百日恩嘛。"

碧春勉强地笑着，片刻后，她一仰头，豪爽地说："好，你记住今天说的话。我先回去了，有事随时叫我，二十四小时待机。"

"得嘞，碧春小师姐。"陈功模仿清朝官员行了个大礼，就差单膝跪地了。

"你的这份孝心我领了，平身吧。"碧春被陈功带入了戏，端着皇后娘娘的架子说。

陈功看着碧春的背影陷入沉思，然而他的目光旋即落在相框上，看到自己和梦影甜蜜地搂在一起，脸上立即浮现出幸福的微笑。

宽敞洁净的厨房里，梦影一身居家服，围着围裙用筷子打鸡蛋。她满心欢喜，嘴里哼着欢快的小曲，筷子在她修长的手指中像指挥棒般上下翻飞，和碗沿发出清脆悦耳的碰击声，金黄色的蛋液被搅成漩涡。

"叮咚，叮咚"，急促的门铃声突然响起，一声接着一声，一声叠着一声，像卡碟了一般。"你自己拿钥匙开门，我正忙着呢。"梦影把头伸出厨房，对着房门的方向大声喊道。她冲回灶前，把碗里的鸡蛋液倒进油锅，刺啦一声，鸡蛋在锅里迅速膨胀起来，变成一片金色的云朵，十分好看。

一阵钥匙响，陈功推门而入，脸上挂满了笑意，嘴里却假装生气："忙什么呢？手都按残废了，也不来开门。"他麻利地把包往鞋柜上一扔，循着声音和香气拐进厨房。

"快去洗手、拿碗筷，就剩这最后一个菜了。"梦影手上利索地炒着菜，回头笑嘻嘻地对他说话。

"哟，你亲自下厨，这可是大姑娘上轿头一回啊，不知是哪位郎君有这好福气呢？"陈功心里美滋滋的，一边打趣一边搂住了梦影的纤腰。

"去，去，别捣乱，马上就开饭了。"梦影扭动腰肢，挣脱了陈功的手。

"好嘞。"陈功又欣赏了一阵眼前的美景，这才退出厨房。餐桌上已经摆好了三个菜，一盘红烧鱼，一个辣椒炒肉，还有一盆蔬菜沙拉，色香味俱全，十分诱人。

陈功惬意地坐到桌旁，环顾四周，不禁满心喜悦：终于又找到了回家的感觉，而且更加温馨圆满。

这里就是他和梦影搬去城中村之前的住处。当陈功最终下定决心，要在中秋夜去酒吧找梦影时，他最先想到的就是在这个小区找房。他知道，梦影对这个小区十分满意。搬去城中村的前一个夜晚，她躺在床上，背对着他偷偷地轻声抽泣，那个场景陈功永远也不会忘记。他当时也是泪湿枕巾，暗自发誓，等到自己成功了，一定要把家安回这里。

说来也巧，他抱着试试看的心态联系了以前的房东，没想到房子正好空着，只是租金随行就市涨了不少。陈功没有半点迟疑，以最快的速度租下房子，并且一口气签了三年租约。接下来，他投入巨大的热情和精力打理房间，努力把它恢复成当初的模样，迎接梦影回归。

让陈功无比欣慰的是，当他一路牵着梦影的手走进小区，进到屋内时，梦影又一次流下了眼泪，不过这次是喜极而泣。

"来了，我最拿手的番茄蛋汤，快，快拿个垫子。"梦影甜美的喊声传来，思绪被打断的陈功赶紧动手，接过汤碗稳稳地放在垫子上。

"你怎么了？发生什么事了吗？"腾出手来的梦影发现陈功的眼里充盈着泪水，立刻紧张起来。

"没有没有，一切都好，你放心吧。"陈功看出了梦影的担忧，连忙安慰她。经过这么多年的颠沛流离，这种深怕得而复失的心情他也能深深地体会到。"我就是太高兴了，没想到这辈子居然能吃上你做的饭。"为了让梦影彻底放心，他笑着打趣一句，又恢复了调皮的模样。

"胡说八道！"梦影终于不担心了，"我告诉你，我可是从小看着我爸做饭长大的，这算是童子功了。"

"那你以前为什么不做呢？"陈功用挑剔的语气说。

梦影一时语塞，眼珠俏皮地转了一圈："我刚刚不是说了吗？我是'看'着我爸做饭，所以啊，我以前就接着看你做饭呗。"

"哦？那现在怎么亲自做了啊？我的大小姐。"陈功继续逗她。

梦影脸上的笑容忽然凝结了，一丝伤感慢慢爬上来。"人，总是要长大的。"她轻声说道，更像是说给自己听。

陈功马上意识到，两人分开的这段时间，寄宿在朋友家的梦影一定经常下厨做饭。他的心头一痛，轻轻拉起梦影的手，怜爱地抚摸着："梦影，我以后一定珍惜你看我做饭的机会，我保证。"

梦影见陈功眼含热泪，被他的真情打动，自己眼中也泛起了泪花，深情地抚摸着他的面颊："我知道你这话是真心的，这就足够了。"

陈功更加难受，想到自己之前对她的种种漠视，不禁愧疚不已，哽咽得说不出话来。

"难道我做的菜这么难吃，看上去就想哭？我的大师。"梦影率先调整好情绪，又来逗陈功开心。

"我真是抱着视死如归的心情试菜啊。"陈功飞快地擦去眼角的泪水，笑着拿起筷子，夹了一大块辣椒炒肉塞进嘴里，用力咀嚼。突然，他表情痛苦地捂住嘴，瞪大眼珠盯着梦影。

"怎么了？"梦影被吓了一跳，紧张地看他。

"你、你，你是不是想谋害亲夫啊？"陈功艰难地咽下口中的菜，手捂胸口，喘着粗气说。

"不会吧？盐放多了？"梦影连忙抓起筷子夹了块肉，"没有啊，这不挺好的吗？"她嚼了两口，自言自语道。

"哈哈哈……"陈功笑得前仰后合，"梦影，你这几个月可真退步了，这么容易就上当受骗。你别忘了，我现在是大师，之前可是演员呢，哈哈哈。"

"你……"梦影恼羞成怒地指着陈功的鼻子，大声命令，"还谋害亲夫呢，给我掌嘴，没点大师的模样。"

"好好好，我掌嘴。"陈功手捂肚子，努力地抑制住笑意，指一下自己的手掌又指一下嘴，口中念念有词："掌，嘴。掌，嘴。掌，嘴。"

梦影被逗得笑出声来，夹起块鱼肉放进陈功碗里："快吃饭吧，菜都凉了，我的活祖宗。"

晚饭时间过后，是小区里最热闹的时刻。孩童在开阔的中庭广场上嬉笑打闹，给深秋的夜晚带来无限活力。随着强劲的音乐手舞足蹈的大妈们，更是让整个小区的上空蒸腾着浓郁的烟火气息。

陈功和梦影已经裹上了薄羽绒服，手挽着手在远离人群的林荫小道上漫步，仿佛又回到了几年前刚搬到这里时的美好时光。那时陈功的事业蒸蒸日上，片约不断，虽然都不是大角色，但他对自己的前程充满信心，做梦都在揣摩角色。梦影也一样，即使音乐道路的前景还不甚明朗，但从来没失去过信心。看到陈功追求理想时激情四射的模样，她也深受鼓舞，梦想着两人在事业上比翼双飞的美丽画面。

"转了一圈，我们终于又回来了。"陈功感慨地对梦影说。

"是啊，真是不容易。"梦影把陈功的胳膊抓得更紧。

陈功感觉到了梦影对于未来仍有担忧，他抬起另一只手搭在梦影的手臂上，轻轻捏了捏，神情坚定："梦影，你放心，这个房子我租了三年。我会加倍努力赚钱，到时我们就可以买下这房子。我们再也不用搬家了，我保证。"

"嗯，我相信你。"梦影充满信任地看着他，"你这次来找我，和从前不一样了。我能感觉到，你又找回了最初的激情，而且性格更加坚毅和沉稳。我相信，你一定会成功的。"

陈功的鼻子酸酸的。他知道，自己之所以能挺过这几个月的残酷考验和煎熬，很大一部分原因就是他想证明给梦影看，自己不是一个失败者。现在，所有的努力终于换来了爱人的肯定，世上还有比这更令人欣慰的事吗？"衷心感谢你，梦影，你说的这些话对我真的很重要。"陈功停住脚步，转身抓住梦影的肩膀，语带哽咽地说。

"这一会儿工夫，你都哭几回了？这可不像陈功啊。"梦影努力克制住激动，抬手抚摸陈功的头顶，故作轻松地说。

"梦影，我是认真的。"陈功仍然沉浸在感动之中，"我还向你保证，一定要给你出一张唱片，我们现在就有这个能力。"

梦影本来已经逼回去的泪水，听陈功这么一说，又一次在眼里打起了转："你有这个心就足够了。我们现在花钱的地方太多，先不用想这个。"

"不，不能等了，咱们马上就准备起来。这样吧，我每天下班回家后就帮你整理曲目，当你的第一听众。"陈功此时的表情活像个孩子，一脸迫不及待。

梦影忍俊不禁："陈功，你这大师难道修的是返老还童吗？还是，你想当'感动中国'大师？"她摆出家长教训孩子的模样。

扑哧一声，陈功被逗得破涕为笑，连忙用手背轻拭眼角："我也不知道为什么一到你面前，自己就变成这副模样，明明在外面都人模人样的呀。难道，你天生降我，是大师的大师？"他努力想使气氛轻松些。

"好了，我都说了，我相信你，不急在这一时半刻。"梦影笑起来，继续挽着陈功的手臂，倚着他往前走。

陈功突然想起件事："上次在酒吧，你的那些同事扫码入会，业绩都归你，我算了下，你起码能拿到上万元的佣金。"

"真的吗？一个晚上就能赚这么多？"梦影又惊又喜。

"我可是出了很大力气的。"陈功露出得意的笑。

"都是你的功劳，好了吧？"梦影笑着恭维他。

"说正经的，"陈功停住脚步，认真地说，"现在公司对我的包装宣传力度非常大，给我的入会优惠也多，我们最好趁热打铁，在你的亲戚同乡群里推推。"

梦影面露难色："那些亲戚同乡一直看不起咱们，能推得动吗？"

"此一时，彼一时也。"陈功撇撇嘴，冷笑着说。

一间街边小餐馆里挤满了人。

陈功挺直背，坐在长桌的尽头，目不斜视，表情严肃。梦影坐在他身旁，脸上有掩饰不住的焦虑，目光不时扫向长桌那端的一位大叔。

那大叔身形瘦长，满脸油光，丝瓜形的脑袋顶上锃亮，只剩长在侧面的几缕长发倔强地"地方支援中央"，神情一看就是老谋深算、见多识广。此时，他和陈功一样正襟危坐，屏气凝神。他的身后及左右，或坐或站，围了一圈男女老少，目光都集中在大叔的脸上，仿佛只等他一声令下，就赴汤蹈火，在所不辞。

"哈哈哈……"大叔突然爆发出一串大笑，"梦影，瞧把你紧张的。你以为我们一天到晚只会埋头干活，不知道抬头看路啊？现在网上和电视里到处都能看到陈功，我们就盼着你们早点来，帮我们'攻入成功圈'呢。"

"是啊。""没错。""你俩发财，别忘了带上我们啊。"众人跟着笑起来，纷纷附和。

"黎叔，你刚刚吓死我了，还以为要被你臭骂一顿呢。"梦影终于松了口气，夸张地手捂着胸口，笑着说道。

"哪儿的话，我外甥女婿名气这么大，居然还肯大驾光临小店，我高兴还来不及呢。你说是吧？陈功大师。"黎叔满脸堆笑。

"黎叔太抬举我了，您在家族里德高望重，对我和梦影又一向多有提携，实在是感激不尽。"陈功假装恭敬，对黎叔拱手致意。

陈功这番话可谓滴水不漏，给足了黎叔面子，让对方笑逐颜开。黎叔说话的声音更高亢了："我外甥女婿刚刚说的大家都听懂了吧？我觉得这事挺好，不光能打进成功圈子，结识有实力的朋友，还能拿到不少佣金。"

"黎叔，我要说明一下。"陈功故作神秘地说，"这个佣金是咱们亲友专属，向别人介绍时，还得按公司的标准来。"

"明白明白，这就叫肥水不流外人田。"黎叔更开心了，"我早就看出你们俩仗义，有好处肯定不会忘了我们这些娘家人。"

"那是必须的。"陈功话接得那叫一个利落,"赚钱不想着自家人,那还配叫人吗?"

"好!"黎叔一拍大腿,"陈功,就冲你这句话,我马上入圈。"

"好,黎叔果然是痛快人。"陈功也一拍大腿,转头对梦影说,"快帮黎叔操作一下。"

梦影满脸惊喜,拿起手机殷勤地去帮黎叔扫码:"黎叔,只需要两步,很方便的,我给您弄。"

"我们也要加入。""帮我也弄下。""还有我。"……其他人纷纷围拢过来,争先恐后地向梦影寻求帮助。

"好好好,大家别急,我一步步教大家,很简单的。"梦影开始忙碌,陈功稳如泰山地坐着不动,笑眯眯地欣赏这热火朝天的景象。

"梦影,我也想……入圈。"正当梦影忙得不可开交时,一个怯生生的声音传进她的耳朵。她转头一看,不禁大惊失色:"玲花嫂子,你也要入圈吗?"

"我说玲花,你就别来凑热闹了,你家这情况……"黎叔本来正喜滋滋地看手机,此时一脸嫌弃。

"对啊,玲花嫂子,你拿得出这么多钱吗?"一个愣头青小伙子跟着起哄。

"狗眼看人低。这么好的赚钱机会,凭什么不让我参加?"身材瘦小的玲花嫂子大声呵斥小伙子,气得胸口一起一伏的。

"谁说的?"梦影马上打圆场,"玲花嫂子,我先帮你弄。"

"这还差不多,还是梦影懂事。"玲花嫂子心满意足地把手机递过去,梦影手把手地教她。

陈功望着专心致志的梦影,以及围绕在她身边的那些人,脸上露出得意的笑容。

"哈哈哈哈……"陈功的车子行驶在迷人的城市夜景中,被愉快的笑声溢满。

"最搞笑的还是黎叔,之前想见他一面都难,生怕我们向他借钱。"梦影笑得上气不接下气。

"是啊，这老家伙最势利眼了。"陈功附和道。

"这次倒好，左一个外甥女婿，右一个娘家人，满口巴结。那副样子，我都觉得丢了自家的脸。"梦影终于扬眉吐气了。

"人家有句话倒是没说错——迟早都是一家人嘛。"陈功假意维护黎叔，实际上在打趣梦影。

梦影脸上微微一红："喊，谁和你是一家人？你现在还属于留校察看阶段，表现不好，马上开除。"

"Yes, Madam。"陈功一本正经地敬了个礼，摆出言听计从的模样，逗得梦影又一次笑起来。

"Madam，我斗胆问一句，你什么时候把哆哆接回来啊？"陈功保持着恭敬的口吻。

"朋友那边还能寄养段时间，过阵子再说吧，现在忙得顾不上它。"梦影貌似不经意地说。

"梦影……"陈功拖着哭腔，"哆哆离开了爸爸妈妈，一个人寄人篱下，多可怜啊。"

梦影捂着嘴乐，对陈功一摆手，假装不耐烦："好了，知道了，安心开你的车吧。"

"遵命。"陈功知道梦影这是答应了，开心地应道。他轻踩油门，车子载着两人在流光溢彩的街道上轻快前行……

第十七章　碧春的诱惑

金黄色的琉璃瓦上，铺着厚厚的一层白雪，在阳光的照耀下熠熠发光，再配上湛蓝天空的背景，这是一幅多么美妙的画卷啊。

陈功站在公司中庭院落里，仰头看着四方廊檐构造出来的美景，心旷神怡，眼里闪耀着摄人心神的光芒。

这一场雪来得如此善解人意，仿佛知道再过几天就是除夕了，于是提前给大地铺上银装，好让人们开开心心地迎接春节。

自从梦影回到身旁，陈功完全没有后顾之忧地投入工作，团队的士气空前高涨，业绩更是节节攀升。然而让陈功最为开心的是，他终于帮梦影制作完成了单曲《圈》，并在网络上发布，目前看来点播量还算不错。第二首单曲《原乡》也已经提上了议事日程。虽然出唱片的承诺暂时还无法兑现，但两人为了共同的目标而努力，重新找回了那种"高山流水遇知音"的感觉，生活中更加默契，充满了欢声笑语。

"大家知道今天是什么日子吗？"正当陈功浮想联翩时，震古那中气十足的声音在耳边响起。他抬起头，只见震古正微笑地看向自己，直到两人的目光交会，才缓缓转眼去看风云。

"师父，再过几天，就该放假过春节了。"碧春乖巧地回答。众人跟着频频点头，仿佛都已经想好这个长假要怎么过了。

"对，但不全对。你们再好好想想。"不知道是不是因为春节将至，震古今天不再那么严肃了，脸上始终挂着微笑。

"师父,今天是季度业绩揭晓的日子,也是年终比拼定胜负的日子。"见众人一脸茫然地对视,风云胸有成竹地说。

"答对了。"震古扬扬手中的一沓纸,"风云和陈功两个团队的业绩报表已经出来了,就在我手里。"

闻听此言,大家齐刷刷地把目光聚在震古身上,风云和黑虎明显紧张,碧春和小姐妹们也是瞪大双眼,后排的两个女孩情不自禁地紧紧攥住双手,仿佛在期待幸运之神降临,又担心愿望落空,白欢喜一场。陈功则十分淡定,脸上保持着不经意的微笑,只偶尔在眼神中流露出一丝紧张,像极了颁奖典礼上那些被提名的明星。

震古显然很满意陈功的表现,神情赞许。他突然提高音量,语调充满鼓动性:"首先,告诉大家一个好消息:今年公司的业绩创下新高,特别是实施团队竞争制的这个季度,业绩增长率打破了公司有史以来的纪录。所以,我决定……"他故意停下来,挥挥手中的报表,笑呵呵地看着众人。

这一招把人们的胃口全都吊了起来,个个像他手中的提线木偶,伸长了脖子盯住他,嘴唇一个劲发干。

"我决定……"眼看时机成熟,震古终于揭晓谜底,"给两个团队各额外奖励三十万元。"

"哇!"一阵惊呼响起,众人的情绪彻底释放,个个欢呼雀跃,现场一片欢腾。

"谢谢师父。""谢谢大师。"……人们纷纷向震古表达着感激之情,仿佛这一刻他们迎来的不只是幸运之神,还是再生父母。

陈功内心也是相当振奋,心想这笔钱到手后,离兑现对梦影的承诺又进了一步,而且可以过个肥年,不必再像过去几年那样,一到年关根本不敢回家乡,因为口袋里剩下的钱连发压岁钱都不够。

此时的他,依旧保持着自认为该有的沉稳,转眼去看身旁的风云。果然,风云也正冷冷地盯着他,那眼神仿佛在说:小子,算我低估你了。

面对风云竞争意味十足的注视,陈功反而冲他轻松地一笑,做出满怀善意的模样，对他点头致意，然后把他诧异的眼神抛在脑后，扭头看向碧春。

碧春似乎一直在等陈功把目光落在她身上。两人视线一交会，她瞬间面色激动，仿佛变成了一个小粉丝，语带哽咽："师兄，我们终于成功了！"眼中的爱意几乎燃烧起来。

"谢谢你，碧春，你的功劳最大。"被碧春的情绪感染，陈功的声音也有些颤抖了，但依旧努力地保持平静。

碧春感觉自己的眼泪马上就要流出来了，连忙逃脱陈功的目光。

震古获得了理想的现场效果，于是又多添一把柴——他继续挥手，就像交响乐团的名指挥一样："难道你们不想知道哪个团队胜出了吗？"

此言一出，瞬间鸦雀无声，人们的心又一次提到了嗓子眼。

"我决定……"震古朗声说道，"对胜出的团队，再额外奖励二十万元。"

"哇！"掌声和欢呼声一并响起，众人眼中都腾起了火焰。

陈功没想到震古如此慷慨，对他的敬仰之情顿时又上了一个台阶，同时心里紧张地推演自己的胜算。

突然，一只柔软湿润的小手死死攥住他的右手。他知道这肯定是碧春，转头一看，只见碧春神色紧绷，目不转睛地盯着震古。陈功轻轻摇头，任由碧春握住自己的手不放。

"大家想知道第一名是谁吗？"震古用他经典的说话方式引导众人。

"想！"回答完全符合他的预期。

"我们都知道，前两次比拼，胜出的都是风云团队，那么这次季度和年度比拼，他们还能继续获胜吗？"震古接着卖关子。风云脸上露出志得意满的神情，把胸脯挺得高高的。

震古看看风云又看看陈功。陈功一副胜不骄败不馁的神态。

"我宣布，第一名就是……"震古似乎也想尽快揭开谜底。

"噗——"众人正屏气凝神时，后排突然有人放了个响屁，惹得大家哄堂大笑。

"是谁？这么没用，这点小事就吓得屁滚尿流！"震古正色道。

大家面面相觑，谁都不敢出声。

震古用严厉的眼神环顾一圈，终于宣布："第一名是——陈功团队！"

"啊！"惊天动地的尖叫声爆发，女孩们抱成一团又蹦又跳，有人甚至泪如雨下，泣不成声。

陈功暗暗捏一下碧春的小手，然后轻轻地放开。他不敢去看碧春，而是一步跨到风云面前，对面露失望的他伸出右手，貌似真诚地说："大师兄，希望我们都继续努力，为师父和公司的事业添砖加瓦。"

风云显然没料到陈功会来这一手，一时间瞠目结舌，不知该如何应对。其他人也蒙了，现场一下子寂静下来，片刻后才响起窃窃私语声。只有震古和碧春的反应比较快，不约而同对陈功投去了赞赏的目光。

"大师兄，之前我们是有些误会，也怪我初来乍到不懂事，希望新的一年里，咱们师兄弟团结一心，共创辉煌。"陈功的手还伸着，语气万分诚恳。

"好说好说。"风云终于接了陈功的招，握住他的手用力摇晃，笑容也爬上了脸颊，"既然入了师父的门，我们就是亲兄弟。俗话说得好——打虎亲兄弟，上阵父子兵。你，记住了吗？"

陈功没想到，风云居然见招拆招，倚老卖老地教训起自己来，不禁愣了一下，但很快就笑着答道："我记住了，大师兄。"

"好！"震古大喊一声，两只手分别用力地拍在陈功和风云的肩上，"只要大家同心同德，公司明年的业绩定能更上一层楼。到那个时候，我保证，奖金也一定跟着往上翻。大家说，好不好？"

"好！"现场又是一片欢呼声和掌声，节日的气氛仿佛已经提前来临了。

欢乐的气氛在 KTV 豪华包间里延续，并被推向高潮。

陈功团队的女孩们伴着随时要爆燃的音乐律动，纵情地舞蹈和歌唱。碧春和陈功则安静地坐在角落的沙发上，也是面色潮红，显出几分醉态。

"你好难请啊。"碧春的眼神幽怨。

"实在对不起。"陈功面带歉意地解释，"早就想犒劳大家，但最近家里事太多，一直没得空。"

碧春的脸色阴沉下来，但很快振作起笑容："来，再敬你一杯。"她的酒杯里装着洋酒，狠狠碰一下陈功手里的杯子，动作豪爽。

"这一杯又为了什么？"陈功举起酒杯，笑着问她。

"为我们终于战胜了风云，从此扬眉吐气。"碧春大声说。

"这条已经说过了。"陈功摆摆手。

"为我们业绩长虹，再创新高。"碧春的酒杯左摇右晃。

"这也说过了。"陈功继续摆手。

"是吗？"碧春想了想，一拍大腿，"这条一定没说过——为你拉高了整个公司的档次，让公司更有文化品位。"

"哦？此话怎讲？"陈功一下子来了兴趣。

"你看看风云他们，一个个的哪像大师啊？"碧春手指前方，仿佛风云就在包间里，任自己数落。

"那倒是，呵呵。"陈功愉快地点头同意。

"你承认了对吧？赶紧喝酒。"碧春情绪亢奋，催促着他。

"那你呢？"陈功歪着头看碧春，面带调皮之色。

"我？"碧春哈哈一笑，"你见过女大师吗？"

"这不是还有师父吗？"陈功继续逼问。

"嗯，他老人家形象还可以，演个老大或者道长挺合适。"碧春口无遮拦，脸上再不见平日的崇敬，这倒挺出乎陈功的意料。他不接话，等着她继续往下说。

"而你的形象一看就有文化气，特别是面对镜头时，神态那么松弛，嘴里却一套套的，让人一看就相信你是大师。"碧春说着这话，眼里全是欢喜，颇有点女儿国国王看唐僧的味道。

陈功被碧春火辣辣的目光盯得不好意思，但也被恭维得十分开心，毕竟，哪个男人不喜欢美女的崇拜呢？"这点倒是我们演员的优势。"他笑着看酒杯，不敢直视她。

"这杯是一定要喝的吧？"碧春来了劲，口吻俨然女王。

"嗯，这杯酒应该喝。"陈功笑着点头。

"是不是应该喝三杯？"碧春步步紧逼。

"这？"陈功迟疑一下，咬着牙答应，"好，就冲着你说得这么动听，我们喝三杯。"

"功哥爽快。"碧春又一拍大腿，只不过，这一次拍的是陈功的大腿。她也不管陈功像被烙铁烫了似的连忙缩腿，自顾自地在茶几上排好六个杯子，酒瓶麻利地一个来回，所有的酒杯就都倒满了。

女孩们纷纷围拢过来，等着看一出好戏。

"功哥，敬你。"碧春豪迈地拿起一杯酒，一饮而尽，接着又连干两杯。

"好！"众人叫好，把两人围得更紧。

陈功也不含糊，拿起一个酒杯一饮而尽，接着又喝了一杯。

拿起第三杯时，他已经有点反胃了，原本英俊的脸庞微微肿胀扭曲，酒杯拿在手里迟迟不动。

"功哥，加油！功哥，加油！"女孩们一起喊，其中樱桃喊得格外卖力。

今晚已经喝得太多了，但此情此景，陈功颇有点骑虎难下的感觉，这杯酒无论如何也得喝下去。他深吸一口气，一扬脖，一杯酒生生倒进喉咙里。

杯子被重重地蹾在茶几上，他张大嘴巴喘粗气，想把胃里的酒气全都呼出去。

"好，就冲这杯酒，你一定能成为真正的大师。"碧春连连叫好，冲着樱桃使个眼色。樱桃心领神会，带领其他女孩举起酒杯乘势而上。

"功哥,我这杯酒你也要喝。这段时间天天加班,男朋友都要和我分手了。"

"对啊,功哥,我整个人都累脱相了,爸妈都认不出我了。"

"功哥,我的酒你一定要喝。我嘴皮子都磨薄了,说话直漏风,这可算是工伤啊。"

"功哥……"

"敬你……"

陈功面对这波女儿国攻势,完全丧失了抵抗力,一杯接一杯,一杯又一杯。他的眼前渐渐模糊,碧春和女孩们的脸忽远忽近……

隆冬的深夜寒气凛冽,特别是刚下过雪后。街道上几乎没有行人,道路两旁的店铺也已打烊。

一辆出租车闪着红色的尾灯,缓缓在 KTV 门前停下。"师姐,车来了,我帮你。"负责叫车的樱桃上前一步拉开后车门,转身看到搭靠在碧春身上、已经醉眼迷离的陈功,一时间不知从何处下手。

"你来得正好,我们继续喝。"陈功努力地扭动一下脑袋,对樱桃嘟哝。

"好好,我们回家喝。"碧春从后面搂住陈功的腰,示意樱桃帮忙在另一边搀住陈功。樱桃侧身一步,抓起陈功一只低垂的手,绕到自己肩膀上,和碧春一左一右架着陈功,艰难地往出租车里塞。

"还没喝完呢,大家都不准回家。"陈功双手搭在两个纤细女子的香肩上,含混不清地对着碧春的耳朵喊。

"好,功哥,咱们换个地方接着喝。"碧春和樱桃合力将陈功送进车后座。陈功屁股一沾座椅,顺势一倒,整个身子瘫靠在椅背上,头立刻耷拉下来。他想抬头,但怎么也做不到,只能半合着眼嘟哝:"好,我们换个地方接着喝……今天谁也别想早走。"

碧春抱了一下累得不轻的樱桃,赞赏道:"樱桃,今天表现不错,你也累了,赶紧打车回家吧。"

"师姐加油。"樱桃挥了挥小拳头,给碧春打气。

碧春会心地一笑，自己也坐在后座上，看看已经酣睡的陈功，对司机说："师傅，可以走了。"

出租车缓缓启动，在樱桃羡慕的目光中驶向夜色迷离的城市深处。

厚重的房门猛地被推开，碧春用身体把陈功顶在墙上，腾出一只手按下开关，屋子里的灯全亮了起来，照在陈功那陷入迷醉又想挣扎的脸上。"这是哪儿啊？怎么这么亮？"陈功皱着眉头，眯着眼睛，一副不高兴的模样。

碧春也不答话，运足了气力，拖起陈功跟跟跄跄地紧走几步，最后和陈功一起倒在一张贵妃榻上。陈功被摔得清醒了些，半睁着眼睛看躺在他身边的碧春，舌头打结，一脸呆相地问："碧春，我这是在哪儿啊？"

碧春可不想和醉鬼废话。她利落地站起身，把房门关好，再从高跟鞋里解脱自己的双脚，换上棉拖鞋。一切准备就绪，她调整好心情，款款地走向陈功。

陈功又一次睡过去了。碧春看着他雕塑般俊美的脸庞，心潮起伏，缓缓地坐在他身边，轻轻抚摸他的脸颊，眼睛里充盈着爱意。

"嗯……"陈功闭着眼睛发出一声长长的吁叹，似乎十分享受，眼睑变得松弛了，脸上也泛起一丝轻松的笑意。碧春看得更加入迷，仿佛得到了某种鼓励，慢慢地俯下身去，用她那性感饱满、充满青春张力的双唇，温柔地印在这俊朗的面容上。

她的嘴唇只与陈功的脸接触了一霎，就立刻触电般弹开。她满心欢喜又忐忑地盯着他，等待对方的反应。

陈功的眼角微微抽动一下，轻轻舒了口气，脸上的笑意变得更加浓厚，仿佛在期待着什么。

碧春不再犹豫，双唇放肆地在陈功的脸上摩挲探寻，仿佛终于找到了自己日思夜想的美食，恨不得几口就吞下去。

她的呼吸越来越急促，动作幅度也越来越大。陈功渐渐有了反应,半梦半醒之间,他以为是梦影在亲吻自己,惬意地迎合着对方。这让碧春更加冲动,急不可耐地用嘴唇封住了陈功的嘴,像含着美味的冰淇淋一样,用力吮吸一口。陈功瞬间惊醒,马上意识到这不是梦影,腾的一下睁开了眼睛,碧春的脸就在咫尺之间。

碧春着实被吓了一跳,慌忙坐直身子,脸色十分尴尬。

"碧春……"陈功清醒了不少,"怎么是你?"

"这是我家啊。"碧春努力让自己的神态显得自然,妩媚地微笑着。

"你家?"陈功努力想支起身子,但力气仅够他稍稍向榻背上挪了挪。他一脸懵懂地看碧春:"我怎么会在你家?我们不是在KTV唱歌吗?"

"功哥,"碧春的声音无比温柔,"你喝多了,还一直闹着要继续喝,我没办法,只能把你带回我家了。"

"哦。"陈功努力回想之前的事,但颅内立刻像要爆炸一般,让他痛苦得直呻吟。他有气无力地说:"碧春,能不能麻烦你帮我叫辆的士?太晚了,我要回家。"

碧春没料到陈功醒来后是如此反应,顿时心有不甘:"功哥,我对你的一片真心,你难道一点都不感动吗?"她泪眼汪汪地看着他,真情流露。

陈功闭上双眼,养精蓄锐了一会儿,才又重新睁眼,一字一顿地回答:"碧春,十分感谢你的错爱。你也知道,我有女朋友了,而且我们一定会结婚。"

"难道是我不够漂亮吗?"碧春不服气地大声说,"你不是总对学员们说,要多给自己一些选择的机会吗?怎么到你自己身上就行不通了呢?"

"缘分是上天注定的,真的不能强求。"陈功等碧春发泄够了,强忍着头疼,真诚地劝慰她。

碧春眼看自己的机会一点一点流失,眼中满是失望,却依然不想就此放弃。她强打精神,一脸倔强地说:"功哥,你不是要继续喝酒吗？我家里什么酒都有，现在就给你拿来。今天，我们忘掉所有的烦恼，一起喝个尽兴。"她飞快地走向放满了酒瓶的吧台。

"碧春！"陈功用尽全身力气大喊了一声，用不容置疑的语气，严肃地对她说："我该回家了。"

梦影正在家中焦急地等待陈功。

她不停地拨打陈功的手机，但每一次电话中传来的都是"对方电话已关机"的提示语音，这令她坐立不安，十分烦躁。

房门外窸窸窣窣地响动，好像有人在用钥匙开门，却一直插不进锁眼。

梦影大喜过望，快步走过去拉开房门。只见陈功醉醺醺地倚在门框上，满身酒气，痴痴地对着她笑。

"你怎么才回来啊？电话也关机……"看到这一幕，梦影又气又急，忍不住用拳头捶打陈功的胸膛。

陈功不由分说地一把抱住梦影，两只胳膊紧紧缠住她的脖子，仿佛一松手，她就会得而复失。"梦影，你答应我，永远不要离开我，没有你我真的活不了。"说着说着，陈功竟小声地抽泣起来。

"你这是喝了多少酒啊，是不是喝傻了？"梦影被勒得动弹不得，只能顺势抱住他，抬脚把门钩上，吃力地拖着他往屋里走。她想把他放到沙发上，然而陈功像个发着高烧的孩子一般，嘴里含糊不清地嘟囔着，死活不放手，她只得抱着陈功一起跌坐在沙发里。

这一跌，让原本又迷糊起来的陈功稍稍清醒。他努力睁开眼睛，盯着梦影看了半天，终于确定没有认错人，这才放心地半闭上眼睛，像个撒娇的孩子似的，抱紧了梦影的脖子："梦影，你快答应我，再也不会离开我了。"

"你勒疼我了。"梦影不由得皱起眉头，小声地呵斥他。

陈功赶忙松松手臂，继续哀求："你快答应我，求你了。"

"好好好，我答应你，答应你，你先松开手。"梦影被他弄得哭笑不得。

陈功心满意足地松开胳膊，顺势想亲吻梦影的嘴唇。梦影赶忙躲开，把他放平在沙发上，嗔骂道："赶紧躺下，臭死了。"

"梦影，你别离开我。我发誓，再也不惹你生气了。"陈功迷迷糊糊地拉住梦影的手。

"我去拿毛巾给你擦擦脸。"梦影的口气柔和了许多。

这一次，陈功终于放开梦影，安心地躺平了。

梦影从卫生间里拿着毛巾出来。不过片刻工夫，陈功已经沉沉地睡着了，脸上露出幸福的微笑。

梦影无奈地摇着头，眼里流露出慈母的温情。

不管南方还是北方，冬日的暖阳，都是让人梦到就会笑醒的事物。

和煦的阳光照在白皑皑的屋顶上，折射出水晶般的耀眼光芒。当它穿过窗帘的缝隙，洒在陈功安详的脸庞上，就仿佛是母亲温柔的双手，抚摸着甜美梦乡中的婴儿。

陈功慢慢睁开眼，看着这充满温馨光晕的卧室，脸上渐渐露出心满意足的微笑。

"你终于醒了。"梦影端着热牛奶和煎鸡蛋走进来。

陈功见状，一个翻身坐了起来："呀，居然给我做了早餐，这可是开天辟地头一遭啊。"他感觉此刻大脑格外清醒，只是肚子饿得咕咕叫，眼睛不由自主地追随着梦影手中的盘子，活像看到食物的哆哆。

"什么早餐，这都快中午了，先给你垫垫肚子。"梦影说话的口气像母亲在教训爱睡懒觉的孩子。她把托盘放到床头柜上，转身拉开窗帘，房间里顿时一片光明。

"营养午餐也不错哦。"陈功看看窗外高挂的太阳，伸手抓起那杯冒着热气的牛奶就想喝，却被梦影按住了手腕。她顺势坐到床头，目光严厉："慢着，你是不是应该先交代一下昨晚的事？"

陈功一眼就看出梦影在虚张声势，马上做出无辜的表情："昨晚和同事去 KTV 庆祝啊，之前可是给你报备过的。"

"那你为什么关机？"梦影不依不饶。

"我也不知道。我从来没喝过这么多酒，现在脑袋还疼得很。"陈功把手指放在太阳穴上，假装很痛苦地轻轻按摩。

"还有，你身上怎么沾了女人的味道？"说这话时，梦影的表情严肃得多。

"唉，现在的年轻人玩起来太疯了，非要拉着我跳舞。我是领导，不能总高高在上，有时也要和群众打成一片，你说对吧？"陈功回答起来半点不含糊。

梦影盯着他的脸好一会儿，那张脸上充满了真诚。终于，她露出了只有陈功才能察觉到的放心表情，语带埋怨地说："以后少跟她们在外面鬼混，而且，一定要让我能随时找到你。"

"遵命，老婆大人。"陈功愉快地向梦影敬了个礼。被人牵挂的感觉原来是这么幸福，他不禁心花怒放，再次去端牛奶杯，还摆出一副可怜巴巴的样子，嬉皮笑脸地问道："现在可以吃了吧？"

"别吃太多，等下就该吃中午饭了。"梦影像看着一个永远也长不大的孩子，眼中爱意满满。

陈功一口气喝下半杯牛奶，温温的液体流进胃里，滋润着他的心房。

这温暖的感觉和当初他们热恋时有些相似，但也有不同。在这个充满明媚阳光的周末，他们又像刚来到这个城市时一样，去到远郊的山水之间，呼吸着清新甘甜的空气，一起重拾年少的梦想，畅想在即将到来的新年依靠自己的勤奋和智慧，打造属于两个人的美好生活。

还有比这更美妙的日子吗？当新的一周开始，陈功坐在自己办公桌前，痴痴地看着由窗外飞洒进来的金色阳光时，他的脸上依然挂着沉醉的笑容。

敲门声响起，碧春施施然走进来，大声说："师父让我们去他办公室开会。"

陈功猛然惊醒，迅速调整下状态，好奇地问："你知道是开什么会吗？"

"不知道，不过师父的脸色不大好看。"面对陈功，碧春不可避免地有点尴尬。

陈功迅速扫一眼碧春，顺手拿起记事本和笔，坦然地笑道："那一起去吧。"

碧春迟疑片刻，咬咬牙，低着头轻声说："上周五晚上我喝多了，没给你造成什么麻烦吧？"

"没有的事，大家都喝得很高兴。"陈功一脸轻松，仿佛什么都没有发生过，抬腿就往门外走，"快走吧，师父还等着我们呢。"

"……你等等我。"碧春愣了会儿，小跑着跟上去。

第十八章　家乡的老戏台

办公室里气氛十分凝重，除了震古，人们都屏住了呼吸，低垂着头。参加会议的都是震古的嫡传弟子——风云、陈功、碧春和黑虎，外人只有小新。

"有人可能已经听说了——烁今那边出了事。"震古郑重其事地开口。

陈功大吃一惊，抬头看震古，然而震古没有理会他，只把审视的目光投向风云和黑虎。

黑虎稍稍抬头，刚一接触到震古的视线，就又慌忙地垂下了脑袋。风云显得沉稳许多，坐在椅子上纹丝不动，双眼盯着茶几面，余光则四下乱扫。

"师父，烁今那边出什么事了？"碧春代众人发问。

"小新，你来介绍情况。"震古自己并不回答。

小新恭敬地应了一声，开始向其余四人讲述："昨天刚得到的消息：烁今公司的主打课程'心灵飞跃'开课时，一名女学员在'凤凰涅槃'环节中，因为情绪激动突发心脏病，死在了课堂上……"

"啊？那个女学员叫什么名字？"陈功心中突然生出一种不祥之兆，紧张地追问。

"听说是一位高阶学员。"小新惊异于陈功的强烈反应，不太肯定地说，"好像姓李，叫李什么来着？"

"是不是……叫李洁？"陈功的声音不由得颤抖起来。

"对，对，是叫李洁，听说年纪轻轻就已经是副总了，长得还挺漂亮，真是可惜。"小新连连点头，疑惑地问陈功，"你不会刚好认识吧？"

陈功闻言顿时如五雷轰顶。自从顺利地完成卧底任务后，他就在朋友圈里屏蔽了李洁，但还保留着看她朋友圈的权限，方便自己了解她的课程进度和思想动态。就在前几天，陈功还看到李洁在朋友圈里宣布自己进阶到最高级别的课程，满怀喜悦地分享"心灵飞跃"的成果，没想到……

陈功呆坐在椅子上，完全感觉不到周围人的异样眼神。

"陈功，这么说你认识她？"震古的声音如雷贯耳，陈功被震醒，全身一个激灵，抬头只见震古正询问地盯着他。

"师父，她就是当初给我提供烁今课程信息的学员。"陈功尽力压抑住自己翻滚的情绪，低声回答。

"人生无常，生者自强。活好自己的每一天，就是对逝者最好的纪念。你也不必太难过。"震古用自己的方式开导陈功。

"是，谢谢师父教诲。"陈功忍着悲伤，毕恭毕敬地应答。

震古满意地点点头："小新，你接着往下说。"

小新接着讲："今天得到最新消息，相关部门已经成立了调查小组，烁今的公司被临时查封了……"

"烁今人呢？抓起来了吗？"风云急切地打断了小新的话，见众人都望着他，又赶忙解释："他三番五次和我们作对，真希望看到他倒霉。"

"可惜……"小新看一眼震古，"被他成功脱逃了，据说只有他的二弟子被控制住，现在应该关在看守所里吧。"

"真可惜，让他逃了。"风云似乎十分惋惜，但看在陈功眼里，其反应更像是如释重负。陈功疑惑地来回看他和震古——今天震古的言行也很奇怪，好像一直在对风云和黑虎进行某种程度的敲打。

"现在的情况是，"震古面色凝重，"这个课程本来是公司明年重要的增长点，陈功为此做了很多前期调研工作，但目前看来，我们可能要暂时搁置这个课程的开发和推广了。"

震古说到陈功的名字时，特意加重了语气，有意无意地观察风云两人的反应。果然，风云的脸上流露出惊讶和恼怒，看向陈功的目光中还带着嫉恨。

陈功当然也注意到了这些，立刻为刚才的疑惑找到了答案：师父是想让风云知道，不是所有鸡蛋都放在大弟子的篮子里。通过这种敲打，在两个弟子之间制造竞争，让他们都只能一心争夺师父的青睐。这大概就是宫廷戏里的党争，类似于和珅和纪晓岚的故事。大臣之间太和谐，势必把皇帝架空，只有让他们互相争斗，皇位才能稳固。

陈功不由得手心发凉。看来这个"大师"可不是随便谁都能当的，自己要想干得长久，必须时刻打醒十二分的精神，又快又准地领会师父的意图，不能出半点纰漏。

"师父，我做的工作不足挂齿。接下来怎么做，您尽管发话，我们一定全力以赴。"他一挺胸，豪气万丈地表着忠心。

"对，师父您想怎么做，下命令就行。"碧春大概也反应过来了，紧接着表态。

"师父，您发话吧，我和黑虎永远是您最得力的弟子。"风云眼见被抢了先机，也不甘落后。

小新一时间不知道自己有没有资格跟着发言，脸憋得通红，眼巴巴地看着震古。

"好，有你们帮手，公司的事业一定会蒸蒸日上。"震古相当满意大家的表现，特别是看向陈功时，眼神中满是喜爱。他注意到一脸尴尬的小新，没忘了补充一句："小新也很努力，你们一定要继续团结一心，同舟共济。"听得小新连连点头，一副感激涕零的模样。

"至于明年的工作，无非就是两点。"见大家士气正旺，震古开始下指示，"一、两个团队继续发展新学员，这一块的市场潜力十分巨大，特别是烁今落马，他原有的学员都是我们的目标。这一点，你们想必都清楚。"

"是！"众人齐声回答。

"这第二呢，"震古面露殷切之色，"你们从现在开始，应该做认真的调研，寻找新的业务模式。我相信，以公司目前的知名度和信誉，只要有适合的形式，无论是现有的学员还是潜在的学员，一定会一呼百应。大家有没有信心？"

"有！"这一次声浪更大。

"我希望，年后上班第一天就能看到你们的方案，好不好？"震古脸上露出少有的笑容，和蔼地询问。

"没问题！"众人报以抖擞的精神。

"这几天，财务会发给你们一笔奖金，这是我单独批给你们的，不要声张。"震古笑容可掬地宣布这个重磅好消息。

"谢谢师父。""谢谢大师。""师父新年快乐。""大师新年快乐。"众人七嘴八舌向震古表达着感谢，特别是陈功，这一刻他终于见识到身披金光的大师冉冉降临。

"好好好，也祝你们新年快乐。"在人们的眼里，说这话时的震古脸上闪耀着神一般的光辉……

红彤彤的太阳如宝石般镶嵌在逶迤奔流的大河之上，落日的余晖给天边的云朵晕染出五彩霞光，成群的鹭鸟在河滩上悠闲徜徉，北归的鸿雁从头顶匆匆掠过。

陈功的车辆行驶在长长的黄河大堤之上，仿佛正在穿越一条通往远古的时间隧道。

坐在副驾驶座上的梦影，离家乡越近，眼睛越湿润。她像是在对陈功说话，又像是自言自语："我突然觉得，我们那首《原乡》需要大改了。原来，这才是我梦里的原乡啊。"她仿佛正在脑海里反复吟唱着这首歌曲。

"我小时候最喜欢跑到大堤上看太阳落山。"陈功转头看一眼梦影，微微一笑，再看前方的路时，眼里多了一丝惆怅，"后来渐渐长大了，最想做的事，却是尽快离开这个地方。"

梦影轻轻握住陈功的手："我给阿姨打电话时，她听说我们要回家过年，高兴得都说不出话来。"

"几年没回家了，家里人和亲戚朋友肯定会有埋怨。"陈功叹着气。

"不会的。"梦影安慰他，"现在村里差不多家家户户都有在外打工的，他们应该能理解出门在外的不容易。"

"可是我爸从来没理解过。"陈功突然愤愤不平。

"你不是说过吗？此一时彼一时。"梦影用力握握他的手，对他露出灿烂的笑容，"你这次也算是衣锦还乡了。"

"什么衣锦还乡。"陈功苦笑着说，"在我爸眼里，我永远一无是处，你等会儿就知道了。"

"相信我，一切都会好起来的。"梦影像是在回答他，又像是鼓励自己，思绪又一次扇动起翅膀，飞向大河那边的家乡。

村头的老戏台广场上摆满了大圆桌，人声鼎沸。女人们热火朝天地准备着酒菜，男人们围坐在圆桌边，瞪大眼睛等着菜上桌，只要女人们端着菜走过来，就大声和她们嬉笑调侃一番，然后才兴高采烈地点评菜肴。

陈功母亲站在村口的大槐树下，伸长了脖子望着进村的路口，焦急地对身旁的丈夫说："梦影明明说快到了，怎么现在还没进村？再不来菜就凉了。"

"急什么。按他们出发的时间算，这会儿怎么着都该到了。"陈功父亲黑着脸。

"好像你不着急似的。"陈功母亲不以为然，回敬了一句。

陈功父亲不再说话，也伸着脖子踮着脚，望向路口。

"来了来了。"他们身边一个村干部模样的老汉突然兴奋地叫了起来。

"他三叔，那好像不是。"陈功母亲有点怀疑，"功儿不是开这种车。"

"肯定是他们，这个时间点只有他们回来。"三叔十分肯定地招呼别人："快快快，乐队赶紧奏乐，鞭炮可以点了。"

　　在他手舞足蹈的张罗下，早已就位的乐队立刻奏起欢快的乐曲，一字排开铺在村口的鞭炮也被点燃，排山倒海的噼啪声响彻云霄，腾起的青烟幻化成人们的笑脸。

　　"这是谁家结婚啊？我们一回家就遇到喜事，真是个好兆头。"陈功看到村口燃放的鞭炮，也不由得兴奋起来。

　　"那不是阿姨吗？"梦影开心地叫道，指着大槐树的位置。

　　陈功探着身子，瞪大眼睛仔细搜寻，终于看到自己的母亲和父亲站在村口翘首以盼。他不由自主地松开油门，车子也跟着迟疑不前。

　　此时陈功母亲已透过风挡玻璃看到了他俩，惊喜地向前跨了一步，朝两人招手。

　　陈功把车缓缓停在大槐树下，迅速调整好状态："梦影，我们到家了。"他推开车门，轻盈地跳到了车外。

　　陈功母亲刚要上前，三叔已抢先一步蹿到陈功跟前，紧紧握住他的手："大侄子，欢迎荣归故里啊。"

　　陈功一时间想不起该如何称呼他，只得一边热情地和他握手，一边用家乡话打着哈哈："您好，好，好。"

　　陈功母亲看出了儿子的尴尬，连忙上前介绍："这是支书，你三叔。"

　　"三叔，您好您好，好久不见，您还是老样子。"陈功立刻进入认亲状态，抓住三叔的手摇个不停。

　　"大侄子，你还记得我啊？"三叔显然很高兴，另一只手也盖在了陈功手背上，高声说："你现在功成名就，能想着回家乡转转，实在是难得啊。"

　　陈功真不知道怎么接话好，忙不迭地说："应该的，应该的……"那滑稽的神态引得一旁的梦影捂着嘴乐起来。

三叔此时才注意到梦影的存在，马上放开陈功，一把抓住了梦影的手："这一定是侄媳妇吧？长得真像个大明星，欢迎欢迎。"

"三叔好。"梦影被三叔的热情吓得不轻，努力保持着微笑。

陈功看向一直站着没动的父亲，上前怯生生地叫了一声："爸。"

"回来了？"陈功父亲依旧黑着脸，语气威严。

"嗯，回来了。"陈功的回话中不自觉地带了怨气。

陈功父亲看了儿子一眼，掏出一个红包，笑着递给梦影："你一定是梦影了，欢迎你回家。"语气和蔼可亲。

"叔叔你好。"梦影表现得十分乖巧，"红包就免了吧。"

"傻孩子，"陈功母亲对梦影越看越欢喜，"这是进门红包，一定要收的。"

"新媳妇进门，要叫爸妈才对。"旁边的人跟着起哄。

梦影的脸瞬间通红，害羞地接过红包，轻声说："谢谢叔叔。"

陈功父亲见梦影接了红包，心里高兴，向四周挥挥手，大声招呼："好了好了，大家都上桌吧，酒菜都齐了。"

众人簇拥着陈功一家朝酒桌拥去。几番互相推辞后，陈功父母、三叔、陈功和梦影在主桌落座，其他桌也已坐满了人，都在等着主桌致词。

"卫国啊，你当了一辈子老师，是村里最有文化的人，现在又培养出这么出色的儿子，你给大家说说吧。"三叔满脸堆笑地对陈功父亲说。

陈功父亲连连摆手："支书你说就行了。这种场面上的话，还是你在行。"

"好，那我就先说两句。"三叔就等着这一句呢，端着酒杯站起身，发表他的开席演讲，"我今天特别高兴。我这个大侄子是咱们村走出去的最有名的人物，每天都在电视里给人讲课，还是那个百家，哦不对，是《万家讲坛》的主讲，听说很多大人物都捧着钱排队找他。来，大家敬我大侄子一杯。"

看到众人都举杯站了起来，陈功也立刻起身，高举着酒杯："谢谢三叔，谢谢大家。"说完爽快地先干为敬。

"大侄子果然是我们村走出来的，做人就是敞亮。"三叔兴奋地叫道，"我宣布，开席。"

哄的一声，大家争先恐后地夹起自己心仪已久的菜肴，大快朵颐，广场上一片欢腾。

趁着男人们开始吆五喝六地喝酒，陈功母亲慈爱地给梦影夹了一筷菜："乡下就是这么闹腾，不习惯吧？"

"哪会呢。"梦影笑眯眯地回答，"我是在外婆的村里长大的，感觉很亲切呢。"

"那就好，那就好，"陈功母亲松了口气，"我们家陈功修了多大的福啊，能找到你这么好的媳妇。"

"阿姨，您过奖了。"梦影害羞地给她夹菜，"您也吃。办这么多酒席，一定累坏了。"

"不累不累，功儿几年没回过家了，你又是第一次来，这是应该的，就是希望你们以后能多回来看看我们。"陈功母亲欣慰地说，又转头问坐在另一侧的陈功："你说是吧，功儿？"

"啊？妈你说什么？"陈功刚和三叔喝完一杯酒，没有听清母亲之前的话。

"没事。"陈功母亲摆摆手，指了指丈夫，郑重地对陈功说，"功儿，敬你爸一杯酒。昨天听说你们要回来，他一晚上都没睡好，高兴着呢。"

"你瞎说什么。"陈功父亲黑着脸制止妻子。

陈功安抚地看看母亲，向父亲举起酒杯，刚想说点什么，几个年龄和他相仿的村民端着酒杯兴冲冲地围过来，把陈功父亲挡在身后。

"功子，你现在是大师了，我们去跟你学习，是不是免费啊？"一个村民大大咧咧地说。

"对啊，我们可是从小穿着开裆裤一起玩大的。"

"你现在有钱有车有媳妇，可别忘了我们这些发小。"

另两个村民帮着腔。

"说这种话的你们，肯定不会成功的。"陈功笑呵呵地看着他们，语气却很不给面子。

"为什么？"几个发小都愣在那儿。

"要想成功，必须树立更高的目标，"陈功把他们当作学员教育起来，"而你们却只想免费听课，那还怎么成功啊？你们为什么不说要跟着我一起干呢？"

"对哦，我们直接跟着功子干不就行了，"一个村民恍然大悟，"他吃肉，我们好歹能喝上汤啊。"

"对啊，我咋就没想到呢，真是猪脑子。"另一个村民也开了窍，"还是功子脑子好，从小就比我们聪明。"

陈功见状，豪爽地端起酒杯："如果你们想跟着我干，随时来城里找我。我先干了。"他一扬脖干了杯中酒。

"够意思。""好哥们儿。""我们跟着你干！"小伙伴们群情激昂，纷纷喝下自己的酒。

"大侄子会做人，难怪这么成功。"三叔竖起大拇指，不停地称赞，"卫国，你教导有方，好福气啊。"

"年纪轻轻，哪谈得上什么成不成功的。"陈功父亲淡淡地说，"做事对得住良心，把家里的日子过好了，就是最大的成功。"

陈功心中又气又恼：就知道你会这么说，反正我做什么事，在你眼里都不值一提。他直视着父亲，强压怒火，准备反驳他几句。

"卫国叔，你这是老八股，早就过时了。"

"对啊，没钱怎么过好日子啊。"

"天天喝着西北风唱戏过日子啊？"

还没等陈功张嘴，小伙伴们已忍不住了，纷纷呛声，不约而同地发出一片嘲笑。

陈功父亲压着火气，试图教育他们："钱多钱少都是过日子，赚钱哪有个头啊？古话说得好：人比人，气死人……"

"所以要赚更多的钱啊。"没等他说完，一个村民已经掉了回来，

"这样才不会被别人气死。"

"你这是什么歪理？"陈功父亲快怒了，"日子过得好不好，只看钱多钱少？"

"反正我只知道，没钱被人看扁，有钱能看扁人。"

"对，我在外面打工时，常常被人看不起。"……

几个村民不管不顾，又是一串连珠炮。

"你们真是……唉，孺子不可教也。"陈功父亲气急攻心，瘫坐了下去，手捂住胸口。

几个村民见势不妙，一哄而散了。

"爸，你没事吧？"陈功关心地扶住父亲的背。

"没事。"陈功父亲轻轻摇头。

热闹的气氛一直持续到晚上。老戏台上灯火通明，扮相各异的演员们在锣鼓家什的伴奏声中，演绎着古老的地方戏曲。然而台上唱得热闹，台下的观众却很少，也就稀稀拉拉坐了二三十号人，大多是老人带着孩子，绝少青年男女，甚至连中年人都极少。

陈功和梦影坐在村口的大槐树下，隔着影影绰绰的观众，望着不远处的老戏台。虽然天色已晚，但天公作美，几乎没什么风，穿着厚厚的羽绒服坐在室外，感觉不到太多寒意。

"我小时候最喜欢看戏了。"陈功倾听着台上演员那铿锵有力的唱腔，眼里放射出光芒，"只要锣鼓家什一打，演员们立刻精神百倍，你来我往地粉墨登场，唱念做打，别提多带劲了。"

"是不是从那个时候开始，你才想当演员的？"梦影好奇地问。

"应该是吧。"陈功陷入了回忆中，"但我也不确定。我只记得后来跟我爸说，想去学唱戏，被他臭骂了一顿。"

"你爸人挺好的啊，"梦影有些不解，"不像你说的那么凶。"

"他对其他人都很好，只是看我不顺眼。"陈功恨恨地说，似乎想起了很多孩童时的不快，"从小到大，无论我做什么他都不满意，都要打击我。"

"那你为什么后来还是去做演员了？"

"我就是咽不下那口气。"陈功突然意识到往事也并非那么不堪，对梦影笑了笑，自嘲地说，"一直憋着一股劲，要证明给我爸看，我一定会成功，总有让他刮目相看的那天。"

"那口气，现在算是出了吗？"梦影缓缓地问道。

陈功语塞。他看向梦影的眼睛，想从她那里寻找到答案，但最终发现只是徒劳，因为梦影自己似乎也在迷惑中。"该回家了。我爸现在应该心情好点了。"陈功转头看向戏台，小时候觉得它高不可攀，现在看起来，却显得那样低矮陈旧。他长出了一口气。

陈功家的房子是上世纪六七十年代知识青年下乡时建的。一个巴掌大的小院，两间低矮的红砖房，经过半个多世纪的洗礼，已经破旧不堪，但院内和屋里十分干净整洁，处处体现出主人对生活的用心。

陈功母亲坐在炕上盯着电视，屏幕上正播放着陈功在某个讲坛授课的画面。陈功父亲在练书法。他头发花白，脸色黝黑，瘦削的身板挺得笔直，气定神闲，运笔如风。

他们都是十几岁就响应号召，从城市来到这块贫瘠的土地开垦拓荒，把最好的青春洒在了黄河滩上。最终，他们没有返回故乡，而是把这里当成了自己的归宿。陈功父亲当了代课教师，母亲做了农民，含辛茹苦，用微薄的收入把陈功拉扯大，让他有机会在广阔的天空展翅翱翔。

陈功父亲写完一篇字，浏览一番，满意地点点头。他转头发现妻子还在满脸欢喜地盯着电视里的儿子，不禁皱起了眉头："儿子都在身边了，你怎么还没完没了地看这些录像啊？"

"你看功儿上电视多好看。"陈功母亲没接他的话茬。

"人生得意莫轻狂。"陈功父亲用老师惯用的口吻说，语气中透着几分担忧，"我担心他不走正道。"

"都上电视了，这还不是正道？"陈功母亲无法理解，也不认可丈夫的话,"你就知道转这些,你看看现在还有人听你的吗?老八股。"

"你懂什么!"被妻子戳到痛处,陈功父亲有点生气。

"就你懂,你怎么不上电视去说啊?"陈功母亲反唇相讥。

"你……"陈功父亲将毛笔拍在纸上,生着闷气。

"爸、妈,我们回来了。"陈功和梦影一前一后,兴冲冲地进了屋。

"功儿回来了。"陈功母亲挪到炕沿招呼他俩,"快来看看,你在电视里讲得太好了,我都会背了。"

"妈,这是之前录的节目,我刚刚又录了几期,最近就会播出了。"在母亲面前,陈功还是那个考了高分喜滋滋回家的孩子。

"好好好,播出时告诉我,我还录下来,空了就能看。"母亲搂了搂儿子的肩膀,仿佛想给他点奖励,却突然发现自己已经给不了什么了。陈功看出母亲的心思,全身都被这种慈母的温情包围着,感觉暖融融的。他搂住她干瘦的肩,和她一起看电视。

"呀,叔叔,"梦影发出一声惊呼,"您的字写得真好。"

"你也懂书法?"陈功父亲脸上露出惊喜的表情,重新捡起了毛笔。

"其实我也不太懂,小时候我爸练字时,我都在练琴。"梦影显得有点不好意思,"但我看您写的这字,立刻能感到一股书卷气,和我爸写的一样。"

"有感觉就是你懂。"陈功父亲仿佛终于遇到了知音,立刻来了精神,"我告诉你啊,现在很多所谓的书法家,他们的字都没法看,知道为什么吗?就是因为他们没有下足功夫临摹古代名家的字帖,一门心思只想着创新,最后写出来的字毫无书卷气,就好比一个人没有了灵魂,只是行尸走肉……"

陈功见父亲说得兴起,担心他又会像以前一样喋喋不休地说教下去,让梦影尴尬,赶忙插话:"爸,您也忙了一天,是不是该休息了?"

陈功父亲的话头突然被打断,显然十分不爽。陈功母亲见丈夫还想继续往下说,马上接过了陈功的话:"对啊,老头子,天不早了,孩子们赶了一天的路，也该休息了。"

梦影善解人意，帮着安抚陈功父亲："叔叔，您年纪大了，一定要注意休息。明天我就跟着您学写字，到时您给我好好讲讲。"

陈功父亲本想发作，被梦影这么一说，心情登时云开雾散："嗯，还是梦影懂事。"他微笑着说完，又瞪了儿子一眼。

陈功被这一眼看过来，胸中的一团无名之火顿时又升起。他重重呼出一口气，从上衣口袋里掏出个红包，恭恭敬敬地递到父亲面前："爸、妈，里面的卡上有十万块钱，你们把房子重新整一下，不够的话我再给。"

陈功父亲紧绷的脸稍稍松弛了一些，但没有接过红包，而是开口说："你的心意我领了，你这个钱我……"

"这个钱我们收了，你就放心吧。"陈功母亲抢先截住了丈夫的话，接过红包。陈功父亲有些不满，还想说话，被妻子连连使眼色让他闭嘴。

"这就对了。"陈功终于高兴起来，"这房子都几十年了，到处透风，早就该翻修。你们年纪大，千万不能冻病。"

"没事的，我们都住习惯了。"陈功母亲连连摆手，想让陈功放心，"你和梦影有空多回来看看，比什么都强。"

"妈，我们回来时也希望住得舒服一点，对不对？"陈功担心母亲又像之前那样把钱存上不舍得花，努力说服她，"何况，见我回来了却不修房子，村里人也会说闲话的，您说是不是？"

让陈功始料不及的是，他这套屡试不爽的说辞，却让自己的父亲瞬间暴跳如雷："嫌住得不舒服，你别回来啊。"

"我不是这意思。"陈功不明白，父亲刚才还好好的，怎么突然发起火来了？他赶忙解释："我就是希望你们住得好一点，享享清福。"

"我们享不享福，还轮不着你来管。"陈功父亲甩开妻子想拉住他的手，大声吼道。

"你怎么总是这样，一点不通人情？"陈功也失去了理智，狠狠地挡开梦影伸过来的手。

"又没人请你回来。"父亲的脸涨得通红,抓起桌上的练字纸,反手就甩向陈功。

陈功头脸上的青筋暴起,一把抓住纸张的另一端,顺势往父亲那边一挥,纸张顿时被撕成两半。"梦影,我们走。"他不由分说,拉起梦影的手就往外奔。

梦影还没反应过来,已经被陈功拽出了院子。"你要去哪儿啊?"她用力想挣开陈功的手。

"回家。"陈功把她的手攥得更紧,径直朝村口走去。

"你疯了吧?都这么晚了。"梦影用尽全身的力气甩开陈功,停下了脚步。

陈功被梦影这一吼,也恢复了些理智,站住脚,一脸懊恼地说:"在这里我一刻也待不下去。"

"明明是你错,还要怪别人。"梦影反驳他。

"我哪儿错了?我好心给钱让他修房子,怎么就错了?"陈功觉得自己委屈透了。

"你怕别人说闲话,这就错了。"梦影毫不示弱。

陈功立刻愣住了,痛苦地扭过头:"我不是那个意思。"

"你就是那个意思。"梦影不给他留一点情面。

陈功没想到梦影完全站在他父亲那边,但他实在不想再迈进家门。"你走不走?"他声音很大,但语气中带着商量的意味。

"不走。"梦影眼神坚定,不给半点商量的余地。

"你、你怎么也这么不理解我?"陈功被彻底打败了,既委屈又无奈。

梦影看着他的眼神,立刻让他想起了分手的那个时刻。"你总是觉得问题都在别人身上,这是你最大的问题。"梦影的语气好像是老师在责备一个屡教不改的学生。

陈功不敢再多说话,两人僵在了那里。

"功儿,你等等。"母亲手里提着竹篮子,气喘吁吁地追过来。

"阿姨,您慢点。"梦影赶忙上前接过了篮子,搀住她的手臂。

"妈,您怎么来了?我们这就开车回去了。"陈功也紧走两步,把篮子提过来,竟然十分沉重。

"晚上路不好走,你们到县上住一晚,明早再回去吧。"母亲最知道孩子的脾气秉性,她知道留是留不住的,只希望孩子们能够一路平安。

"我们知道了,你放心吧,妈。"陈功眼窝一热,语带哽咽。

"阿姨,刚才的事都是我们不对,对不起。"梦影的眼睛也湿润了。

"好姑娘,"陈功母亲抚摸着梦影的手背,微笑道,"没事,他们爷儿俩每次碰到一起都这样,过段时间就没事了。"

陈功听到这句话,心中更加难过,低着头说不出话。

陈功母亲把盖在篮子上的红布掀开,指着里面满满当当的鸡蛋和杀好的土鸡,强装出笑脸:"家里也没什么可拿的,这些东西给你们补补身子。"

陈功的泪水直在眼圈里打转,他赶忙仰起头,不让泪水流下来,轻声地说:"谢谢妈……"

"功儿,"母亲还在尽力保持笑容,"你现在出息了,可别累着自己。有空时还是多带梦影回来看看,我们就知足了。"说到最后,她的泪水再也止不住了,连忙用手背擦拭眼角。

"妈,我会的,你们也要照顾好自己。"看到母亲的眼泪,陈功的泪水再也不受控制,夺眶而出。

"好好好。"母亲伸手帮陈功擦去泪水,催促着他们,"快走吧,路上开慢点。"

"阿姨……"梦影抓住她的手,痛哭起来。

"好姑娘。"陈功母亲抚摸着她的头发,"你们快走吧,还有一百多里的小路呢。有空再回来。"

陈功终于拉起梦影的手,提着篮子,头也不回地走了。

此时的老戏台上,已是曲终人散……

第十九章　新年新气象

即使出现了不和谐音，生活的乐章总要继续。

当晚两人并没有在县城停留，而是一鼓作气直接开回了城里的家。最初两天，梦影启动冷战模式，但陈功深刻总结了上一次的经验教训，真诚道歉加上温顺感化，先让梦影正眼看自己；紧接着，又策划组织了母亲和梦影的视频拜年互动，让梦影的脸上重新绽放出笑容；之后，陈功投其所好，主动请缨和她一起修改完善歌曲《原乡》；最后，两人终于回归了琴瑟和鸣的最佳状态。

这场因为陈功说错话而意外出现的情感危机，总算有惊无险地渡过去了。陈功庆幸之余，也在不断地反省自己：冲动真是魔鬼啊，自己还须好好修炼。他暗暗发誓：从今以后，不管在什么情况下，不管面对什么人，自己都要时刻保持冷静，要像师父那样，喜怒不形于色，尽快成长为一位令人景仰的、真正的"成功大师"。

快乐的时光总是过得飞快，转眼间春节假期只剩下两天了。震古说过，节后上班第一天就要提交新的业务方案。这几天，他和碧春以及团队的女将们开过两次视频会议，热烈地讨论过，但结果并不让人满意。随着最后期限日益临近，他逐渐丧失了过年的好心情。

这天上午，天气也像他的心情一样，有轻霾。陈功待在客厅里，颇为心烦意乱。梦影则神态慵懒地坐在卧室的飘窗上，怀里抱着吉他，全神贯注地弹唱歌曲《原乡》，同时做着修改。她今天穿了一件红色的上衣，从客厅里看过去，像个小仙女一般俏丽可爱。

看着梦影，陈功的心绪逐渐舒缓了许多。他站起身走进卧室，走到她身旁。梦影抬头对他笑笑，接着聚精会神地弹唱。陈功抬头看窗外，才发现天上的太阳被雾霾遮罩成惨淡的白色，当它的光亮到达梦影身上时，已经虚弱得照不出影子了。他这才明白她为什么要穿上一件红衣裳。

"梦影，"陈功柔声说，"等下胡响要过来，说是找我有重要的事，很快谈完就走，不一起吃饭。"

"哦，好的。"梦影脸上露出厌恶的表情。

"我也讨厌他，但他说的事我正好感兴趣，所以才答应他来。"陈功连忙解释。他知道梦影一向讨厌胡响，以前总是告诫自己离胡响远点，现在想来，当初要是听她的劝，也不至于损失那么多钱。不过，没有胡响，自己也可能遇不到震古，改变不了命运。这，可能就是人生吧。

"你把卧室门关上吧，我不出去就是了。今天正好有灵感，我得抓紧修改。"梦影还沉浸在旋律当中。

"好好好，你抓紧弄完。等过了年，咱们就着手准备出单曲的事。"陈功冲她鼓励地笑笑，知趣地退出卧室，轻轻把门关上。

他坐回客厅沙发，心事重重地等着胡响上门。刚吃完狗粮的哆哆不失时机地跑到他脚边，眼巴巴地望着他。陈功摸摸它的小脑袋，示意它去别的地方玩："等下有人来找爸爸，妈妈也在忙，你自己玩吧。"但哆哆仍睁着一双水汪汪的大眼看他，舌头还伸得老长。陈功被它的可怜相逗笑了，心情也渐渐放松下来。

门铃声悠扬地响起。没等陈功起身，哆哆已经飞快地冲到门边，对着大门不停吠叫。

"哆哆别叫了，妈妈在工作呢。"陈功低声制止哆哆，但它仍然叫个不停。

"遇见仇人了吗？"陈功笑着问它，走过去开门。

"功哥新年快乐。"胡响那张河豚般的笑脸跃进陈功的眼帘，他手里拎着一个火红的大礼盒，直接撑到了陈功眼前。

陈功瞥了一眼，看出是个收智商税的补脑保健品，不由得冷冷一笑，没有伸手接。"新年快乐，来，来，里面坐。"他酝酿好半天，才挤出一丝欢迎的笑容，一只手搭在胡响的背上往屋里推。

哆哆似乎真把胡响当仇人，叫声一直没断过，那架势就差扑上去撕咬了。"坏狗狗，一边去。"陈功为了安慰胡响，指着哆哆假意怒骂。哆哆可不知道人会装模作样，灰溜溜地跑进厨房去了。

胡响有些尴尬，不过转瞬间又露出夸张的兴奋表情："哥，恭喜你荣归故里啊，这个房子真好，比那农民房可强太多了。"

陈功脸色微微一变，语气变得淡淡的："还行吧。你坐。"

胡响乖乖坐下来，本想再一次把礼盒递给陈功，但见他没有要接的意思，只得悻悻地把礼盒放在茶几角上，脸上不免讪讪的。

"你说有十分重要的事，还必须得当面说。现在说吧。"陈功摆出震古常用的表情，眼神像刀子一样剜向胡响，说话却四平八稳。

胡响显然被陈功震慑住了，不敢再油腔滑调，而是恭恭敬敬地说："哥，你们团队在找新的生意模式吧？我这里正好有一个，想着赶紧过来献给哥哥。"

"哦？"陈功不动声色。

胡响被他看得浑身不自在，慌忙解释："哥，别误会啊，我早就不和风云那边来往了。"

陈功轻轻颔首，知道这一次胡响没有说谎。自从买了他的新人单子后，陈功就时刻注意防范，还让团队的人调查他的行踪，发现两个月前他就没有继续帮公司招新了，这一度让陈功松了口气。

"那你怎么知道关于新生意模式的事？"陈功保持高压态势。

"哥，知道我这段时间在做什么吗？"胡响见他上钩，顿时放松了许多，又是之前那副故作神秘的姿态。

"你大概也知道，我最近很忙，真没时间关注你。"陈功不想失去居高临下的优势，装作不在意。

"哥，还记不记得？我之前说过参与了一个投资项目。"

"记得，怎么了？"陈功的语气极不客气。他想起胡响在卖新人单和借钱时，说过自己在投资一个"非常有前途"的项目，然而自从炒股亏钱后，只要胡响嘴里吐出来"投资"这两个字，他就恶心。

"哥，你知道那个项目是谁的吗？"胡响装作没看到陈功的厌恶，眼睛笑得眯成一条缝，继续卖关子。

陈功没接话，想看他这次是不是能吐出象牙。

"那个项目——是——震古大师的——"胡响仿佛投出了一枚炸弹，等着看它在陈功的脸上爆炸。

陈功心里咯噔一下，着实被胡响的话震撼了，但他很快强迫自己冷静下来，做出风轻云淡的模样："是吗？"

"我也是年前几天才知道的。"胡响见陈功不为所动，赶紧一口气说完，"当时，那个负责联系我的投资经理突然着急忙慌地找来，说有个年前大促的活动，让我追加投资。他还说，年后项目就会结束内测，推向市场，到时公布的投资回报率一定会大幅度下降。我怕项目方要卷款逃跑，一直不敢答应。最终，在我的一再逼问下，那个投资经理才告诉我，项目的背后老板就是鼎鼎大名的震古大师。当然，我立刻就放心大胆地追投了。"他像说评书似的，越说越来劲，最后竟然兴奋得直喘气，对着陈功笑开了花。

"然后呢？"陈功淡定地追问，"你为什么来找我啊？"

胡响眼看自己说得口干舌燥，陈功都不为所动，终于竹筒倒豆子了："昨天，风云团队的人在群里发公告，让大家集思广益，提供新的业务模式，还说被采纳的有重奖。我一晚上想来想去都睡不着，所以今天一大早就找你来了。"

"然后呢？"

"哥哥欸，这里面的弯弯绕你应该明白了吧？"

"你说说看。"陈功大致想清楚了，但还是逼着胡响自己说。

"看来哥哥是存心想考考我的智商啊。"胡响凑近他，"大师的项目年底已经内测完毕，马上就要大规模推向市场，但他又让你和风云去找新的生意机会。这就是说……"胡响停下来观察他的反应。

发现陈功的神色终于有了些波动，胡响满意了："如果我们向大师提起这个项目，一定正中他老人家的心意。没准他老人家就是想看看，你和风云哪个团队的商业嗅觉更好呢。哥，这可是天上掉下来的好机会啊。"

陈功看着眼前这个口沫横飞、讲得绘声绘色的家伙，心中不禁泛起感慨：为了赚钱，胡响常常谎话连篇，而且可以出卖一切，包括朋友，包括尊严。但有时候又不得不承认，他有着超出常人的机敏，如果严加把控，没准是个可用之才。

"哥，我说得……对吗？"见陈功久久不说话，胡响小心翼翼地问道。

"我再想想吧。"陈功长舒双臂，惬意地倒在沙发靠背上，一副智珠在握的神气。

从窗户看出去，太阳此时已挣脱了雾霾，射出千万条金色的光芒，照得整个大地喜气洋洋……

公司里仍是一片节日气氛，门窗上都倒贴着大红的"福"字，每个工位上还放了金光闪闪的红包袋，人们红扑扑的脸上透着满满的幸福感。

陈功稳稳地端坐在大会议室里，踌躇满志。一旁的碧春可就没他那么淡定了，眼睛时而盯着手机屏幕，时而看向会议室里团队的女孩们，神色略显紧张。其他女孩也像她一样，心中似猫抓。

"功哥，"碧春终于按捺不住了，"你怎么还坐得住啊？马上就该咱们进去汇报了。"

"斋嫲嫲。"陈功模仿电影里的泰国人，说了句他们常用的让人"放轻松"的泰语。那幽默的语气让众人忍不住笑出声来，气氛轻松了不少。

"功哥，这可关系到我们今年的效益，可是到现在我们的方案还没有定下来。"只有碧春笑不出，又低头瞄了一眼手机屏幕。

"山人自有妙计，等下进去时，你看我眼色行事就好。"陈功依然一副胸有成竹的模样。

碧春的手机突然响了一声，她条件反射地抓起来，飞快地点开屏幕："功哥，师父让我们进去。"她大力推开椅子，猛地站起来。

"我们走吧。"陈功施施然起身，还没忘冲碧春笑一笑。走到门口时，他停下来，转头对紧盯住他俩的女孩们说："你们都回去等好消息吧。还有，我的开工红包已经放在你们办公桌上了。"

会议室传出一阵欢呼声，引得办公大厅里的人纷纷注目。陈功带着碧春，就在这些目光中昂首走向震古的办公室。

他们走过照片墙时，与刚从震古办公室出来的风云和黑虎碰个正着。陈功稍稍侧身相让，满脸笑容地拱了拱手："大师兄，新年好。"

风云好像没什么心情和他寒暄，轻轻点了下头，含糊地说了句"新年好"就快步走过。陈功看着他们近乎落荒而逃的背影，不禁心花怒放，但面上只是浅浅一笑，只有脚步变得更加轻快。

震古端坐在太师椅上，随意翻看着一本装订精美的策划书，只看了几页就厌恶地合上，随手丢在桌上。他缓缓闭上双眼，进入沉思的状态。

"笃笃笃"，厚重的木门上传来礼貌的叩门声。震古睁开眼，脸上露出几分期许之色，喊了一声"进来"。

"师父，新年好啊。"门被轻轻推开，陈功和碧春笑逐颜开地站在门口。

"你们也好，快进来。"震古欠欠身子，招手让他们赶快坐到身边来。

看到他们两手空空，震古指指被扔在桌上的那份策划书，故作不满："你们怎么空着手就来了？风云他们可是做了充分的准备。"

碧春的心情更加紧张，怯生生的答不上话，只能用埋怨的眼神看向陈功。

"师父，您总教导我们说，绝妙的点子往往来自不经意的洞察。"陈功稍稍探身，瞥了一眼策划书，满脸轻松，"策划书做得再好，如果抓不住重点，也只是在浪费您的时间。"

"好，那我们就不浪费时间，讲讲你的绝妙点子。"震古显然对陈功的自信很满意，语气中充满期待。

陈功答应一声，直视震古的眼睛，用充满说服力的语调开始陈述："我们都知道，中国人喜欢存钱，特别是中老年人，为了自己看病养老，为了子女结婚生孩子，他们往往会把赚的钱留一部分存起来……"

他边说边观察震古的反应，发现震古的眼神微微一亮，心中更有把握了，说话的语气越发自信而从容："现在的情况是，银行的利息远远赶不上货币贬值的速度，于是人们不断地寻找保值增值的投资渠道。但是很遗憾，目前可以投资的方向实在有限。股票，在上演了几轮'割韭菜'之后，已经让普通人望而却步；房地产火过几次，但现在因价格高企而变为高危，人人都怕自己成为'接盘侠'……"

"师兄，能不能说重点啊？这些我们都知道，不用你来科普。"碧春可能对陈功越来越没信心，害怕等下自己被震古一起责备，慌忙站出来撇清关系。

"师妹别急，重点来了。"陈功看破了碧春的心思，只笑了下，"另一方面，广大的中小企业，以及想快速发展的大型企业，往往面临着贷款难的问题。这，就是目前互联网金融兴起的核心原因。借助互联网平台向公众或企业主吸收存款，给他们高于银行的资金回报率，再把钱借给有需要的企业，让他们获得发展机会。"他说到这里便看向碧春，希望对方能有醍醐灌顶之感。

"这和我们有什么关系啊？"看样子碧春真的对金融一窍不通，她双手一摊，大声问道。

"陈功的思路不错，继续往下说。"震古又一次在适当的时机给出了适当的指示。他的反应让碧春大跌眼镜，看陈功的眼神里多了几分惊异。

陈功讲得眉飞色舞："所以，只要我们能找到优秀的投资项目，给投资人满意的回报，以我们现在庞大的学员资源，一定有很多人愿意投资。我们除了学费，还可以多收取一部分管理费用，我已经算过了，这笔管理费的数目十分可观。"

"对哦。"碧春恍然大悟，一拍大腿，"我们可以规定，只有加入公司的'成功圈'，才有资格参与这个项目。这样的话，会吸引更多的人成为我们的学员，形成良性循环。"

"还有，我们要告知学员真实的投资回报率吗？"震古用导师特有的神态指点陈功。

陈功经他这一点拨，豁然开朗："对啊。只要投资人接触不到投资项目，投资回报率就由我们说了算，我们为什么不能赚投资回报的差价呢？"

碧春兴奋得跳了起来，冲着震古竖起了大拇指："还是师父站得高，看得远，我们怎么就没想到呢？"

"高，师父实在是高。"陈功不想让碧春抢去风头，情急之下，想起了一个经典老电影的片段，全情投入地表演起来。

"陈功，我果然没看错，你天生就是做这行的料。"震古的笑容高深莫测，"我们算是不谋而合。"

"原来……师父早就想到了？"陈功恰到好处地装出震惊模样。

震古淡定地取出一份文件夹，递给陈功："你看看。"

陈功翻开文件夹，仔细读了一会儿，不禁赞叹："这个项目太棒了！师父，您是怎么找到的？"

震古像个未卜先知的神仙，一副"这都不在话下"的神气："这个项目我跟了大半年，即将迎来爆发式增长，与你的方案配合度最高。当然，我们还需要好好包装一下。"

"这没问题，我们最拿手的就是包装。"碧春抢在陈功之前说，"之前包装陈功师兄的案例就非常成功。"

"嗯，不得不承认，这案例我们还是费了不少力气的。"震古意味深长地说。

"多谢师父栽培，陈功没齿难忘。"陈功这一次是发自内心地感恩。

"你能获得今天的成就，也是自己肯学肯干的结果。"震古突然话锋一转，"不像那个风云，就是个扶不起的阿斗。"

在陈功的记忆中，这是震古第一次当着他的面批评风云。这意味着，胜利的天平已经正式倾向了自己。"师父请放心，我会加倍努力的。"他学着碧春一贯的乖巧模样。

震古气概非凡地挥挥手，郑重宣布："陈功，这个项目我正式交给你们团队执行，由你全权负责。碧春，你即刻协助陈功注册新公司，法人代表就是他。明白了吗？"

"明白！"两人同时应答。

"有没有信心？"

"有！"

阳春三月是这个城市最迷人的时节。嫩绿的柳芽从枯黄的柳枝上探出头来，呼吸着清新温润的空气，不禁欢快地扭动起身姿，向人们发出热情的邀请。桃花、李花、玉兰花，竞相开满枝丫，红的、粉的、白的，在七彩的世界里争奇斗艳。人们告别灰白色的寒冬，挣脱了厚重的羽绒服，脸上也有了花儿盛开的模样，开始从头追逐梦想。

繁华商业广场背面的一条街道上，有个舞狮的草台班子正在新开张的店面前敲锣打鼓，卖力地制造声浪，以吸引路人的注意。

陈功站在这喧嚣之中，抬头仰望那块被红布遮盖住的牌匾，有种特别不真实的感觉。他没想到碧春她们的效率如此之高，在不到一个月的时间里就搞定了新公司的所有筹备工作。

看来真是重赏之下必有勇夫啊。师父许诺给新公司很大的自主权，除了财务，其他都可以由团队自己决定。当然，这个决定权牢牢掌握在公司法人，也就是陈功本人的手里。更关键的是，新公司可以截流更多的运营资金，作为对员工的奖励，这应该是碧春和团队其他人拼命工作的原动力，也是陈功满怀雄心壮志的源头。

"哥，都布置好了，你看看还有什么遗漏的。"胡响像泥鳅一样从陈功身后钻出来，一脸谄笑。

"辛苦了，你去里面照应吧，把碧春请出来。"陈功不想让他坏了自己的好心情，乜斜他一眼，下达新指令，把他往店内支。

"没问题，我去干活了，有事您说话。"胡响没心没肺地跑进店里。

陈功看着他的背影，无奈地摇摇头，但转念一想又释然了：胡响也不是一无用处，起码鬼点子比碧春她们多。知人善任也是身为"大师"的基本功之一吧，无论哪种人，都能随心降伏驾驭，方显英雄本色嘛。想到这里，他的嘴角不由得泛起自信的笑容。

"师兄，对今天的安排还满意吗？"碧春走到陈功身边，面露得意之色。

"满意，当然满意，大大超出我的预期。能有这么能干的师妹，是我天大的福气啊。"欢喜之下，陈功不自觉地学着师父那样哄碧春。

"哈哈，我有时都分不清，你到底是师兄还是师父了。"碧春心花怒放，人面桃花相映红，放肆地大笑起来，似乎她也和陈功一样，沉浸在自由呼吸的快意当中。

"是什么都好，新公司搞起来了才是正经。"陈功随口说完，连自己都被惊到了——这不是师父附体吗？

碧春也明显感受到了陈功的蜕变，眼神中突然闪过一丝失落，不过很快就恢复了平静。"一切就绪，就等师父来揭牌了。"她期待地看着披红挂彩的新公司门脸。

"叶师叔您来了，欢迎欢迎。"陈功一眼看到红光满面的叶师叔，连忙上前一步迎接。

"陈功贤侄，恭喜恭喜啊。"叶师叔拱手道贺，"我早就说过，你将来必成大器，没想到这么快你就打出自己的一方新天地了，实在是可喜可贺啊。"

"哪里哪里，师叔过誉了，我还有很多地方要向前辈学习。"陈功谦虚地回应。

"好好好。"叶师叔看到现场架着摄像机，眼珠一转，"贤侄啊，今天来，也是想沾沾你的光，我这张老脸很久没在电视节目里露过了。"

陈功一听就明白："叶师叔，我让碧春安排电视台的人给您做个采访，劳烦您顺便帮着说说好话，您看行不行？"此时的他俨然一个老江湖了。

"好好好，我还是那话，贤侄，你必成大器。"叶师叔感叹不已，"震古真是有福气啊，有福气。"

"叶师叔，这边请，我带您去录像。"碧春一如既往的乖巧，扶着叶师叔走了。陈功看着他们的背影，喜悦之情如黄河水，一浪接着一浪，滔滔不绝。

"大师兄好。""大师兄。"……一阵嘈杂之声，风云带着黑虎以及一干兄弟，呼啦啦闯进人群。

陈功赶忙上前拱手，态度不卑不亢："大师兄来了，欢迎欢迎。"

风云也不含糊，笑里藏刀，递上厚厚的红包："师弟出道，我这个大师兄当然得来道贺，一点小意思，师弟千万别嫌弃。"

陈功顺手把红包交给已经转回来的碧春，同样语带双关，绵里藏着针："岂敢岂敢，大师兄一向对我们关怀备至，我们定当没齿难忘。"

风云脸色微变，接着哈哈一笑："师弟，你我之间虽然偶有误会，但山高水长，江湖常在，我们各自好自为之吧。"

陈功脸上一寒，但马上又挂上了笑容，又向风云一拱手，"谢谢师兄指教，各位兄弟里面请。"

风云带着黑虎等人进店，经过陈功身边时，个个都面带笑容向他致意，丝毫看不出之前的敌视。这倒出乎陈功的意料，但没过一会儿便释然了——还是那句话，此一时彼一时也。

"碧春，师父怎么还没来？"眼看时间差不多了，陈功有点心急。

"师父刚刚打电话，让我给你捎句话。"碧春就等着陈功问她，"他说今天的主角是你，他就不过来抢风头了，让你放心，他会全力支持你。"

这更加出乎陈功的意料。按理说,这么重要的项目,这么重要的场合,震古无论如何都应该来的。就算他不想抢风头,但至少得来站站台,帮着宣传一下,毕竟,他的知名度远超陈功。

陈功满脸的疑惑,碧春无奈地对他耸耸肩。事已至此,陈功也不再多想了,大声招呼碧春:"吉时已到,准备揭牌。"语气让人听不出半点迟疑。

"好嘞。"碧春引着陈功走到牌匾之下,高举双手,做了个下压的动作,锣鼓声立刻停止,人们的目光不约而同地转向他俩。

"各位嘉宾,感谢大家前来捧场,现在让我们用最热烈的掌声,欢迎公司总经理、著名的成功导师、管理大师——陈功先生,请他致词并揭牌。大家掌声欢迎。"碧春热情洋溢地介绍完毕,带头鼓起掌来,顿时掌声响成一片,特别是团队的女孩们,一个个激动得又喊又跳。

"谢谢大家,谢谢大家。"陈功目光沉稳地扫视全场,那是"大师"特有的眼神。全场渐渐鸦雀无声,人们翘首以盼,等待他致词。

"在筹备这个公司时,有些朋友劝我:你这个'成功大师'做得好好的,怎么搞上投资了?弄不好,要砸自己金字招牌的。"陈功对演说节奏的把握已经到了炉火纯青的地步,这种以退为进的开场白让众人无不竖起耳朵,急切地等着他给自己解惑。

"但是,我想那些朋友可能忘了,我们付出最大努力去追求的成功,不就是积累财富吗?不就是实现自己的人生价值吗?你们说,我讲得对不对啊?"陈功游刃有余地掌控着场上的气氛。

"对!"在团队女孩们的引领之下,现场的反馈十分正向。

陈功满意地点头,继续引导:"所以,作为成功大师,最重要也是最直接的目的,就是让大家快速地积累财富。这,就是我执意要做这个公司的初心。我这么讲,你们能听懂吗?"

"能!"众人热烈回应,已经不再需要人带领。

"好!"陈功猛地一挥手,从胸腔迸发出铿锵有力的声音,"那就由我带领大家,更直接、更快速地,让手里的财富像滚雪球一样,越滚越大，越滚越高。你们大声地告诉我，好不好？"

"好！"现场的反响完全达到陈功的预期。他貌似感激地竖起大拇指，然后有节奏地带头鼓掌，嘴里也没闲着："现在请给自己一点掌声——我是最棒的！"

"我是最棒的！"人们跟着他的节奏大声呼喊。

"我是最强的！"陈功又带了一句。

"我是最强的！"声浪排山倒海。

几个回合下来，现场的气氛很快达到了高潮。人们的脸色绯红，手掌也拍得通红，就像路边的树上盛开的花儿。

"现在，有请陈功大师为公司揭牌。"碧春看准时机，高声宣布。

陈功在人们的注视下，缓缓拉住连接红布的红绳子，满面笑意。

"三，二，一。"在碧春的带领下，全场人大声倒计时。陈功在最后一刻用力拉扯红绳子，红布随之从牌匾上滑落，露出了几个金色大字——陈功大师财富中心。然而，因为陈功用力过猛，那块红布以迅雷不及掩耳之速，向他头顶直坠下来。

陈功正在兴奋之时，突见一片血红劈头盖脸而来，想躲已来不及，全身被结结实实地盖住。他急着想掀开，却使得红布越缠越紧，整个人望上去像极了一具红色木乃伊。

"哈哈哈……"人们忍不住大笑起来，风云团队的人笑得最响亮。

碧春她们被这突如其来的变故惊呆了，一时手足无措，甚至忘了上前帮忙。胡响则冷冷地看着他，一副幸灾乐祸的表情。

陈功强迫自己冷静下来，不再挣扎，摸索着抓住红布一角，慢慢扯开，终于露出了脑袋。

"这就是传说中的'鸿运当头'，可遇而不可求啊。"刚才被红布蒙头之时，陈功已经想好了一番说辞，他把红布捋顺，斜披在肩头，一脸认真，"在这个良辰吉日，我把这份幸运转赠给大家，祝大家新年万事吉祥，心想事成。"

"好！谢谢大师！"碧春与陈功配合默契，等他话音一落，就带头叫好，引得众人齐齐鼓掌。

风云根本没想到，这么大一个笑话会被如此轻而易举地化解，心中不得不佩服陈功的急智。而胡响也频频跟随众人鼓掌喊好，表现得比任何一个人都真心实意。全场的气氛就如陈功身上的红布，火一般炙热。

第二十章　艰难的抉择

　　自从搬回小区居住之后，梦影的穿衣喜好突然改变了，更加偏爱暖色系的衣服，特别是各种各样的红色。

　　这天晚上梦影就特意穿了件桃红色的羊毛衫，双手托腮坐在餐桌旁，看着一桌子精致的酒菜，满脸幸福的笑容。在暖黄的灯光映照下，整个人像极了一朵娇艳欲滴的桃花。

　　"叮咚，叮咚，叮咚"，陈功那标志性的急迫门铃声陡然响起，梦影就像一只活泼的小鸟，轻盈地飞过去开门，迎接陈功归来。

　　"你一直站在门边等我吗？快得吓我一跳。"陈功又惊又喜。

　　"你可真难伺候，慢了不行，快了也不行。"梦影愉快地和他斗着嘴，又伸手拉他，"饭刚做好你就回来了，难怪阿姨说你属猫的。"

　　"白天新公司开张，晚上回家又有大餐吃，今天真是双喜临门啊。"陈功看到餐桌上丰盛的晚餐，瞬间来了精神，搓搓双手直扑过去。

　　"还不止双喜呢。"梦影面上带着神秘的笑容。

　　"哦？"陈功舒适地靠在椅子上，充满期待地仰头看梦影。

　　梦影不紧不慢地坐到他对面，按下手机键，悠扬的乐曲声顿时响起。

　　"是《原乡》！"陈功才听了几个音符，就兴奋地坐直了，双手抓住梦影的手，眼中燃烧起火一般的光芒，"今天也上线了？太好了，太好了。"

梦影的眼眶渐渐湿润，也紧紧攥着陈功的手："是啊，这多亏有了你。"

"这首歌太美了，你的配乐和编曲也好，把对母亲河的眷恋和对未来的憧憬，都表现得淋漓尽致。"陈功沉浸在歌曲所营造的氛围中，发出由衷的赞叹。他不由得闭起双眼，用心聆听。梦影也轻轻合上眼，回味创作这首歌曲的每一个点滴。

此时，温暖的房间里只有优美的旋律在回荡，就像和煦的春风一般，熏得人儿陶陶欲醉。

孩子追逐梦想
伴着母亲的惆怅
旅人回归家园
找回心中的安详

我愿回到这里
自然祥和的地方
我永远在这里
守护孩子们的原乡

一曲终了，陈功和梦影同时睁开眼，深情地凝视着对方，久久不愿移开目光。

"谢谢你。"梦影觉得心中有千言万语，但话到嘴边，只说出了这三个字。

"看来我得加倍努力了。"陈功踌躇满志，"得让我们的天才音乐家有事干才行。"

说完这句话，陈功心头突然一阵慌乱：我为什么会这样回答？放在从前，这种你侬我侬的氛围下，自己一定是接过梦影的话头，说些感动她也感动自己的话。但在这一刻，自己却有意逃避开她的深情，脑海里首先跳出的念头，是赚更多的钱，早日实现对她的承诺。

或许，这就是人成熟的标志吧？陈功努力为自己寻找着解释：曾经以为世界是一个宽广的舞台，每个人都有机会展现自己的才华，现在想想，那是多么幼稚啊！只有经历过挫折和打击，才能认识到现实的残酷。这个世界并非天堂和童话，但也不是地狱，它就像一座巨大的山脉，绝大多数人会被困在山谷中，互相碾压，找不到出口，只有意志坚定的人才能摆脱桎梏，爬上通往成功的小路，继而踏上康庄大道，一览众山小。

梦影也惊讶于陈功的反应，但很快就跟上了他的节奏："这个天才音乐家能干的事很多，其中之一是给你做饭。我的大师，菜都凉了。"

"太棒了，我这一天都没好好吃饭。"陈功无比愉悦地夹起一块辣椒炒肉，边咀嚼边发出由衷的赞叹，"真好吃，快赶上我妈的水准了，你真是个全方位的天才。"

"要说贫嘴，你才是绝对的天才。"梦影被哄得合不拢嘴……

碧春、胡响和三个美女排成两列，跟在陈功身后，雄赳赳、气昂昂地跨入一座企业独栋大厦的大堂，那惊人的气场引得过往的人纷纷投来艳羡的目光。

大堂的中央竖立着硕大的黄色迎门石，足有一人多高，中心位置刻着六个朱砂大字——乐地永续集团。旁边早已站了一排人，对陈功他们这支队伍笑脸相迎。

胡响紧走两步，那姿态活像左右摇摆的企鹅。他冲到迎接队伍的前方，朝站在正中间、被左右簇拥着的一位女士伸出手，满脸堆笑："唐总您还亲自出来迎接，太给面子了。"

那个被称作唐总的女人大方地握住了胡响的手："大师莅临，是我们的荣幸才对啊。"她看向陈功，眼里光芒闪烁。

陈功迅速打量这个女人。她化着精致的妆容，乍一看十分年轻，就像他的同龄人。但陈功看女人的经验毕竟丰富，根据她脖颈的皱纹很快就判断出，她应该是四十岁出头的年龄。虽说青春已逝，但她着实生了一副美人坯子，皮肤白皙，五官端正，特别是那双明亮的丹凤眼，灵动中透着媚劲，让人过目难忘。她身材高挑，搭配时尚又典雅的服饰，整个人雍容华贵，气质绝佳。

"唐总，我来介绍一下，这位就是……"胡响忙着介绍。

"不用介绍了。"不等胡响说完，她踏前半步，姿态优雅地对陈功伸出右手，笑容如花绽放，那双会说话的大眼睛紧紧盯住他，"陈大师好，我是乐地永续集团董事长唐佳丽，幸会，幸会。"

陈功的热情恰如其分，轻轻握住唐佳丽的手，带着笑说出漂亮的场面话："唐总如此年轻，就能掌管这么大的集团公司，实在是我辈楷模啊，佩服佩服。"

唐佳丽的脸色稍暗，但很快又放晴，仍然抓住陈功的手不放："大师才是年轻有为啊，您比电视上更年轻也更帅气。"

陈功脱不开手，只能继续恭维她："唐总不光年轻有为，而且天生丽质，我见过不少大企业的女掌门，毫不夸张地说，唐总是最年轻的，也是最漂亮的。你们说对不对啊？"说到最后，他转头对碧春她们使个眼色。

"对啊，对啊，唐总，您以前一定演过戏，我看您特眼熟。"碧春心领神会，立刻上前挽住唐佳丽的胳膊，夸张得像粉丝见到了明星。樱桃等其他三员女将也是反应快速，一拥而上，随着碧春叽叽喳喳地奉承唐佳丽，搞得唐佳丽既开心又诧异，表情复杂。

陈功借机从唐佳丽的掌心里轻轻抽出手："唐总，这是我们公司的四大美女，能让她们如此失态，足见您的魅力之大，实在令人心生敬慕啊。"

"我们去会议室吧，好好聊聊。"唐佳丽眼见大堂里的人都注意到这边，连忙招呼众人上楼。

"别闹了，追星也要看场合，快跟唐总上楼吧。"陈功假装批评她们，心里却十分高兴，看来，这支队伍总算拉起来了。

唐佳丽的会议室和她的衣着风格一致，雅致中不失时尚，是陈功喜欢的格调，置身其中很是舒适。以陈功为中心，碧春等人坐成一排，与唐佳丽的人马隔桌相对。

胡响打头阵，口沫横飞地介绍了一轮。唐佳丽一脸思考状，久久没有回应。

陈功尽力使自己的声音更有磁性，小心翼翼地试探："唐总，刚才胡响的介绍是否清楚？如果有疑问，我可以负责解答。"

"大师的项目我想一定没有问题。"唐佳丽礼貌地笑了笑，语气十分官方。

陈功立刻察觉到她的疑虑："唐总，我们作为专业的管理咨询机构，在打造这个投资项目时，已经尽力做到万无一失。我们比任何人都更爱惜自己的声誉。这一点请唐总绝对放心。"

"对于大师您，我肯定是放心的。"唐佳丽还是不置可否，"其实，这次请大师来公司，主要是我个人有一些经营上的问题，想请大师赐教。"

"唐总请说，我定当知无不言，言无不尽。"陈功见她终于说到了正题，不禁松了口气。

"不知道我有没有这个荣幸，"唐佳丽的表情显得期待又不容置疑，"可以单独向大师请教。"

陈功心里一惊，觉得事有蹊跷。他稍稍转头看向身旁的胡响，胡响对他使了个眼色。

"当然可以了，唐总，为公司提供咨询服务也是我们的主要业务之一。"陈功回答得滴水不漏。

"好。"唐佳丽立刻拿起手机，探身越过桌面，凑近陈功，"我们加个微信吧，约好时间单聊。"

陈功赶忙站起身，殷勤地说："我扫您吧。"

"一样一样，我扫您。"唐佳丽点开手机，丝毫不顾忌会议室里其他人的异样眼神。

陈功新公司的会议室，与唐佳丽公司的相比，可以说有天壤之别。这里更像一个简易工棚，一张胶合板材的会议桌和十把折叠椅就把房间塞得满满的，过个人都困难。

此时已是深夜，会议室里只剩下陈功和胡响两个人相对而坐。陈功面色凝重，胡响则嬉皮笑脸。

"你介绍的这个客户是什么情况？"陈功质问道。

"唐总这女人可不简单。"胡响神秘兮兮地卖个关子。

陈功不耐烦让他快说。

"她老公是这个集团的创始人。"胡响说起八卦来总是这么兴高采烈，"嘿，硬是被她迷住了，不仅和原配离了婚，去年过世前还把公司都留给了她。这不，到现在前妻和儿女们还在闹呢。"

"哦，小三上位啊。"陈功恍然大悟。

"话也不能这么说，还是人家有本事。"胡响很认真地说，"如果有富婆看上我，我立马就不在这里干了。"

"那你还真哪儿也去不了。"陈功哭笑不得。

胡响笑得憨憨的，站起来凑到陈功身边，小声说："我觉得吧……这女的对你有意思。"

"什么意思啊？"陈功假装不懂。

"你知道我的意思。"胡响笑道。

"你到底什么意思？"陈功偏不接茬。

"不管什么意思吧，"胡响看出陈功拒绝的态度，"我觉得，你都应该主动联系她，反正你也不吃亏。这个大客户一拿下，我们的局面马上就打开了，后面财源滚滚来，咱就等着数钱了。"

陈功沉思片刻，冲着胡响摆摆手："再看看吧。"

"你……"胡响情急之下还想说话，陈功不耐烦地打断他："早点回去吧，明天开始，咱们该干正事了。"

第二天一大早，陈功就出现在公司门口。他看到办公区里已经坐满了人，并且都进入了工作状态，感到十分满意，心想这支队伍已经算得上训练有素，可以随时拉出来打硬仗了。

陈功抬起头，清晨的阳光照着公司招牌上"陈功"两个大字，金光闪闪。上次揭牌时，因为被红布罩头，他都没仔细看过这个牌匾，今天回过头来再看，才发现它和震古公司的一样，都是"金字招牌"。

陈功像被打了鸡血，元气满满地和众人打着招呼："早上好。"

"功哥早上好。"人们纷纷回应，看起来也是个个精神抖擞、斗志昂扬。

"这么早啊。"碧春从自己办公室里跑出来。自从来了新公司，碧春变得活跃了许多，不再像以前那样爱端架子，更喜欢笑了。

"对啊，一切从零开始，让人睡不着啊。"陈功把公文包放在桌上，"胡响呢？来了吗？"

"还没来呢。"樱桃撇了撇嘴，不屑地说。

"不管他了。"陈功招手示意众人围拢过来，"我们开会。"

"不去会议室吗？"碧春问。

"不去了，这里更宽敞。"陈功似乎非常不喜欢那间会议室。他就近拖了张椅子坐下来，笑眯眯地看着其他人陆续坐过来。

其实，新公司的员工就是原来陈功团队的成员，只是多加了一个会计，还有胡响，一共才十来个人。陈功本想让家乡的那几个发小来打打杂，但考虑一番后还是算了。他知道，到了这个年纪，以那些人的见识水平，除非自己把钱塞进他们手里，否则他们绝对不想冒险。另一方面，熟人进了公司，如果倚熟卖熟，不服从管理，只会削弱自己的权威。万一人手不足，就招人或者找震古要人吧，这是最好的解决办法。

"我想大家都知道了。"陈功见众人聚齐，开始了他在新公司的第一次训话，"我们之前的业务已经移交给风云团队，现在可以说是破釜沉舟，没有退路了。"

陈功特意停在这里，环顾四周，观察众人的反应。让他惊喜的是，她们非但没有表现出半点紧张，反而一个个摩拳擦掌，像是期待着上阵厮杀的士兵。

"但这也有个好处，那就是，我们可以放开膀子干了。"陈功鼓励着她们，"而且，我们的佣金提成更高了，拿到的奖金也会增加。

这就是师父一直教导我们的话：一分耕耘就有一分收获，风险越高，收益必定越高。我这么说，你们能明白吗？"

"明白。"人们习惯性地齐声回答。

"咱们开会时，不必这样严肃。"陈功脸上露出和蔼的笑容，"明白就说明白，不明白就大胆问。我们是个团队，必须统一好思想，劲往一处使，才能发挥最大的力量，完成使命和任务。你们明白吗？"

"明白。"人们又是异口同声，而且喊得更响。

陈功苦笑着摇头，但他看出众人是真心实意，也就不再多说。"那从现在开始，我们就正式运转起来了。"他因势利导地号召，"碧春，你按昨晚讨论的要点，安排大家全力联络现有的学员，包括风云那边能联系上的学员，务必做到不丢一个，不留死角。大家能不能做到？"

"能！"这声音如战士出征时的宣誓。

这一刻陈功才发现，还是师父的方法最管用。他大手一挥，就像在指挥千军万马："好，去吧，每个人都干起来！"

接下来，陈功和他的团队又一次进入当初对他"造星"时的状态，甚至更加拼命。

在碧春的策划组织下，陈功频繁出入于各种形式的发布会和分享会，并且买下很多地方电视台的黄金时段，进行地毯式的广告轰炸。也因此，陈功作为讲师和嘉宾，成为电视台讲坛类和综艺类节目的常客。如此这般，在短短一个月的时间里，陈功的媒体曝光度就超过了去年全年。他在欣喜之余，开始体会到那些天王巨星面对媒体时的复杂心情。唉，人在江湖，身不由己啊。

除此之外，既然这个项目是借助互联网的东风而起，陈功当然要利用好这块阵地。一方面，他们通过社交媒体群组向既有学员进行宣传，视频、文稿、直播等手段轮番使用；另一方面，陈功被团队包装成网络大V，每天分享"财富密码"，点评热点事件，与其他大V联合互动，构建起一个更容易让人产生信任感的网络圈子……

又一个加班之夜。陈功的公司里灯火通明，除了胡响，所有人都在，个个盯着电脑，双手不停地敲击键盘，脸上写满了疲惫。

公司外的街道上，店面都已经打烊，看不到一个人影。

陈功坐在自己的办公室里，手抓鼠标，面对电脑屏幕，眼神呆滞。突然，眼前的景物变得模糊，胸口仿佛压上了一块大石头，让他喘不上气来。他连忙捂住胸口，手肘顶住老板椅的扶手，慢慢把自己放倒在靠背上，闭着眼睛大口地喘息。过了好一会儿，他的感觉没那么糟了，才敢缓缓地睁开眼。还好，办公室里的景象恢复了清晰。

这间办公室与之前震古公司的相比，不光是小了很多，而且简陋得很，只有一张大班桌和一张老板椅，再加两把放在大班桌对面的折叠椅。刚开始陈功非常不适应——小点、简陋点都能忍受，关键是没有窗户，实在令人难受。现在想想，有可能是当初住地下室时留下的后遗症吧。正因为如此，陈功总是在外面的办公区开会或与员工谈话，那里好歹有大门通向外面的街道，可以呼吸到新鲜的空气。

刚刚很可能就是因为缺氧而导致了眩晕。陈功在心里默默想道，同时对震古产生了一丝埋怨：没错，新公司是要节省开支，但毕竟我们做的事得讲究门面，这么寒酸的地方，都不敢请客户过来。另外，也不知道师父是怎么想的，公司成立这么久，他也没来过一次。这里离老公司很远，开车要四十分钟，怎么看，怎么都像是后妈养的。

陈功无奈地摇摇头，双手用力在脸上搓了几把，感觉清醒了一些。他又抓起鼠标，把眼睛凑到电脑上。

"大师好。""大师好。"……办公室外突然一阵嘈杂。

"师父来了？！"陈功自言自语，立刻冲了出去。

"师父，你怎么来了？"隔壁办公室里的碧春也出来了，兴奋地大叫一声，抢先一步冲向震古。

"我怎么不能来啊？"震古脸上笑眯眯的。

"师父,您来也不通知一声。"陈功的声音里全是惊喜。

"听说你们最近天天加班,我就是来慰问慰问,没别的事。"震古十分欣慰的样子。

"师父您坐。"陈功拉过一把椅子,又让樱桃去倒茶。

"不用了,我晚上不喝茶。"震古坐下来,"公司成立一个月以来,你们的努力有目共睹,为师果然没有看错你们。"见陈功和碧春已经坐到了身旁,他慈爱地拍拍他俩的肩膀。

陈功发现,自从自己被打造成"大师"之后,师父似乎变得感性了,看他的眼神不再那么犀利,而是多了几分关爱。就像一位老父亲把孩子抚养成人后,眼看他取得了优异的成绩,于是一改之前的严厉,开始为自己的孩子骄傲。

"谢谢师父……"想到自己刚刚还在埋怨震古,陈功不由得羞愧无比,哽咽得说不出话来。

"我一直没来看望你们,你可能会失望,会觉得我不够关心你们,这些我都知道。但我希望,你最终能理解我的良苦用心。"震古仿佛看透了陈功的心思,仍然用父亲的口吻安慰他。

陈功的眼泪一直在眼圈里打转:"师父,我全明白,您是为了激发我们的潜能。您放心吧,我们的团队已经成为一支能打硬仗的'铁军',不管遇到什么困难,我们都能克服,无论碰到哪些敌人,我们都能战胜。"他挺直了胸膛,高昂着头颅,说出的话掷地有声,最后激动得站了起来,环顾四周,高声问道:"大家说对不对?"

"对!"人们被陈功的慷慨陈词激励得血脉偾张,这一刻,所有的能量都释放出来了。

"好!"震古大喝一声,也站起身,双手用力按住陈功的肩膀。陈功双腿一并,站得笔直,就像正接受检阅的战士。

"你们在陈功的带领之下,已经成为一支最佳战队。从你们身上,我看到公司的希望,看到更光辉的前景、更美好的未来。"震古兴奋不已,"现在,让我们为自己鼓掌加油。"

"啪,啪,啪啪啪。""啪,啪,啪啪啪。"……

"感恩的心，感谢有你……"

这一刻，宁静的夜空中响起了动情的歌声。一群不知疲倦的人，梦想用如火的激情点亮这条昏暗的街巷……

梦影也没有入睡，而是静静地坐在沙发上看书。哆哆乖乖地趴在她脚下，时不时对自己的主人察言观色，期待着收到一个眼神，好愉快地和她玩耍一阵。

门外响起钥匙的声音。哆哆如同接到了命令一般，欢叫着蹿下沙发，奔向大门。梦影的脸上露出微笑，放下手中的书，全心期盼着陈功进门。

陈功轻轻推开房门："梦影，哆哆的粮食我买回来了。"

"哆哆，快谢谢爸爸。"梦影戏谑地对哆哆说。

"来，哆哆，开饭了。"陈功捡起哆哆的食盆，走近沙发。哆哆欢快地摇着尾巴，抢先一步蹲在了梦影脚边，等待开饭。

"你现在越来越娇贵了啊，狗粮没到，别的东西都不吃了。"陈功在梦影身边坐下，撕开狗粮袋，倒了一些在盆子里，哆哆立刻狼吞虎咽起来。

"哆哆年纪大了，不能吃得太咸。"梦影笑着替哆哆解释。

"我没记错的话，它才五岁吧？"陈功十分惊讶。

"对它来说，已经是中年了。"

"哦。"陈功看着吃得欢天喜地的哆哆，懒得再说话，窝进了沙发里。

梦影见陈功一脸疲倦、心事重重，关心地问道："要不要早点休息？最近一个月你早出晚归的，一定累坏了。"

"没事，我现在还不想睡，等哆哆吃完饭再说。"陈功摸了摸哆哆的小脑袋。哆哆只是抬头看他一眼，继续埋头大吃。

"你总是这样，有了吃的就不认人了。"陈功笑着摇摇头，感慨道，"还是你幸福啊，人到中年还能这么开心。"

梦影看着他疲惫的脸，不禁感到心疼："你是不是……遇到什么难事了？"

"没有啊，能有什么事？"陈功连忙否认，但最终还是没忍住，轻声说，"就是有一个客户……比较难搞。"

"这个客户不行，就找其他的客户呗。"梦影试着宽慰他。

"唉……"陈功长叹一口气，"目前看来，这个客户挺重要的。"

"哦……"梦影一时间不知该怎么安慰他。

"你别乱想。"陈功见状，连忙做出轻松的样子，"就是新公司事情太多，业绩压力有点大，这很正常。放心吧，我能搞定的。"

梦影松了口气，帮着他出主意："实在不行，你就回原来的部门，那边的业务已经走上正轨了，不会这么辛苦。"

"开弓没有回头箭，那边是回不去了。"陈功又是一声轻叹。

"那我们就回归原先的生活，你去拍电影，我还去酒吧唱歌。"梦影看着脸色蜡黄的陈功认真地说，"其实，最近我常常回想起我们刚在一起时的日子，虽然清贫，但活得很真实、很轻松。"

陈功被梦影的话深深打动了。人生能有这样的伴侣，夫复何求？但转念一想，现在别说打退堂鼓了，就是稍稍后退一步都不可能。人生本来就是这样，逆水行舟不进则退嘛。"亲爱的，我们真的回得去吗？"陈功眼神温柔，语气却是幽幽然。

梦影与他对视，逐渐地陷入沉思。此时此刻，只有他们脚边的哆哆不知人间愁苦，还在津津有味地吃着狗粮。

第二十一章　大师的眼泪

虽然一直在调整心态，努力给自己打气，但当陈功坐在真实的办公室里，想到外面姹紫嫣红，屋里却只能靠一盏煞白的日光灯照明，心里还是如猫抓般烦躁，浑身不舒服。

"哥，听说昨天晚上大师来过了？"胡响进来找他，又是一副煞有介事的样子，仿佛自己知道所有的秘密。

陈功一向烦他这模样，现在更是没好气，一点情面都不想给他留："说吧，找我什么事？"他突然想到一个问题，"对了，你怎么知道他老人家来过？"

胡响看上去有点慌张，愣了一愣，指着外面的办公区回答："她们一大早都在说这事。"

陈功一言不发，等着看胡响究竟要说什么。

"哥，我觉得，你应该尽快联系唐佳丽。"胡响看出陈功的不耐烦，赶忙说起了正事，"你看啊，我们这一个月辛辛苦苦地推广宣传，但业绩还是没有达到预期的目标。我还是认为，只要攻破唐佳丽，公司的局面就能一下子打开。你说呢，哥？"

陈功就知道胡响进来的目的是这个："我说胡响，我请你来公司，不是让你只找一个客户，你得发挥你的作用，多联系几家。我们总不能在一棵树上吊死吧？"他用的是教训的口气。

"哥，"胡响刚刚的嚣张气焰瞬间就被扑灭了，"我不是为哥哥着急吗？现在公司运营压力这么大，大家都这么辛苦，我也一直在找新客户，但眼前这个，只要哥哥一句话就能搞定啊。"说到最后，胡响的脸上全是乞求神色。

陈功见胡响服软了，也不想和他搞得太僵，语气舒缓了些："我知道你是为公司着想，但这个唐佳丽没那么简单，我们还得从长计议。你继续和她保持联络，但更重要的是抓紧寻找新客户，明白吗？"

"明白。"胡响嘴上应付着陈功，但仍不死心，"唐佳丽真的是天上掉下来的天鹅肉，相信我，哥。"

"你抓紧去联系吧，我和碧春要尽快把学员再捋一遍。要做的事情太多，就别在这儿啰嗦了。"陈功不耐烦地下起了逐客令。

"那我出去做事。"胡响极不情愿地站起来。

陈功的眼睛跟随着他的背影，却又一次被四面煞白煞白的墙刺得生疼。"唉……"他深深叹了口气，对着电脑屏幕发起了呆。

清脆的敲门声响起，碧春随即轻盈地推门而入，笑嘻嘻地坐到了陈功对面："发什么呆啊？"

"还是业务上的事呗。"陈功苦笑道，"找我有事？"

"也是业务上的事啊。"碧春收起笑容，一脸的正经。

"哦？"陈功一听就来了精神，"但说无妨，愿闻其详。"

"师父今天一大早给我打电话。"碧春观察陈功的反应，发现他十分在意电话的内容，"他老人家特意交代，以目前的形势来看，唐佳丽是一个十分重要的突破口，希望你能尽快拿下她。"

陈功避开她殷切的眼神，陷入了沉思。他没想到震古会知道唐佳丽，他一直压着这事，没向师父汇报过这个客户。看来，要么是胡响，要么是碧春，和震古说了这事，当然，也有可能是那个新来的会计。无论是谁，这都说明新公司绝不是他之前以为的"独立王国"。不过想想也正常，换作是谁也不免安插眼线。

"我明白了。"陈功认真地回答碧春，"请转告师父，我一定谨遵师命，请他老人家放心。"

"我就知道师兄是个识大体、顾大局的人，师父知道后一定会很高兴。"碧春笑盈盈的，好像听到了哗哗数钞票的声音。

然而一个月后，碧春彻底失望了——陈功并没有听从震古的指示，而是激情燃烧了整整一个月，玩命地找客户、拉业务。

这一个月里，陈功疯狂地参加线上线下活动，为项目代言，做大客户的公关，还要求公司每天晚上开总结会，了解每个人的工作进度，如果有人没完成既定目标，轻则批评，重则记过，并扣减相应的奖金……

然而，燃烧之后是灰烬，陈功得到的只是一张并不令人满意的成绩单，以及如强弩之末的颓废士气。这种颓废，隔着公司的玻璃大门都能清楚地看到。

"问题到底出在哪里？"陈功站在白板前，用马克笔敲击着上面的业绩图表，严厉地问道。无论是坐在前排的碧春和胡响，还是坐在后面的女孩们，个个面色如土，不敢发出半点声音。

"我们现在是独立的公司，没有大树好乘凉了。"陈功越说越激动，"所以，我们要靠自己种树，多种树。种的树越多，我们的收成才会越好。这个道理，你们明白吗？"

这一次，众人没有回应他的询问，陈功只看到了迷茫的眼神和麻木的表情。他和他们，像是在两个平行的空间里。

"你们到底明不明白啊？"陈功有点气急败坏了，但又无可奈何，只能用低吼来表达自己的失望。

"道理大家都明白。"众人面面相觑时，碧春挺身而出，恢复了之前那种"大姐大"的神态，"可是，这两个月来大家有多努力、多卖命，你也看到了。业务不行，是她们的问题吗？"

后排传来轻轻的啜泣声，这声音越来越大，没多久，女孩们已是哭成一片。

碧春的声音也哽咽起来："师父明明给过办法的……"她不敢再说下去，幽怨地盯着陈功。

"你……"陈功很想反驳，但一时找不到合适的说辞，只能干瞪眼。

房间里一片死寂，女孩们屏住呼吸，观望事态的发展。只有胡响显得轻松自如，仿佛在欣赏一出好戏。

短信提示音蓦然响起，极度尴尬中的碧春像是抓住了救命稻草，一把捞起手机，看清信息后顿时花容失色，惊叫一声："师父出事了！"

陈功带着碧春，心急火燎地跑进震古公司的办公大厅，只见一片狼藉，桌椅横七竖八，所有的电脑都不见了踪影。震古一个人呆呆地坐在椅子上，如同泥雕木塑。

"师父！"陈功和碧春同时叫了一声，冲到他身边，一左一右蹲下身子。

震古木然地抬起头，看上去仿佛苍老了十岁。好一会儿，他才看清楚两人，悲愤地控诉道："风云带着黑虎一起跑了。"

"大师兄为什么要跑？"陈功一路上都没想明白。

"我没有他这个弟子，他就是个畜生。"震古几乎出离愤怒，恨得牙关紧咬，眼泪唰地流下来，"枉我领他出道，带他过上好日子，没想到，到头来养了一条毒蛇，他把所有员工和全部学员资料都带走了，连插线板都没剩下。"

震古的哭诉让陈功万分震惊。在他眼里，此时的震古就像一个风烛残年的老人，正声泪俱下地控诉自己的不肖儿女。他的心头一紧，泪腺一松，泪水骤然模糊了双眼。他连忙控制住自己的情绪，不解地问："前几天还好好的，怎么突然间就……"

"那个畜生，早就和烁今有勾结，他以为我不知道，其实我只是不想戳穿他而已。"震古厉声道，"那一次分享会，要不是你出手，他们就得逞了。还有那个'心灵飞跃'课程，让他去打探了几次，都无功而返，你一去就搞定了。这说明什么？说明他早就有二心了。"

"师父，您报警了吗？"陈功心想，这应该算经济犯罪吧。

"唉！"震古重重地叹了口气，"怪只怪我太信任他了，让他担任公司的法人。我十几年辛苦创下的家业，就这样毁于一旦了。"震古愤愤地摇着头,好像恨不得抬手扇自己两个嘴巴。

陈功听得有点糊涂,既然震古早就怀疑风云了,为什么还让他当公司的法人呢?但此情此景下,他也不好多问,只得继续安慰震古:"师父,以您的声望,只要发个声明,就能让风云身败名裂,您也能重振旗鼓。"

"唉!"震古又是一声长叹,"师父老了,干不动了,也不想干了,本来想把你们培养起来了,自己就可以享清福了,没想到……唉,天要下雨娘要嫁人,家丑不可外扬,随他去吧,毕竟师徒一场,以后就看他自己的造化了。"

渐渐的,震古的情绪稳定下来,没那么激动了,眼泪也干在眼眶里。他摘下眼镜,用手背擦去眼角的泪水,颤巍巍地把眼镜戴回到鼻梁上,镜片后的两只眼睛,饱含深情地看向陈功和碧春,好像把所有的希望都寄托在他们身上:"现在我只剩下你们了,你们……不会像他一样对待我吧?"说这话时,他的眼里又沁出了泪花。

"师父……您永远是我师父。"碧春一直在默默地哭泣,此时她抱住震古的小腿,头俯在他的膝盖上,已是泣不成声。

"乖啊,乖,师父没白疼你。"震古抚摸着碧春的头,露出一丝既欣慰又悲惨的笑。他转头看向陈功,似乎在等待另一个承诺,而且,这个承诺对他来说意义更重大。

"师父,您放心,我一定不会让您失望的。"陈功目光笃定,献上他自认为最真心的诺言。

"好,我果然没看错你,你一定能超越师父,成为最伟大的'成功大师'。"震古看上去十分感动,紧紧抓住了陈功的手,紧得让他感觉到了疼痛。

陈功无暇顾及手上这点痛感,他怔怔地望向窗外,在心中暗暗做了一个决定。

鬼使神差地,唐佳丽把和陈功私聊的地点,定在了他与梦影第一次约会的"欧洲风情街"上,而且,她订的餐厅更加高级,是陈功之前因为囊中羞涩而不敢问津的一家顶级著名餐厅。这间餐厅的外观酷似古堡,有个很大的后院,院里沿着河道建了几个硕大的球形玻璃雅间,四周桃花正开得娇艳欲滴,在月光和灯光的掩映下,就餐的人如同身处桃花岛秘境之中。

"大师的电话真是让人久候啊。"唐佳丽坐在陈功对面,脸似桃花,语带幽怨。

玻璃房里此刻充斥着暧昧的氛围,令陈功坐立难安。他想打破这局面,双手扶桌,身体坐成了一个直角:"唐总,我斟酌再三,才选定了今天这个良辰吉日。唐总有任何公司经营上的问题,我都十分愿意为您解答。"他面带微笑,态度认真。

唐佳丽像看外星人一样看他,忍不住扑哧一笑:"咱能不能别这样端着啊?像谈判似的,太累人。你也别'唐总唐总'地叫了,就叫我佳丽吧。"

陈功依言切换到一种放松的状态:"唐总,不,佳丽,您这个名字真是绝了,人如其名啊。"说这话时,他脸上露出极其真诚的笑容。

"大师就是大师,说起话来总是让人这么舒服。"唐佳丽哈哈大笑,也不在乎脸上的皱纹加深了许多。

"佳丽,你也别叫我大师了。"陈功觉得现在这个气氛很对,既亲切又尊重,"那都是别人送的虚名,还是叫我本名听着舒服。"

"好,那我不客气了,有话就直说。"唐佳丽看上去已经很久没这么开心过了,颇有久旱逢甘露、他乡遇故知的感觉,"陈功,你知道我为什么单独约你吗?"

陈功闭口不言,静静地注视着她。

"相信你已经听说了我的事。"唐佳丽面露真诚,语带迟疑。

陈功还是没接话,脸上是震古惯用的"大师"表情,就像一位等待信徒忏悔的牧师。

"不怕你笑话。"唐佳丽仿佛被他的表情所鼓舞,终于决定说出深藏自己心底的话,"其实,我也遇到过爱情,有过令人难以忘怀的初恋。"

"爱情，是世上最美的花朵。"陈功共情地点点头，心想先让唐佳丽倾诉吧，等她宣泄够了再说正事。

"陈功，你有一双和我初恋男友一样的眼睛，都那么温暖。"唐佳丽突然话锋一转，直奔命门，令陈功大吃一惊，强作镇静："是吗？抱歉勾起你的痛苦回忆。"

"不不不，"唐佳丽拼命摇头，"大部分是美好的记忆。"

"那就好，那就好。"陈功连连点头，脑子里飞快地盘算着可能出现的状况，以及自己该如何应对。

"陈功，你愿意来帮我的忙吗？"唐佳丽突然抓住他的一只手，真挚而急切，"如果我们在一起，一定能把公司经营得更好，你将实现你所有的梦想，我会全力协助你。"

面对这突如其来的表白，陈功反而镇定了下来。他抬起另一只手，轻轻地盖在唐佳丽的手背上，眼含深情，一字一句地说："佳丽，谢谢你的真诚和信任，我很感动……"

他看到自己的话让唐佳丽的眼中燃起光芒，看向自己的目光充满了钦慕和信赖，于是不失时机地剖白道："你刚刚说你有过美好的初恋，其实，我又何尝没有呢？我的初恋女友默默支持了我八年，现在还和我在一起。佳丽，相信这种感情你一定懂吧？"

果然，唐佳丽被深深地打动了，但她仍不死心："那你可以来我们公司做副总，待遇你说了算。"

"谢谢你，佳丽。"陈功继续动情地说，"如果你前天说这话，我一定毫不犹豫地答应你，但就在昨天，我师父被他的大弟子，也就是我的大师兄所背叛，一个经历过大风大浪、纵横四海的人物，在我的面前哭得像个孩子。佳丽，如果换作你，你会怎么做？"

"原来你是这么重情重义的男人。"唐佳丽更加感动，语气中却多了几分不甘，"唉，只怪我们相遇太晚。"

"人生只要相遇，就是缘分，永远都不嫌迟。"陈功语带玄机地开导她。

"陈功，能认识你是我的幸运。"唐佳丽慢慢抽回自己的手，很快调整回一个女企业家的状态,"你放心,你的项目我一定投,而且要大投特投。"

"好,佳丽,就冲你这份信任,我不会让你失望的。"陈功心中暗喜,努力不表露出来,顺手抛出了另一个承诺,"我决定了,我要给你做个包装,把你打造成名副其实的成功企业家,让那些质疑你的人统统闭嘴。"

"太好了,这正是我现在最需要的。"唐佳丽眼睛一亮,又一次兴奋地抓住了陈功的手。

接下来,陈功显得比唐佳丽更兴奋。

他带着碧春和樱桃,全身心地投入到包装唐佳丽的工作中。经过仔细筹划,他们决定以一周后举行的大型企业家论坛为契机,让唐佳丽作为重要的演讲嘉宾闪亮登场,一战成名。

有过一次被包装经历的陈功,这一次轻车熟路,充分发挥了自己的专业技能。他就像一名尽职尽责的导演,亲自对唐佳丽进行形体训练和演讲训练。

随着时间的推移,两人的默契日臻完美,一个眼神、一个微笑,就知道彼此的心意。特别是唐佳丽,每次和陈功在一起时都格外愉悦,眉目间仿佛正在重温初恋的感觉。时不时的,有意和无意之间,她会寻求与陈功的亲密接触,特别是每次训练结束时,她都要和陈功黏在一起甜蜜自拍,仿佛想把这段幸福时光完整地记录下来。当然,对于这种逢场作戏,陈功也是挥洒自如,有时甚至真的进入了角色,沉溺其中而欲罢不能。

快乐的时光总是让人流连忘返。当决战的那一天终于来临时,陈功除了紧张,竟然还有几分不舍。

企业家论坛的开幕式正在热烈的气氛中隆重举行。后台候场区,唐佳丽手里攥着发言稿,活像一只受到惊吓的蝴蝶,整个身体微微颤抖。

"来,佳丽,听我的指挥。"陈功像个指挥家一样,稳稳地上下摆动双手，犀利的眼神如同钩子，把唐佳丽的注意力勾回到自己脸上。他用令人无法抗拒的温柔语气，缓缓指示她："吸气……呼气……吸气……呼气……"

几个深呼吸下来，唐佳丽渐渐冷静了。她的眼神楚楚可怜，让陈功不由自主地想鼓励她。

"佳丽，很好，就是这样。"陈功的声音充满磁性，"这个美妙的舞台，绝对不是给那些老态龙钟的男人准备的，它只属于你。人们都在等待你的惊艳登场，等着被你征服，因为，你是最棒的！"

碧春见唐佳丽的情绪已经被成功地调动起来了，于是攥紧双拳，带着她有节奏地呼喊："我是最棒的！……"没多久，陈功也加入呼喊的行列。

"我是最棒的！"三声之后，唐佳丽终于跟上了节奏，大声呼喊起来，越喊越带劲，越喊越放肆，仿佛正把压在心头的石块狠狠地击碎，让它们全部迸溅到地上。

"下面有请乐地永续集团董事长唐佳丽女士——本次论坛的主赞助商，上台发表主题演讲。大家掌声欢迎。"主持人播报后，前台会场响起了礼貌性的掌声。

"佳丽，该你上场了，给他们好看。"陈功张开双臂，给她一个大大的拥抱，在她耳边轻声地说。

此时的唐佳丽像被上足了发条，她用力拍一下陈功的后背，昂首挺胸，迈着陈功教的模特步伐，自信地转到前台。

轮到陈功紧张了，他紧走几步到帷幕旁，盯着演讲台上的唐佳丽，眼睛都不敢眨一下。

功夫不负有心人，一周的训练，让唐佳丽脱胎换骨，举手投足更加优雅从容，一颦一笑无不令人倾倒。十分钟的演讲刚一结束，台下便掌声雷动，尤其是几位被她迷倒的男士，更是站起来大力鼓掌，全场人纷纷随着起身，掌声经久不衰。

"谢谢大家，谢谢大家。"唐佳丽满脸绯红，激动之情溢于言表，"在这里，我还想借此机会感谢我的心灵导师，正是在他的专业指导下,我才真正蜕变为一名合格的企业家。请大家用最热烈的掌声,欢迎陈功大师上台。"她热泪盈眶,带头鼓起掌来。

陈功完全没料到唐佳丽会加戏,连忙向她摇手,示意自己还没准备好上台。

他的推辞却陡然激发了唐佳丽的热情,她一边鼓掌,一边有节奏地喊道:"陈功,陈功,陈功……"台下的人也被唐佳丽的话吊足了胃口,随着她的节奏一齐呼喊。

"快上啊,多好的机会。"站在陈功身后的碧春恨不得一掌把他推上台。

陈功不得不出场了。他稍稍整理一下发型和服装,脸上迅速挂起"大师"的笑容,步履稳健地踏上前台。

"哇,大师真帅。"不知前排哪个女孩发出一声惊叹,引得其他女孩纷纷跟着惊呼,如同真的见到了一位顶流明星。很多人拿出手机拍摄这位面容英俊、身姿挺拔的"大师"。

唐佳丽再也抑制不住自己的感情,紧紧地拥抱住陈功,不知是想表达自己的敬意,还是怀念初恋时的感觉。这个举动令台下的人大为惊诧,仿佛看到了一出难得的好戏,此起彼伏地叫起好来。记者们纷纷围拢过去,举起相机咔嚓咔嚓一顿狂拍。

陈功见场面有些失控,忙贴在唐佳丽耳边小声说:"先放开我,然后拉住我的手,向观众致意,快。"

唐佳丽瞬间被点醒,松开两条手臂,又顺势握住陈功的左手,高高举过头顶。两人手拉着手,像演员谢幕一样向台下众人鞠躬。

喧嚣声渐渐平息,礼仪性的掌声终于响起。

坐回自己的办公室,唐佳丽又恢复了女强人的姿态。陈功悠然自得地坐在她的对面,碧春和胡响一左一右坐在他身边,瞪大四只眼睛,盯着唐佳丽在支票簿上笔走龙蛇地签字。

"好了。"唐佳丽收起笔,动作熟练地撕下一张支票,递给陈功。陈功脸上微笑着,探身接过支票,只扫一眼就递给了碧春。碧春把支票凑到眼前，表情立刻惊喜到极点。胡响也伸长了脖子看支票金额，顿时笑到合不拢嘴。

"谢谢唐总，您真是大手笔。我们向您保证，一定不会让您失望。"胡响一脸谄笑，那样子仿佛捡到了一张长期饭票。

"不用谢我。能有这么高的利息，全仰仗你们呢。对吧，陈功？"唐佳丽笑盈盈地等待着陈功的终极承诺。

"佳丽，你就放心吧，我可以用我的名誉和人格担保。"陈功郑重其事地说，伸出右手等着唐佳丽握上来，然而唐佳丽张开了双臂，满眼渴望地看着他。

陈功没有丝毫犹豫，保持着两人之间的礼貌距离，给了她一个亲切的拥抱。唐佳丽好像并不满足于此，上前半步，全身心地投入了陈功的怀抱。

第二十二章　修成正果

唐佳丽的高调加入，甚至超出了预期的影响。陈功公司的项目被她这颗明星一代言，使得许多公司争先恐后地找上门来请求投资，其中包括以前把他们拒之门外的企业。

这极大地鼓舞了公司的士气，全部人马重新披挂上阵，向着既定的目标发起冲锋，开疆辟土，建功立业。

借着这股东风，陈功又体验了一把明星的待遇——上直播间带货。当然，他带的是自己的货。

这天晚上，公司临时搭建了类似演播厅的直播间。面对密密麻麻的灯光设备，沐浴在全公司女孩仰慕的目光之中，陈功施展出修炼十多年的功力，口吐莲花，妙语连珠。眼见直播间的观看数据节节攀升，留言区更是好评如潮，人们满心激动地表达着对"大师"的膜拜之情。

公司所有的电脑都在运行新开发的自助下单软件。此时此刻，叮叮咚咚的下单声响个不停，仿佛正在演奏一支动听的小步舞曲，让所有的员工都兴奋不已。

这天晚上，梦影也在酒吧里和旧同事们一起看陈功的直播。他们被那狂热的漩涡所席卷，纷纷拿出手机登录下单软件，毫不犹豫地投入自己的几乎全部积蓄，甚至互相攀比。在他们的心目中，这就像把一个铜钱扔进聚宝盆，期待着一变二，二变四，四变八……最终堆积出美好的未来。

"哈哈哈哈……"站在陈功家的楼下，都能听到从他家窗口传出的笑声。还好只是晚上八点多钟，否则可能会有邻居上门投诉了。

"你今天的直播太棒了。"梦影表现出少见的兴奋，"你真应该去酒吧看看，他们都为你疯狂了。"

"是啊，没想到直播原来这么好玩，难怪那些明星乐此不疲。"陈功还沉浸在那种氛围中，久久不能自拔。

"这是你第一次直播？你真是天才。"梦影一脸崇拜。

"之前也玩过，但没什么人进来看，无聊得很。"陈功不想再回忆那段时光，"看来，好的演员注定是为大场面而生的。"

"这一次真的要对你提出表扬。"梦影没有像往常一样给陈功的自吹自擂降火，而是发出由衷的赞叹，"无论是状态，还是口才，都堪称完美，比你之前任何一部戏的表现都好，没有一点表演的痕迹，仿佛你根本就是个'大师'。"

"我本来就是大师啊，真不是演的。"陈功被夸得有点莫名其妙。

"不管是不是大师吧，你的表现真的很'大师'，我的那些姐妹完全被你迷倒了。"梦影突然意识到一个问题，"你可千万别乱来啊，你们那圈子，不简单。"

"我倒想乱来，又怕家里的老虎把我吃了。"陈功嬉皮笑脸，觉得自己与梦影相处这么多年，现在才是最舒服的状态。

"那是，老虎眼里可容不得半粒沙子。"梦影对他扮了个鬼脸，咯咯地笑起来。

"你怎么想起来今天去酒吧了？"陈功不想继续这个话题，重新找了个自己好奇的问题。这可是梦影第一次主动参与他的项目。

"今天没什么事做……"梦影支支吾吾的，"就趁着他们还没营业，去见见朋友和同事，顺便帮你推广一下。"

陈功心里明白了：出唱片需要人脉，梦影想借新项目的势头，出去拉拉关系碰碰运气，同时也算是帮自己宣传一把。

"那你今晚应该赚了不少私房钱吧？"陈功也不说破，只管逗她。

"胡说，你赚的才是私房钱，以后都要归公。"梦影假装一本正经。

"好，现在就交公。"陈功开心地去拉梦影的手。

梦影笑着躲开："讨厌，你能不能有点人生追求？"

"我正在追求啊。"

……

敲门声突然响起，惹得陈功皱起了眉头："这么晚，是谁啊？"

"应该是玲花嫂子，她约了说要来找你。"梦影起身去开门，热情地招呼玲花嫂子进屋。玲花嫂子怯生生地对他俩道歉："不好意思啊，这么晚来打扰你们。"

"哪儿的话，玲花嫂子快请坐。"陈功见梦影十分热情，也赶紧跟着张罗招待。

一番寒暄后，玲花嫂子还没想好怎么开口，不停地搓着双手，神情局促不安。陈功大概猜到了她的来意，大大方方地说："玲花嫂子，你是娘家人，有事就说话，不用客气。"

"陈功啊，"玲花嫂子好像终于下定了决心，"听说你们现在有个投资项目，每月都能拿很高的利息，是不是真的？"

"是啊。"陈功点头，"最近要求投资的人特别多，我都快忙不过来了。"

玲花嫂子埋下头，从攥着的破旧皮包里掏出个布包，里三层外三层地打开。陈功和梦影对视一眼，梦影的目光有些慌乱，而陈功的目光依然淡定。

玲花嫂子在两人的注视下打开最后一层包裹，原来是捆得整整齐齐的两沓钱："陈功啊，我想投资两万元钱，够不够啊？"

"当然够。"陈功笑道，"我们对亲友设置了更低的投资门槛，更高的回报率。"

"那太好了。"玲花嫂子终于笑了，"我就知道，你们不会亏待娘家人的。"

"玲花嫂子，你攒这些钱……"梦影微微露出担忧的神色。

"这些钱是准备给孩子上大学的,现在还用不上。"玲花嫂子看上去已经拿定了主意,"放着也是放着,我寻思着,可以先投资。"

"你是不是……再考虑考虑?"梦影突然觉得压力山大。

"难不成……有风险?"玲花嫂子也紧张起来。

"那倒没有。"梦影信心满满,"我很多姐妹都投了。"

"那我就投了!"玲花嫂子拍一拍钱,推到陈功面前,笃信地说,"你们还能坑我不成?"

"一亿,一亿,一亿……"

从陈功公司里传出的热烈欢呼声,引得过往的行人纷纷驻足,透过玻璃大门向里张望,想知道里面的人为什么这样兴奋。

办公区正对大门的墙壁上,新装了一个长条形的电子显示屏,这是陈功激励团队士气的方法之一。此刻,显示屏上的红色数字飞快地翻滚,离 100000000 这个数字只有一步之遥。

以陈功为核心,公司所有的员工都站在显示屏下面,个个仰起脑袋,伸长脖子,瞪大双眼,大声呼唤着那个天文数字的到来。他们头上都戴着一顶大红色的棒球帽,上面用金色的丝线绣着四个大字——大师财富。

终于,显示屏上出现了一个 1 和八个 0,一声悠扬的铜乐同时响起,仿佛是证交所里的敲钟声。顿时,全场爆发出一阵欢呼,人们纷纷把帽子摘下来,用力抛向天花板,就像是毕业典礼的高潮时刻。他们雀跃着,互相拥抱祝贺,甚至流下喜悦的泪水。

胡响兴奋得手舞足蹈,贼眉鼠眼地窜到碧春面前,想借机来一个瓷实的拥抱,被碧春厌恶地躲开了。他还不肯罢休,瞄向了樱桃等目标,然而女孩们纷纷逃走,只给他留下一片银铃般的嬉笑声。

"师兄,今天是个大日子,你给大家讲段话吧。"碧春对陈功说,同时举手示意众人安静。

陈功此时也是心花怒放,他动情地搂搂碧春的肩膀,面对众人的欣喜目光,激情澎湃地高声说道:"今天是个值得纪念的日子,也许是我们所有人这辈子最值得骄傲的日子。因为，我们终于完成了首期的目标。我们只用了短短的一个月，就完成了不可能完成的任务。这一刻，我只想说，也只能说，你们是最棒的！……"

人们热烈地鼓起掌来，不知是谁喊了一句："大师是最棒的！"于是，众人都跟着大声呼喊起来："大师是最棒的！""大师是最棒的！"……喊着喊着，脸上都已是泪水纵横。

"好好好，大家才是最棒的。"陈功对这样的场景已经司空见惯，微笑着说，"别忘了，这只是一个小目标，后面还有更大的挑战在等着我们。但是，我还是那句话：有你们这支'嗷嗷叫'的队伍，我们一定能乘胜追击，无往而不利。大家有没有信心？"

"有！"全体高叫。

"好！"陈功提高了音量，"我宣布，这个月除了绩效奖金，每个人再奖励人民币——十万元！"

这一次，爆发出的尖叫声差点把天花板掀开。当然，这正是陈功想要达到的效果。每每在这个时候，他才能体会到作为"大师"的最大快感，就像他的师父震古一样。

"功哥，你太伟大了！"碧春满脸潮红，很想给陈功一个大大的拥抱，但又有所忌惮。

"碧春，你厥功至伟。"陈功大大方方地伸手抱住碧春，在她耳边低声说，"谢谢啦，继续加油。"

与陈功相拥的碧春再也控制不住自己，泪水迸涌而出，声音哽咽："我会的，我们都会的……"

"好，我们一起加油，我们一定能成功。"陈功松开她，拍了拍她的肩膀。

"哥，你太牛了！"胡响见缝插针地站到两人中间，竖起大拇指，"你才是大师中的大师。"

"这种话以后不要说了，这是大逆不道。"陈功板着脸教训他。

"对对对。"胡响一吐舌头一缩脑袋，讪讪地说，"千万别让老大师听到。"

"什么'老大师''新大师'的，不会说话就闭嘴，没人把你当哑巴。"碧春气不打一处来，板着脸呵斥他。胡响两边都讨了没趣，顿时像泄了气的皮球般蔫下来。人们都被他吃瘪的模样逗乐了。

陈功摆摆手示意众人安静，宣布下一个喜讯："今天大家早点下班，周末两天也不用来加班，都回去好好休息，养精蓄锐。下周开始，我们该向季度奖金发起冲击了。"

"哇……"又是一阵欢呼。

"不过，KTV还是少去，喝多了容易误事。"陈功笑着说，有意无意地瞄一眼碧春。碧春面带羞涩地低下头，樱桃那几个知道旧事的女孩捂着嘴偷笑。

胡响一脸懵懂，想说话又实在插不上嘴。

"还愣着？想留下来加班吗？"陈功的神情像极了三年级小学生的班主任。而员工们也像是听到了下课铃响，终于等到老师说出一声"放学"，个个飞快地收拾东西，准备第一个冲出去愉快地玩耍。

陈功反而稳稳地坐了下来，看一眼热闹的人群，再看一眼电子显示屏上还在增长的数字，一时间百感交集，脸上神情变幻，最后终于浮现出轻松而得意的笑容，仿佛一切尽在掌握之中。

城市盛夏的傍晚，只要是个广场，哪怕只是桥底下的一块空地，都会吸引纳凉休闲的人们聚集。

陈功家所在小区的后面，有一条人工挖出的小河，两岸修了供人散步的木栈道，木栈道的尽头是一个中等大小的休闲广场。此时，广场上的人三五成群，徜徉在这难得的城市绿洲上，好不惬意。

陈功和梦影手挽着手，悠闲地走在木栈道上，看那玉带般的河水环绕着四周的楼宇，星星点点的灯光就像一颗颗钻石，将藏青色的夜空点缀成一条银河，而自己两个人步履轻盈，仿佛正行走于鹊桥之上。

"最近你怎么突然不忙了？"梦影问神态闲适的陈功，"每天准时下班，周末也不加班了，还有时间和我一起搞唱片。"

"你不高兴吗？"陈功笑着回答。

"我当然高兴啦，"梦影把陈功的手臂挽得更紧，"只是奇怪而已。你以前可不这样，基本没时间陪我。"

陈功感受到梦影的依恋，在她脸上亲了一口："自从破亿之后，公司的业务就走上了正轨，自助平台源源不断地收单，再加上老客户介绍新客户，就像滚雪球一样，我们根本不必多费力气。"

"那，是不是以后都能这样？"梦影虽然高兴，但还是有顾虑，"还是说，只是暂时可以松一口气？"

"现在我也没有放松，不过团队很得力，很多事就交给他们去做。"陈功越说越得意，开始给梦影上课，"管理也是讲究艺术的，要抓大放小，这样才能调动团队积极性。要不然，自己累死，手下烦死，这样的团队就没有战斗力了。你看看我师父就知道，他现在多会享受生活啊，都不怎么管我们了，只要业绩达标就OK。"

"你师父这么信任你吗？"梦影不敢相信，"难道，他不怕你是第二个风云？"

"怎么可能。"陈功哈哈一笑，"你以为'大师'的名头是白给的？公司所有的资金流向都由他老人家掌控，我的团队只管拉客户。当然这也无所谓，我既能赚到足够多的奖金，又不用操心其他的事，这不挺好吗？"

"哦。"梦影似懂非懂，但看到陈功如此笃定，她也释然了，"反正，你自己也是大师了。"

陈功心里窃喜，他发现梦影现在对自己越来越依赖和崇拜，这种感觉真好。

他们快走到休闲广场了，悠扬的歌声随风飘来。那是一位街头歌手，正抱着吉他全神贯注地弹唱，周围零零散散有一些听众。

"唱得不错，走，我们过去看看。"梦影侧耳听了听，顿时来了兴致。

两人走近时，歌手刚好唱完一曲。稀稀落落的掌声响起，他微微向听众点头致意，目光还特意在陈功脸上多停留了一会儿，陈功回以一笑。

"他好像认识你。"梦影低声说。

"你男朋友现在大小也算个名人，他认识我不出奇，重要的是我不认识他。"陈功笑着回答。

歌手酷酷地调整姿势，开始弹奏下一首歌曲。梦影只听了前奏几个音符就轻声叫了起来："呀……这是《圈》！"

"是吗？"陈功的神情也很惊讶，竖起耳朵仔细听。

"时钟在嘀嗒／心儿不敢停下／仰望天马行空的酣畅……"歌手开始深情地演唱，梦影已激动得无法自持，眼含热泪，轻声跟着哼唱，"跑道在盘旋／脚步勇往直前／追赶年少轻狂的梦想／他们说／向着太阳／就能飞向天际／我用尽力气／不想被困在原地……"

歌曲来到副歌部分，梦影再也不想抑制自己的歌喉，她深情地看向陈功，放开嗓音，在歌手的伴奏下全情投入地演唱：

拼命奔跑的人啊
有没有抬头看一看远方
追逐远方的人啊
有没有弄丢最早的行囊
背起行囊的人啊
会不会想起心中的天涯
浪迹天涯的人啊
会不会忘了身边的新娘

梦影的歌声深深打动了周围的听众，也让广场上其他人逐渐聚拢过来。他们仿佛都被这忧伤婉转的旋律牵引，看到了自己的过往，找回了久违的感动。

最后一个音符缓缓落下，沉寂几秒钟之后，全场爆发出热烈的掌声，如同音乐会谢幕的效果。人们看向梦影的目光中饱含赞许，感谢她奉献了这么一支优美动听的歌曲。

梦影也十分激动,频频向他们鞠躬致意。最终,她来到歌手面前,由衷地说了一声:"谢谢你能唱我的歌。"

听到梦影这句话的人又七嘴八舌地议论起来:"呀,原来这个姑娘是原唱啊,难怪唱得这么好。""姑娘,你是歌星吧?""真棒,想不到大歌星就在我们身边。"

"你要谢的不是我,而是他。"歌手粲然一笑,手指向陈功。

四周突然寂静下来,人们仿佛预感到要发生什么,屏息凝神地等待着。

在梦影和众人或惊喜、或迷惑、或期待的目光中,陈功从容地走上前,牵起她的手,深情地说:"梦影,今天是我们认识八周年的纪念日,我要送你一件礼物。"

梦影似乎一直在期盼这一刻,神情既紧张又欣喜。陈功得意地一笑,像变戏法似的掏出一张包装精美的光盘,捧到她眼前:"梦影,你的愿望终于实现了,而我的承诺也终于得以兑现。"

梦影接过光盘,看了一眼封面,再也控制不住自己的情绪,一把将陈功紧紧抱住,在他耳边哽咽地说道:"陈功,谢谢你,谢谢你。"

"好!"众人一齐鼓掌喝彩,脸上都是兴高采烈的表情,为自己能目睹这个完美的爱情故事上演而兴奋不已。

陈功和梦影手牵着手,避开人群来到广场的角落,在小河边的长椅上并肩而坐。梦影还在回味着刚才的那一幕,两个娇羞的酒窝久久地挂在嘴角。陈功像看着一个可爱的孩子,眼神里都是宠爱。

"小伙子真不错。"一对老夫妻经过他们身边,大爷热情地对陈功竖起大拇指。"姑娘也挺棒,你们真是天生的一对,恭喜你们。"大妈随着老爷子向他们送上祝福。

"谢谢大爷大妈。"陈功愉快地向他们挥手。

不远处,一个六七岁的小姑娘带着个三四岁的小男孩在踢皮球。他们的妈妈跟在一旁,小心地看护着,时不时给他们喂水擦汗。

梦影痴痴地注视着他们,像是在思考,又像是在期待。

陈功温柔地牵起梦影的右手，另一只手竟然从衣袋里摸出一枚钻戒，慢慢地举到梦影眼前。钻戒折射出的七彩光焰让她的眼睛豁然一亮。

"梦影，你愿意嫁给我吗？"陈功的声音有些颤抖。

梦影的热泪又一次夺眶而出。"我愿意，我愿意。"她使劲点着头，又哭又笑，"我等这一刻，已经等了八年了。"

"谢谢你八年来的包容和支持。"陈功没有让自己的眼泪流下来，轻轻地把戒指套进梦影的无名指。

"陈功。"梦影叫了一声，把头埋进他的怀里，轻声地抽泣着。陈功紧紧抱住她，温柔地抚摸着她的秀发，目光坚定地望向远方。

广场另一边，那个歌手还在卖力地演唱着梦影写的歌谣……

第二十三章　棋子

似火的骄阳照耀在镌刻着"陈功"二字的招牌上，熠熠闪着金光。世界上还有比这更美妙的画面吗？陈功站在公司门口，抬头仰望这块牌匾，心中涌起无限希望。

今天是季度结算日。按照初步计算，这个季度的业绩相较于两个月前，又翻了好几番，接近十个"小目标"，这意味着他们团队又能拿到高额的奖金。照这样下去，用不了多久，他就能凑够房子的首付款。在属于自己的房子里和梦影举行婚礼，光是想象这件事，就足以让人激动万分。

美好的遐想让陈功的脸上挂满笑容。他最后看一眼牌匾上自己的名字，推门而入。

"师兄好。""功哥好。""功哥好。"……女孩们的问候声就像大珠小珠落玉盘，让人听着格外提神。"大家好。"陈功挥手回应。他第一次发现，那些红底金字的棒球帽是那么鲜艳好看，给这简陋的办公室平添了勃勃生机，让人精神为之一振。

如果能在老公司办公就好了。自从风云自立门户之后，老公司里已经没什么人了。自己原以为可以告别这里，回到那个随时能见到阳光的四合院。但是，也不知道师父怎么想的，就是不发话，自己和碧春旁敲侧击也没用。瞧那意思，好像自己还不够资格入驻似的。

好吧，今天过后，是不是就有资格了？想到这里，陈功不由得露出了得意的笑容。

"功哥，业绩报表出来了。"碧春喜形于色。

"业绩怎么样？"陈功故意抬高了声音，引得办公区的人都停下手中的工作，翘首以盼。

"突破了十亿大关。"碧春心领神会，高声地喊道。

"哇……"人们异口同声地惊呼，开心地鼓起掌来，每双眼睛都放射出比外面的阳光还要明亮的光芒。

"碧春，赶紧给师父打电话报喜。"陈功吩咐道。

"好嘞。"碧春按下手机。"用免提。"陈功提醒道。碧春会意地一笑，按下了免提键。众人都竖起耳朵，等着听"老大师"的指示。

"您好，您拨打的电话暂时无法接通。"

"您好，您拨打的电话暂时无法接通。"

……

手机里传出反复播报的电子女音。

陈功愕然："怎么回事？"

"师父可能还在休息，他最近很少过问公司的事。"碧春宽慰他。

"不应该啊。"陈功还是不敢相信，"这么重要的日子……"

话音未落，咣当一声，公司大门被狠狠地推开，唐佳丽带着七八个人闯了进来，个个凶神恶煞一般。

"佳丽，你怎么来了？"陈功心中一惊，迎了上去。

唐佳丽一见陈功更加愤怒，冲到他面前大声质问："陈功，你为什么要骗我？"

"你说什么？我怎么会骗你？"陈功十分惊诧。

"别装糊涂。"唐佳丽挥舞着手中的一沓文件，"我们这个月的利息都没收到。"

"到底是怎么回事？快说。""对，不说清楚，跟你没完。"……跟着唐佳丽来的人也忍不住了，仿佛随时要冲上来撕扯陈功。

"大家别急，听我说。"陈功高举双手安抚众人，口吻平和地解释道，"我估计是财务那边耽搁了几天。返利的事由我师父负责，不是我们操作。"

"你师父？你什么时候又冒出个师父来？"唐佳丽步步紧逼，"你不就是这个公司的法人吗？从头到尾，都是你和我们联系，你敢说你不知道？"

"对，我们都是冲着你的招牌来的。""别想躲，我们只认识你。""钱是投给你的，你就得负责。"……那几个人群情激愤，眼看就要围上来。

陈功向后退了两步，继续解释："是真的，投资的钱是我师父在管，我们只是负责拉客户。我相信，没拿到利息只是暂时的延误，等我去找师父问清楚，马上就可以解决。"

"你少装大尾巴狼。"唐佳丽已经失去了耐心，"我们查过了，你的公司只是个空壳，资金都流向了一个注册在太平洋岛国上的外资公司。你别告诉我，这事你也不知道！"

陈功真的慌了。他确实不知道钱的去向，也不敢问，更想不到钱会流向国外。"我是真不知道。"陈功一脸无辜，向唐佳丽乞求道，"你再等等，我现在就去找师父，一定给你们问清楚，好不好？"

"陈功，你还想骗我？！"唐佳丽又急又气，眼泪都快掉下来了，"你把我害惨了，你知道吗？"

"把这个骗子抓到派出所去再说。""对，这里的人，一个都不能跑。"……那几个人叫嚷着，向陈功包围过来，把唐佳丽都挤到了一边。陈功眼见形势失控，来不及多想，一个箭步摆脱了包围圈，夺门而出。唐佳丽等人也急忙追了出去。

碧春和胡响等人还没从震惊中回过神来，彼此面面相觑，最终还是胡响第一个反应过来，大叫一声："还不快跑？"把红帽子往地上狠狠一扔，慌不择路地向外逃去。碧春等女孩被这一声叫回了魂，也纷纷扔下红帽子，仓皇逃窜。

等到唐佳丽等人气喘吁吁地跑回来，发现公司里已是空无一人。他们既懊恼又生气，其中一个老年男人气急败坏地吼道："不能让这帮孙子跑了，赶紧报警！"

陈功跌跌撞撞地跑进震古公司，发现里面人去楼空，连办公家具都搬没了，只剩下一面落地穿衣镜，以及几个巨大的装饰花瓶。

陈功双手扶着膝盖大口喘气，环顾空空荡荡的四周，心里无比懊丧。他现在终于明白，震古为什么让他成立新公司，又为什么死活让他们远离大本营安营扎寨，原来这一切早在人家的盘算当中了。也许从发现风云不忠的那一刻开始，震古就在积极筹划了，而自己，只不过是恰好掉到棋盘上的一个棋子。没准，连胡响也是被安排在他身边的一个棋子。

陈功眼角的余光忽然扫到一个鬼魅般的身影，他腾的一下挺直腰，转身看过去。

天哪！他被吓得打了个冷战，那赫然是震古，脸上还带着标志性的"大师"微笑。

"师父，我对你忠心耿耿，你为什么要骗我？"惊讶之后，悲愤涌上心头，陈功痛苦不堪地开口质问。

震古的嘴角露出一丝冷笑，不疾不徐地教导他："孩子，骗你的不是我，是你自己。"

"你胡说。"陈功上前一步，指着震古恶狠狠地喊道。

"你敢说自己一点都没有察觉吗？"震古保持着胜利者的微笑。

"你……"陈功想争辩，但忽然语塞。

"我们每天都教育别人说，要想成功，就必须竭尽全力往上爬。"震古得意洋洋地说，"既然成功是成为'人上人'，那你不踩别人，难道等着别人来踩你吗？"

"但是做人要有底线。"陈功不服气地反驳，"这个底线，就是不能伤害别人。"

"这怎么能说是害人呢，万一成功呢？大家都有好处。"震古一副"跳出三界外"的洒脱。

"你还在骗人。"陈功觉得终于抓住了震古的软肋，"你明明就是存心卷走投资跑路，还跟我满嘴假道理，你就是个人渣！"

"哈哈哈……"震古突然一阵狂笑,"念在师徒一场,我最后教你一句吧,那就是:永远不要相信一个教你成功的人。"

"我要让你付出代价!"陈功大吼一声,不顾一切地向震古猛冲过去,想把他重重地摔到地上。

咣当一声,陈功把那面硕大的镜子撞得粉碎。他狼狈地滚到地上,好半天才吃力地抬起头左右张望,四周空无一人,身边散落了一地的玻璃碎片。他痛苦地闭上眼,无力地躺回到地上……

或许老天爷也感受到了陈功从山峰跌落谷底的悲怆,早上还是艳阳高照,到了黄昏时分,没来得及落山的太阳就被一大片乌云罩住了,几番挣扎都脱不了身,只能从乌云缝隙中透出几缕虚弱的光线,仿佛在向人世间发出求救的信号。

沿着和梦影第一次约会的公园小河往下走,有一个远离人群的池塘,陈功就呆呆地坐在池塘边的树丛间,望着水里的荷花被风吹得左右摇摆,在昏暗的天幕下惶恐不安。

接下来自己该怎么办?陈功的内心充满了彷徨和恐惧。怪只怪自己被一时的风光冲昏了头脑,对这么明显的风险浑然不觉,或者说,自己压根不想去深究。唉,天上掉馅饼的时候,一定要提防地下有陷阱啊。当初父母和梦影的劝告犹在耳边,哪怕自己听进去一点点,也不至于一败涂地。事到如今,自己还有什么脸再见他们?不如跳进水里一了百了。

陈功捡起一块石头,用力扔向池塘中央,溅起老高的水花。看来这水的深度淹死一个人绰绰有余。他右手撑地,颤巍巍地站了起来,一步步迈向水中。

"陈功……"恍惚中,他好像听到梦影在呼唤自己,脸上不禁露出了苦笑。这个时刻还能想起梦影,也不枉两人一路同甘共苦了八年。"梦影,这辈子给不了你幸福,下辈子如果还有缘,我一定加倍珍惜你,永远不让你再难过。"他目光迷离,喃喃自语,在池塘中越走越远。

"陈功，你想干什么？快回来。"梦影的声音更加真切，听上去焦急万分。陈功循声望过去，模糊的视线中，一个窈窕的身影急匆匆地向他奔来。他停下脚步，努力想看清那个身影。

"陈功，你傻了吗？是我，梦影啊。"梦影已经跑到池塘边，挥舞着手臂呼唤他。

陈功终于看清了梦影的面容，确定自己不是白日做梦。霎时间，他深一脚浅一脚地飞奔回池塘边，一把抱住梦影，放声痛哭。之前信誓旦旦筑起的泪水堤坝，在这一刻被击得粉碎。

梦影抱住哭得像个孩子般的陈功，抚摸着他颤抖的肩膀，心中同样难过，却努力让自己冷静再冷静。等到陈功慢慢止住了眼泪，她小心地扶着他坐到草地上，掏出手帕给他擦脸上的泪痕。"呀，你的脸怎么了？"她看到陈功脸上那几道被玻璃划出的伤口，不禁惊叫起来。

"没事，被玻璃碴划了一下而已。"陈功渐渐恢复了理智，只是反应还有些木讷，"你怎么知道我在这儿？"

"我打你电话，发现关机了。后来一直打不通，我就去公司找你，屋里根本没人，问了隔壁的公司，才知道你们出事了。我到处找你，最后才想到，你可能会来这里。"梦影痛心地说。

"是啊，这毕竟是我们第一次约会的地方。"陈功喃喃地说，"那个时候，我们多好啊！"

梦影的眼泪在眼眶里打着转，声音颤抖："以后也会好起来的。"

"哪还有以后啊。"陈功突然又掩面而泣，"梦影，我对不起你，我天生注定是一个失败者。"

"你没有失败，这只是每个人都会经历的挫折而已。"梦影温柔地把手搭在陈功的肩头，眼神笃定，"过了这个坎，我们还能从头再来。"

"怎么从头再来啊？"陈功抬起头大声说，"你都不知道我犯了多大的过错。"

"不管你做错了什么，只要能勇敢面对，我们就有机会重新站起来。"梦影努力将勇气传递给陈功。

陈功泪眼蒙眬:"真的吗?你愿意陪着我?"

"是真的,相信我。"梦影用力点头。

"梦影……"陈功悲呼一声,抱住梦影的脖子,久久不肯松手。

梦影轻拍着陈功的背,看着池塘中盛开的荷花,像是对陈功,又像是对自己说:"放心,我们一起面对,一切都会过去的……"

第二十四章　多么痛的领悟

"夏天，真是一个不寻常的季节啊。"陈功站在这曾经无数次想逃离的城中村的路口，感受着曾经无比熟悉的烟火气息，不由得感慨万千。

"大叔，成功大师了解一下？可以帮你打入总裁圈，可以帮你一夜暴富……"那个一天打三份工的快递员抱着沓宣传单，轻快地跳到陈功面前，笑眯眯地递上一张，但当他看清陈功的面庞时，立刻缩回手，一脸尴尬，"大师好，让您见笑了。"

"怎么不发给我？"陈功苦笑了一声。

"大师说笑了，您自己就是大师啊。"快递员讪讪地笑道，"不过您的造型怎么换了？这一脸的络腮胡，我差点都没认出来。别说，这样更像大师了。"他忍不住竖起大拇指摇了摇。

陈功继续苦笑，伸手从他怀里抽了张宣传单："我看看，这又是哪一位大师啊？"

他低头一看，脸色遽变。

还是当初举办陈功新书发布会的那座现代化书城。进门处高悬着巨幅海报，海报上赫然印着风云和碧春的大头像，他俩脸上带着真诚的笑容，共同托着一本装帧精美的书。海报的大字标题是："成功大师"风云新书签售会。

陈功站在海报下，仰着头，眯着眼，怔怔地看着上面的碧春。

她的笑容是那么灿烂，那么满足，仿佛终于找到了属于自己的幸福。

"好啊……"陈功意味深长地轻叹一声，随着熙熙攘攘的人群慢步走进书城。

陈功无比熟悉的大厅里已经排上了长长的队伍，少说也有五六十人。远远能看到风云和碧春在队伍的那一头，坐在铺着红布的签书案后面。先是碧春接过读者递过来的书，笑容可掬地交流几句，然后翻到扉页传给风云，再交代几句。风云飞快地在扉页上签好字，递还读者，顺便做个视线的交会。整个流程井井有条，和自己之前的签售会不相上下。陈功看在眼里，不由得在心中暗暗赞叹：碧春安排这种事真是一把好手。

他四下扫视，才发现不远处的桌后竟然坐着胡响，看来是负责现场卖书收钱，再指引读者拿着书去排队签名。这倒是之前没有的环节，看来碧春和风云还是用心改进了。

胡响刚送走一位读者，一抬头，发现陈功正站在自己面前，不禁大吃一惊，不由自主地站起身来："功哥，你出……你来了。"他的目光左右游走，生怕和陈功的视线对上。

"你忙完了给我打个电话，还是原来的号码。"陈功面色严肃，语气不容辩驳。

"功哥，我最近有点忙……"胡响一脸苦相。

"你如果还想在这里混，就按我说的做。"陈功冷冷地打断他。

胡响的小眼睛四处乱转，偷偷瞄了下远处的风云和碧春，见他们并没注意到这边，心里稍稍安定，瞬间又找回了那个在陈功面前点头哈腰、一脸谄笑的自己："好，好，找个时间，我给你接风洗尘。"

陈功瞥他一眼，冷冷一笑，转身径直朝风云和碧春走去。胡响讨了个没趣，紧张地看向陈功走去的方向，一直不敢坐下。

陈功翩然走近时，原本微笑着和读者聊天的碧春首先认出了他，脸上的笑容瞬间凝固，眼里渐渐充盈起了泪水。她手扶桌沿缓缓起身，怔怔地看着他。

碧春戚然的神情，让陈功绷紧的脸稍微柔和了些。他放慢脚步，好使自己不再显得那么咄咄逼人。

"功哥，你来了。"碧春幽幽说道，表情复杂地盯着他满是胡须的面颊。风云一开始并没有认出陈功，直到看见碧春的异常反应，再仔细打量陈功几眼，才恍然大悟，也连忙站了起来，语气十分紧张："师弟，你怎么来了？"

"大师兄，我来祝贺你们。"陈功扬起手中的宣传单，淡淡地回答，还瞟了一眼碧春。碧春的脸一红，不敢直视陈功。

风云似乎担心陈功做出不理智的行为，整个身体都是戒备的。碧春一向机灵，见局面显得尴尬，便说："功哥，咱们去外面的咖啡厅吧，大师兄现在不方便。"

"好。"陈功看到碧春恳求的眼神，只答了一个字，就转身往外走。碧春跟在他后面。风云见状，长嘘了一口气，换上笑脸，接着为读者签名。

在书城附设的咖啡厅里，照样能看到那张铺天盖地的海报。陈功饶有兴趣地多看了几眼，坐在对面的碧春注意到他的视线，苦笑着说："功哥，就别一直看了，你又不是没上过墙。"

"没两个人一起上过。"陈功脸上微笑着，大度地说，"还是要恭喜你们，都成功地实现了既定目标。"

"谢谢功哥。"碧春的眼圈突然又红了，"如果不是你帮我们姐妹扛下，我……"

"你们本来就是帮我干活的。"陈功抬手截住她的话，轻轻地叹了一声，"我这算是罪有应得，怪不了别人。"

碧春欲言又止，陈功话到嘴边也犹豫不决，两人之间顿时出现了冷场。陈功只能没话找话："我看胡响又在帮你们。"

"嗯，他挺积极的，我们正好也缺人手，就答应了。"碧春随口回答，又觉得陈功的语气好像有些不对，稍显紧张地询问道，"他有什么问题吗？"

"没问题。我只是看到他了,随便问问。"陈功似乎漫不经心。

"哦……"碧春若有所思,"功哥,你是不是想问师父的情况?他应该在国外,但我不知道具体在哪儿。"

"是吗?你怎么知道的?"陈功最关心的就是这件事。

碧春稍稍迟疑,但还是说:"就在前几天,他加了我微信……"

"你确定是他吗?他会这么冒失?"陈功越发觉得不可思议,看了看四周,俯身压低声音,抛出一串问题。

"我开始也不相信,但确实是他。"碧春也压低了声音,"可能他觉得风头过去了吧。"

"也是。"陈功轻叹了一声,靠回椅子,"都过去一年了,我也回来了,他终于可以放心了。"

"所有的事情都是他计划好的……"碧春也坐直了身体,眼望着海报里的自己,陷入沉思。

良久,陈功一推椅子,站起身来:"我就是来看看你们,你也该回去了,风云还在等你呢。"

碧春连忙跟着站起来,面带诚恳之色:"功哥,如果你愿意来帮我们,我们会很高兴的。"

"谢谢你的好意。"陈功大声说道,"只怕风云没你这么好心吧。"他的脸上露出洞察一切的微笑。

碧春被他看得脸一红,慢慢低下头,喃喃地说:"你总是这么犀利,难怪师父那么喜欢你。"她马上意识到自己说错了话,慌忙想解释,"功哥,你别误会,我只是……"

"没事。"陈功真的不在意,还反过来安慰碧春,"你们也不用担心,我这次来就是因为好奇,顺便见见老熟人,看到你们都挺好的,我也就放心了。"他挥了挥手,准备转身离开。

"功哥!"碧春叫了一声,上前抓住陈功的胳膊,"我们都欠你的……"望着满脸沧桑的他,碧春有再多抱歉的话也说不出口。

说心里话,来之前陈功心里是有怨气的,但事已至此,他选择原谅碧春,甚至对风云也没了怨恨。"你们欠我,我欠别人。这世上的债,谁能说得清呢?你我之间的这笔账,我就先一笔勾销吧。"他轻轻拍一下碧春的肩膀,毫无留恋地转身离开。

听到这句话的碧春像触电一般,抬头怔怔地看着他远去的身影,仿佛正在努力地理解……

老刘的"成功煎饼"终于做出了名堂,告别了流动摊车,在他固定出摊位置的附近租了个"苍蝇馆子"店面,不光卖煎饼,还卖快餐和烧烤,招牌也换了,起了个更加响亮的名字,叫"成功食堂"。

正是傍晚,天色还很亮,店里店外坐了不少人,老刘一家三口齐上阵,手脚不停地忙活着,还没忘了跟客人逗乐。

排在陈功前面的小伙子接过加了蛋和火腿肠的煎饼,举起早已预备好摄像的手机,对着镜头喜滋滋地啃了一口,然后冲着老刘竖起大拇指,兴奋地播报:"老铁们,今天又来吃'成功煎饼'。这老板老厉害了,以前只摆个煎饼摊,现在人家有店面了,名字也老牛了——老铁们,你们能看见吗——叫'成功食堂'。"一通自拍后,小伙子把镜头对准老刘,大声说道:"老板,再给老铁们说两句呗。"

老刘看上去早已习惯面对镜头,面露憨厚的笑容,有板有眼地说:"吃得苦中苦,方为人上人。老铁们,加油。也欢迎来我的'成功食堂'吃饭。成功食堂,包你成功。"说完举起右手,冲着镜头比划了一个 V 字。

小伙子颇为满意,也兴奋地冲老刘比了个 V,举着手机边走开边拍,仿佛完全忘了手里的煎饼。

"老板,来个煎饼。"陈功把目光从小伙子身上收回来,客气地对老刘说。他猜想对方已认不出自己了,也没有心情寒暄。

果然,老刘拿他当生客,一边麻利地操作着,一边问:"要加蛋和香肠吗?"

"不用了。"陈功低头看着老刘上下翻飞的手。

"哦。"老刘头都没抬。

"喵……花花、小白，快出来，好吃的来了。"陈功压低声音呼唤着，又把纸袋撕开，让里面的煎饼露出来。

时隔一年多，陈功再一次来到这个隐秘的角落，看望两个曾给过他很多慰藉的老朋友。就像做了一场梦，兜兜转转，他又回到了原点。望着黑黢黢的灌木丛，陈功不由得露出惨笑。

"花花、小白，来吃煎饼啦，多香啊，排队才吃得到的'成功煎饼'呢。"许久，陈功也没有见到那两个熟悉的身影欢快地蹿出来，于是继续呼唤。这一次，灌木丛中终于有了响动，两只猫小心翼翼地钻出来，精灵的眼珠子在煎饼和陈功之间转来转去，不敢贸然上前。

这是两只黑猫！陈功心头一紧：难道花花和小白不在了？他知道，猫是有领地意识的，如果花花和小白还在，轮不到其他猫在这里出现。它们俩去哪里了呢？是死了，还是找到了更好的落脚处？陈功盯着眼前这两只黑猫，思绪已经飞得远远的了。

"喵……"其中一只体形大些的黑猫禁不住诱惑，小心翼翼地走向煎饼，还抬头看看陈功，眼里装着满满的渴望。

"吃吧，吃吧。"陈功往后退了两步，抬手示意。

黑猫们立刻就明白了陈功的意思，无比轻盈地扑到煎饼上，大口大口地撕咬起来，仿佛已经饿了很久。

"唉……"陈功看着眼前这一幕，又开始担忧花花和小白的命运，不禁一声哀叹。

楼道和阶梯是那么熟悉，灯光还是那么昏黄，隐隐弥漫的腐臭味道也是似曾相识。这狭小到令人窒息的空间，让陈功的步履变得异常沉重。

终于，他拖着双腿上到五楼，站在那扇再熟悉不过的房门前，不由自主地闭上眼，深深吸了一口气。在他觉得自己已经稍微振奋了些，不再那么颓废后，才掏出钥匙插进锁孔，缓缓地旋转，轻轻推开房门。一道暖黄的光打在他脸上，让他的眼睛焕发出一线生机。

"梦影，我回来了。"陈功像在洞穴中找到了出口，对着屋内最明亮的地方大声叫道。

"回来得正好，饭菜都熟了。"梦影把一盘菜端到桌上，"得快点了，我要来不及了。"她手脚麻利地盛好两碗饭。

陈功看到扎着围裙、一副家庭小主妇模样的梦影，突然就满心欢喜。他放下拎回来的塑料袋，抓起筷子塞到梦影手里："不着急，吃完饭，我开车送你去酒吧。"

还没等梦影说话，哆哆就从厨房里冲了出来，几步蹿到塑料袋前，连叫了十几声，差点就眼泪汪汪的了。

"哦，忘了忘了，对不起，哆哆，你还等着吃饭呢。"陈功恍然大悟，从塑料袋里拿出一包狗粮，飞快地撕开，倒进哆哆的食盆里。早已等得不耐烦的哆哆立刻欢快地扑上去，吃得摇头晃脑。

"哆哆你慢点，真是饿死鬼投胎的。"梦影无奈地摇着头。

"这可不能怪哆哆，动物的本性嘛。"陈功笑着回到桌边和梦影吃饭。

梦影眼睛一亮，目光温柔带笑："陈功，你变了，以前你对哆哆可不是这样哦。"

"此一时彼一时嘛。"陈功看着哆哆，眼神中透出怜爱。

"其实……"梦影迟疑了一下，"没必要单给哆哆买狗粮，它跟着我们吃就行了。"

"它年纪大了，需要好好照顾。"陈功柔声说道。

梦影低下头笑，喜滋滋地为陈功夹了一块肉。

"梦影，你放心吧，我明天就去找工作，咱们从头再来。"陈功的神色无比坚定。

"嗯，我相信你。"梦影连连点头。

"你多吃点，要唱一晚上呢，挺累人的。"陈功眼里噙着泪，脸上却在微笑。他给梦影夹了一大筷子菜，自己也埋下头狠狠扒饭。

"嗯，你也多吃点，好好补补身体，你太瘦了。"梦影的泪和笑，与他如出一辙。

第二天一大早，陈功已经和李明面对面坐在培训中心的办公室里。正如陈功所预料的，两人见面，气氛十分尴尬。李明皱着眉头盯住陈功，仿佛在看一件刚出土的文物，半晌不说话。陈功被看得如芒刺在背，浑身上下哪儿哪儿都不舒服。

行不行的你倒说句话啊，看我跟看猴似的，是不是成心想看笑话啊？陈功心里这样想着，不由得也皱起眉，有些气恼。

"哈哈……"还没等陈功发作，李明突然爆笑出声，手指着他，几次想说话都笑得说不出，仿佛陈功这个人就是一个冷笑话。

陈功简直恼羞成怒了："李明，你这样就没意思了。"

李明见陈功生气，笑得更加开心，伸手狠狠打一下他的肩膀，强忍住笑："刚刚跟我那么客气，把我都弄蒙了，心想你是从外星球转了一圈回来吗？嗯，这一生气，又是我认识的那个陈功了，不错不错。"

陈功终于明白，对方是因为自己刚才态度太恭敬，觉得滑稽，才笑个没完的。他暗暗松口气，不好意思地说："这次不一样嘛。以前只是自己潦倒，这次是连累亲朋好友，实在有愧啊。"

李明不以为意："你最倒霉的时候我都见过，这也算不了什么。"

陈功又是感激又是羞愧，长叹一声："还好你当初坚持没听我的，要不然，我连一个朋友都剩不下。"

"那些套路其实明眼人都能看出来，只是当时你太风光，我也不好给你泼冷水。"李明脸上始终带着真诚的笑容。

"唉……"陈功低下头，"当时，真的是鬼迷心窍了……"

"反正都过去了，从现在起，踏踏实实地做事……"李明觉得自己安慰的话说出来更像在教训人，连忙打住，话锋一转，"你今天来得正好，那帮小孩太难伺候了，只有你才能搞定。我终于可以解脱了。"

陈功一听这话，瞪大了双眼："今天就上课？"

"不然呢？"李明假装生气地瞪了他一眼，"你还打算继续甩锅给我啊？"

陈功脸都涨红了，想说感谢的话又觉得难以出口。

"走吧，该上课了，我的'大师'。"李明递给他一本讲义，善意地微笑着。

陈功红着眼圈，郑重地接过了李明递过来的讲义。在他眼里，这不再是一本普通的讲义，而是一份沉甸甸的情谊。这情谊和梦影的爱汇聚在一起，形成一股暖流，逐渐融化了他那颗曾被自己刻意冰冻起来的心。

洁白明亮的教室里，学生们肆意地嬉戏玩笑，仿佛从来不知道烦恼的滋味。

响亮的咳嗽声在门外响起，大门随之被推开，李明迈着台步走进来，后面跟着颇为忐忑不安的陈功。

学生们很快安静下来，好奇的目光齐刷刷地射向陈功，眼神语言分明是"这是哪里来的新老师"。陈功也趁机快速地扫视了一遍学生，发现大多数之前都见过。虽然时隔一年多，但年轻人的样子并没有太多变化，尤其是那个"富二代"模样的男学生，还是一副目空一切的痞子相。

"同学们，看看谁回来了……"没等李明把话说完，"富二代"突然跳起来，一指陈功，兴奋地大叫："是陈老师，不不，陈大师……"他几大步蹿到陈功身前，抓起对方的手摇个不停，好像见到了朝思暮想的大神，"陈大师，您怎么有空来看我们啊？您拍的视频我看过很多遍，太精彩了，太有用了。"

这时其他学生才认出了陈功，也一窝蜂地拥上来，七嘴八舌地表达自己的崇敬之情。

"陈大师，您这新形象真不错，有大师的威严，还有艺术家的不羁。"

"陈大师，我得和您合个影。我和朋友说您教过我，他们还不信呢，这下好了，能让他们羡慕死。"

"对对，我也要和您合影，您再给我签个名。"

"对对对，我也要。"

……

这始料未及的追星场面令陈功哭笑不得，无奈地向李明求救。

"同学们安静。"李明笑够了，上前来解围，"你们还想不想让陈老师上课了？"

学生们立刻停止了喧嚣，面露疑惑。陈功见状，抬高声音说道："对，我是来给你们上课的。"

学生们又兴奋起来，叽叽喳喳地说个不停：

"太好了，陈大师给我们现场传授成功学。"

"我要全程录下来，回去给他们看，啪啪打他们的脸。"

"谢谢大师还记得我们，能当您的学生太幸运了。"

……

陈功越发尴尬，咬咬牙，诚恳地说道："同学们，我是来给大家分享教训的。"

学生们简直不敢相信自己的耳朵，张大嘴呆呆地看向陈功，教室里一片寂静。

"哈哈哈……"城中村那个小得不能再小的五楼窗户里，又传出了陈功和梦影愉悦的笑声。

原本局促的房间被梦影装扮得温馨舒适。一块嫩绿色的亚麻毯子盖在破旧的沙发上，是那么富于艺术气息。陈功和梦影并肩坐在上面，兴致勃勃地聊着天。

"后来呢？学生们是不是特别失望啊？哈哈。"梦影笑得捂住肚子，直不起腰来。

"也还好啦。"陈功摆出一副骄傲的神态，"毕竟我当过几个月的'大师'，就那么一通谆谆教诲，成功地把这些毛孩子唬住了。"

"你少来，什么时候都不忘给自己脸上贴金，哈哈哈。"梦影看到陈功眼里狡黠的笑意，笑倒在沙发上。

"是真的,最后他们又都围上来,争着和我合影呢。"陈功一本正经地说。

"啊?"梦影惊讶地瞪大了眼睛,"那是为什么啊?"

"他们说……"陈功故意卖了个关子,"不管我还是不是大师,先把朋友们唬住再说。"

"哈哈哈……"梦影爆发出银铃般的笑声,笑得前仰后合,上气不接下气,"你的学生……太逗了……真不愧是'大师'教出来的……"

陈功被梦影开怀的大笑深深感染了。原来,幸福可以如此简单,在一间曾经天天想要逃离的出租屋里,两个彼此相爱的人,说些平淡的日常琐事,也能说得这样兴高采烈,把所有的烦恼通通抛掉。这是多么痛的领悟啊,因为自己的无知和贪婪,差一点就……好在,还不算太晚,还有补救的机会。想到这里,陈功的心中忽然隐隐作痛:这一年,梦影是怎么熬过来的?她有多久没这样笑了?

梦影注意到陈功含着泪光的凝视,仿佛知道他心里在想什么,伸出两条手臂,温柔地搂住了他的脖子,语气满是怜爱:"陈功,这一年……你受苦了。"

陈功再也抑制不住,泪水唰地流了下来:"受苦的,是你……"他哽咽得说不出话,像捧着一件失而复得的珍宝,把梦影轻轻搂进怀里,在心中暗暗地发誓:从今以后,自己再不会让她受到半点伤害。

梦影摩挲着他的后背,回应他的温情,长长地吐出一口气:"我们的日子一定会好起来的。"

"说得对。"陈功扳过她的肩膀,双目炯炯有神,"一定会好起来的。"

"是啊。"梦影笃定地笑了,"现在我们都有工作了,这不就是好的开始吗?"

"好在还有朋友愿意帮助我们。"陈功认真地说,"等我们渡过眼前的难关,一定要想办法补上亲友们损失的钱。"

"还好，我的那些姐妹们损失不大，努努力能还上，否则我真的没脸见她们了。"梦影幽幽地说，"她们也都不容易。我最记挂的是玲花嫂子，她省吃俭用攒下钱，是要给孩子上学用的。"

陈功默默地低下了头，又一次陷入内疚和自责中。梦影连忙安慰他："好在欠玲花嫂子的钱不算太多，应该很快就能还清。"

"嗯。"陈功肯定地点着头，微微露出了笑容。

手机响了两声，陈功抓起来一看，脱口而出："胡响找我。"

"他能有什么好事？"梦影嗤之以鼻，"别理他。"

"是我想找他问点事。"陈功站起身换衣服。

"哦。你小心点，他不是什么好人。"梦影还是不放心。

"要小心的人是他。"陈功语气淡定，"他就在'成功食堂'等我，我来不及送你去酒吧了，你自己开车过去行吗？"说到最后时口气又温柔起来。

"怎么不行，我又不是小 baby。"梦影甜蜜地笑着。

"在我心中，你永远是我的 baby。"陈功找回了久违的轻松感，学着电影里的经典桥段哄她。

"油腔滑调。"梦影笑着打他一下，"快去吧，别喝酒啊。"

正是晚饭点，"成功食堂"坐满了人，店外还见缝插针地摆了两张小塑料桌，配几把矮凳子。吃饭的人一个个蜷着腿、直着腰，远远望去，像是在蹲马步。

胡响就在店外，一个人占了张桌子，桌上两个酒杯、三瓶啤酒、四盘小菜。他满脸苦相，独自喝着闷酒。

陈功稍微放慢脚步，想了想，脸上挂起当"大师"时常用的威严表情，紧走几步过去，冷冷地对他说："你终于有空了？"

胡响已经喝得满脸通红，他木讷地抬起头，见是陈功，情绪顿时激动了。"你真行！你真行！"他狠狠瞪着陈功，恨恨地说。

陈功不知道他这种恨意从何而来，拉过凳子坐在他对面，等着他说下去。

"你不是让我联系你吗？我来了，你想说什么？"胡响挑挑眉，语气冰冷。他不再那么激动，但眼里的狠劲丝毫没有减少，任谁看到，都会以为陈功做了非常对不起他的事。

"我要问的事，现在已经不重要了。"陈功轻轻摇头，像是在喃喃自语。他一直在怀疑，胡响是不是早就被震古收为手下，新公司的项目从策划到拓展，包括拉唐佳丽投资，整个过程也许都是胡响在震古的授意下排的一出戏。但是，这次再见到胡响，他突然觉得，追究过去的事已经没有任何意义，就像是身体得了病，你是怨天尤人追溯缘由，还是积极治病，重拾健康？

"你没事了是吧？"胡响怒火中烧，"现在说说你，你究竟动了什么手脚？"

"我动了手脚？"陈功不解地问。

"少装糊涂，都是千年的狐狸，你的那些把戏我能不懂？"胡响见陈功一脸无辜，更来气了。

"你有话直说，别给我玩这些弯弯绕。"陈功不耐烦地摆手。

"你说，到底对碧春说了什么？她今天把我踢出来了，让我别再跟着他们。我好不容易求他们让我加入，你一出来，就给搅黄了。我做过什么对不起你的事，让你这么恨我，非要害死我啊？"胡响气愤地控诉着，甚至带上了哭腔。

陈功看着他，突然想起电影里农妇骂街，最后独自坐在地上哭诉的场景，不由得可怜起他来。那次自己在书城和胡响说话，可能被碧春看到了，觉得胡响和自己还有瓜葛，或者是因为自己在咖啡厅提了一嘴胡响。以碧春的做事风格，疑人不用，绝不冒险。

"我知道再怎么解释，你也听不进去。我只能告诉你，我没有和碧春说你一句坏话。"陈功诚恳地说。

"你骗我！"陈功真诚的神情反而激怒了胡响，"事到如今，你还在演戏，你真以为自己是个好演员啊？呸，你就是个不入流的下三滥。"

胡响的话深深地刺痛了陈功的心。做了这么久的演员，他始终不能接受别人对他演技的质疑。他刚要发作，但转念一想，胡响当然最知道自己的软肋，之所以这么说，只是想激怒自己，如果真的因此和胡响发生冲突，那就是自己输了。

"你喝多了，早点回家吧，过去的事情别再想了。"陈功风轻云淡地回了一句，起身要离开。

"你说得轻巧。"胡响突然将酒杯狠狠蹾在桌子上，猛地站起来，指着他大声斥责，"你知道我被你们师徒两人骗得多惨吗？我像狗一样，摇着尾巴讨好，任你们呼来喝去，被骂时还得赔着笑脸，心想你们吃肉，我好歹也能喝点汤。可结果呢？我的全部家当都被你们骗光了。现在好不容易找到条活路，又被你一句话毁了。你、你还是人吗？"

怒吼声引得人们纷纷侧目。老刘停下手里的活，担忧地看过来，不知道该不该上前劝解。陈功看看四周，强压着涌上来的热血，尽力用平和的语气安抚胡响："应该说，我们都为自己的无知和贪婪付出了代价。你喝多了，该回家了。"

"家？我哪有家啊？"胡响指着眼前的城中村，"你管这些鸽子笼叫作'家'？这些只能叫'窝'，没人看得起的狗窝！"

胡响歇斯底里的叫喊竟然让围观的众人纷纷点头，仿佛他喊出了他们的心声。

"有爱的地方，其实就是家。"陈功轻声说。他知道，现在说这话，只会被当作陈词滥调，没人肯相信，可他还是想说出来。

"嚯，又来当大师了？"果然，胡响一脸嘲讽的表情，"你以前不是一直教导别人，要在你的带领下往上爬吗？你不是一直说，只有把挡路的人都干掉，才能成为'人上人'吗？大师，什么时候你又改说'爱'了，是用爱去干掉别人吗？哈哈哈。"

"向上爬也要有底线，不能害人啊。"胡响放肆的嘲笑让陈功愤懑，忍不住回怼了一句。

"底线？你一个坐过牢的人，跟我谈底线，你觉得你配吗？"胡响的眼神无比鄙夷，脸上露出胜利者的冷笑，仿佛终于把胸中的恶气吐到了陈功脸上。

众人听到这话,目光变得怪异,开始交头接耳,对着陈功指指点点,仿佛在看一个怪物。陈功呆呆地站着,想要开口辩驳,但扫视一圈,又颓然地低下头,感觉即使自己长了一百张嘴,也无法消除世人的成见。"唉……"他轻轻地叹了口气。

狭窄的街道上方,层层压满装着铁栅栏的窗户,窗里交错的人影被昏暗的灯光扭曲得奇形怪状,仿佛正在上演一幕幕的皮影戏,那么一板一眼,却又让人感觉很不真实。

陈功仰着头,边走边看,心情越来越沉重。他走到自己家楼下,突然发现屋里亮着灯,不由得一惊,抬手看表,确定这个时间点梦影应该是在酒吧,心中不禁一紧:"糟糕,不会是讨债的找上门,把梦影堵住了吧?"

他拔腿就往楼道里冲,脚步声咚咚,如战鼓狂擂,一直冲到房门前,连气都来不及喘,就飞快地开锁推门。"梦影……"他刚叫了一声就愣住了,"爸、妈,你们怎么来了?"他简直不敢相信自己的眼睛。

父母和梦影都坐在沙发上。见到陈功,夫妻俩都愣住了,一个劲盯着儿子的络腮胡子看。陈功母亲最先站起来,心疼地说:"功儿,你怎么留起胡子来了?"

"这个……就是想改变一下自己。"陈功搀住母亲的手臂,"妈,您的白头发可是更多了。"

"年纪大了嘛,有什么好奇怪的。"陈功母亲慈爱地端详着儿子,望了一眼坐着不动的丈夫。

"妈,您坐,这一路上累坏了吧。"陈功扶着母亲一起坐下来,又关心地问候父亲:"爸,您身体不好,以后别跑这么远了,等我回去看您。"

"你打算瞒着我们到什么时候?"陈功父亲严肃地开口。

陈功刚想说话,梦影就抢先回答了:"叔叔,我怕你们担心,想着一年很快就过去了，所以一直没告诉你们。这是我擅自决定，陈功不知道。"

"好孩子。"陈功父亲怜惜地看着梦影，"这么大的事，不能让你一个人扛着啊……"

"是啊，梦影，这一年你是怎么过来的？"陈功母亲十分心疼，又转头对陈功说："功儿，你上辈子积了多少德啊，能找到梦影这样的好姑娘，一定要好好珍惜。"

陈功深情地看着梦影，心中有千言万语，却哽咽着说不出来。梦影笑盈盈地看一眼他，有些害羞地对陈功母亲说："阿姨，其实陈功对我挺好的……"

"那就好，那就好。"陈功母亲冲丈夫使了个眼色，"老头子……"

"哦，对。"陈功父亲被妻子提醒，从上衣口袋里摸出一张银行卡，递给陈功，"这是你上次留下的十万块钱，分文未动。我和你妈接到梦影的电话就立刻赶过来，只带了这张卡，知道你们现在一定急等着用钱。"

陈功赶忙推辞："爸，这是给你们修房子用的。我们不缺钱，您赶紧拿回去吧。"

"你和你爸一个样，都是死要面子活受罪。"陈功母亲见丈夫要急，连忙把话接过来，"这个时候你们能不缺钱吗？功儿，赶紧接着。"

"出了这么大的事，村里人都不知道，更没有人戳我们脊梁骨，说明你没做对不起他们的事。就冲这一点，你没给咱家丢人。"陈功父亲看着自己的儿子，第一次明显地流露出赞许的神情。

在陈功的印象中，这是父亲第一次称赞自己，还是因为自己犯下的错误。他不禁热泪盈眶，哽咽地说："我……谢谢……爸。"用颤抖的双手接过父亲递来的银行卡。

"这就对了嘛。"陈功母亲一拍丈夫的膝盖，大声说，"你这老顽固，总是看谁都不顺眼，真自作自受，以后要好好改改了。"

"我哪有，你尽瞎说。"陈功父亲被妻子一顿数落，面露窘色，不好意思地憨笑着。

梦影赶忙打圆场:"阿姨,叔叔都是为了陈功好,才严格要求他。"

"好梦影,你是不知道,家里什么事都要按他的来,一不满意,就不理人了。你说,这是不是老顽固?"陈功母亲已经完全把梦影当成了自家人,笑着继续数落丈夫。

梦影羡慕地看着他们夫妻俩,又瞟了一眼陈功,陈功会意地朝她笑笑,也饶有兴致地把目光转向自己的父母。

"确实,现在想想,我有很多做得不对的地方。"听完妻子开玩笑似的数落,陈功父亲抬眼望着儿子,喃喃地道,"你小时候喜欢看戏,还说长大要去演戏。我觉得这行当不踏实,没让你学。后来你还是去当演员了,我就一直赌着气,对你横挑鼻子竖挑眼。其实,你有自己喜欢干的事,我应该高兴,应该支持你才对。"他的脸上露出惭愧的神色,目光游移,仿佛一个刚刚承认了错误的孩子,在不安地等待着大人们的反应。

其余三人的反应各不相同。梦影眼含泪水,仿佛想起了父母和童年的往事。陈功母亲满脸欣喜,为自己的丈夫感到骄傲。而陈功先是震惊于父亲能说出这样的话,慢慢回味后又抑制不住地流下眼泪。

陈功父亲扫视着三人,似乎受到了鼓舞,继续反思自己:"其实,每一辈人都应该有不同的生活和追求,时代在进步,你们应该比我们更幸福,不能用旧框框束缚和压制你们。"他十分认真地一口气说完。

"爸……"陈功满面泪水,忍不住放声痛哭。

从小到大,他始终憋着一口气,一定要做出一番成绩给父亲看,好证明父亲对自己的看法是完全错误的。这成为压在他心中的一块大石,让他不敢有丝毫松懈,即使已经不堪重负,也要逼着自己走下去,即使这条路是歧途……

听到儿子的哭声,陈功父亲一时间老泪纵横,连忙用手遮住面颊,也挡住家人们的目光。

"功儿,"陈功母亲轻轻拍抚丈夫的后背,语重心长地对陈功说,

"我和你爸都老了,也帮不上你们什么忙,就是希望你们能平平安安的。"

"你们放心。"陈功擦干脸上的泪水,坚定地说,"我和梦影一定好好过日子,不会再让你们操心了。"

"那就好,那就好。"陈功母亲又去拍抚儿子,笑着说,"都多大了,还哭鼻子。"

陈功破涕为笑,满脸的羞涩。梦影对他做了个嘲笑的鬼脸。

"好梦影,你们什么时候办事?我们俩早就想有孙子孙女抱呢。"陈功母亲又把目标对准了梦影。"对,趁我们没老到动不了,还能帮你们带一带。"陈功父亲随声附和。

"这得看陈功……"梦影害羞了。

陈功母亲生怕再给儿子压力,连忙转口说:"不急不急,你们慢慢来,好日子还长着呢。"

"对啊对啊,好饭不怕晚。"陈功父亲立刻"妇唱夫随",往日那副严肃的模样无影无踪,整个人变得轻松自在了。

此时此刻,狭小的房间里充满了欢乐和温馨,甚至溢出窗子,飘到了夜空中,与千千万万个家庭的生活百味汇聚在一起,弥散到城市的各个角落,让那些冰冷的建筑渐渐有了生命的温度。

第二十五章　电影里的大师

透过玲花嫂子家的破旧窗户看进去，昏黄的灯光下，她正在简易的煤气灶边炒菜。面对蒸腾的油烟，满是油渍的排气扇已无能为力，玲花嫂子被呛得一个劲地咳嗽，汗水浸湿了头发。然而她顾不上擦去脸上的汗水，加快了挥舞锅铲的动作，好尽快逃离这块令人窒息的方寸之地。

房间那一端放着折叠桌，一个十来岁的女孩正趴在桌上写作业，脑袋低得几乎要碰到作业本上。一个两三岁的小男孩，光着屁股坐在粗糙的水泥地上，玩着廉价的塑料玩具。

这是城市郊区的一个小院子，院墙低矮，墙下堆放着各种各样收来的废品。陈功和梦影已经站到了院里，却迟迟鼓不起勇气面对屋里的一家三口。

"我们怎么把钱给她啊？"陈功为难地轻声说。

梦影也觉得棘手："要不然，我们把钱放在她门口就走吧。"

"那怎么行，"陈功连连摇头，"被别人拿走了怎么办？"

"那还有什么办法？"梦影一脸愁容，"我可不敢进去。"

两人低声商量着。正把菜盘端上桌的玲花嫂子听到外面有动静，紧张地喊了一声："谁啊？谁在外面？"

陈功闻声，赶忙把手里攥着的布包用力扔到房门上，拉起梦影转身就跑。

"是谁？"玲花嫂子猛地推开房门，手拿一根木棍，高声喊道，

"我告诉你啊，我们家没什么可偷的。"

脚下被绊了一下，仔细看，是一个方正的布包。她疑惑地捡起来打开看，里面竟然是两沓百元大钞，还附着一张纸条。她双手颤抖着拿起纸条，凑到眼前，借着院外昏暗的路灯，看清上面写着一行娟秀的小字：玲花嫂子，对不起。梦影。

她缓缓抬起头，泪水肆意地在脸上流淌。"好人一生平安啊！"她似乎想借着喊声把内心的苦闷全部宣泄掉。

购物商城灯光璀璨，连大门前的广场都流光溢彩。陈功和梦影像两个快乐的孩子，在广场上嬉笑打闹，全然不顾人们异样的目光。

他们终于觉得累了，气喘吁吁地在一张长椅上坐下来，脸上依然染满兴奋的红晕。"你刚刚扔得够准的，看来可以当个'扔钱大师'了。"梦影揶揄着陈功。

陈功闻言摆出如来佛祖的姿态，顺着梦影的话，一本正经地说："施主，世上本没有大师，钱扔得多了，就成了大师了。"

"哈哈哈……"又是一串银铃般的笑，梦影的小手握成拳，捶打着陈功的后背，"不当大师真是委屈你了，哈哈哈。"

"无债一身轻，这感觉真好啊。"陈功舒心地长出一口气，"我当'大师'时，每天都必须戴着面具。你不端着架子，别人就瞧不上你；你不防着人，自己就会被人阴掉。现在想想，那种日子实在太累了，简直不是人过的。"

"是啊。"梦影感同身受，"我在酒吧也一样。你不绷着脸，人家就给你脸色看；你不装酷，人家就把你当面团。成年人的世界好像就是这样，你不戴面具，别人反而觉得你是异类。"

她望着广场上行色匆匆的人群，陷入了沉思。陈功偷眼看她，忽然觉得她比八年前更加可爱，虽然眉目之间少了几分青春靓丽的气息，增添了忧郁的气质，但就是这几分忧郁，让梦影显得更加真实、亲切，是可以与他互述衷肠的亲人。

"还好……"陈功温柔地牵住梦影的手，轻声说，"我们没有走散。"

梦影转过头，久久地凝视着他的脸，终于露出了会心的微笑："今晚，我们可以睡个好觉了。"

陈功和梦影度过了一段梦幻般的美好时光。

早晨，陈功与哆哆形影不离，为晚起的梦影准备早餐。他在粉色的爱心卡片上写下甜蜜的情话，轻轻放在熟睡的梦影枕边。

中午，陈功在培训中心的办公室里一边吃盒饭，一面和梦影视频聊天，叮嘱她好好吃饭。那浓情蜜意惹得李明羡慕不已，忍不住要和两口子插科打诨一番，三人其乐融融。

傍晚，陈功和学生们道别，吹着口哨回家，梦影已经把香喷喷的饭菜端上了桌。陈功把哆哆的食盆拖到桌下，两人一狗愉快进餐。人分享一天的见闻、创作的灵感，狗时不时插进来叫几声，像是也想发表意见。

吃过晚饭，陈功开着他的二手车送梦影去酒吧，一路欢声笑语地浏览美丽的城市夜景，然后在酒吧工作人员的起哄声中，依依不舍地与梦影吻别。

到第二天凌晨，梦影轻手轻脚地回家，会趴在床边凝视一会儿还在美梦中的陈功，在他露出微笑的脸上，温柔地印下一个桃红的唇印……

日子像一支小夜曲般快乐地流淌，很快这个城市又迎来了它最美的金秋季节，而陈功也迎来了他的收获季。现在，他已经是培训中心的副主任了。上课时，他谈笑风生，和蔼又严格，深受学生们的喜爱；下课后，他管理培训中心日常事务，负责安排课程，同样得到了老师们的嘉许。李明的工作轻闲了不少，自然是看在眼里，喜在心中。

更重要的是，陈功依靠他当"成功大师"时积累的人脉，打通了宣传渠道，使培训中心的生源数量大幅度提升。在此基础上，他开发出更多课程，比如编导、摄像和美工等，邀请赋闲在家的老同事们来授课，上上下下皆大欢喜。整个培训中心的经营蒸蒸日上，师生们都活力四射，到处是对未来充满信心的微笑。

无论收获了多少称赞，对于陈功来说，自己最喜欢的还是静静地观赏学生们的表演那一刻。看到这些年轻人敞开心扉，摘下面具，纵情地释放出对于艺术的理解和追求，他的脸上每每会流露出心满意足的微笑，仿佛他们已经代替自己实现了儿时的梦想。

这一天，陈功又站在教室门外，看学生们在老师的指导下排演小品。他看得入迷，甚至不知道什么时候李明走到了身旁，直到对方轻声地叫他。

"陈功，有件事，你可能会想知道。"李明说得很慢，似乎还在考虑要不要告诉他。

"什么事啊？神神秘秘的。"陈功不以为意，"看来不是什么好事。"他淡定地开着玩笑。

"我听说，"李明缓缓地开口，"电影《成功大师》又在选角了。"

"还在选角？这都多久了。"陈功原以为李明要说什么大事，听到这句话不禁失笑，想起以往不愉快的经历，又觉得十分厌恶，"还是那个导演吗？那人看着就不靠谱。"

"据说换了投资方和制片人，导演应该也换了。"李明用试探的口吻说，"不过，负责选角的副导演还是蔡光，你正好和他熟，联系起来也方便。"

"哦，那也和我没关系。"陈功似乎毫不在意，"我现在根本忙不过来。"

"我个人认为，这个角色非常适合你，你应该再争取一下。"李明看出陈功其实动了心，真诚地劝告他。

陈功沉吟了半天，最后还是摇摇头："算了，我不想再和'成功大师'扯上半点关系。"

"你真的放得下你的演员梦？"李明不相信，他太了解陈功了。

"这些学生一样能帮我实现这个梦想。"陈功指了指教室里面。

李明看了他好一会儿，最终笑着拍了拍他的肩膀："好吧，决定权在你，我只是觉得这是个好机会，不该轻易放弃。说心里话，我也不舍得放你去试镜呢，万一被选中，我一个人怎么管这家培训中心。"

"谢谢师哥，我会尽最大的努力帮你做好培训中心。"陈功是真心感激李明。

"和你开玩笑呢。"李明还是不死心，"反正也就花半天时间去试个镜，过不了就回来，没什么损失。如果真的被选中呢？那可是我们培训中心的荣誉啊。"

陈功深受感动："师哥的情谊我记在心里了，这事……容我再考虑考虑……"

这天下班回家时，陈功一路上都在想李明的提议。他不是不想去试镜，只是不想再低三下四地求人。特别是那个蔡光，一副对上巴结、对下欺压的人渣相，收了好处不办事，连最基本的江湖道义都不讲，这个摄制组还在使用他，足以说明其管理水平，看来，这部电影大概率是竹篮打水一场空。

陈功心事重重地推开房门，一股浓郁的菜香扑鼻而来，梦影喜笑颜开地飞到他面前，手里还拿着他的拖鞋："回来了？快来吃饭，今晚做了好吃的。"

"今天是什么好日子吗？"陈功一边换鞋一边跟她开玩笑，"你这每天大鱼大肉的，我都吃胖了，可就拍不了戏喽。"

"拍不拍戏不重要，开心最重要，千金难买一刻开心呀。"梦影迫不及待地把陈功拉到桌前，招呼他坐下，双臂对着满桌子的菜一挥，就等着陈功来夸她。

菜肴确实很丰盛，一半是陈功爱吃的，一半是梦影爱吃的。梦影还特意开了瓶红酒，看上去要庆祝一下。但不知为何，陈功的情绪始终振奋不起来，只能强装出笑脸，发出梦影想听的赞叹："这么一大桌菜，是不是得配上什么好消息啊？"

"聪明！"梦影竖起大拇指，慢条斯理地拿起酒瓶给两人倒酒，脸上带着神秘的笑容。

"什么好事？就别卖关子了，大小姐。"陈功努力克制住自己的躁动不安，笑着催她。

"今天下午接到一个电话，你猜怎么着？"梦影太兴奋了，没注意到陈功的不耐烦，继续不紧不慢地逗他。

"怎么着？"陈功耐着性子哄她。

"是一家唱片公司的经理打给我的，说很喜欢我的唱片，希望找个时间聊聊下一张唱片的事。你说，这是不是天上掉下来的喜事啊？"梦影再也绷不住了，一股脑地把心中的狂喜倒给了陈功。

"那太好了，你的付出终于有了回报，恭喜你啊，梦影。"陈功端起酒杯，尽量让自己显得一样开心。

"今天你是不是……有不高兴的事？"梦影终于发现了陈功的异样。

"绝对没有。"陈功连忙否认，做出自认为最真诚的笑容，高高举起酒杯，"来，为了你的音乐梦想，干杯。"

梦影疑惑地看了他几眼，似乎没什么不对的，于是放下心来与他碰杯："应该是为了我们的梦想，干杯。"

这顿晚餐梦影吃得兴高采烈，就像一个终于得到老师表扬的孩子。她不停地回忆自己的音乐生涯，诉说自己的音乐追求，宣扬自己的音乐理念，陈功从没见过这样的梦影。其实，他自己也体会过梦影此刻的心情，但那是在为震古卖命工作的时候。在多年的表演生涯里，他还从未有过这种发自内心的自豪感。

虽然不免失落，但陈功不想也不能扫梦影的兴，他选择安安静静地倾听。他知道，这个时候，倾听是对一个"追梦人"最好的激励。

夜深人静时，尽兴的梦影终于睡着了，脸上还带着甜蜜的微笑。伴随着细细的鼾声，她那如玫瑰花瓣般的双唇微微颤动，像被细雨滋润过一样，娇艳欲滴。陈功怜爱地看着她，渐渐陷入沉思。

皎洁的月光洒在窗台上，整个世界无比安详。

这个剧组竟然还在原先的摄影棚，还是原来的布景！当陈功找到新的《成功大师》剧组时，简直怀疑这里的时间停止在了两年前。

舞台上，一个四十岁左右的男演员正卖力地表演，台下站了两圈人。从众人的表情来看，对这位演员都很不认可。陈功只欣赏了片刻，也忍不住发笑。

忽然，他的肩膀被拍了一下，转头一看，还真是冤家路窄，蔡光就站在他身旁。"好久不见，听说你混得不错啊，怎么有空来剧组？"蔡光满脸堆笑，套起了近乎。

陈功料想他只知道自己风光的那一段，还不知道后面发生的事，于是淡淡地一笑："是蔡导啊。我今天来基地找个朋友，正好看到剧组的名字，就进来瞧瞧，这是要拍续集吗？"

"嗐，还是那个本子，只是换了制片方和导演。这个电影真是搞死我了。"蔡光忍不住抱怨起来。

"哦？那说明你非常重要啊，不管换谁都离不了你。"陈功语带嘲讽地恭维他。

蔡光似乎没听出来陈功的弦外之音，咧嘴一笑，刚要说话，导演位那边突然传出雷霆般的吼声："CUT！"蔡光立刻噤若寒蝉，快步赶过去。

果不其然，导演在手持喇叭里大叫："副导演，副导演过来一下。"

陈功循声望去，只见新导演大概五十多岁，头发花白，身材瘦小，和蔡光说起话来情绪激动，似乎正在数落他，蔡光只能唯唯诺诺，点头哈腰。

陈功看得很解气，脸上露出一丝鄙夷的笑容。其实，这种情景在剧组里可谓司空见惯，每个剧组都是一个小江湖，大鱼吃小鱼，小鱼吃虾米，虾米当然就得忍着了。他看了一会儿，百无聊赖地扫视四周，蓦地惊出一身冷汗——目光移动之间，震古正站在舞台上！

陈功不敢相信自己的眼睛，低下头揉了一揉，再抬头，震古还在那儿。只见他面露一贯的神秘笑容，对自己轻轻地招手，嘴里还在说:"徒儿,你不是一直想演'成功大师'吗?上来啊。"

"你还真是阴魂不散。"陈功由惊到怒,手指着震古大声喝道。

"徒儿,怎么,不敢上来了?"震古笑得更加猖狂,"来,上来,让为师看看,你从我这儿究竟学到了什么本领。"

"我还怕你不成?"陈功被彻底激怒,快步趋前,飞跃上舞台,"害怕的应该是你,不然你也不会躲到国外去。"

震古哈哈大笑,指了指台下,大声说道:"不错,这才像我的徒弟。来,让他们也看看你学的本事。"

"你有什么本事?"陈功不顾台下的人,继续怒斥震古,"不就是那些骗人的把戏吗?"

"能让人相信的把戏,就不是骗人,就是好把戏。"震古看上去丝毫不生气,也没有羞耻之感,"来,让他们开开眼吧,我的好徒儿。"

"好!"气极的陈功大喊一声,"瞪大你的狗眼看好了。"

他气贯丹田,左手叉腰,右手指向台下,语气饱含威严,摄人心魄:"我,是你们的领路人,你们只有相信我、服从我,才能和我一起成功。只要你的大脑里有一丝一毫对我的不信任,就会前功尽弃。你们相信我吗?你们服从我吗?"

震古点头笑道:"不错,声音还可以再低沉些。就这些吗?"

"你等着瞧吧!"陈功庄严地凝视台下,台下也有许多亮闪闪的眼睛在注视他。不过五秒,泪水就盈满了陈功的眼眶,他动情地说:"弟子们啊,我都这把年纪了,我图什么啊?还不就是想把你们培养成材,让你们赚更多的钱,活得更有尊严,成为人中龙凤。你们,相信我吗?听我的话吗?"

"听!"台下的人回答。

陈功十分满意,迅速一抹脸,恢复了常态,冷笑着转头看震古,语气不屑一顾:"你不就会这些吗?这有什么啊?"

台下突然响起热烈的掌声,很多人对着陈功欢呼。他惊愕地看了看台下,再抬起头,顿时又是一身冷汗——震古已经消失得无影无踪,只剩下自己站在台上。

"演得太好了，太好了。"那个瘦小的导演三步并作两步，飞到了陈功面前，激动地握住陈功的手摇个不停。

蔡光也紧跟着跑上台，一脸惊诧。"蔡光，你刚刚还说没有别的试镜演员了，这是怎么回事？是想给我惊喜吗？哈哈哈。"导演指着陈功兴奋地问道。

蔡光眼珠一转："夏导，这是我的一个朋友，本来想让他试试配角，没想到他演'成功大师'这么活灵活现。"

"好啊好啊，这是上天赐给我们的礼物啊。"夏导满心欢喜地端详着陈功，就像在看一件稀世的珍宝。

"陈功，快来见过夏导。"蔡光拍拍陈功的背，冲他使了个眼色。

陈功仍有些茫然，机械地和夏导打着招呼："夏导好。"

"你好，你好。"夏导心满意足，"你叫陈功啊？简直太好了，你命中注定应该演这个角色。"

陈功脸上的表情渐渐舒展开来，情不自禁也握紧了夏导的手，两只手臂用力摇晃，仿佛正在划动船桨，驶向成功的彼岸……

第二十六章　终归一场梦

　　陈功和夏导相见恨晚的情谊很快结出了硕果。剧本研读和带妆试镜一系列流程之后，陈功被正式确定为电影主角。为了扩大宣传，制片方决定举办一次隆重的开机仪式，遍邀各大主流媒体，群策群力把主创团队推向舆论中心。巧合的是，最终定下的仪式举办地点，就是陈功第一次参加震古分享会的那家豪华酒店，只不过不是在一楼的宴会厅，而是在二楼的主会议厅。

　　开机仪式的现场布置堪称美轮美奂。主席台背后的电子大屏幕上，是一张制作精美的电影海报，陈功的定妆照在海报最显眼的位置，尺寸也最大。照片上的他是那么意气风发，仿佛可以将世界玩弄于股掌之间。

　　主席台下方，放置着两排共十张真皮单人大沙发，供主创人员和主要嘉宾就座。再往后才是连排的普通座椅，目测至少可以坐两百人。整个空间开阔大气，让人走进来后精神立刻为之一振，仿佛进入了成功的殿堂。

　　离仪式开始还有半个多小时，会场里播放着轻快的暖场音乐，参会人员陆陆续续地进场，认识的人在互相寒暄。

　　然而，已在第一排最左侧的单人沙发上落座的陈功，却始终心神不宁，时不时站起身四下张望。

　　"你在找什么人吗？"坐在他身后的梦影凑过来，关心地问道。

　　"没。"陈功勉强笑了笑，故作轻松地靠回到沙发上，但未几又侧过身，紧张地扫视后排座位。

"陈功，不用紧张。"坐在陈功身旁的夏导拍拍他的手背，笑着说，"以后你有的是机会当主角，得早点习惯才行。"

"谢谢夏导。"陈功赶忙表示感谢，但心底依旧焦躁不安。他试着做深呼吸来调节情绪，却始终觉得胸口沉闷，呼吸困难。

"夏导，我出去透透气。"他强装笑脸，迅速站了起来，似乎一刻也不想在大厅里多待。"也好，快去快回，待会儿仪式就该开始了，你今天可是主角啊。"夏导态度亲切。

"梦影，我出去透透气，一会儿就回来。"陈功经过梦影身边，低头轻声说道。"我和你一起去。"梦影发现陈功的脸色不好，有些不放心。

梦影挽着陈功的手臂来到厅外的廊道上。陈功手扶栏杆，放眼望向上方的巨大玻璃穹顶，深深地吐了一口气，感觉胸口舒畅了些。

"陈功，你好像在担心什么。"梦影似乎看出了些端倪。

"没事，就是紧张。"陈功闷闷地摇着头。

"有事一定要和我说。一人计短，两人计长嘛。"梦影的语气恳切。

"放心，我真的没事。"陈功搂住梦影的肩，柔声说道。

一楼宴会厅响起了节奏强劲的音乐，陈功立刻听出，那正是自己无比熟悉的《感恩的心》。他心中一惊，循声望去，只见宴会厅门口彩带飘扬，人来人往，一派节日的气氛。这也是陈功曾经最熟悉的场景。他聚焦眼神，仔细地搜寻起来。

果然，他很快发现了碧春的身影，她正在忙前忙后地张罗，就像昔日为自己安排分享会时一样。

"我去见个老朋友，你在这儿等我。"陈功下意识地不想让梦影看到碧春。

"那是你的老同事吧？我和你一起去。"梦影莞尔一笑，不等陈功劝阻就率先往楼下走。

"你怎么知道我去见谁？"陈功觉得十分诧异，在他的印象中，这两个女孩应该没有碰过面。

"你以为我不看电视啊？"梦影调皮地盯着他，似乎在试探他的反应，"你们新公司开业时，我在电视新闻里见过这个姑娘，她就站在你身边，很养眼哦。"

"你不会是吃醋了吧？"被这事一打岔，陈功刚才的紧张感已经抛到九霄云外去了。

梦影见他的面色恢复了轻松，终于放下心，打了一下他的后背："我不是对你有信心，是对我自己有信心。"

陈功和梦影手挽着手出现在宴会厅门口，正忙着指挥的碧春立即发现了他们，不由得脸色一变，呆在原地。不过，很快她的脸上就堆起灿烂的笑容，迎上前来，热情地打着招呼："功哥，你来了。"接着转脸去看梦影，一脸羡慕之色，"这位一定是嫂子吧？嫂子真漂亮。"

"谢谢。"梦影态度客气，然而目光一直没离开过碧春的脸庞。

"碧春，我来介绍一下，这是梦影，你嫂子。"陈功连忙两头介绍，"梦影，这位是碧春，我原来的师妹兼副总。"

两个女孩互相寒暄之后，都觉得无话可说，一时场面有点尴尬。陈功见状赶忙打圆场，问碧春："你们在这儿搞分享会啊？这么巧，我们在楼上搞发布会。"

"功哥，我看到你的电影海报了。"碧春看起来是真心诚意为他高兴，"恭喜你，你的梦想终于实现了。"

"哪里哪里，这才刚开机，后面还有很多事情要做。"陈功低调地连连摆手。

碧春突然压低了声音："功哥，师父被抓了。"

"啊？这是什么时候的事？怎么抓的？他还在国外吗？"陈功大惊之下，连珠炮似的抛出一连串问题，差点伸手去抓住碧春催她解答。

"你还记得吗？他给我发过微信。"碧春见他这么心急，一口气说了出来，"没想到，警方顺藤摸瓜找到了他躲的地方，又通过国际刑警抓住了他。昨天警察打电话告诉我，目前正在办理引渡手续，应该很快就能带他回国了。警察还说我立了大功呢。"

陈功如听天方夜谭，久久说不出话来。好半天，他才仿佛自言自语道："不能与人分享的成功，算哪门子成功啊。"

两个女孩生怕打扰了"大师"的冥想，都不说话。等到陈功回过神来，看着她们两个，忍不住发自内心地笑了起来："好，霉运退散，现在终于可以翻篇了。"

"是啊，终于可以还你清白了。"碧春却叹了口气，"只是师父他……"

梦影才不在意震古的下场，欣喜地抓住陈功的手臂："我们再也不用担心，你可以安心拍电影了。"

"对，我们快回发布会去。"陈功拉住梦影的手轻快地往外跑，身后的碧春满眼羡慕。

"碧春，也欢迎你来参加我们的开机仪式，就在楼上。"陈功忽然停住脚步，微笑着回头，向碧春发出邀请。

"不行啊，我这里也快开始了。"碧春不忘送上自己衷心的祝福，"等到电影上映时，我一定带着姐妹们去捧场。祝你成功啊，功哥。"

"先谢了。"陈功的脸上终于绽出再无半点阴霾的笑容。

会场里已经坐满了人，现场灯光被调暗，只留下主席台的照明。陈功和梦影见状，快步走到各自的座位坐下来。

"你怎么才回来？马上就要开始了，我正想打你电话呢。"夏导面露不悦之色。

"碰到个老朋友，聊了几句。"陈功轻描淡写地回答，顺势扫了一眼后排，人影憧憧。他不再分心，转头看向明亮辉煌的主席台。

灯光聚焦在闪亮登场的司仪身上，一番按部就班的吹捧后，他用充满激情的串场词邀请夏导上台发言。然而，被邀请来参会的大多是关系户，现场的反应十分不给司仪面子，掌声稀稀落落、漫不经心。陈功感受着这冷清的气氛，心里暗暗着急：应该安排个领掌员才对啊。

不过，夏导似乎没受任何影响，他快步上台，接过司仪递过来的话筒，一开口便豪情万丈："谢谢，谢谢各位嘉宾和朋友捧场。大家都知道，电影《成功大师》从最初策划到现在，已经过去了五年时光，经历了多次制片方的更迭，光导演就换了三个，当然，我是第三个，也希望是最后一个。"

观众们发出了会心的笑声，会场气氛开始活络。

"既然这么艰难，我们为什么还要坚持做下来呢？"夏导得到观众的回应，情绪更加亢奋，"就是因为这个题材实在太好了，大家都舍不得放手。好比你在冰天雪地里饥寒交迫，走路都困难，却突然捡到一个金疙瘩，就算明知道它会增加前路的风险，但你还是舍不得扔掉。我说得没错吧？"

观众们被夏导逗得开怀大笑，仿佛刚刚捡到了金疙瘩。

"而今天之所以要举行这个开机仪式，其中最重要的原因——"夏导十分享受这种互动，瞬间化身为顶级司仪，"就是我们终于找到了最合适的男主角，也就是'成功大师'的扮演者。他做过十多年演员，之后成了真正的'成功大师'，而且是十分著名的大师。但最终他还是放不下自己的演艺理想，毅然决然放弃了远大的前程，加入我们剧组。现在，让我们以最热烈的掌声，欢迎我们的'成功大师'——陈功上台，与大家分享他的故事。"

他的话音刚落，会场就响起了雷鸣般的掌声。陈功不得不佩服起夏导来：这口才和现场把控能力，只在自己之上绝不在自己之下啊。看来，影视圈和"成功圈"，本身就是一个圈，自己的演员生涯从来没有中断过，只是换了条跑道而已。这个世界真是太奇妙了。

在夏导的鼓动之下，观众们对陈功充满了期待——浮躁的影视圈，对"成功"和"大师"有着天然的崇拜——但半晌没见有人登台，他们的胃口被吊得更高，不约而同地喊道："大师，大师，大师……"

陈功被这呼唤声拉回到现实之中，赶紧整理仪表，优雅地站了起来，转动着身体向各个方向挥手，然后在掌声和欢呼声中风度翩翩地走上台。

"谢谢夏导，没有夏导的赏识和提携，我真的以为自己的演艺生涯就这样结束了。"陈功毕恭毕敬地接过夏导递来的话筒，满嘴溢美之词地表达自己的感激。这让夏导很受用，满脸笑容地向观众们挥动着双手，心满意足地往旁边移开几步，把舞台中心让给陈功。

陈功手拿话筒，眼望热情高涨的观众，心中突然涌上千言万语。他饱含深情地看向台下的梦影，梦影眼中噙满泪水，脸上却露出幸福的微笑。四目交会，一切甘苦尽在不言中。

陈功被深深地鼓舞，轻咳一声，说起了开场白："大家好，我是陈功，也就是夏导嘴里的'成功大师'……"

"陈功，你就是个大骗子！"会场的后排区域突然爆发出惊雷般的喊声，陈功瞬间被惊出一身冷汗。还没等他看清楚，一个人已经冲到了台下，台口的保安慌忙上前拦阻，但来人左冲右突，双手还高举着大幅的打印标语，嘴里高喊着："大骗子，大骗子……"

这时门外的保安也火速跑进来，合力控制住那人。直到这时，陈功才看清楚突袭者的样貌，顿时石化——那正是他最担心会再次碰面的唐佳丽。

"你们放开我。"唐佳丽被两个保安拉住，动弹不得，十分气愤，"你们为什么要保护这个大骗子？陈功，你就是天底下最大的骗子。"

她一边叫喊，一边挣脱保安，后退一步，高高地举起手里的标语，那大幅白纸上打印着几个黑色加粗的大字——陈功是骗子。

唐佳丽的突然出现，让观众们在错愕之余开始躁动，几乎全都从座位上站了起来。媒体当然也不会错过这件突发新闻，呼啦啦拥上来，照相机和摄像机纷纷对准了陈功和唐佳丽。

梦影被记者们挤到了一边，脸色煞白，满眼困惑。

"CUT！"台上的夏导额上青筋暴起，一把夺下司仪手里的话筒，对着唐佳丽气急败坏地大吼一声，又几大步来到陈功面前，低声质问："陈功，这是怎么回事？"

陈功还没从震惊中清醒过来，只是木讷地摇摇头，说不出半句话。

"你是什么人？说，是谁派你来捣乱的？"夏导眼看不能指望陈功了，只得自己亲自出马应对，他大声质问台下的唐佳丽，想从气势上压倒对方。

夏导没想到的是，身为集团董事长的唐佳丽，见过的世面不比他少，根本不怕这招，还能从容不迫地反击："这是我和陈功之间的事，跟你没关系，我劝你最好少掺和。"

"你……"夏导被噎得够呛，只得语气严厉地低声对陈功说："到底是怎么回事？你赶紧和她说清楚。"

陈功被惊醒，看到夏导焦急的眼神，终于鼓足了勇气，在大小镜头的环伺之下，幽幽地对着台下说道："佳丽，求求你别闹了好吗？我和你一样，也是受害者，我们都被震古骗了。不过，我刚刚得到消息，震古已经在国外被抓了，很快就会引渡回国，用不了多久，你的损失就会补上……"

"你说得轻巧，就算震古回国了，那些钱也早就被花光了，怎么可能还给我们？"唐佳丽气愤地打断了他，"而且，我只认识你，根本不认识那个狗屁震古，不是被你忽悠，我们根本不会投钱。"说到最后，她已经是在哭诉。

"佳丽，实在对不起，我真的不知道他的项目是骗人的。"陈功是真心实意地忏悔，"我已经付出了代价，你能不能放过我，也放过自己？"

"你少装可怜。"唐佳丽暴怒，"你敢说你不是帮凶？不是的话，你为什么会坐牢？"

"坐牢"两字刚一出口，会场响起齐齐的惊呼声，媒体记者举起相机对准陈功一通猛拍，咔嚓声连成一片，闪光灯把陈功的脸照得煞白。

"她说的……是真的吗？"夏导质问陈功。陈功不敢看他利刃般的目光，低头不语。

"唉，你害死我了。"夏导狠狠跺了一下脚，发出一声哀叹。

陈功把头垂得更低，如同一个等待法庭判决的罪人。

"你们为什么不能放过一个已经改过自新的人？"窃窃私语声中，一个昂然的女音突然响起，所有人都闭上嘴巴，瞪大眼睛搜寻说话的人。陈功也霍然抬头，只见梦影眼含热泪，凛然走到唐佳丽面前，神色坚毅："这位姐姐，我猜你也是个投资受害者。这一年多来，我和陈功尽了最大的努力赎罪，付出了沉重的代价，没有一刻敢松懈。现在元凶终于被抓住了，我们终于有希望过上普通人的生活，请你成全我们。陈功之前做过对不起你的事，我代表他向你表示最诚挚的歉意，乞求你的原谅。对不起……"她深深鞠了一躬，抬起头时已是泪流满面。

"如果我没猜错的话，你一定是他的女朋友吧？"唐佳丽上下打量着梦影，冷冷地说。

"是的。这段时间以来，我知道他有多痛苦，多懊悔。"梦影楚楚可怜地望着她。

唐佳丽不为所动，冷笑着问："你是不是觉得陈功很爱你？"

"是的。"梦影肯定地回答，"他很爱我，他是个好人。"

唐佳丽又是一声冷笑，掏出手机点开屏幕，凑到梦影眼前："那你应该好好欣赏这些照片。"她得意地瞟了一眼陈功。

"梦影，千万别相信，我和这个唐佳丽就是正常的客户关系。"陈功顿时明白了唐佳丽的用意，慌乱地喊道。

一张张唐佳丽和陈功的亲密合照出现在梦影眼前，唐佳丽滑动着照片，一帧一帧的像是在放电影，从梦影的表情中享受着报复的快感。

"唐总，陈功和我说过您的事。"梦影幽怨地望了一眼陈功，继续恳求唐佳丽，"因为我们的贪婪，给您造成了实际的损失，我代表陈功再一次向您道歉，希望您高抬贵手，放我们一条生路。"她又一次深深地鞠躬致歉。

唐佳丽没料到梦影是这样的反应，既诧异又同情，良久才发出一声长长的感叹："唉……我们女人就是傻，总是被男人骗。"她收起标语，不发一言地离开了，再也不看陈功一眼。

"梦影……我对不起你啊！"陈功跌坐在台上，泪流满面，任凭闪光灯不停地打在自己麻木的脸上和身上……

三个月之后，又是深秋。金黄的银杏树叶、鲜红的枫树叶，在秋风的鼓动之下，将一路向西的阳光映衬得分外妖娆，让路上的行人惊喜不已。

陈功漫无目的地走在城中村外的街道上，看着清洁工在残阳里认真清扫地上的落叶。那些在路人眼中美艳无比的树叶，从清洁工的头顶纷纷飘落到他脚边，成为他扫之不尽的梦魇。

"大爷您好，请问风云大师的分享会是在那栋大楼里举办吗？"正当陈功看得出神时，一个斯文有礼的小伙子向他问路。

"风云大师？"陈功一愣，颏下足有一拃长的络腮胡子微微颤动，在斜阳中闪烁着光芒。

"对不起，大爷，不，大叔……"小伙子发现陈功的面容并没有那么苍老，尴尬地指着他花白的长胡子，语无伦次。

"没关系，小伙子，你不是第一个看错的。"陈功善意地笑道，反问他，"你刚刚说什么风云大师？"

"对啊，您不知道他？"小伙子看上去十分惊讶，"风云大师可是现在最火的'成功大师'啊！电视台和网站上到处都有他的课程呢。"

"哦，他这么火了？"陈功自言自语。

小伙子上下打量陈功，见他穿着最普通的灰色夹克，显得颇有些寒酸，立刻就来了精神："大叔，您真应该去听听他的课，保证让您脑洞大开，找到自己永远也想不到的发财之道。"

陈功不动声色地看着神采飞扬的小伙子，等着他继续表演。果然，小伙子见陈功仿佛有点动心，更加来劲，掏出手机调出一个二维码，兴冲冲地举到陈功眼前："大叔，现在风云大师推出了课程优惠活动，只要您扫这个二维码，学费打七折，多划算啊。"

"你刚刚说，风云大师的分享会在哪儿举行？"陈功似乎被说服了，微笑着问。

"就在前面这栋大楼里,你看二楼那一排玻璃幕墙,里面那么多人,都在听大师讲课呢。"小伙子兴奋地给陈功指点。

陈功抬眼一看,那不就是原先烁今公司所在的商务楼吗?小伙子指着的二楼,正是烁今他们原来的教室。陈功觉得十分不可思议,不由自主地朝楼门口走去。

"大叔,您别走啊,我再给您详细介绍介绍。"小伙子见陈功甩手就走,焦急地喊他。

"成功没有大师。"陈功大声说道,连头也没回。小伙子愣愣地看着他的背影,脸上渐渐浮现出万分鄙视的神情。

陈功坐电梯来到二楼,看到前台果然挂着风云的招牌。有意思的是,除了把"烁今"二字换成"风云",原来招牌上的其他字都没有改动。当然,前台小姐也不再是青果,而是换了一个身材更性感的姑娘,远看与碧春有几分神似。

陈功毫不犹豫地绕过前台,还向那姑娘点了点头,就像是老熟人一样。不等她反应过来,他就径直进了大门,顿时眼前一亮,光线从四面八方的玻璃幕墙上直直地投射进来。原来,风云把办公区、教学大厅和教室全部打通,改建了一个超大的会场。此时会场里已经聚集了至少两百人,正围坐在尽头的大舞台下,聚精会神地听台上的风云讲课。碧春站在人群之外,一眼都不眨地望着风云,满脸的柔情蜜意和崇拜之情。

陈功百感交集,低头打量了一下自己,把衣角拉整齐,这才默默地走上前,站到了碧春身旁。

"呀,功哥,你怎么来了?"碧春先是被陈功吓了一跳,看了好几眼才认出他,惊得下巴都快掉了。

"正巧路过,来看看老朋友。"陈功微笑着,"其实我就住在旁边的城中村里,我们真是有缘啊。"

"是吗?那太好了,以后常来坐坐。"碧春依旧一脸真诚。

"不了,各自都有各自的生活,看到你现在很好,就足够了。"

陈功喃喃地说。

"功哥……"碧春的心化成了一摊水,"嫂子还好吗?"

"你们的规模越做越大了……"陈功没有接话,自顾自地说。

"是啊,风云挺有想法的。"碧春的思路立刻被陈功带跑了。

陈功淡淡地看了她一眼,目光又转到舞台上,只见风云神气活现、眉飞色舞,台下的人一个个如痴如醉……

陈功突然迈步走向舞台,碧春目瞪口呆,完全想不到要拦住他。

风云立刻发现了陈功,眼看他一步步登上舞台,不由得满脸惊愕,慌乱地问:"师弟?你来做什么?"

"大师兄,我想上台来和大家分享,不知道大师兄意下如何?"陈功已经上了台,站在风云前方,俯视台下,眼神里充满了同情与怜悯,就像是……一个圣人。

学员们被这突发的状况搞蒙了,怔怔地看着这个长着一张"大师脸"的男人。

"你……别捣乱。"风云小声央求着。

陈功像没听见他的话一样,面对台下,开始了他的"分享":"我以一个曾经的'成功大师'的身份,忠告你们,成功不是'大师'教出来的,成功也不是成为'人上人',更不是有钱有势就算成功。在自己的行业里,踏踏实实地干出成绩,那就是成功;为了追求自己的理想,努力拼搏,那就是成功;为自己所爱的人付出真心,那就是成功……而且,我要告诉你们一个秘密:这些所谓的'大师'都是想骗你们的钱。你们赶紧回家吧,在这里只会越陷越深,最后落得一无所有……"

"你胡说什么?赶紧给我下去。"风云听得肺都要气炸了,大声呵斥他。

"大师兄,别急啊,让大家来评判评判,到底谁说得对。"陈功看到有的学员已经开始思索,不由得有了信心。

"别听他胡扯!"前排突然站起一个大个子,手指着陈功,大声喝道,"我们这些草根穷人,不抱团怎么有机会成功?"

"对啊，你是站着说话不腰疼，饱汉子不知饿汉子饥。"立刻又有一个人站起来指责陈功。

"对，要成功只有抱团！""你这老家伙赶紧下去，别在这里妖言惑众！""快下去！""下去啵！""轰……"学员们群情激愤，就像足球场里的那帮铁杆球迷，纷纷站起身，指着陈功有节奏地叫骂："下台，下台，下台……"

陈功又气又急，身旁的风云看着他，像是在看一个笑话。

他彻底放弃了，脸上露出无奈的微笑……

"功哥，功哥，你是不是又走神了？"碧春的手指在陈功眼前晃来晃去。

陈功全身一个激灵，回过神来，茫然地看看碧春，再环顾四周，才发觉刚刚又是自己做的一个白日梦。"碧春，"他认真地劝告，"钱赚得差不多就行了，家庭才是最重要的。"

碧春眼神感激，然而她认真地想了想，转头看向风云，幽幽地说："不卖命，哪里有家啊？"

陈功一怔，想要继续劝说她，但想了很久，却发现真的不知从何劝起……

舞台上突然传来一阵喧哗，原来是有人假装学员上台捣乱。碧春立刻招呼一个男弟子冲上台去，三下五除二就夹起那人，把他拖到后台，整个过程一气呵成，引发台下一片掌声和欢呼声。学员们用尽全身的力气，呼唤"大师"引导他们走上梦寐以求的成功之路。

陈功看得分明，碧春制服那人的手法，正是自己赖以在震古面前一举成名的绝学。然而他只是淡淡一笑，转脸看向幕墙外。街道上，越来越多的人仿佛正被一股神秘的力量所裹挟，随着秋风中的落叶一起，翻腾着，起伏着，让整个城市都变得躁动不安……